$$\frac{565}{365}$$

T. I.

A. Clouvier. Scu.

CAVALLERO
DESAMORADO

# NOUVELLES
# AVANTURES

## DE L'ADMIRABLE

# DON QUICHOTTE

## DE LA MANCHE,

### COMPOSE'ES

*Par le Licencié* ALONSO FERNANDEZ
DE AVELLANEDA ;

Et traduites de l'Espagnol en François,
pour la premiere fois.

*TOME I.*

### A PARIS,

Chez la Veuve de CLAUDE BARBIN,
au Palais, sur le second Perron
de la Sainte Chapelle.

---

M. DCCIV.
*AVEC PRIVILEGE DU ROY.*

# AVANTURES

DE PLUSIEURS

## DE LA MANCHE

Composées

DE AVENTURES

Traduites de l'Espagnol en François,

TOME I.

A PARIS,

Chez la Veuve de C. BARBIN,

M. DCCXX.

# PREFACE.

OICI un autre Don Quichotte que celui de Cervantes : & afin qu'on ne les confonde pas, il faut savoir qu'en 1605. Michel de Cervantes fit imprimer la premiere Partie du sien, laquelle eut un grand succés ; & comme il negligeoit d'en donner la continuation, un Auteur Arragonois, appellé Alonso Fernandez de Avellaneda, en fit paroistre une en 1614. qui ne fut pas mal reçuë. Elle estoit intitulée, *Seconde Partie de l'Histoire de Don Quichotte de la Manche* ; & c'est de cette seconde Partie qu'on donne aujourd'hui la premiere traduction au Public. Cervantes

chagrin, & jaloux de ce qu'un autre Auteur avoit travaillé sur son sujet, continua son Ouvrage, qu'il sembloit avoir abandonné; & mit au jour la seconde Partie de son Don Quichotte, c'est-à-dire, les deux derniers Volumes qui ont esté traduits en François, Il faut donc remarquer que s'il se trouve des choses qui ont quelque ressemblance dans ces deux secondes Parties, Cervantes n'ayant composé la sienne que long-tems aprés celle d'A-vellaneda, il est aisé de juger lequel a esté le Copiste.

Je ne sçay si Avellaneda n'entreprit point ce travail pour faire dépit à Cervantes son ennemi: Je dis son ennemi, parce qu'il est constant qu'ils se haïssoient l'un l'autre de longue-main, comme on en peut juger par leurs Préfaces; mais j'ignore le sujet de leur haine, personne n'a pû m'en instruire; & Nicolas An-

# PREFACE.

tonio, qui a parlé de ces deux
Auteurs, n'en fait pas mention.
Quoy qu'il en foit, il me paroît
qu'Avellaneda n'eft point mal
forti de fon entreprife. Il a fort
bien foûtenu le caractere de Don
Quichotte. Il ne le perd point
de veuë : il en fait un Chevalier
errant, qui eft toûjours grave,
& dont toutes les paroles font
magnifiques, pompeufes & fleu-
ries. Pour fon Sancho, il faut demeurer d'accord qu'il eft excellent, & plus original même que
celui de Cervantes. C'eft un païï-
fan qui a tout le bon fens de l'autre ; mais il eft encore plus fimple, & il dit au hazard mille
chofes qui, par l'adreffe de l'Auteur, ne démentent point fa fimplicité, quoiqu'elles renferment
fouvent des penfées fines & pi-
quantes. Le caractere de l'autre
Sancho n'eft pas fi uniforme :
tantôt il lui échappe des traits
d'ingenuité, & tantôt il tient

*à iij*

# PREFACE.

des discours malins, dont on voit
bien qu'il sent toute la malice,
qui sont quelquefois trop relevés
pour un païsan, & trop sensés
pour un valet qui est la duppe
des folles visions de son Maistre.
J'oublie que c'est Sancho qui parle ; & je sens, malgré moy, que
c'est l'auteur sous le nom de Sancho. Enfin on peut dire, ce me
semble, qu'il y a une différence
sensible entre les deux Sancho :
celui de Cervantes veut souvent
faire le plaisant, & ne l'est pas ;
celui d'Avellaneda l'est presque
toûjours, sans vouloir l'estre.

Je suis surpris que les exem-
plaires du Don Quichotte de ce
dernier Auteur soient si rares en
Espagne. Il y a des gens qui disent que les Partisans de Cervantes en ont brûlé la plus grande
partie. Pour moy, je croy plutôt qu'Avellaneda estant Arragonois, & par conséquent son
Livre n'estant peut-estre pas

écrit avec autant de pureté &
d'elegance que celui de Cervantes, qui eſtoit Caſtillan ; les Eſpagnols ont negligé de le faire
réimprimer. Ce qui me confir-
me dans cette opinion, c'eſt que
Cervantes dans ſa ſeconde Partie, appelle Avellaneda *l'Arragonois.* Il le nomme ainſi par
dériſion, pour lui reprocher la
rudeſſe de ſon ſtile. Mais c'eſt
tout ce qu'il dit de plus fort
contre ſon Ouvrage ; car il en
parle d'ailleurs avec trop de
paſſion, & dans des termes qui
ne prouvent nullement qu'il ſoit
mauvais. Avellaneda tout au contraire critique ſa premiere Partie ſans aigreur, & en homme
équitable. Or ſuppoſé qu'il ſoit
vray que l'un écrive plus pure-
ment & plus correctement que
l'autre, cela ne doit il pas eſtre
indifferent aux Etrangers ? Que
*l'Arragonois* ne parle pas ſi bon
Eſpagnol que le *Caſtillan*, que

ä iiij

nous importe ? pourvû qu'il ait le génie aussi plaisant, & qu'il nous divertisse en nostre langue autant que lui.

# TABLE

## DES CHAPITRES

Contenus dans ce premier
Volume.

---

## LIVRE PREMIER.

# TABLE

# LIVRE SECOND.

# TABLE

# LIVRE TROISIÉME.

# TABLE DES CHAP.

Fin de la Table du I. Tome.

# ERRATA.

PAge 14, ligne 18. Alcades, *lisez* Alcaldes.
Pag. 33, lig. 23. Avicennes, *lis.* Avicenne.
Pag. 42, lig. 21, Alcades, *lis.* Alcaldes.
Pag. 81, lig. 17. Putifarde, *lis.* Putifar.
Pag. 281, lig. 19. les soupçonner, *lis.* le.
Pag. 315, lig. 8. mangé, *lis.* mangée.

## APPROBATION.

J'Ay lû, par ordre de Monseigneur le Chancelier, un manuscrit intitulé, *Nouvelles Avantures de l'admirable Don Quichotte de la Manche*, composées par le Licencié *Alonso Fernandez de Avellaneda*: & traduites de l'Espagnol en François pour la premiere fois, & n'y ay rien trouvé qui en doive empêcher l'impression. Fait à Paris le 25. Octobre 1702.

### FONTENELLE.

*Le Privilege est à la fin du second Tome.*

NOUVELLES

# NOUVELLES
# AVANTURES
## DE L'ADMIRABLE
# DON QUICHOTTE
## DE LA MANCHE.

### LIVRE PREMIER.

---

## CHAPITRE I.

*Où il est parlé d'un autre Arabe que Benengely. Succés de l'emprisonne-ment de Don Quichotte dans la cage.*

E sage Alisolan, Historien aussi fidéle que Benengely, rapporte en ses memoires que les Mores, dont il descendoit, ayant été chassés de l'Arragon, il découvrit par hazard certaines An-

nales écrites en Arabe, qui contenoient
la troisiéme sortie que fit de son village
de l'Argamesille l'invincible Chevalier
Don Quichotte de la Manche, pour
aller à des joûtes qui se devoient tenir
dans la ville de Saragosse. Voici comme il raconte la chose.

Aprés que Don Quichotte eut esté
transporté chez lui dans la cage par les
soins officieux du Curé Pedro Perés, &
de maistre Nicolas le Barbier, on l'enferma dans une chambre avec une
chaîne aux piés. Là tous les jours on
lui faisoit prendre de bons consommés
& des liqueurs confortatives, où je ne
doute point qu'il n'entrât beaucoup
d'hellebore, & l'on n'épargnoit rien
pour lui rendre l'usage de sa raison. Le
pauvre Gentilhomme ne manquoit pas
de bonne volonté ; car il craignoit si
fort de retomber dans ses égaremens,
qu'il ne cessoit de prier sa niéce Madelaine de lui chercher quelque excellent
livre, dont il pût s'occuper pendant les
sept cens ans que devoit durer son enchantement. Elle lui donna par le conseil du Curé le * *Flos Sanctorum* de Vil-
legas, les Evangiles de l'année, & la
Guide des Pecheurs du Pére Louis de
Grenade. La lecture de ces livres effaça

* C'est la Vie des Saints.

qui devinrent moulins à vent l'an passé?
Que tu es ignorant ! repartit Don Quichotte : Ce livre traitte de la vie des
Saints, comme de saint Laurent qui
fut rôti, de saint Barthelemi qui fut
écorché, & ainsi de tous les autres
Saints, Martyrs & Confesseurs, dont
l'Eglise celebre la fête. Je croy, Dieu
me pardonne, interrompit Sancho, que
vous voulez vous faire Saint errant,
pour gagner le Paradis terrestre ? Mais,
Monsieur, dites-moy, je vous prie ;
quand on écorcha saint Barthelemi, &
que saint Laurent fut rôti, étoit-ce devant ou aprés leur mort ? Ils étoient
vivans l'un & l'autre, répondit Don
Quichotte. Misericorde, s'écria l'E-
cuyer, c'est bien autre chose que la
berne ! Par la gerni, ce ne sera pas moy
qui suivray l'exemple de vos Saints.
Pour marmoter à genoux une demi-
douzaine de *Credo* avec quelques paires
de *Pater*, oh je damerois le pion à un
Capucin ; mais pour me faire rôtir ou
boüillir tout vif, serviteur, ce n'est pas
là mon vice. Laissons cela, reprit Don
Quichotte, & lisons la vie du Saint
de ce jour, qui est le grand S. Bernard.
Quoique le bon Gentilhomme en eût
déja lû la moitié, il eut la complaisance

tira de fa fucceffion, ne l'empêcherent
pas de fentir vivement fa mort : mais
comme il lui reftoit une Gouvernante
qui étoit bonne ménagere, & qui avoit
un trés-grand foin de lui, il fe confola
infenfiblement.

Un jour de fête l'apréfdinée, pendant qu'il lifoit dans fa chambre la vie
des Saints, fon ancien Ecuyer Sancho
Pança le vint vifiter ; ce qu'il avoit
cr̂ûtume de faire affez fouvent. Ah ! te
voilà, mon ami, lui dit Don Quichotte,
tu arrives fort à propos, pour entendre la vie d'un grand homme. Non pas,
s'il vous plaît, Monfieur, répondit
Sancho ; je ne veux point favoir la vie
d'autrui : car la curiofité eft défenduë.
Il faut que chacun fe mefle de fes affaires, fans s'embarraffer de celles des
autres. Quelle fimplicité ! reprit Don
Quichotte : C'eft une lecture fainte &
utile, que j'ai à te faire. Prens un fiege
pour m'écouter plus commodément.
Quel livre tenez-vous-là, Monfieur?
dit Sancho : Ne feroit-ce point par
hazard quelque livre de Chevalerie?
Nón, répondit Don Quichotte, c'eft
un Flos Sanctorum. Hé ! qui fut ce Sanctorum, repliqua l'Ecuyer ? Eftoit-ce
un Roy? ou quelqu'un de ces geants

infenfiblement de fon efprit les idées
de la Chevalerie errante ; fi bien qu'au
bout de fix mois il parut trés-raifon-
nable. Alors on lui ôta fa chaîne, on
ne le tint plus enfermé dans fa chambre, & on lui laiffa la liberté d'aller à
l'Eglife, où il entendoit la Meffe &
les Prônes de fon Curé avec tant d'attention que tout le monde en étoit édi-
fié. Enfin le Seigneur Martin Quexada,
car on ne l'appelloit déja plus Don
Quichotte, paffoit pour un homme entierement revenu dans fon bon fens,
& on en rendoit graces au ciel. Perfonne toutefois n'ofoit encore lui dire
aucune chofe qui eût du raport avec fa
folie paffée ; en quoy, certes, on faifoit paroître bien de la prudence. Il eft
vray que les rieurs du village fe dé-
dommageoient entr'eux de cette difcretion en s'entretenant de fes avantures. Il arriva dans ce tems-là que les
chaleurs de la faifon cauferent à fa
niéce une de ces fiévres que les Méde-
cins appellent Ephemeres, & qui pour
n'être ordinairement que d'un jour,
ne laiffent pas d'être quelquefois fort
dangereufes. En effet l'accident fut tel
que la pauvre Madelaine en mourut.
Huit cens ducats que Don Quichotte

de recommencer ; & à chaque feüillet
qu'il tournoit , il accompagnoit fa lecture de réflexions fi judicieufes fur le
texte, que le meilleur Philofophe moral
n'en eût pû faire de plus inftructives.
Quoique cela fût du bien perdu pour
Sancho, il ne laiffa pas d'en être fi charmé qu'il s'écria, Par la mardi, Monfieur,
c'eft à faire à vous ! comme vous enfilez
toutes ces chofes , vous feriés bon dans
une chaire. Je veux mourir, fi vous ne
prêchez auffi bien que Monfieur le Curé , quand il prêche pour les dixmes.
Mais à propos de S. Bernard, je me
fouviens que Dimanche dernier le fils
de Pedro Alonfo, celui qui va à l'école,
nous lut au pié de l'arbre, qui joint le
moulin, un certain livre ; Dame, c'eft
le plus beau livre ! Oh, c'eft bien autre chofe que votre Flis Sanctorum !
Premierement avant que de lire le livre
on voit au commencement du livre un
Chevalier à cheval, & qui d'une épée
plus large que ma main frappe une
roche qu'il fend en deux. Je fçay ce
que c'eft, interrompit Don Quichotte.
C'eft Don Florisbran de Candarie, un
trés-preux Chevalier. Il eft encore
fait mention dans ce livre de plufieurs
autres Chevaliers trés-vaillans : De

l'Amiral de Quafie, de Palmerin, du
Pommier, de Blaftrodas de la Tour, du
redoutable geant Maleorte de Bran-
danque, & des deux fameufes enchantereffes Zuldaze & Dalphadée. Jufte-
ment, reprit Sancho. Et le livre dit
que ces deux enchantereffes emmene-
rent je ne fçai quel Chevalier, je ne
fçai comment, dans je ne fçai quel
château, c'eft le château d'Azefaros,
dit Don Quichotte. Il faut que le fils
de Pedro Alonfo m'ait volé ce livre.
Cela étant, répliqua l'Ecuyer, il ne le
portera pas loin : car je veux le lui voler
à mon tour; Et je vous l'aporteray Dimanche prochain, afin que nous le lifions à la place de Flis Sanctorum. Rien
ne me divertit tant que les hiftoires
de ces anciens Chevaliers, qui d'un feul
coup d'épée coupoient en deux l'homme
& le cheval. Tu me feras plaifir, fi tu
peux me le raporter, dit Don Quichotte ; mais que ce foit, je te prie, fi
fecrettement que perfonne n'en fache
rien. Laiffez moy faire, Monfieur, repartit l'Ecuyer ; mais cependant, que
votre Seigneurie demeure en paix. Je
vais trouver ma femme qui a peut-
être befoin de moy. Sancho étant forti,
D. Quichotte refta la tête fort échauffée

des chofes dont on venoit de lui ra-
fraîchir la memoire. Il ferma le Flos
Sanctorum, & fe promenant à grands
pas dans fa chambre, il commançoit
déja à recevoir dans fon imagination
troublée toutes les anciennes images
de fa Chevalerie errante. Neanmoins
tout agité qu'il étoit, ayant entendu
fonner Vêpres, il prit fon manteau &
fon chapelet, & fortit pour aller à l'E-
glife.

## CHAPITRE II.

### *De la rechûte de Don Quichotte.*

QUoique le Seigneur Martin Quexada eut l'efprit dans un étrange
defordre, il n'en fit pourtant rien paroître au dehors ; & il auroit peu à peu
repris fa tranquillité, fi le Dimanche
fuivant Sancho ne fût revenu à la charge : mais cette nouvelle vifite rendit
le mal fans remede ; car Don Quichotte n'eut pas plutôt entre les mains
l'hiftoire de Don Florisbran de Candarie, que la fimple image de ce Chevalier armé le remplit de fureur, &
acheva de lui faire perdre la raifon.

Sancho, dit-il à son Ecuyer, ce livre
que tu viens de m'apporter, contient
sans doute des faits d'armes admirables : mais au lieu de nous amuser ici
à les lire, il vaut mieux que nous songions à les imiter, & à les surpasser,
s'il est possible. Il y a déja plusieurs
mois que nous vivons dans une oisi-
veté criminelle, & que nous négligeons
de remplir nos devoirs, moy ceux de
l'Ordre de Chevalerie où je suis entré;
& toy ceux d'un fidelle Ecuyer. Il faut,
mon ami, retourner promptement à
nos exercices : & en cela nous ferons
une chose trés-agreable à Dieu, & fort
utile au monde, puisque nous purge-
rons la Terre de ces superbes & deme-
surés geants, qui contre tout droit &
raison font outrage aux Dames & aux
Chevaliers. Par là nous donnerons un
nouvel éclat à la renommée de nos An-
cêtres, & nous nous couvrirons d'une
gloire infinie, nous & notre posterité.
C'est à ce coup, mon fils, que nous
allons devenir riches à jamais. Nous
allons conquerir des royaumes pour
nous & pour nos amis. Zeste, interrompit Sancho : C'est bien ainsi qu'on
les prend ? Oh, s'il vous plaît, Monsieur, ne me mettez pas davantage en

tête toutes ces belles Chevaleries. Vous
m'aviez promis l'an paſſé de me faire
Roy, ou Gouverneur de quelque bon
païs, ma femme Amirale, & mes enfans Infans ; mais oui ! Je ne ſuis encore que Sancho Pança ; & tous les
Gouvernemens me fuyent comme ſi
j'avois la galle. N'en parlons donc plus,
Seigneur Don Quichotte : demeurons
en repos l'un & l'autre : que les coups
ſoient pour les foux qui les cherchent.
Les Yangois, Dieu mercy, m'ont ſi
bien frotté les côtes qu'elles ne me démangent point du tout. Outre cela il
m'en a coûté mon griſon, & par ma
foy la mule morte, le Medecin va à
pié. Oh Sancho, reprit Don Quichotte,
nous ferons cette année-ci la profeſſion avec plus de commodité que l'autre. Je t'acheteray un baudet qui ſera
plus grand que celui qu'on t'a volé.
Nous porterons des proviſions, de l'argent & du linge ; car j'ai remarqué veritablement que ces précautions ne
ſont pas inutiles. A ces conditions-là,
dit l'Ecuyer, & en me payant chaque
mois le ſalaire de mes ſervices, vous
avez encore trouvé votre homme. Je
veux bien retourner avec vous en Chevalerie. Vous n'avez qu'à me donner

de l'argent, je vais trouver tout-à-
l'heure mon compere Thomas Ceciel
qui a un fort bel âne à vendre ; & nous
partirons dés demain. J'aime à te voir
cette impatience, repliqua Don Quichotte, & j'en conçois un heureux pré-
fage : mais, mon fils, cela ne fçauroit
aller fi vîte. Il faut auparavant que je
me faffe des armes ; car je ne fçai ce
que font devenu les miennes. Il faut
encore, afin que notre fortie fe faffe
fous un favorable aufpice, que je t'envoye à l'Infante Dulcinée, pour lui
dire de ma part que je vais chercher
de nouvelles avantures. Si cette fiere
ennemie de mon repos n'étoit pas la
plus cruelle Princeffe de l'univers, j'i-
rois me préfenter à fes regards, & offrir moy-même à fes beautés celeftes
toutes les entreprifes heroïques que
mon courage va tenter ; mais par une
rigueur inouïe elle ne veut pas que je
jouiffe de fa vûë raviffante que je n'aye
effacé par d'innombrables exploits les
travaux des plus fameux Chevaliers
errans, & ceux d'Hercule même. C'eft
pourquoy, mon enfant, je fuis d'avis
que tu ailles dés aujourd'hui trouver
cette adorable inhumaine. Peins-lui
l'excés de mon amoureux tourment

avec des couleurs si vives, que tu puisses exciter sa pitié. Enfin parle-lui de maniere que ton recit la touche, & retien-bien tout ce qu'elle te dira pour me le redire ensuite mot pour mot. Oh! pour ce qui est de parler, dit Sancho, je défierois un Avocat de mieux s'en acquitter que moy. Je vous réponds bien de celui-là; & j'en fais les deniers bons. Je ne suis seulement en peine que d'une chose, qui est de savoir ce que je lui dirai. Tu lui diras, reprit Don Quichotte, que son tréshumble esclave le Chevalier de la triste figure est prêt à s'exposer encore pour elle aux plus épouventables perils; & qu'il conjure sa souveraine beauté de ne le pas abandonner lorsqu'il l'invoquera dans ses avantures. C'est assez, Monsieur, repliqua l'Ecuyer; je me souviendray de reste de ces paroles-là. Voyons pour plaisir, dit Don Quichotte, si tu les répeterois bien. Adresse-les moy comme si j'étois la Princesse Dulcinée. Bon, répondit Sancho; comment voulez-vous que je vous prenne pour Madame Dulcinée, puisque vous êtes Monseigneur Don Quichotte? L'innocent! repliqua le Chevalier: Ne peux-tu en me parlant t'i-

maginer que tu parles à Dulcinée? Hé
pardy non , Monſieur , repartit l'E-
cuyer ; car quand je vous parle , je ſai
bien que je ne parle pas à un autre. Et
encore une fois , je ſoutiens que vous
êtes Monſeigneur Don Quichotte.
Quelle bête ! dit notre Chevalier :
les païſans ſont ordinairement fins &
malicieux ; mais , pour toy , il faut a-
voüer que tu es d'une ſimplicité ſans
pareille. Il vaut mieux que j'écrive à
mon aimable Reine , & que tu lui
portes ma lettre, car tu lui ferois quelque ſot diſcours. Quelque ſot diſcours!
repliqua l'Ecuyer , ah mardy , non;
j'ai , graces à Dieu , autant d'eſprit
qu'un autre dans l'entendement ; & ce
n'eſt point à moy qu'il faut dire que les
liévres n'ont que trois piés. Don Quichotte ne voulant pas ſe fier à la memoire de Sancho , entra dans ſon cabinet, prit du papier & de l'ancre , &
aprés avoir rêvé long-tems à ce qu'il
alloit faire , compoſa une lettre d'un
ſtile fort ſingulier. Avant que de la
mettre au net , il la lut à ſon Ecuyer,
qui s'écria: Vive Dieu , voilà une belle
miſſive ! un Maiſtre d'école n'en feroit
pas une meilleure ! Elle vaut bien
mieux que la lettre que vous mandâtes

de la montagne noire à Madame Dulcinée. J'entendois quelque mot de
celle-là ; mais pour celle-ci, diantre !
je n'y comprens rien du tout. Donnez-
la moy que je la porte de ce pas au Tobofo ; & dés ce foir je vous en aporteray une réponfe bonne ou mauvaife.
Don Quichotte relut encore plufieurs
fois fa lettre, & en fit une copie dont
il chargea fon Ecuyer, en lui difant :
Tien, mon fils, va donc trouver ce mi-
racle des cieux qui eft l'arbitre fuprê-
me de ma deftinée. Adieu. J'attens
impatiemment ton retour. Faffe le ciel
que tu reviennes avec une réponfe favorable.

Quelques momens aprés que Sancho fut forti, un des Alcades du village vint prendre Don Quichotte, &
le mena dans la place, où ils trouverent le Curé, le Barbier & les autres
notables du lieu affemblés en un petit
peloton. Là pendant qu'ils s'entrete-
noient des affaires du tems, ils virent
arriver quatre Cavaliers fuivis d'un
grand nombre de Pages & de douze
Palfreniers qui conduifoient autant de
chevaux richement caparaçonnés. Ils
regardoient tous avec attention cette
magnifique cavalcade, lorfque le Curé

fe tournant vers Don Quichotte, lui
dit imprudemment, contre fa coutume : Seigneur Quexada, avoüez-nous
la verité. Si vous euffiez vû il y a fix
mois ces Cavaliers venir ici dans le
même équipage, n'eft-il pas vray que
vôtre Seigneurie eût eû beaucoup à
penfer ? Vous vous feriez imaginé que
ces Seigneurs auroient été pour le
moins les quatre démefurés geants gar-
diens du château de Bramiforan l'enchanteur, & qu'ils en feroient fortis
pour enlever une Princeffe de haut re-
nom. Quoique ce difcours fût affez
propre à faire faire quelque action extravagante à Don Quichotte, dont les
vifions étoient réveillées, il y répondit
toutefois trés-fagement. Monfieur le
Curé, dit-il, laiffons-là, s'il vous plaît,
la plaifanterie : Aprochons-nous plutôt
de ces Seigneurs, qui s'arrêtent dans
le village : fachons qui ils font, & ce
qu'ils cherchent. L'avis fut fuivi. Toute la compagnie s'aprocha des Cavaliers, & aprés le falut ordinaire le Curé
leur demanda fort civilement qui ils
étoient, & s'ils faifoient état de coucher dans le village. Seigneur Licentié,
lui répondit un des Cavaliers, nous
fommes des Gentilhommes Grenadins.

qui allons aux joûtes de Saragoſſe. Nous nous étions propoſé de paſſer cet êndroit-ci de deux lieuës ; mais nos valets & nos chevaux ſe trouvent ſi fatigués que nous jugeons à propos de les faire repoſer ici : Et quand nous devrions coucher ſur les degrés de voſtre Egliſe, nous vous prieſions de nous le permettre, plutôt que de paſſer outre. Hé bien, Seigneurs Cavaliers, repliqua le Curé, comme il n'y a point en ce lieu d'hôtellerie qui puiſſe contenir tant de monde, je veux moy-même prendre ſoin de vous loger. Meſſieurs les Juges emmeneront avec eux chacun un Cavalier & les perſonnes de ſa ſuite, & nous nous chargerons des deux autres, le Seigneur Quexada & moy. Vous ne ſerez pas traités comme le demanderoit voſtre condition, ni de la maniere que nous le ſouhaiterions ; mais ce ſera du moins avec toute la bonne volonté poſſible. Le Curé ayant ainſi diſtribué les logemens, chacun mena chez ſoy ſon hôte, aprés que les Grenadins furent convenus qu'ils partiroient le lendemain de grand matin pour éviter les chaleurs exceſſives de la ſaiſon.

CHAP.

# CHAPITRE III.

*De la réception que Don Quichotte fit
à son hôte, & des entretiens
qu'ils eurent ensemble.*

DOn Quichotte ayant conduit
chez lui son Cavalier, ordonna
à la Gouvernante de travailler au souper, & de ne pas épargner la volaille,
dont il avoit alors par bonheur une
assez grande provision. Tandis que le
souper s'aprêtoit, son hôte & lui prenoient le frais dans la cour. Don Quichotte, qui avoit envie de savoir son
nom, lui demanda de quelle maison il
étoit ; & pourquoy il venoit de si loin
aux joûtes de Saragosse ? Le Cavalier
lui répondit qu'il s'appelloit Alvaro
Tarfé, qu'il descendoit du vieux lignage des Tarfé, Mores illustres de
Grenade, & proches parens de leurs
premiers Rois. Vous savez à ce sujet,
poursuivit-il, tout ce qui se lit dans
l'histoire, & comment embrasserent le
Christianisme tous les Abencerrages,
les Zegris, les Gomeles, les Maças, &
les autres races nobles de Grenade, qui

*Tome I.* B

resterent en Espagne aprés la conquête que fit de ce florissant royaume le Catholique Roy Don Fernand. Pour le motif de mon voyage, je vous avoüeray que c'est l'amour. Une Dame, que j'aime, veut que je paroisse aux joûtes de Saragosse comme son Chevalier; & j'y vais, pour lui plaire, disputer le prix, qui doit être la recompense du Vainqueur. Je souhaite que vous le remportiez, dit Don Quichotte; mais, Seigneur Don Alvar, quand la fortune, qui dispose des évenemens, vous seroit contraire, vous aurez du moins la consolation d'avoir rempli les devoirs d'un Amant fidéle, ayant fait de vôtre part tout ce qui pouvoit servir à la gloire de vôtre Dame. Apprenez-moy, de grace, les merveilleuses qualités de cette admirable personne, & les principales avantures de sa vie. Il me faudroit plus de tems que je n'en ay à être ici, répondit Don Alvar, pour satisfaire vôtre curiosité: Je vous diray seulement que ma Maîtresse entre dans sa seiziéme année, & qu'elle passe pour la plus belle fille de l'Andalousie. Sa taille est petite à la verité, mais ... C'est dommage, interrompit Don Quichotte; car Ar-

ſtote dit qu'une femme parfaite doit
être grande. Oh ! n'en déplaiſe à Ari-
ſtote, reprit le Grenadin en ſoûriant,
je ne ſuis pas de ſon ſentiment ſur cela,
non plus que ſur bien d'autres choſes.
Je n'admire pas moins la nature dans
ſes petits que dans ſes grands ouvrages.
Les pierres pretieuſes ſont petites ; &
les yeux, qui ſont les plus belles & les
plus touchantes parties du corps humain, en ſont auſſi les moins grandes.
Vous avez raiſon, dit Don Quichotte;
mais il faut pourtant que vous conve-
niez que les femmes d'une taille haute
& bien proportionnée ont l'air plus noble & plus majeſtueux que les autres.
Ils continuerent cette diſſertation ſur
la taille des Dames juſqu'à ce qu'un
page de Tarfé leur vint dire de la part
de la Gouvernante que le ſouper étoit
prêt. Alors Don Quichotte fit entrer
ſon hôte dans la chambre, où l'on avoit
ſervi, & ils ſe mirent tous deux à table.
Don Quichotte tomba dans une profonde rêverie pendant le repas. Tantôt
regardant la nape ſans ſourciller, il
reſtoit le morceau à la bouche ; & tantôt quand Don Alvar lui demandoit
s'il étoit marié, il répondoit que Rocinantes étoit le meilleur cheval qui

eût jamais été nourri dans Cordoüe.
Le Grenadin étonné d'une si grande
distraction, en voulut savoir la cause
aprés le souper. Seigneur Quexada, lui
dit-il, si vous me permettiez de vous
parler à cœur ouvert, je vous dirois
que vous m'avez paru tout-à-l'heure
tellement enseveli dans vos pensées,
que j'ai tout lieu de croire que vous
avez quelque chagrin. Si cela est, ne
me le cachez pas, je vous prie ; vous
recevrez de moy du soulagement, s'il
est en mon pouvoir de vous en donner.
Une vive douleur, quand on la renferme dans le fond de l'ame, y cause
toûjours de violens effets ; au lieu qu'
on la dissipe en la déposant dans le sein
d'une personne qui y prend part. Je
dois vous rendre graces, Seigneur Don
Alvar, lui répondit gravement Don
Quichotte ; & je voudrois reconnoître
par mes services vôtre generosité. Mais
vous ne devez pas être surpris de m'a-
voir vû distrait. Il est difficile que nous
autres, qui professons avec gloire la
Chevalerie errante, qui combattons
tous les jours des geants ou des enchanteurs, des Endriagues, ou des Ri-
noceros pour desenchanter des Princesses, & redresser des torts : il est,

dis-je, bien difficile que nôtre efprit,
rempli de toutes ces images, ne fe
laiffe pas élever dans de hautes ima-
ginations. Tarfé fut merveilleufement
étonné d'entendre ainfi parler Dom
Quichotte : Il vit bien que ce pauvre
gentilhomme n'avoit pas le jugement
fain ; & pour s'en affurer davantage,
il lui dit : Mais encore, Seigneur Quexada, ne puis-je favoir ce qui vous a
fi fort occupé l'efprit pendant le fouper ? Quoiqu'il ne foit pas trop bien-
féant aux Chevaliers de réveler ces
fortes de fecrets, répondit Don Quichotte, neanmoins comme vous êtes
noble & foûmis auffi-bien que moy au
pouvoir de l'amour, je ne vous cacheray point les peines de mon ame. L'incomparable Princeffe, qui a captivé
ma liberté, paroît infenfible à ma paffion : & toutefois, Seigneur Don Alvar, je protefte devant Dieu & devant les hommes que je ne me fuis jamais écarté des regles de la Chevalerie. J'ai toûjours fuivi religieufement la
route qui m'a été tracée par ces anciens & primitifs Chevaliers errans,
l'invincible Amadis de Gaule, fon fils
Efplandian, Palmerin d'Olive, le Chevalier du Soleil, Tablantes de Riche-

mont, Don Belianis de Grece, & enfin par tous les autres qui ont merité de profeſſer le ſacré ordre de la Chevalerie errante. A cet extravagant diſcours, Don Alvar, qui avoit bon eſprit, donna dans le vray de la choſe : Il connut que ſon hôte avoit aſſurément trop lû les livres de Chevalerie; & voulant s'en divertir, Seigneur Quexada, lui dit-il, la Dame que vous aimez, eſt-elle de ce païs-ci? Etant d'un goût auſſi délicat que vous l'êtes, il faut qu'elle ſoit du moins une Diane d'Epheſe pour vous avoir charmé. Elle ſurpaſſe en beauté, repartit Don Quichotte, non ſeulement Diane d'Epheſe & Polixene de Troye, mais encore Didon de Cartage, & la Doralice de Grenade. Ses yeux & ſon teint ont l'éclat du ſoleil naiſſant, & l'incarnat naturel de ſes joüës reſſemble à la roſe qui s'épanoüit : ſes dents ſont d'yvoire, ſes lévres de corail, & ſon col efface la blancheur de l'albâtre. Elle ſe nomme la Princeſſe Dulcinée du Toboſo, & moy Don Quichotte de la Manche, Chevalier de la triſte figure. Don Alvar n'eut pas peu de peine à s'empêcher de rire, quand il entendit Don Quichotte ſe qualifier lui-même le

Chevalier de la trifte figure. Surnom
qu'il aprouva fort , à caufe de la peinture vive & reffemblante qu'il faifoit
de l'original. C'eft cette Princeffe, continua nôtre Heros , qui donne l'ame à
mes penfées , qui éleve mes fentimens,
& qui me caufe ces diftractions qui me
rendent fi different de moy-même. J'ai
quitté ma maifon & mon païs , pour
aller achever à fa gloire mille écla-
tantes entreprifes ; & je lui ay envoyé
foûmis & vaincu tout ce que j'ay rencontré de furieux geants & de Chevaliers fans pair. Cependant le pourrez-
vous croire , Seigneur Don Alvar ?
Malgré tant de fervices inouïs , elle eft
pour moy plus fauvage qu'une Lionne
d'Afrique , ou qu'une Tigreffe d'Hircanie. Elle reçoit mes lettres paffion-
nées avec dédain , ou plutôt avec horreur. Je lui ay adreffé des harangues
plus longues que celles de fainte Ca-
therine au Senat de Rome : J'ay com-
pofé pour elle des Vers plus tendres
que ceux de Pétrarque à fa chere Laure:
des Poëmes plus fublimes que ceux
d'Homere & de Virgile , & plus remplis de digreffions que la Pharfale de
Lucain. Je lui ay écrit encore aujour-
d'hui une lettre trés-refpectueufe , &

je n'en attends qu'une réponse pleine
de rigueur. Comme il achevoit ces
derniers mots, il vit paroître son
Ecuyer : Hé bien, Sancho, lui dit-il,
quelles nouvelles m'aportes-tu de mon
Infante ? Faut-il vivre ? Faut-il mourir ? Monsieur, répondit l'Ecuyer,
voici une lettre qu'elle a fait écrire par
le Sacristain du Toboso, & qu'elle m'a
dit de vous donner. Une lettre de sa
part ! dit Don Quichotte avec un transport de joye dont il ne fut pas maître ;
quelle faveur ! Juste Dieu, seroit-elle
enfin devenu sensible à mon amour ?
Monsieur, repliqua Sancho, lisez la
lettre auparavant ; peut-être n'y a-t-il
pas si grand sujet de se réjouïr. Seigneur
Don Alvar, dit nôtre Chevalier, trou-
vez bon, de grace, que je lise ce billet,
& que je satisfasse l'impatience que j'ay
d'apprendre mon destin. A ces paroles il baisa la lettre, & l'ouvrit ; &
aprés l'avoir lûë tout bas, ô ciel ! s'é-
cria-t-il, puis-je sans expirer de douleur recevoir une pareille réponse ? Jamais Dame fit-elle cette indigne menace à un Chevalier ? L'Infante Olive
traita-t-elle ainsi le Prince de Portugal,
quelque aversion qu'elle eût pour lui ?
Hé quoy ! Seigneur Don Quichotte,
dit

dit Don Alvar, pendant qu'il n'y a
point de Princeſſe au monde qui ne ſe
tint honorée de vôtre amour, l'Infante
Dulcinée du Toboſo vous mépriſeroit-
elle ? Vous en allez juger, repartit Don
Quichotte. Ecoutez ce que m'écrit cette Inhumaine. En même-tems il lut à
Don Alvar la lettre de Dulcinée, qui
étoit conçûë dans ces termes :

## A
### MARTIN QUEXADA L'ECERVELÉ.

*Il y a long-tems que mes freres de-*
*vroient vous avoir régalé d'une volée de*
*coups de bâton pour toutes les imperti-*
*nentes lettres que vous m'avez écrites.*
*S'ils avoient eſté au logis, quand ce*
*vieux fou de Sancho Pança m'eſt venu*
*aporter vôtre derniere, il ne s'en feroit*
*pas aſſurément retourné avec toutes ſes*
*côtes ; mais, patience, s'il y revient ja-*
*mais, il payera le tout enſemble : Et*
*vous, Seigneur Martin, je vous aver-*
*tis que s'il vous arrive encore de m'a-*
*peller Dulcinée du Toboſo, & de me*
*traiter de Reine, d'Infante & d'Impe-*
*ratrice, vous pourrez bien vous ſouve-*
*nir toute voſtre vie de m'avoir donné ces*
*noms de Carême-prenant. Sachez que je*
*me nomme par mer & par terre Al-*

*Tome I.*         C

*donça Lorenço, autrement Nogalés.*

Seigneur Don Alvar, dit Don Quichotte, vous voyez par cette outra-
geante lettre si j'ay tort de me plaindre de l'ingratitude inoüie de Dulcinée,
Oh la maraude! s'écria Sancho: Tenez, Seigneur Gentilhomme, que j'aye
la roupie toute l'année, si mon Maître
n'a fait pour cette moricaude plus de
chevaleries de jour & de nuit qu'on
n'en feroit pour une Abbesse. Mais
aussi pourquoy s'y frotte-t-il? Qui a
de l'ail le mange sur son pain: qui n'en
a pas, doit s'en passer. Entre nous, le
Seigneur Don Quichotte en souffre
trop. Si au lieu d'écrire à cette dessa-
lée, il lui eût fait tenir par la poste ou
autrement une demi-douzaine de bons
coups de pié dans le ventre, elle n'auroit pas tant fait l'entenduë. Je connois ces drolesses-là. Si vous les laissez
faire, elles vous tondent sans façon,
Qui se fait brebis, le loup le mange:
Qui endure un soufflet, en reçoit deux,
& ainsi du reste. Je voudrois bien qu'-
elles se joüassent à moy. Oh qu'elles
ne sont pas si sottes! Je m'escrime
aussi bien du pié que la mule du frere
Jerôme, quand j'ay mes souliers des
Dimanches avec leurs clous. Si Dul-

cinée m'avoit fait battre par ſes deux
freres Baſile & Bertrand Nogalés, foy
d'Ecuyer errant, je le lui ferois payer
plus cher qu'au marché. Sancho étoit
trop en train de parler pour en demeurer là : Et Don Quichotte eut beau lui
ordonner de ſe taire, il n'y eut pas
moyen. Il faut que je vous conte, pourſuivit-il, ce que me fit cette crapaude
un jour que lui portay encore une lettre de la part de mon Maître. Je la
trouvay qui rempliſſoit dans ſon écurie
un manequin d'ordures avec une pelle,
& je n'eus pas ſitôt ouvert la bouche
pour lui dire que Monſeigneur Don
Quichotte lui baiſoit trés-inſtament
les mains, qu'elle m'apliqua de volée
ſur la face une pelletée de fiante dé-
trempée dans de l'urine de cheval.
Comme j'avois ce jour-là par malheur
la barbe plus épaiſſe que les vergettes
de Maître Nicolas le Barbier, la vilai-
nie y tenoit ainſi que de la poix. Hé
bon Dieu, mon ami, dit en riant Don
Alvar, c'étoit bien mal vous payer le
port de la lettre ! Dulcinée, à ce que
je voy, ne ſe regle pas ſur les Heroïnes
de l'ancienne Chevalerie, qui acca-
bloient de preſens les Ecuyers qui leur
portoient des lettres d'amour. Des let-

C ij

tres d'amour! repartit Sancho: Ah!
par ma foy, quand l'Ecuyer d'un Car-
dinal lui en porteroit la charge d'un
âne, il n'en auroit pas seulement un
grand merci. Nôtre-dame; quelle mine elle fait, quand on lui donne une
lettre! On diroit que la moutarde lui
prend au nez, que Satan lui souffle la
caquesangue au derriere. Arrefte, Sancho, interrompit Don Quichotte: ne
fais point d'imprecation contre cette
Princeffe: toute injufte, toute ingrate,
toute barbare qu'elle eft, je l'adore,
Songe que c'eft la Reine de ma volonté, & refpecte ce que j'aime. En verité, Seigneur Don Quichotte, dit a-
lors le Grenadin, je ne puis revenir de
ma furprife. Je vous avouë que le ftile
de vôtre Infante eft dur. Mais ne lui
auriez-vous point auffi imprudemment donné fujet de s'irriter contre
vous? Examinez-vous bien. Vous aurez peut-être, fans y penfer, mis dans
vôtre billet d'aujourd'hui quelque mot
qu'elle aura pris de travers. Vous favez que cela arrive quelquefois aux
Dames. Non, Seigneur Don Alvar,
répondit Don Quichotte, il n'y a rien
dans cette lettre qui ait dû l'offenfer;
& pour vous en convaincre, je vais

tout-à-l'heure vous en montrer le
broüillon. En même-tems il se leva
pour l'aller prendre dans son cabinet,
d'où l'ayant aporté il se remit sur son
siege, & lût distinctement & d'un air
grave les paroles suivantes :

## A

## LA NONPAREILLE INFANTE DULCINÉE DU TOBOSO.

*Si le loyal amour qui boult outre me-*
*sure és veines de cettui vostre serf, me*
*souffroit, ô belle ingrate, depiter en fe-*
*lonie encontre la vostre perfection & sou-*
*verain empire, tost prendrois vengeance*
*par oubli du mépris que faites de mes*
*feux cuisans. Or pensez peut-être, dou-*
*ce ennemie, qu'à rien autre ne mets*
*mon penser, si n'est à redresser torts,*
*& punir felons ; mais jaçoit que chacun*
*jour aye besoin de mon corps contre*
*d'outrageux geants, & que souvente-*
*fois aye versé le sang de tels monstres, si*
*n'a pas pour ce délaissé le mien penser,*
*dont l'aisle est legere, de se, remettre*
*joyeusement en remembrance les vostres*
*tant belles parties, & qu'il fust cap-*
*tivé par la plus excellente Dame qui*
*soit parmi les Roynes de haulte forte.*
*Toutefois, ô noble Infante, daignez*
*me recevoir à merci, si j'ay commis*

C iij

quelque difcourtoifie envers voftre haulte Majefté & beauté royale. Et bien le
puis meriter, puifque toutes fautes par
amour font dignes de pardon. C'eft la
grace que demande à vos imperiales
perfections le tant voftre jufqu'à fon dé-
partement de ce monde Le Chevalier de
la Trifte-figure.

D. Quichotte de la Manche.

Sans mentir, dit Don Alvar en
riant, je n'ay jamais rien vû de fi plaifant que cette lettre. Elle eft telle que
l'eût pû écrire de fon tems le Roy
Don Sanche de Leon à la noble Dame Ximena Gomés, lors que le Cid
Ruy Dias la confoloit de fon abfence.
Mais d'où vient, Seigneur Don Quichotte, que faifant voir autant d'élé-
gance & de politeffe qu'il y en a dans
vos difcours, vous avez écrit à vôtre
Infante dans ces termes qui, comme
vous favez, ne font plus d'ufage? Je
vais vous en dire la raifon, répondit
Don Quichotte : J'ay voulu effayer fi
en imitant le vieux ftile de nos anciens
Chevaliers, je pourrois fléchir l'inflexi-
ble Dulcinée, & amollir ce cœur de
diamant, dont mes expreffions ordinaires ne faifoient qu'augmenter la

dureté. Et pourquoy, repliqua le Grenadin, avez-vous pris le nom de Chevalier de la Triste-figure ? Oh ! pour
celui-là, interrompit Sancho, il faut
le lui pardonner ; car ce fut moy qui
le lui donnay ; & franchement il ne
lui sied pas trop mal. Je pris le nom
de Chevalier de la triste figure, dit Don
Quichotte, parceque l'éloignement de
ma souveraine me causoit une tristesse
excessive ; & comme Amadis prit celui
du beau tenebreux. Tarfé se montra
sensible aux peines de Don Quichotte.
Effectivement, lui dit-il, cette lettre
est trés respectueuse. Je ne comprens
pas ce qui peut révolter contre vous
Dulcinée, & pourquoy elle maltraite
ainsi un Chevalier de vôtre merite.
Aprés cela changeant de discours : Seigneur Don Quichotte, dit-il, comme nous devons partir avant le jour,
pour prévenir la chaleur, je songerois
à me coucher, si vous vouliez me le
permettre. Don Quichotte lui ayant
répondu qu'il pouvoit faire ce qui lui
plairoit, sortit pour aller querir quelques poires confites, afin d'en régaler
son hôte avant son coucher. Alors le
Grenadin s'approchant du lit qu'on lui
avoit apprêté dans la chambre où ils

C iiij

étoient, appella deux de ses Pages pour
le venir deshabiller. Mais Sancho jaloux de ses droits d'Ecuyer, lui voulut
rendre ce service. Ce qui plut tellement à Tarfé, qu'il lui dit, en lui présentant la botte : Allons donc, mon
ami, puisque vous êtes de si bonne volonté, tirez ferme ; aussi-bien sera-ce
une chose fort glorieuse pour moy de
pouvoir me vanter d'avoir été débotté
par un des plus fameux Ecuyers de la
Chevalerie errante. Ecoutez, Seigneur
Don Alvar, répondit Sancho, je croy
franchement que j'en vaux bien un autre. Quoique je ne sois pas Don, mon
pere ne laissoit pas de l'être. Hé ! comment cela, dit Tarfé? Si vôtre pere
portoit ce titre d'honneur, vous avez
donc degeneré ? Non, Monsieur, repartit Sancho ; mais c'est que mon pere
plaçoit à sa fantaisie ce titre d'honneur ; au lieu de le mettre à la tête de
son nom, comme vous autres Seigneurs, il le mettoit à la queuë. Il s'appelloit donc, repliqua le Grenadin,
François Don, Jean Don, ou Martin
Don? Vous n'y êtes pas encore, Monsieur, dit l'Ecuyer ; il se nommoit
Pierre le * Remendon. Don Alvar ne
put s'empêcher de rire de cette mau-

* Remen-
don en
Espagnol
signifie
Ravau-
deur ou
Savetier.

vaife plaifanterie, & il demanda à Sancho, fi fon pere vivoit encore. Non
Monfieur, répondit-il, il y a plus de
dix ans qu'il eft mort de la maladie des
mules aux talons. Des mules aux talons, s'écria le Grenadin en éclatant
de rire ! C'eft le premier homme que
j'aye oüi dire qui foit mort d'une pareille maladie. Oh dame ! Seigneur
Alvaro, reprit l'Ecuyer, tout le monde ne peut pas mourir de la maladie
qui lui feroit le plus de plaifir. Don Alvar & fes Pages continuoient à rire
fur nouveaux frais, lorfque Don Quichotte rentra fuivi de la Gouvernante
qui portoit fur une affiette quelques
confitures feches avec une carafe de
bon vin blanc : Mais Tarfé ne voulut
rien prendre. Je n'oferois manger, dit-
il, parceque je n'ay jamais mangé im-
punément hors de mes repas ; j'ay fait
fouvent fur moy l'experience de cet
aphorifme d'Avicennes ou de Galien,
que de manger avant l'entiere dige-
ftion des premiers alimens, c'eft ex-
pofer fa fanté. Bon ! s'écria Sancho :
il n'y a Avilienne ni Gacien qui tienne ; quand ces drofles-là me diroient
plus de latin qu'il n'y en a dans l'a,
b, c, je m'abftiendrois auffi-peu de

manger, fi j'avois le morceau à la
main, que de cracher, quand il m'en
prend envie. Vous avez raifon, ami
Sancho, dit Don Alvar, & avec le
permiffion de voftre Maiftre, il faut
que vous receviez celle-ci de ma main.
En difant ces paroles, il prit une poire
avec la pointe d'un coûteau, & la lui
préfenta. Non pas, s'il vous plaift, Seigneur Alvaro, répondit l'Ecuyer; ces
friandifes-là me font mal, lorfqu'elles
font en petite quantité. Il ne laiffa
pourtant pas de la prendre, & de la
manger. Aprés cela Don Quichotte
donna le bon foir à fon hôte, qui ne
tarda pas à fe mettre au lit.

## CHAPITRE IV.

### Des grands projets que fit Don Qui-
chotte, & que fon Ecuyer
approuva.

DOn Quichotte eftant forti de la
chambre de Don Alvar, mena
Sancho dans une autre où il lui dit:
Demeure ici, mon ami, & te repofe
avec moy cette nuit; j'ay une affaire
de la derniere importance à te com-

muniquer. Attendez, Monfieur, répondit l'Ecuyer ; il faut auparavant
que je faffe un tour à la cuifine , car
je n'ay pas foupé non ! & je fuis comme le coucou, je ne faurois chanter, fi
je n'ay l'eftomach plein. Va donc fouper là bas , repliqua Don Quichotte,
& revien promptement me trouver.
Monfieur , repartit Sancho, je mettray les morceaux en double , pour
avoir plutôt fait ; je feray à vous en
peu de tems , & peut-eftre plutôt que
je ne voudrois ; car j'ay bien peur que
les gens du Seigneur Alvaro ne m'aïent
pas laiffé beaucoup de befogne à faire.
En achevant ces mots il defcendit dans
la cuifine, & Don Quichotte fe coucha en attendant fon retour. La Gouvernante avoit tué tant de poulets ,
qu'il y eut de quoy contenter Sancho.
Elle lui abandonna les reftes du fouper. Il s'en bourra jufqu'à la gorge.
Après cela s'en eftant retourné gayement dans la chambre de fon Maiftre :
Oh ça, Monfieur , lui dit-il , nous
pouvons parler d'affaires. Je fuis préfentement pour donner de bons confeils , car je fuis rond comme une
boule. Ferme la porte , dit Don Quichotte , & vien te coucher auprés de

moy. L'Ecuyer se deshabilla sans façon, & son Maistre le voiant à ses costés, lui parla dans ces termes : Ami Sancho , je médite un des plus grands desseins qui soit jamais entré dans l'esprit d'un Chevalier errant ; mais avant que je t'en instruise il est à propos, mon fils , que je te fasse quelques questions que je ne t'ay point voulu faire devant le Seigneur Don Alvar. De quel air , di-moy , Dulcinée a-t-elle reçû ma lettre ? L'a-t-elle luë ? Non, Monsieur , répondit l'Ecuyer ; mais elle l'a fait lire. Et n'a-t-elle fait paroistre aucun mouvement de joye, repliqua Don Quichotte ? Pardonnez-moy , repartit Sancho : Elle a ri comme une folle en haussant les épaules. C'est une Princesse fort dissimulée, reprit nostre Chevalier. Hé ! que sait-on si ce n'est pas pour mieux cacher les tendres sentimens qu'elle a pour moy , qu'elle affecte tant de rigueur, & qu'elle m'a écrit des choses si dures ? Mais enfin comme un cœur amoureux se trahit , en te renvoyant ne t'a-t-elle rien dit qui flatast mon amour ? Ne lui est-il pas échappé , malgré elle, quelque parole obligeante ? Oh qu'oui, Monsieur ! répondit l'Ecuyer ; elle a

bien dit des paroles. Elle m'a dit que
nous eftions vous & moy les deux plus
grands foux de la Manche, & je ne fay
combien d'autres chofes encore que
je fuis fâché de n'avoir pas retenues
pour vous les redire mot à mot comme vous me l'aviez ordonné. Ah ! c'en
eft trop, s'écria Don Quichotte ; j'ouvre les yeux, je voy que l'orgueilleufe
me méprife : Et que je m'abufe, quand
j'explique favorablement fes duretés.
C'en eft fait, il faut que je m'affran-
chiffe de fon indigne chaîne ; je dis de
fon indigne chaîne, parce que jamais
Infante n'a menacé de coups de bâton
un Chevalier errant. Ce procedé eft
injurieux. Que les Chevaliers foient
haïs, à la bonne heure, ils n'en font
pas pour cela moins fidelles, ni moins
amoureux ; mais ils ne doivent pas
fouffrir des mépris. Je veux donc oublier Dulcinée, j'y fuis réfolu ; & c'eft
là un de ces grands deffeins que j'avois
à te communiquer. Par ma foy, dit
Sancho, je fuis ravi que Madame Dulcinée ne foit plus des nôtres, pour fa
peine de m'avoir fi bien barbouillé
dans fon écurie. Que je n'aye jamais
de gouvernement, fi elle ne fe mord
un jour les pouces, quand elle verra

que vous ferez Roy, & moy Gouverneur, & qu'il n'a tenu qu'a elle d'eftre
Imperatrice, & de rendre Infans fes
deux freres qui ne feront jamais que
des laboureurs. Dieu fait comme ils la
houfpilleront pour avoir fait la bête
avec vous, au lieu d'avoir reçû vos
lettres miffives à belles baifes-mains,
& de vous avoir accordé toutes les faveurs de Chevalerie que vous lui de-
mandiez. Oh ! qu'elle en fera fâchée
elle-même ! mais aprés la mort la me-
decine. Quand on a le morceau dans
le ventre, il n'eft plus tems de fouffler.
Ce n'eft pas tout, Sancho, dit Don
Quichotte ; j'ay encore un autre projet
en tefte, fur lequel je fuis bien aife de
te confulter. Dépêchez vous donc vîte,
répondit l'Ecuyer ; car les bâillemens,
qui commencent a venir drû & menu,
me font juger que je pourray bientôt
m'endormir. Je fay, reprit Don Quichotte, qu'au premier jour il fe doit
tenir de magnifiques joûtes à Saragoffe.
Il ne faut pas, mon enfant, que nous
manquions une fi belle occafion : & je
prétens dés demain me faire de nouvelles armes, afin que nous puiffions
partir inceffamment. Sancho répondit
à fon Maître qu'il eftoit prêt à le fui-

vre partout. Ce qui plut fi fort à Don
Quichotte, qu'il l'embraſſa de joye ;
mais l'Ecuyer ne ſentit preſque pas
l'embraſſade, tant le ſommeil commençoit à diſpoſer de lui. Cependant
le Chevalier, qui n'y prenoit pas garde,
pourſuivit ainſi ſon diſcours. Nous
irons donc à Saragoſſe, où je gagneray
le premier prix des joûtes ; & comme
l'ingrate Dulcinée n'a payé ma con-
ſtance que de mépris, je chercheray
une autre Dame qui ſaura mieux qu'-
elle reconnoître mes ſervices. Peut-
eſtre, me diras-tu, que je dois me faire
un ſcrupule de changer de Maîtreſſe ;
mais je te répondray, mon ami, que
le Chevalier du Soleil quitta bien Cla-
ridiane pour la Princeſſe Lindabrides,
quoiqu'il n'eût pas meſme le moindre
ſujet de ſe plaindre d'elle. Pour trouver
donc un objet qui ſoit digne d'un Chevalier tel que moy, je me propoſe d'aller à la Cour d'Eſpagne où déja ma réputation m'a devancé. Les belles Prin-
ceſſes, qui compoſent la Cour de la
Reine, charmées de ma bonne mine &
du bruit de mon nom tenteront à l'envi la conqueſte de mon cœur ; mais je
ne le ſoûmettray qu'aux loix de celle
qui me marquera le plus d'amour, ſoit

par les ornemens dont elle affectera
de se parer pour me plaire, soit par les
lettres paſſionnées, les écharpes, les
bracelets, & par les autres faveurs galantes que j'en recevray. Les Chevaliers de la Cour, & principalement
ceux de la Toiſon, jaloux de ma gloire
& de mes bonnes fortunes, eſſayeront
par mille artifices de me perdre dans
l'eſprit du Roy. Je leur en demanderay
raiſon par la voye des armes, & les
ayant tous tuez ou deſarmez aux yeux
du Roy & de toute ſa Cour, je paſſe-
ray indubitablement pour le meilleur
Chevalier du monde. Que dis-tu, mon
fils, de ma reſolution? Il ſe tut un moment pour entendre la réponſe de ſon
Ecuyer; mais s'apperçevant qu'il dormoit, il le pouſſa du coude en lui diſant: Hola, mon ami, écoute-moy je
t'en conjure. Vous avez raiſon, Monſieur, s'écria Sancho à moitié endormi,
toute cette canaille de geants n'eſt bonne qu'à pendre, & c'eſt bien fait de leur
donner ſur la creſte. Que le ciel te confonde avec tes geants, dit Don Quichotte! je me caſſe la teſte à faire entrer dans la tienne ce qui aprés Dieu
nous importe à toy & à moy plus que
toute autre choſe, & tu dors comme
un

un Loir ! Monfieur, repliqua l'E-
cuyer, laiffez-moy dormir, s'il vous
plaît ; & je tiens dés à prefent pour
bon & pour veritable tout ce que vous
m'avez dit & tout ce que vous me direz dans la fuite. Vive Dieu, reprit le
Chevalier, ce n'eft pas un mediocre
chagrin d'avoir à traiter de chofes importantes avec un ruftre comme toy !
Hé bien dors, miferable, & fois toûjours l'efclave de tes fens. Pour moy,
je ne veux point me livrer au fommeil,
que je n'aye auparavant rempli mon
imagination des moyens dont je dois
me fervir pour remporter le prix le
plus confiderable des joûtes. Je vais
imiter le prudent architecte qui devant que de mettre la main à l'œuvre
conçoit & difpofe en fon idée toutes
les parties de l'édifice qu'il veut bâtir.
Ce fut donc dans cette occupation que
Don Quichotte paffa la plus grande
partie de la nuit. Il fe rendoit prefent
par l'effort de fon imagination échauffée tout ce qui devoit lui arriver aux
joûtes. Tantôt il parloit aux Chevaliers contre lefquels il devoit courir :
tantôt il demandoit aux Juges du camp
les prix qu'il avoit meritez. Enfuite a-
prés avoir falué humblement & avec

*Tome I.*           D

beaucoup de gravité une Dame qu'il se figuroit trés-belle & magnifiquement parée sur un riche balcon, il lui presentoit galamment de dessus son cheval au bout de sa lance le joyau qu'il avoit gagné comme son Chevalier. A la fin le sommeil s'emparant de ses sens vint dissiper pour quelques momens toutes ces bizarres images que son entestement pour la Chevalerie errante peignoit en sa fantaisie.

Une heure avant le jour, on frappa cinq ou six coups de suite à la porte du logis. Nostre Chevalier se reveilla, & ayant aussi reveillé de la voix & du coude son Ecuyer, il lui dit de se lever pour aller voir ce que ce pouvoit estre. Sancho se leva, mais ce ne fut pas sans maudire les gens qui interrompoient son repos. C'estoit le Curé & les deux Alcades qui venoient reveiller le Seigneur Don Alvar, afin qu'il pust partir au frais avec les autres Cavaliers Grenadins, comme ils en estoient convenus le soir précedent. Aprés cela le Curé & les Juges s'en retournerent chez eux pour faire déjeuner leurs hôtes qui devoient ensuite venir prendre Tarfé en passant. Tout le monde fut bientôt sur pié dans la maison de Don

Quichotte, & tandis que les valets de
l'Etranger preparoient toutes chofes
pour leur départ , la Gouvernante &
Sancho preparoient le déjeuner. Cependant le Grenadin s'eftant habillé dit
à Don Quichotte qui entra dans fa
chambre pour lui donner le bon jour,
Seigneur Chevalier , j'ay une grace à
vous demander. On vient de m'aprendre qu'un de mes chevaux s'eft bleffé ,
& qu'il ne fcauroit porter la moindre
charge. Cela m'oblige à laiffer ici tout
ce qu'il y a de plus embarraffant & de
moins neceffaire dans mon équipage.
J'ay entre autres chofes certaines armes grayées à Milan que je ne me fou-
cie pas trop de porter à Saragoffe ; car
outre qu'elles font plus propres pour
des courfes de bague que pour des combats de barriere , j'en ay d'autres que je
prife davantage. Je vous prie de me les
faire garder jufqu'à mon retour en
quelque endroit feur de vôtre maifon.
Comme il achevoit ces paroles deux
de fes valets aporterent un grand cofre, & le poferent aux piés de Don
Quichotte , lequel ayant voulu voir
les armes piece à piece penfa s'extafier
de joyè lorfqu'il vit un objet fi agreable. L'armure eftoit complette. Cui-

raſſe, épaulieres, gorgerin, motion,
braſſars, cuiſſars, genoüilleres, enfin
rien n'y manquoit. Noſtre Chevalier
dont l'eſprit faiſoit beaucoup de chemin en peu de tems, imagina d'abord
l'uſage excellentqu'il feroit d'un ſi riche
depoſt : dans cette penſée, il dit au Grenadin d'un air content, Seigneur Don
Alvar, j'eſpere que vous ne vous repen-
tirezpasde m'avoir confié un ſi precieux
tréſor. Il lui demanda enſuite en quel
équipage il ſe preſenteroit aux joûtes,
quelles ſeroient ſes livrées & ſa deviſe.
A quoy Tarfé ſatisfit exactement ſans
ſe douter en aucune maniere des beaux
projets que le curieux perſonnage rou-
loit alors en ſon imagination. Pendant
qu'on remettoit les armes dans le cofre, Sancho entra en diſant, Le Seigneur Alvaro Tarfé peut venir ſe ſeoir
à la table, car le déjeuner eſt preſt par
mes ſoins. Ah ah, Sancho mon ami,
lui répondit le Grenadin, vous eſtes
homme de precaution, à ce que je vois.
Mais avez-vous l'appetit ouvert de ſi
bon matin? Oh pour cela oui, repartit l'Ecuyer; & c'eſt une choſe qui merite d'eſtre marquée dans le journal de
la Paroiſſe; en depit du diable & de la
malice, j'ay ſi bon appetit que je ne me

souviens pas de m'estre jamais levé soû
de table en jour de ma vie, si ce n'est il
y a un an que mon oncle Diego Alonso estant dépensier de la Confrairie du
Rosaire, me donna le soin de distribuer
les pains & les fromages de la charité.
Pour ce jour-là, Seigneur Tarfé, franchement, il me fallut détacher deux
aiguillettes de ma ceinture. Dieu vous
conserve une si belle disposition, dit
Don Alvar. Je donnerois beaucoup
pour joüir comme vous d'une santé si
parfaite. Tarfé n'eut pas mangé un
morceau que les autres Cavaliers Grenadins arriverent, & comme déja le
jour paroissoit, il monta à cheval aprés
avoir remercié Don Quichotte de son
obligeante reception. Mais nostre Chevalier se croyant obligé par les regles
de la Chevalerie tant errante que se-
dentaire de les accompagner quelque
tems, fit tirer de l'écurie Rocinantes
tout sellé & bridé, & le présentant à
Don Alvar, Vous voyez, lui dit-il, le
meilleur cheval dont vous ayez jamais
oüi parler. Bucephale, l'Alfane, Sayan,
Rabieça, Bayard, Cornelin, & Pegase
mesme n'en approchoient pas. Je le
crois, puisque vous me le dites, répondit
Tarfé en soûriant aprés avoir consideré

avec étonnement le flafque animal ;
mais en verité, Seigneur Don Quichotte, on n'en feroit pas fur fa mine
le mefme jugement que vous en portez. Il eft certain que Rocinantes étant
exceffivement haut & long, & avec
cela fi étroit & fi maigre qu'on l'auroit percé d'une arrefte, fa vûë ne con-
firmoit pas tout le bien qu'en difoit fon
Maiftre. Enfin les Grenadins partirent,
& quand ils eurent fait environ un
quart de lieuë, ils prierent Don Quichotte de ne fe pas donner la peine
d'aller plus loin. Il fe fit entr'eux une
petite conteftation de civilitez ; mais à
la fin le courtois Chevalier de la Manche ceda aux inftances des Etrangers,
& reprit le chemin de fon village.

# CHAPITRE V.

*Du premier ufage que fit Don Quichotte*
*des armes que Don Alvar*
*lui avoit confiées.*

DOn Quichotte eftant de retour
chez lui envoya querir Sancho,
qui ne faifoit que de rentrer en fa maifon. L'Ecuyer accourut promptement

A. Clouzier. Sc.

aux ordres de fon Seigneur, qui d'abord
ferma la porte de fa chambre à double
tour, afin qu'on ne les vînt pas interrompre. Rejouïs-toy, mon fils, dit
noftre Chevalier ; J'ay une agreable
nouvelle à t'apprendre. Nous pourrons faire noftre fortie quand il nous
plaira, puifque j'ai des armes. Hé où
font-elles, Monfieur, dit l'Ecuyer ?
Elles font dans ce cofre, répondit Don
Quichotte, en lui montrant celui où
eftoient les armes de Don Alvar. Monfieur, repliqua Sancho, vous ne pen-
fez pas à ce que vous dites. Il ne faut
pas que le bien d'autrui nous tente. Ce
cofre n'eft point à vous. Il appartient
au Seigneur Alvaro Tarfé. C'eft ce qui
te trompe, repartit Don Quichotte :
Il faut que je te découvre tout le myftere, mon ami : Ces armes font enchantées, & c'eft le fage Alquife mon
Protecteur qui me les a fait tenir fecrettement cette nuit par le Seigneur
Don Alvar, afin que j'aille aux joûtes
de Saragoffe, & que j'y remporte le
prix le plus confiderable. Les Enchanteurs en ufent ainfi d'ordinaire, quand
ils ne veulent pas fe montrer aux Chevaliers qu'ils favorifent. Ce fut de cette
forte, & par le miniftere de l'Infante

Imperia que la sage Belonie fit tenir
des armes à Don Belianis son favori,
lorsqu'il entreprit de combattre pour
la Duchesse d'Isperie que le grand Cam
de Tartarie vouloit faire brusler. Ne
sois donc pas assez simple pour t'imaginer que ces armes soient à Don Alvar. Elles n'appartiennent qu'à moy :
Et c'est un present, te dis-je, que le
sage Alquife m'a fait par ses mains.
Puisque cela est, reprit Sancho, voyons
un peu ces armes : aussi-bien la clef est-
elle encore au cofre. En mesme tems
Don Quichotte l'ouvrit, & en tira les
armes.  Lorsque l'Ecuyer les vit si
claires & si polies, & partout enrichies
de feuillages, de trophées, & d'autres
graveures à la Milanoise, il se figura
qu'elles estoient de pur argent ; & dans
l'excés de son admiration il s'écria,
Vive Dieu, Seigneur Don Quichotte,
ces belles armes ont esté sans doute à
celui qui fonda la tour de Babilone ! si
elles estoient à moy, je les taillerois
toutes en beaux & luisans patagons,
de ceux qui ont cours aujourd'hui. En
disant cela il prit en ses mains le morion, & aprés l'avoir fort attentivement consideré, Par la sacrée barbe à
Pilate, continua-t-il, ce bonnet d'argent

gent feroit propre pour un Archidiacre!
Et s'il avoit deux doigts de bord davantage, le Roy mefme pourroit s'en
fervir. Il faudra que Monfieur le Curé
le porte à la proceffion du rofaire : avec
ce capuchon & fa belle chappe de bro-
card, il reluira plus que le cadran de
noftre village. Par la mardy, je vais
parier que ces armes-là valent à marché donné plus de foixante mille millions. Mais dites-moy, Monfieur, s'il
vous plaît, qui eft-ce qui les a faites ?
Eft-ce le fage Efquife lui-mefme ? Ou
font-elles venu au monde ainfi toutes
faites ? Quelle fimplicité, répondit Don
Quichotte! Le fage Alquife peut bien
en eftre l'ouvrier, parce qu'effectivement elles ne fauroient avoir efté faites que par un grand Enchanteur : Et
quand j'en examine le travail, je croy
voir ces belles armes d'Achille qu'Homere dit que Vulcain le forgeron des
Enfers fit à la priere de Thetis. La
pefte le creve, interrompit Sancho, le
maudit forgeron qui travaille dans la
maifon de Satan ! J'iray dans fa forge
lui faire racommoder le fer de ma cha-
ruë, oui qu'il s'y attende ! Il faut demeurer d'accord, reprit Don Quichotte, fans faire attention à ce que

*Tome I.* E

difoit fon Ecuyer, tant il eftoit plein
de fes propres idées, que voilà des armes admirables ! Je veux, mon fils,
les effayer tout-à-l'heure : aide-moy à
les mettre. Par ma foy, difoit Sancho
en attachant chaque piece de l'armure,
ces plaques d'argent me rejouiffent la
vûe Elles reffemblent un capot luifant.
Les gantelets lui plaifoient furtout. Il
ne pouvoit fe laffer de les admirer, &
il difoit que s'il en eût eû de femblables, il auroit eù des gants pour toute
fa vie. Don Quichotte fe voyant enfin
armé de pié en cap fe fentit enfler d'or-
gueil ; Hé bien Sancho, dit-il, d'u-
ne voix plus haute qu'à l'ordinaire !
que penfes-tu de ces armes ? N'ajoû-
tent-elles pas un nouvel éclat à ma
bonne mine ? Crois-tu, di-moy, que
le gentil Don Seraphin d'Efpagne,
qu'on ne pouvoit voir fans admiration,
eût auffi bon air que moy ? En prononçant ces mots il fe promenoit fierement dans la chambre avançant l'eftomach en avant, étendant la jambe &
le jaret. Tantôt il frappoit du pié contre terre comme un homme en cou-
roux. Tantôt il levoit le bras d'un air
menaçant. Il faifoit cinq ou fix pas
avec précipitation. Enfuite il s'arreftoit

tout-à-coup. Enfin ses visions extravagantes venant à se reveiller avec plus
de vivacité que jamais, lui causerent
un transport frenetique. Il mit l'épée
à la main, & regardant Sancho d'un
air furieux, Atten, dragon devorant,
lui dit-il d'un ton à faire mourir de
peur tous les Sanchos de l'Espagne,
affreux monstre de Lybie! basilic in-
fernal! atten, tu vas sentir la vigueur
étonnante de mon bras. Tu vas voir si
d'un seul coup de ma redoutable épée
je ne puis pas couper en deux non seulement ta venimeuse & monstrueuse
figure; mais encore les deux plus fiers
geants qu'ait jamais produit l'arrogante espece gigantesque. A ces mots, il
s'avança sur Sancho qui le voyant venir à lui si outrageusement se sauva
dans la ruelle du lit, qui par bonheur
se trouvant détaché de la muraille, lui
donna moyen de tourner à l'entour, &
d'éviter par là les premiers coups de
son Maistre. Cependant le furibond
Chevalier ne revenoit point de sa fre-
nesie : il se démenoit dans la chambre
comme un possedé, faisant le moulinet de son épée autour de sa teste avec
autant d'adresse & de vigueur que l'eût
pû faire le meilleur joüeur d'espadon.

Il frappoit à droit & à gauche, à tort
& à travers fur tout ce qu'il rencontroit, donnant de furieux coups fur la
tapifferie & fur les autres meubles qu'il
découpoit d'une étrange façon ; mais
principalement les rideaux & la couverture du lit en furent prefque tout
en lambeaux. Geant fuperbe ! crioit-il
au tremblant Sancho, befte orgueilleufe, ta derniere heure eft enfin venuë:
tu vas fatisfaire la vengeance divine
pour toutes les mauvaifes œuvres que
tu as faites en ce monde.

En parlant ainfi il allongeoit de telles eftocades, que fi le lit eût efté moins
large, ou que les rideaux n'euffent pàs
rompu le coup, c'eftoit fait du plus fidelle de tous les Ecuers. Le malheureux n'épargnoit pas fes cris dans un
peril fi preffant ; & pour éviter l'at-
teinte de la cruelle lame, il fe rendoit
plus plat qu'une Solle contre le mur:
heureux ! s'il eût eû les forces d'un San-
fon pour le reculer au moins d'une pique. Helas ! Monfeigneur & mon Maître, crioit-il à gorge déployée, par
tous les maux que le démon fit fouffrir au bon Job, par les playes de Monfieur faint Ladre, par les fleches be-
nites de Monfieur faint Sebaftien,

ayez pitié de ma pauvre ame peche-
reffe. Ces paroles, au lieu de calmer la
fureur de Don Quichotte, fembloient
au contraire le confirmer dans fon erreur, & l'animer davantage à pourfuivre une vengeance qu'il croyoit neceffaire à la feureté publique, honorable pour la Chevalerie errante, & me-
ritoire envers le Ciel. Ah ! cauteleux
ferpent, reprit-il fur le mefme ton, tu
rampes à prefent, & t'imagines pouvoir appaifer ma colere par d'humbles
paroles; mais tu te trompes. Tu ne
m'abuferas point par d'artificieux difcours. Rends, rends, monftre lafcif,
les Princeffes que, contre tout droit &
raifon, tu retiens dans ton chafteau,
vray repaire de brigands tels que toy.
Reftituë, larron infame, les immen-
fes tréfors que tu as volés. Donne la
liberté aux Chevaliers que tu tiens enchantés depuis tant de fiecles, & livre-
nous la fcelerate Enchantereffe qui fut
la caufe de toutes ces injuftices. Monfeigneur Don Quichotte ! s'écria l'E-
cuyer, fongez de par Dieu que je ne
fuis ni Princeffe ni Chevalier, & encore moins cette maudite Enchantereffe dont vous parlez. Je fuis le pauvre Sancho Pança voftre voifin & vô-

tre fidéle Ecuyer : le mari de la bonne
Marie Goutiere, que vous avez rendu
plus d'à moitié veuve par la peur que
vous me faites. Ah ! malheur à celle
qui m'a engendré ! Fais moy donc venir ici sans retardement, dit Don Quichotte, l'Imperatrice que je te demande, si tu veux que je cesse de te poursui-
vre mais qu'elle vienne saine & sauve, pure & entiere ; & je recevray à
mercy ton arrogante figure, après que
tu te seras donné pour vaincu. Le feras-tu, beste superbe ? Oui, je le feray
de par tous les diables, repartit Sancho ; mais ouvrez-moy la porte auparavant , & remettez dans le fourreau
cette vilaine épée qui me transit de
peur , & je vous ameneray ici tout
aussi tôt non seulement toutes les Princesses que vous demandez, mais Anne
& Caïfe encore, si vous voulez. Cette
asseurance fit succeder le calme à la
tempeste. Nostre Chevalier renguaina
son épée avec le mesme flegme & la
mesme gravité que s'il ne s'estoit rien
passé en lui d'extraordinaire : tout ha-
rassé pourtant, & plein de sueur des
terribles coups qu'il avoit appliqués
sur le lit & ailleurs en voulant attra-
per le prétendu geant. Sancho un peu

raſſeuré par cette action ſortit de la
ruelle du lit, pâle & défait, & les yeux
encore tout humides de larmes. Il ſe
jetta aux piés de ſon Maiſtre en lui diſant d'une voix foible : Seigneur Chevalier errant, je me tiens pour vaincu,
& vous prie de me pardonner, je n'y
retourneray plus. Le grave Don Quichotte lui donna la main à baiſer en
ſigne de pardon, en diſant un vers Latin qu'il avoit coutume de citer ſouvent,

*Parcere proſtratis docuit nos ira Leonis.*

Je veux bien te prendre à merci, geant,
pourſuivit il, à l'imitation de quelques
anciens Chevaliers, dont je me propoſe
de ſuivre l'exemple ; mais c'eſt à condition que tu amenderas de tout point
ta vie paſſée, & que tu feras prompt
au ſervice des jeunes Demoiſelles, ſuivant les regles de l'ancienne Chevalerie, ceſſant de leur faire outrage, &
redreſſant les torts de tout ton pouvoir. Je vous le jure & promets, repartit Sancho, du meilleur de mon
ame, & ſous la caution de Monſieur
le Curé qui voudra bien répondre pour
moy en cette occaſion. Mais afin qu'il
n'y ait point de mal-entendu, que vô-

tre Seigneurie me dife, s'il lui plaît, &
quand elle m'oblige à redreffer les
torts, elle comprend en cette claufe le
licentié Pierre Garcias Prieur du Tobofo, qui eft boiteux de fa nature & boffu
pardeffus le marché. Car à vous parler
franc, Seigneur Don Quichotte, Dieu
l'a fait ainfi, je ne m'en mefle pas.

Ce difcours acheva de défiller les
yeux de Don Quichotte, qui eftant
enfin revenu à lui mefme jugea bien
qu'aprés la fcene qui venoit de fe paffer, Sancho n'auroit pas trop le cœur
au métier ; c'eft pourquoy voulant
tourner la chofe en raillerie, il lui dit
d'un air doux & riant : Hé bien, mon
fils, que te femble de tout ceci ? Un
homme qui a pû te donner un pareil
échantillon de fon courage dans une
chambre fermée, n'eft-il pas capable
de défaire en pleine campagne un
monde d'ennemis, pour braves qu'ils
fuffent ? Ma foy, Monfieur, répondit
Sancho, tout ce que je puis vous dire,
c'eft que fi vous prétendez me donner
fouvent de ces échantillons-là, je re-
noncé à la piece. Vous n'avez dés à
prefent qu'à vous pourvoir d'un autre
Ecuyer. Il n'y a ni falaires, ni baudet,
ni malle qui tienne. Je vous plante là

tout net. Bon, mon ami, dit Don
Quichotte, tout ce que j'en ay fait
n'eſtoit que pour te montrer mon courage & mon agilité. Hé oui oui, repliqua Sancho, vous ne l'entendez
point mal, ma foy ! Tout le chemin
qu'a fait la mule, elle le laiſſe derriere ;
mais pourquoy m'allonger ces vilains
coups d'eſtoc & de taille qui me fri-
ſoient les oreilles ? Je ne t'ay pas bleſſé,
repartit Don Quichotte, & je m'en ſuis
bien donné de garde. Encore une fois,
tout ceci n'eſt qu'un ſimple jeu, dont
tu ne dois tirer nulle mauvaiſe conſe-
quence. Paſſe donc pour cette fois, ré-
prit l'Ecuyer ; mais par la gerny, Monſieur, n'y revenez plus ; car tous ces
jeux-là ne me divertiſſent point du
tout. N'en parlons pas davantage, dit
Don Quichotte : Aide-moy à me déſ-
armer, & ne ſongeons deſormais qu'à
noſtre départ. Alors ils commencerent
à faire le projet de leur ſortie, & il fut
arreſté entr'eux qu'ils emporteroient
les huit cens ducats de la ſucceſſion de
Madelaine. Que dés ce jour-là on a- * Autre-
cheteroit l'aſne de Thomas Ceciel*, & ment,
que tout le reſte ſeroit ſerré dans une Cecial.
malle avec du linge. Tout cela fut exé-
cuté de point en point, à ce que rap-

porte noftre Hiftorien Arábe. Sancho achepta l'afne dè fon compere, & retourna le lendemain chez Don Quichotte pour lui en donner avis. Je viens vous avertir, Monfieur, lui dit il, que j'ay le plus bel afne qui foit d'ici à Salamanque. Il n'y a qu'à l'entendre braire. Oh que le drofle fera bien fes caravanes de Chevalerie! Je grille déja d'eftre deffus. Tu n'attendras pas longtems, répondit Don Quichotte : car je prétends partir cette nuit. Nous n'avons préfentement qu'a preparer toutes chofes pour cela. Auffi-bien le pouvons-nous faire en liberté, puifque nous fommes feuls ici, & que ma Gouvernante eft allé favonner fon linge à l'eftang du Tobofo. Voyons d'abord fi Rocinantes eft en bon eftat, & fi rien ne lui manque. Nous vifiterons enfuite exactement la maifon pour voir fi la lancé & le bouclier que je portois l'année derniere n'y font point. Si nous ne les trouvons pas, nous trouverons du moins de quoy en faire d'autres. Sauf voftre meilleur avis, Monfieur repliqua l'Ecuyer, il me femble qu'il vaut mieux commencer par foüiller dans le logis ; & fi par avanture nous y rencontrons voftre lance & voftre

rondache de l'année passée, nous porterons aprés cela une mesure d'orge à
Rocinantes, nous le sellerons, & le
mettrons tout d'un coup en état de
partir. Nous avancerons par-là noftre
befogne. Non pas de beaucoup, repartit Don Quichotte ; mais puifque tu le
veux, j'y confens : vifitons d'abord la
maifon. En mefme tems ils entrerent
dans la cuifine, où Sancho voyant un
balay le prit en fes mains, & l'ayant
bien confideré, Monfieur, dit-il à fon
Maiftre, il me vient une penfée dans
l'efprit. En bonne foy, je croy que
voici voftre lance. Il faut que Madame la Gouvernante en ait fait un manche à balay. Je n'en voudrois pas jurer,
répondit Don Quichotte. La bonne
Gouvernante ne connoît guere le prix
de ces fortes de chofes : Et d'ailleurs
elle eft fi mal intentionnée pour les
Chevaliers errans qu'elle pourroit bien
avoir fait fervir à cet indigne ufage un
des plus glorieux inftrumens de la Chevalerie errante. Hé bien, Monfieur,
reprit l'Ecuyer, où l'on a perdu l'aiguille on la retrouve. Si Madame la
Gouvernante a fait un manche à balay
d'une lance, ne fcaurions-nous faire
nous autres une lance d'un manche à

balay ? Pourquoy non ? Il n'y a rien
de si aisé. Il ne faut qu'ôter le balay, &
attacher un fer au bout du bois. Tu as
raison, dit Don Quichotte ; & j'ay dans
ma chambre un fer pointu qui sera
propre à cela. Bon, repliqua Sancho.
A ce compte-là il ne nous manque
qu'un bouclier, & nous voilà aux
champs. Cherchons-le bien partout,
nous le trouverons peut-eftre. Ils pafferent auffi-toft de la cuifine dans une
falle où couchoit la Gouvernante, &
là ils fe mirent à fureter partout. Ils
ne fe donnerent pas une peine inutile ;
car noftre Chevalier ayant apperçû fur
une armoire une vieille platine de cuivre, qui avoit autrefois fervi à fecher
du linge ; mais qui étoit alors fans piés,
& toute boffelée. Ah ! qu'eft-ce que
ceci, dit-il ; quel prodige, Sancho ! Je
vois fur cette armoire le plus precieux
bouclier du monde. En achevant ces
mots il monta fur une chaife pour
prendre la platine, & quand il l'eut
entre les mains : O fage, Alquife, s'é-
cria-t-il, que ne vous doit point Don
Quichotte de la Manche ? Comment
pourray-je reconnoiftre tant de bienfaits ? Sancho mon fils, pourfuivit-il,
admire ce que fait pour moy ce grand

Enchanteur qui me favorise. Il ne se
contente pas de me donner des armes
enchantées, il ajoûte à ce present cet
admirable bouclier, qui est le mesme
que portoit jadis le sans pareil Empereur Bandenazar. Monsieur, répondit
l'Ecuyer en branlant la teste, je vous
asseure que ce n'est point là du tout le
bouclier que vous dites. C'est plutost
une vieille platine rouillée. Je conviens qu'il en a la forme, repliqua
Don Quichotte : Et c'est ce qui t'abuse.
Tu pris aussi l'armet de Membrin pour
un bassin de Barbier, parce qu'il ressembloit à un bassin de Barbier. Tu
donnes trop dans les apparences. Mais
tu peux t'en fier à moy. Les Chevaliers ne prennent jamais le change. Tu
sçauras, mon ami, que Bandenazar
avoit trois choses qui le rendoient invincible, & par le moyen desquelles il
conquit les Empires de Babilone, de
Perse & de Trebisonde. La premiere,
c'estoit une bague dont la vertu estoit
telle que la personne qui la portoit
ne pouvoit estre enchantée. La seconde, une épée qui coupoit sans peine &
du premier coup les armes de la meilleure trempe. Et enfin la troisiéme,
ce merveilleux bouclier que tu vois.

qui ne peut eſtre percé, & qui réſiſte-
roit à la foudre meſme. Le ciel en ſoit
loué, Monſieur, dit Sancho : franchement vous avez bien fait de me dire
tout cela ; car au diable qui euſt jamais
pris cette rondache pour autre choſe
que pour une vieille platine que je
n'aurois pas daigné ramaſſer. Pluſt à
Dieu que nous euſſions encore la bague,
& la bonne épée de ce Brandenazar !
mais Dame, on ne ſçauroit tout avoir,
& il faut ſe contenter de ce qu'on a.
Le Bachelier Sanſon Carraſco diſoit
fort bien l'autre jour que tout le monde ne pouvoit pas eſtre Pape ou Archidiacre ; & que pourvû qu'il fuſt ſeulement bien croſſé & mitré, il n'en demandoit pas davantage. Don Quichotte eut une extrême joye de ſe voir
maiſtre d'un bouclier dont il connoiſ-
ſoit ſi parfaitement l'excellence. Il y
trouva pourtant une choſe à redire, &
fut aſſez long-tems en peine de ſavoir
de quelle maniere il pourroit s'en ſer-
vir, parce qu'il n'y avoit point d'an-
neau au milieu : mais comme il eſtoit
ingenieux, il y remedia bientoſt. Il y
fit deux trous, dans leſquels il paſſa
une grande bandelette de cuir qui lui
avoit autrefois ſervi de ceinturon.

L'Ecuver voyant que son Maistre avoit
percé l'écu, lui dit : Ah ah , Monsieur!
Hé! vous disiez que cette rondache
ne pouvoit estre percée. A ce que je
vois pour mentir on ne paye point de
gabelle. Que cela ne t'estonne pas, répondit Don Quichotte : le grand Magicien qui l'a faite , l'a enchantée de
forte que les Chevaliers qui la posse-
dent , en peuvent faire ce qu'ils veulent ; au lieu que dans un combat elle
ne sçauroit estre percée ni coupée ni
brisée , comme tu le peux voir , ajoûta-t-il en lui montrant les bosses de la
platine, par ces terribles coups qui ont
esté dechargés dessus,& qui n'y ont fait
qu'une legere impression.  Quand le
Chevalier eut accommodé son écu &
sa lance, Sancho & lui allerent au cofre où estoit l'orge. Ils en prirent une
double mesure qu'ils porterent dans
l'écurie. Rocinantes qui avoit le nez
fin, la sentit aussi-tost , & se mit à
hennir ; ce que Don Quichotte regarda comme un infaillible présage du
bonheur de sa sortie. Ils sellerent ce
bon cheval, & eurent le tems de faire
tous les préparatifs de leur départ a-
vant le retour de la Gouvernante, qui
ne soupçonnant rien de ce qui se pas-

foir, se coucha tranquillement à son ordinaire. Don Quichotte profitant de son premier somme s'arma, descendit sans bruit dans la cour, ouvrit la porte de la ruë à Sancho, comme ils en estoient convenus ; & aprés avoir tiré Rocinantes de l'écurie, ils sortirent tous deux de leur village.

## CHAPITRE VI.

*De la troisième sortie de Don Quichotte. Du nouveau surnom qu'il prit, & de la premiere avanture qui lui arriva.*

CE fut sur la fin du mois d'Aoust, cinq heures pour le moins avant le lever de l'aurore, que le grand Chevalier de la Manche sortit du village de l'Argamesille, monté sur Rocinantes, & fierement paré des belles armes du Grenadin. Il portoit à son bras gauche le precieux bouclier de Bandenazar, & sa lance à sa main droite. Son incomparable Ecuyer le suivoit sur son nouveau grison avec la malle en croupe, & un bissac où il y avoit quelques provisions. Aprés qu'ils eurent marché assez long-tems sans parler, Don Quichotte

A. clouzier. in.

chotte rompit enfin le silence. Tu vois,
dit-il, mon fils, comme tout se montre favorable à nostre dessein. La lune
nous éclaire de tous ses rayons em-
pruntés ; & nous n'avons rien vû encore dont nous puissions tirer un mauvais augure. Tout va bien jusqu'ici,
répondit l'Ecuyer ; mais je crains fort
que demain Maistre Nicolas & Monsieur le Curé nous trouvant à dire dans
le village, ne sortent à nostre queste
avec toute leur sequelle ; & s'ils nous
attrappent une fois, Seigneur Don
Quichotte, gare la cage ; vous savez
ce qu'en vaut l'aulne. Vive Dieu ! la
recheute seroit pire que le mal. O Barbier lâche & perfide, s'écria nostre Heros ! Peu s'en faut que je ne retourne
au village, pour défier corps à corps
tous les Barbiers, Medecins, Chirurgiens, & tous les Apotiquaires qui font
au monde ; comme aussi tous les Curés, Archidiacres, Chanoines & Chan-
tres de l'Eglise Grecque & Latine. Est-
il possible, mon ami, que tu fasses
assez peu de cas de ma valeur, pour
me croire capable de craindre de si
foibles ennemis? Quand tu me donnerois à combattre plus de lions que
l'Afrique n'en renferme en son vaste

contour, plus de tigres que n'en produit l'Hircanie, plus de monſtres que
la deſerte Lybie n'en peut enfanter ſur
ſes ſablons brulans, tu verrois ton in-
trepide Maiſtre ſe dévoüer aux plus
affreux perils avec tant de courage que
tu ne manquerois pas de le comparer
au grand Alexandre ; & tu aurois raiſon. Car ie gage, & c'eſt une choſe
inconteſtable, que ſi on m'ouvroit l'eſtomach, on trouveroit mon cœur couvert de poil, comme celui de ce vaillant Roy. N'écoute donc plus, mon
enfant, une crainte ſi baſſe, & ne ſois
deſormais occupé que de l'honneur qui
m'attend à Saragoſſe, & dont une partie doit rejaillir ſur toy. Mais pour ob-
ſerver en tout les Statuts de l'ancienne
Chevalerie, il faut que je rempliſſe de
quelque deviſe ingenieuſe ce bouclier
qui eſt d'une trempe infiniment meilleure que celui d'Atlant : & comme
chaque deviſe doit expliquer la ſituation où ſe trouve le cœur du Chevalier qui ſe préſente aux joûtes, je veux
faire peindre ſur mon écu deux Demoiſelles d'une beauté raviſſante, qui
ſeront amoureuſes de ma gentilleſſe &
de mon courage. Au haut paroiſtra le
dieu d'amour, qui l'arc tendu & le

bras levé me prendra pour le but de ſes
fleches : mais l'on me verra mépriſant
ſes menaces recevoir ſur mon écu ſes
traits qui tomberont à mes piés ſans
effet : & au bas du bouclier on lira ces
mots, *Le Chevalier ſans amour.* Par la
mardy, Monſieur, dit Sancho, la deviſe eſt bonne ; & ce nom bien rencontré. Au bout du compte nous nous
paſſerons de Dame fort aiſément , &
nous en mourrons plus tard ; car j'ay
ouï dire ſouvent au Barbier qu'il faut
s'en paſſer pour vivre long-tems.

Tels étoient les diſcours de nos A-
va turiers, qui marcherent le reſte de
la nuit, & la plus grande partie de la
journée ſans ſe repoſer. Déja l'Ecuyer,
moins infatigable que le Maiſtre, alloit
murmurer contre la Chevalerie errante , lorſqu'ils apperçeurent une hoſtelerie à une portée de mouſquet devant
eux. Dieu ſoit beni, s'écria Sancho, je
vois une belle & bonne taverne , où
nous pourrons paſſer la nuit, & demain
nous pourſuivrons gaillardement nôtre voyage. Don Quichotte qui ſe
trouva alors dans ſon humeur de prendre les hoſteleries pour des châteaux ,
dit auſſi-toſt en voyant celle-ci, Foy
de Chevalier, voilà un des plus forts

châteaux de toutes les Espagnes! Je
ne croy pas que dans toute la Lombardie on en pust trouver un semblable.
Monsieur, dit Sancho, prenez bien
garde à ce que vous dites. Il me semble que vous jurez un peu trop viste
foy de Chevalier. Il pourroit arriver
que ce qui vous paroist un château, &
à moy un cabaret, fust plutost l'un
que l'autre. C'est un château, te dis-
je, répondit Don Quichotte, & d'une
architecture admirable : Qu'il est re-
gulier! Et que sa situation est avanta-
geuse! Ne vois-tu pas ses hautes tours
avec leurs creneaux, son large pont-
levis, & les deux fiers griffons qui en
défendent l'entrée? Sancho ouvroit
de grands yeux pour mieux appercevoir les tours & les griffons, & ce ne
fut pas sa faute s'il ne les vit point.
Monsieur, dit-il, vous me feriez devenir Pape! Ce logis n'a ni tours ni
griffons; & tout ce que je vous en puis
dire, c'est que si ce n'est pas un cabaret, il n'y en a jamais eû au monde. Le
Chevalier soûtenoit toûjours le contraire, & pendant qu'ils ne pouvoient
s'accorder, deux hommes à pié pas-
ferent auprés d'eux. L'Ecuyer leur demanda si la maison qu'il voyoit estoit

une hoftelerie ou un château. Ils ré-
pondirent que c'eftoit une hoftelerie
appellée dans le pays Le cabaret du
pendu, à caufe qu'autrefois on en a-
voit pendu l'Hofte, pour avoir égorgé
un Voyageur qui s'eftoit arrefté chez
lui. Cela ne fcauroit eftre, s'écria Don
Quichotte d'un ton brufque ; allez à
la mal-heure. Vous eftes des canailles,
de flétrir de la forte la réputation du
Seigneur Châtelain, qui a toûjours
efté reconnu parmi nous pour un preux
& franc Chevalier : Et quant à ce château, je foûtiens que ce n'eft point une
hoftelerie. C'eft un château en dépit
de vous & de tous ceux qui en penfe-
ront autrement. Les deux paffans ne
furent pas moins étonnés de ce difcours que de l'étrange figure du perfonnage qui l'avoit prononcé. Mais le
voyant fi fort en colere, ils n'oferent
lui répondre ; & ils pafferent leur chemin fans favoir ce qu'ils devoient s'i-
maginer de cette rencontre. Quand
Don Quichotte fut à une portée de
moufquet de l'hoftelerie, il s'arrefta,
& dit à fon Ecuyer, Ami Sancho, il
ne faut point ici nous engager teme-
rairement. Joignons la prudence à la
valeur : & puifque tu me fers en qua-

lité d'Ecuyer, c'eſt à toy d'aller reconnoiſtre la place. Approche-toy donc le plus prés que tu pourras de ce château, & obſerve tout avec ſoin, pour m'en faire enſuite un fidelle rapport. Meſure de l'œil exactement la largeur & la profondeur du foſſé. Regarde bien la ſituation & la qualité des portes, les ponts-levis, les chevaux de frize, les tours & tourelles, les plateformes, le chemin couvert, la contreſcarpe, les parapets, les caponieres, les redoutes, les gabions & les corps-de-garde. Examine ſurtout quelles ſont leurs munitions & leurs vivres, & pour combien d'années ils en ont fait proviſion; s'ils ont de l'eau dans leurs ciſternes, & enfin quelles gens, & en quel nombre ſont ceux qui défendent une fortereſſe ſi importante. Hé! où diable, Monſieur, interrompit Sancho, allez vous prendre tout cela? Vous me feriez renier ma grand-mere. Nous avons ici un cabaret à la main; nous y pouvons entrer ſans peine tout-à l'heure, y boire & manger pour noſtre argent, ſans avoir querelle ni bataille avec perſonne; & vous voulez que j'aille trouver des ponts, des foſſez, des chaponieres, & tout le reſte de cette diantre

de litanie que vous venez de me chanter. Si le Maiftre du cabaret me voit
roder autour de fa maifon, il s'imaginera que je veux lui voler fes poules,
& il viendra me brifer les coftes. Pour
Dieu, Monfieur, ne faifons pas les méchans dans les hofteleries, depeur d'y
trouver encore des berneurs & des enchanteurs. Ne cherchons point le mal,
quand le bien nous cherche ; & puifque nous pouvons marcher à fec, pour
quoy nous aller moüiller les piés ? Fais
ce que je te dis, reprit Don Quichotte,
& ne me replique pas davantage. Sois
docile, & joins à la valeur une prompte & exacte obeïffance : C'eft par-là,
mon enfant, que les Efpagnols fe font
rendu fi redoutables ; & il ne faut pas
s'en étonner, puifque les fubalternes
obeïffant à leurs Chefs, tout fe fait
avec ordre & de concert : Ce qui les
rend plus fermes & plus affeurés. Au
lieu que les autres nations, qui ne fui-
vent pas cette difcipline, qui eft la
clef des heureux fuccés, font aifément
rompuës & mifes en déroute. Hé bien,
Monfieur, répliqua l'Ecuyer, je vais
vous obeïr ; car nous ne finirions jamais. Nous allons mon grifon & moy
executer ce que vous nous ordonnez.

Rocinantes & voſtre Seigneurie n'ont
qu'à venir aprés nous au petit pas :
mais je vous avertis que ſi je ne trouve rien de tout ce que vous avez dit,
j'entreray tout de go dans la taverne,
& j'y donneray des ordres pour noſtre
ſouper. Car par ma foy, mes boyaux
ſont ſi vuides qu'ils ſe nouënt de pure
faim. En diſant cela il preſſa du talon
les flancs de ſon aſne, & gagna bientoſt l'hoſtelerie. Il regarda d'abord de
tous coſtez, & ne voyant qu'une ſimple maiſon avec ſon enſeigne, Je ſa-
vois bien, dit-il en lui-meſme tout
tranſporté de joye, que ce logis eſtoit
une bonne taverne, taverne de Dieu,
& plus utile cent fois que tous les châteaux de l'Eſpagne. En meſme tems il
s'approcha de la porte, & demanda à
l'Hôte s'il y avoit moyen de loger chez
lui ? Oui-da, répondit l'Hôte qui eſtoit
un gaillard, voſtre baudet & vous
ſerez traittés comme deux Princes. Sur
cette aſſeurance l'Ecuyer mit pied à
terre ; & ayant détaché la malle, il
pria l'Hoſte de la ſerrer. Enſuite s'étant
informé de ce qu'il y avoit à manger,
on lui répondit qu'il y avoit une trés-
bonne ſoupe aux choux, & que ſi cela
ne ſuffiſoit pas, on mettroit à la broche

che un lapin d'un fumet excellent. Sancho fit deux fauts en l'air, quand il entendit parler de cette bienheureufe foupe aux choux ; & en attendant qu'il
puft s'en donner par les barbes, il mena
le grifon dans l'écurie, où pendant
qu'il s'occupoit à lui faire donner de la
paille & de l'orge, & à en faire préparer à Rocinantes, Don Quichotte arriva.

L'Hofte & quelques Voyageurs qui
eftoient alors à la porte, appercevant
ce phantofme armé, crûrent voir un
perfonnage de Tapifferie. Ils le con-
fideroient avec attention depuis les
pieds jufqu'à la tefte, lorfque les regardant du coin de l'œil, & tenant
une contenance grave, il paffa fans
s'arrefter, ni proferer une feule parole. Il tourna enfuite autour de l'hoftellerie, examina la muraille attentivement, & en mefura la hauteur avec
fa lance à plufieurs reprifes. A la fin
ayant fait le tour du logis, & fe re-
trouvant devant la porte, il s'arrefta
cette fois là, & fe levant fierement fur
fes étriers, Infatigable Gouverneur,
dit-il d'une voix terrible, & vous redoutables Chevaliers qui veillez jour
& nuit à la confervation de cette place

qui vous a esté confiée, reconnoissez
le Chevalier sans amour. Je vous in-
terpelle & somme de me rendre tout
à l'heure, & sans replique mon fidéle
Ecuyer, que vous avez pris contre les
loix de la bonne Chevalerie, par trahison ou par l'art funeste de la vieille
Magicienne qui vous preste son noir
ministere. C'est un excés de courtoisie
que je veux bien encore avoir pour
vous, d'employer la parole à vous le
demander, moy qui pourrois en tirer
raison par la voye des armes. Rendez-
le moy donc, si vous ne voulez que je
vous fasse perir tous, & que je détrui-
se de fond en comble cet inexpugnable
château : Mais rendez-le moy sain &
sauf, pur & entier, aussi-bien que
tous les Chevaliers & les Demoiselles
que vostre cruauté inouïe tient enfer-
més dans de profonds cachots. Sinon,
sortez tous ensemble contre moy ; non
pas desarmés, comme je vous vois à
present, mais avec vos armes de la
meilleure trempe, & vos lances d'un
dur fresne que vous faites brandir si
terriblement. Montez sur vos plus
vistes chevaux, & venez tous fondre
sur moy. Je vous attends ici pour vous
punir de vostre audace. En parlant de

cette sorte il lui falloit à tous momens
tirer la bride à Rocinantes qu'il avoit
beaucoup de peine à faire reculer, parce que l'animal se sentant si proche de
l'écurie se travailloit fort pour en prendre le chemin. Les prétendus défen-
seurs du château furent assez étonnés
du discours du Chevalier, & voyant
que conformément à son défy il les
provoquoit au combat en les appellant
cañailles & poltrons, l'Hoste prit la parole, & lui dit : Seigneur Chevalier, il
n'y a point ici de château, que je sa-
che, ni de Chevaliers pour le défendre.
Toute nostre force est en nostre vin,
qui est si vigoureux qu'il peut non seulement coucher son homme par terre,
mais encore lui faire dire autant ou
plus que nous n'en venons d'entendre.
Je réponds donc à vostre Seigneurie,
que nous ne tenons aucun Ecuyer ren-
fermé dans cette hostellerie. Si vous y
voulez loger, qu'attendez-vous pour
descendre ? Nous vous ferons bonne
chere, & si le cœur vous en dit, nous
vous présenterons pour vous déchauf-
fer une gaillarde Galicienne qui n'est
pas moins prompte à rendre ses services qu'à les offrir. Ces offres obli-
géantes ne purent contenter le Che-

G ij

valier fans amour. Je jure, s'écria-t-il,
par le facré Ordre de la Chevalerie
errante, que fi vous ne me rendez
en ce moment la fleur des bons Ecuyers
& cette Princeffe Galicienne dont vous
parlez, vous allez tous mourir par mes
mains. Il n'eftoit pas homme à faire en
vain ces menaces, & je ne fay ce qu'il
en feroit arrivé, fi Sancho qui les entendit, ne fe fuft montré pour appaifer fon Maiftre. Il courut donc à lui,
& prenant la bride de fon cheval, Le
Seigneur Don Quichotte, dit-il, foit
le bien venu. Il peut entrer ici en toute affeurance. D'abord qu'ils m'ont vû,
ils fe font tous donnés pour vaincus.
Defcendez donc, Monfieur, pourfuivit-il, ils font tous nos amis, & ils
nous attendent pour nous regaler
d'une foupe aux choux, qui feroit envie à faint Chriftophle, & qu'il me
tarde déja de tenir au colet. Mais,
mon fils, dit Don Quichotte, ne t'a-
t-on point offenfé? Parle-moy franchement. Je fuis preft à te vanger.
Non, non, Monfieur, répondit l'E-
cuyer; perfonne en cette maifon ne
m'a touché le bout du doigt : & tous
mes membres font auffi fains que quand
je fortis du ventre de ma mere. Cela

eftant, repliqua Don Quichotte, pren
d'une main ce bouclier, & de l'autre
tien moy l'étrier que je defcende. Nôtre Chevalier ayant mis pied à terre,
entra dans le logis, & Sancho mena
Rocinantes dans l'écurie.  Don Quichotte, quelque chofe que l'Hofte lui
puft dire, ne voulut pas fe defarmer,
difant que parmi des Payens il eftoit
bon de n'avoir pas trop de confiance.
Il ne quitta que fon morion, & fe mit
à table feulement par complaifance.
On fervit le potage & le lapin. Il y
toucha fort peu, quoiqu'il n'eût mangé de toute la journée ; & il employa
le tems du fouper à tenir fa morgue
de Chevalier errant. Pour fon Ecuyer,
il fit affeurément plus d'honneur au
repas ; car aprés avoir avallé tout le
potage, il mangea plus de trois livres
de bœuf & de mouton, & le lapin tout
entier, à l'aide d'un large pot de deux
pintes de vin blanc, qu'il vuida par
deux fois jufqu'à la derniere goutte.

Aprés le fouper l'Hofte conduifit
Don Quichotte dans une chambre affez
propre. Sancho y defarma fon Maître,
& en fortit enfuite pour aller mener à
l'abrevoir Rocinantes & le Grifon, &
leur faire donner la feconde mefure

d'orge & de paille. Pendant qu'il eſtoit
à l'écurie, la ſervante de Galice, dont
l'Hoſte n'avoit pas fauſſement vanté le
bon naturel, entra dans la chambre de
Don Quichotte, & l'abordant d'un air
plus libre que gracieux : Seigneur Chevalier, lui dit-elle, je viens demander
à voſtre Seigneurie ſi elle n'a pas beſoin de moy. Quoique nous ſoyons
tant ſoit peu brunes, nous ne ſommes
pas pour cela barboüillées. Voyez
donc. ſouhaittez-vous que je vous dé-
chauſſe ? J'ay une extrême envie de
vous eſtre bonne à quelque choſe ; car
vous reſſemblez, on ne peut pas davantage , à un fripon que j'ay beaucoup aimé. Mais n'en parlons plus : le
liévre qui court n'eſt plus au giſte. Ce
fut un belître de Capitaine qui m'enleva de chez mon pere, aprés m'avoir
promis de m'épouſer ; mais il eſt encore à tenir ſa promeſſe, & le traître
diſparut un beau jour avec toutes les
hardes & les joyaux que j'avois. En
diſant ces paroles la prétenduë délaiſſée
ſe prit à pleurer, & un moment aprés
elle reprit ainſi ſon diſcours. Seigneur
Chevalier , quoique vous me voyez
ici ſervante d'un honneſte Hoſtelier,
je ne laiſſe pas d'eſtre Demoiſelle &

fille d'honneur. Mais malheureufe or-
pheline que je fuis, je me vois feule &
dans la neceffité, fans efpoir d'aucun
autre fecours que de celui qu'il m'eft
permis d'efperer de la bonté du Ciel &
de la generofité du *Seigneur Cavalier*
qui m'écoute. Pluft à Dieu que quelque bonne ame pour me vanger per-
çaft le cœur du Traiftre qui m'a trompée ! Belle Princeffe, interrompit Don
Quichotte avec tranfport, repofez-
vous de cela fur moy. C'eft le devoir
des Chevaliers errans de reparer de
femblables torts ; & je jure par l'Ordre
de Chevalerie que je profeffe, qu'aprés
les joûtes de Saragoffe, où je ne puis
me difpenfer de me trouver, je puni-
ray le perfide qui vous a fi lâchement
abandonnée. Vous monterez demain
fur voftre blanche haquenée, & cou-
vrant d'un voile voftre beau vifage,
afin qu'on ne remarque pas l'affliction
qui fait couler vos larmes, vous viendrez, s'il vous plaift, avec moy aux
royalles joûtes de Saragoffe, accompagnée de voftre fidéle nain. Ne vous
arreftez donc pas ici davantage, charmante pucelle, retirez-vous dans vôtre appartement pour goûter le repos de la nuit dans cet heureux lit, à

qui feul eft refervé l'avantage de pof-
feder vos membres delicats;& comptez
fur une parole qui ne peut manquer.
La Galicienne fe voyant congedier
dans des termes fi finguliers, jugea
bien que Don Quichotte n'eftoit pas
homme à imiter tous les muletiers
qui paffoient par cette hoftellerie;
mais comme elle en vouloit tirer quelques reaulx, & que l'hiftoire du Capitaine n'avoit pas produit l'effet qu'-
elle en avoit attendu, elle changea
tout-à-coup de batterie. Seigneur Chevalier, lui dit-elle, fi vous avez quelque bonne volonté pour moy, je vous
fupplie trés-humblement de me prefter
deux ou trois reaulx. J'en ay un befoin preffant. Hier en écurant la vaiffelle je rompis par malheur deux plats
de fayance, & noftre Maiftre a juré
que fi je ne les lui paye, il me caffera
les os à coups de barre. Ne craignez
rien, ma Princeffe, répondit gravement Don Quichotte. L'audacieux qui
ofera vous toucher, me touchera moy
dans la prunelle de mes yeux. Je vous
fuis bien obligée, Monfieur, repliqua
la Galicienne; mais je vous le ferois
encore davantage, fi vous me donniez
les deux reaulx que je vous demande.

Par là je préviendray les coups que
m'a promis noftre Maiftre , qui eft
l'homme du monde le plus exact à tenir de femblables promeffes. Comment
deux reaulx, dit Don Quichotte ? Je
vous donneray plutoft deux cens Ducats, & trois cens mefme , fi vous en
avez befoin. La fervante qui bornoit
toutes fes prétentions à deux reaulx
feulement, jugeant par cette offre qu'-
elle n'auroit pas de peine à les obtenir,
s'approcha fans façon du Chevalier
pour l'embraffer par reconnoiffance ;
mais Don Quichotte, comme un autre
Jofeph, fe leva tout effrayé du danger
où l'alloit mettre l'amoureux empor-
tement de cette Putifarde de cabaret.
Je n'ay jamais lû, dit-il dans le trouble qui l'agitoit, qu'aucun Chevalier
errant, de ceux que je veux imiter, fe
foit abandonné en pareille occafion à
quelque action deshonnefte. En difant
cela, il appella fon fidéle Ecuyer au
fecours de fa vertu fi vivement atta-
quée. Sancho, Sancho, s'écria-t-il,
apporte-moy noftre malle.

L'Ecuyer, qui eftoit alors en converfation avec l'Hofte, eftant monté,
Ouvre cette malle, lui dit le Chevalier, & donne à cette belle Infante

deux cens ducats. Nous n'y perdrons
rien, mon fils ; car après que je l'auray
vangée de certain outrage qu'on lui a
fait, elle nous rendra non seulement
cette somme ; mais elle te donnera
une partie des pierreries & des joyaux
qu'un discourtois Chevalier lui a mal-
gracieusement volés. A un ordre si
cruel, l'œconome Ecuyer crut qu'on
lui alloit arracher l'ame : Comment
deux cens ducats, répondit-il d'un
ton furieux ? Est-il aussi aisé de les donner que deux cens coups de pied au
cul à cette effrontée ? Par les oreilles
du geant Goliath je ne donneray point
cet argent. Que Madame la mauricau-
de voye si sa chienne de face & sa peau
tanée valent une si grosse somme. Hé
n'est-ce pas elle qui m'a dit tantost
dans l'écurie que si je voulois lui bail-
ler quatre sols ... Oh ! la vilaine,
Merci de ma vie, Seigneur Don Quichotte, si je l'agrippe aux cheveux,
je lui feray sauter les degrez quatre à
quatre. Quand la Galicienne vit Sancho si fort en colere, elle le tira à
part, & lui dit : Frere, vostre Maistre
dit seulement que vous me donniez
deux reaulx ; & je n'en demande pas
davantage. Car pour les deux cens du-

cats, je voy bien qu'il n'y faut pas penfer. Le Chevalier de la Manche n'é-
toit pas peu furpris de voir fon Ecuyer
en ufer fi familierement avec une
Princeffe. Sancho, lui dit-il, fais
promptement ce que je t'ordonne, &
que je n'en entende plus parler. Nous
partirons demain avec l'Infante, pour
la remener dans fon païs, où nous ferons rembourfés avec ufure. L'Ecuyer
voyant qu'il en falloit paffer par là,
répondit à fon Maiftre, Hé bien, Monfieur, je vais lui compter là-bas cet
argent à mon aife ; allons, Madame
l'Infante, vous plaift-il de defcendre,
& de m'aider à porter en bas cette
malle ? Je vais vous payer tout-à-
l'heure. Tout fimple qu'eftoit Sancho,
il ne le fut pas affez pour obeïr à fon
Maiftre. Il donna feulement quatre
fols à la fervante, en lui jurant même
qu'il la rouëroit de coups, fi elle ne
difoit à Don Quichotte qu'elle avoit
reçû les deux cens ducats. A quoy la
droleffe répondit : Seigneur Ecuyer,
avec ces quatre fols je demeure trés-
contente, & vous donne le bon foir.
L'Hofte emmena fa fervante dans la
cuifine, & Sancho alla fe coucher fur
un matelas qu'on lui avoit étendu fur

deux bafts de mulet , s'eftant fait un
chevet de la bienheureufe malle qu'il
venoit de préferver d'une furieufe fai-
gnée.

La première chofe qu'il fit le lendemain matin fut d'aller diftribuer
l'orge & la paille à Rocinantes & au
Grifon. Enfuite il fit mettre à la broche un affez gros morceau d'agneau
ou de brebis ; car d'affeurer fi c'eftoit
de la mere ou de l'enfant, l'Hofte feul
pouvoit décider la chofe. Cela eftant
fait, il monta dans la chambre de fon
Maiftre pour le réveiller. Le pauvre
Chevalier commençoit alors à s'endormir. Il n'avoit pû fermer les yeux
de toute la nuit , tant fon efprit eftoit
rempli des joûtes , & de la vangeance
qu'il fe propofoit de tirer du perfide
Capitaine. Il eftoit fi troublé de fes
chimeres , que s'éveillant en furfault
à la voix de fon Ecuyer , il s'écria : ô
déloyal Chevalier ! qui aprés avoir
trahi la foy jurée n'as pas honte de
voir encore le jour ; reconnois le Vangeur de la Princeffe de Galice. Ne vous
mettez point en colere , Seigneur Don
Quichotte , répondit Sancho , la Princeffe eft bien payée , & baife les mains
à voftre Seigneurie errante. Levez-

vous viſte, car le déjeuner ſera bientoſt preſt. Je veux partir tout préſentement, dit Don Quichotte en ſe levant ; parce qu'il me tarde d'eſtre à
Saragoſſe. Aide-moy donc à m'armer,
& ne nous arreſtons pas ici davantage.
Quand il fut armé il deſcendit dans la
cuiſine, où il ſe contenta de manger
deux ou trois morceaux tout debout ;
enſuite s'étant fait amener Rocinantes
il ſauta legerement en ſelle, & puis
hauſſant la voix, il dit à l'Hoſte & aux
gens qui étoient préſens : Genereux
Châtelain, & vous, vaillants Chevaliers de cette fortereſſe, voyez ſi je
vous puis eſtre utile. Je ſuis diſpoſé à
vous rendre ſervice. Seigneur Chevalier, lui répondit l'Hoſte, pour le préſent, Dieu merci, nous n'avons beſoin de rien, ſi ce n'eſt que vous nous
faſſiez payer par voſtre Ecuyer les repas, l'orge & la paille qui vous ont
eſté fournis. Ami, repliqua Don Quichotte, Hé où avez-vous lû, s'il vous
plaiſt, que les Châtelains qui ont eû
le bonheur de recevoir en leurs châteaux des Chevaliers errans, leur ayent
jamais fait payer la reception qu'ils
leur ont faite ? Chacun a ſa methode,
repartit l'Hoſte, & la mienne eſt de

ne loger perſonne pour rien. Hé bien,
dit Don Quichotte, puiſque vous voulez qu'on vous regarde comme un hôte
de cabaret, vous n'avez qu'à dire ce
qu'il vous faut. Il me faut quatorze
reaulx, répondit l'hoſte : Cela ſuffit,
repliqua le Chevalier. En même tems
il ordonna à Sancho de ſatisfaire l'hôte ; mais comme en donnant cet ordre
il apperçut la Galicienne qui tenoit un
balay à la main : Ah ! ſouveraine Infante, s'écria-t-il, vous me voyez prêt
à tout entreprendre pour accomplir la
promeſſe que je vous ay faite. Je brûle
d'impatience de vous rétablir dans vos
droits, & de vous rendre à vos illuſtres
parens, dont les yeux, depuis qu'ils
vous ont perduë, ſont devenus des
ſources intariſſables de pleurs. Je voy
avec une douleur mortelle une Princeſſe de voſtre merite habillée comme
une ſervante de cabaret, & balayant
la maiſon de gens auſſi infames que
ceux-ci. Montez donc ſans tarder ſur
voſtre palefroy ; ou ſi la fortune vous
l'a ravi, ſervez-vous de l'infatigable
monture de mon fidéle Ecuyer, & venez avec nous à Saragoſſe. L'Hoſte,
qui eſtoit ſujet à mal expliquer les choſes qu'il entendoit, ſe perſuada par ce

difcours que noftre Chevalier lui vouloit débaucher fa fervante, & qu'elle
entroit de moitié dans fon deffein. Il
fe mit en colere contr'elle. Ah ! im-
pudente, lui dit-il, tu ofes te joüer à
moy. Vive Dieu ! je te feray repentir
du complot que tu as fait avec ce fou.
Que jamais baffin de Barbier ne me
lave le menton, fi tu ne me le payes !
Va, coquine, va froter ta vaiffelle,
au lieu de comploter des échappées
deshonneftes avec un écervelé. La Galicienne feure de fon innocence voulut
fe juftifier ; mais l'impetueux hoftelier
ne lui en donna pas le tems, & lui ferma la bouche d'un foufflet trés-rude-
ment appliqué, & immédiatement
fuivi d'une douzaine de coups de pied
dans le ventre, qui renverferent la
Princeffe toute éclopée.

O Ciel ! quel fpectacle pour le Heros
de la Manche ! A quel excés de colere
cette cruelle vûë l'emporta ! Achille
en courant vanger la mort de Patrocle,
le Dieu Mars en voyant couler le fang
de la Déeffe de Cithere fit paroiftre
moins de fureur. Oui, pour bien reprefenter quel fut en ce moment le
redoutable Don Quichotte, il faudroit
une plume trempée dans les eaux du

Tartare. Il tira auffi-tôt fon épée, &
fe levant de toute fa hauteur fur fes
étriers, il adreffa ces paroles à l'Hofte
d'une voix femblable à celle dont le
Dieu de la guerre fait retentir les mon-
tagnes de Thrace. O témeraire Chevalier ! qui as eû l'audace d'outrager à
mes yeux la plus noble Dame de toutes les Efpagnes, ne crois pas qu'un fi
grand crime demeure impuni. Il dit,
& pouffant brufquement Rocinantes
fur le Seigneur Châtelain, qui ne s'attendoit à rien moins qu'à cette irruption, il lui déchargea fur la tefte un fi
terrible coup d'épée, que fi l'épaiffeur
du chapeau ne l'eût heureufement fait
gliffer, l'Infante de cuifine eût efté
plainement vangée du Chevalier de la
Taverne. Neanmoins la cruelle lame
ne laiffa pas d'effleurer le crane, &
d'emporter tout un cofté de cheveux
avec un morceau de l'oreille. Au fang
qui fort de la playe, voilà toute l'hôtellerie en rumeur, chacun prend l'arme qu'il trouve fous fa main. L'Hôte
beuglant comme un taureau entre
dans la cuifine ; fe faifit de la plus longue de fes broches, & médite une
prompte vangeance. Cependant Don
Quichotte, contre fa coûtume, avoit
pris

pris le large fort prudemment, afin de mieux foûtenir la rude attaque qui fe préparoit contre lui. L'hoftellerie étoit fituée fur une hauteur, & à un jet de pierre de là eftoit un grand pré. Ce fut au milieu de ce pré que le courageux Vangeur des beautés outragées s'alla camper. Il crioit à haute voix, *guerre*, *guerre*, faifant faire mille mauvaifes paffades à Rocinantes, & tenant fiere-ment en fa main fon épée nuë, parce que Sancho eftoit refté dans l'hoftel-lerie avec fa lance & fa rondache. Ce judicieux Ecuyer voyant au train que prenoient les chofes, qu'il pourroit bien pour le moins eftre berné une fe-conde fois, fe tourmentoit fort pour appaifer la noife. Mais l'Hofte qui a-voit quitté fa broche à caufe de l'éloi-gnement de fon ennemi, demandoit fon efcopete ; & fi par bonheur fa fem-me ne fe fût avifé de la cacher, nôtre Chevalier fans doute auroit fini le cours de fa vie & de fes avantures en cette occafion. L'Hoftelfe & les voya-geurs reprefenterent à l'Hofte qu'il vouloit tuer un homme privé de ju-gement, & qu'il devoit plutoft, puif-que fa bleffure n'eftoit pas dangereufe, laiffer aller cet extravagant à tous les

*Tome I.*                              H

diables. Sancho vint à l'appui de la boule, & ne difconvint en aucune façon des qualités qu'on donnoit à fon Maiftre, voyant qu'elles tendoient à pacifier les chofes. Et de fon cofté il fut fort exact à payer les quatorze reaulx. Il prit enfuite congé de l'Hôte, de l'Hoftelle & des Voyageurs, leur faifant mille réverences & toutes fortes de civilités, pour effacer entierement des cœurs ulcerés tout le reffentiment qui y pouvoit eftre refté. Aprés quoy tirant au plus vifte fon afne par le licou d'une main, & de l'autre portant la lance & le bouclier, il alla joindre fon Maiftre dans le pré. Hé bon Dieu ! Monfieur, lui dit-il en l'abordant, falloit-il pour une fervante plus maullade que celle de Pilate joüer à laiffer ici le moule de voftre pourpoint ? Franchement vous l'avez échappé belle. Si l'Hofte avoit trouvé fon efcopete, vous en auriez eû, pardy, dans les boudins : Et vos belles armes d'argent ne vous euffent pas garenti de la balle, quand elles auroient efté doublées de velours encore. Parlemoy, Sancho, dit Don Quichotte, en quel nombre font les ennemis ? Viennent-ils par pelotons, comme enfans

perdus, ou bien par bataillons ? Ont-
ils beaucoup d'artillerie, de casques,
de cuirasses & de piques ? Y a-t-il parmi eux une grande quantité d'archers ?
Sont-ce vieux soldats, ou nouvelles
levées ? Troupes reglées, ou simples
milices ? Leur montre est-elle bien
payée ? Y a-t-il famine ou peste dans
leur camp ? Quel est leur Chef ? Quels
sont les Officiers generaux ? Appren-
moy combien ils sont d'Anglois, d'Al-
lemans, de Suisses, d'Espagnols natu-
rels, de Flamands, de François &
d'Italiens. Di-le-moy promptement,
afin que nous songions à nostre défense. Tirons des lignes dans ce pré, creu-
sons sans differer des tranchées & des
fossez. Elevons des redoutes & des bas-
tions. Couvrons-nous de rideaux & de
palissades, veillons à nostre seureté,
mon fils. Misericorde, s'écria Sancho !
où en sommes-nous ? Songez de par
Dieu, Seigneur Don Quichotte, qu'il
n'y a rien ici de tout ce que vous dites.
Tout est uni comme une glace : Et
puisque nostre Dame des sept douleurs
nous a tiré des pattes de l'Hoste,
fuyons de son hostollerie comme de la
Baleine à Jonas. Mais, mon ami, dit
Don Quichotte, laisserons-nous la

H ij

Princesse au pouvoir de ses ennemis?
Nous devrions retourner au château,
pour la tirer de leurs mains, & pour
punir ce maraud de Châtelain qui a
eû la lâcheté de se faire Hoste de cabaret contre toutes les loix de la Chevalerie. Hé mardi, Monsieur, dit Sancho, ne l'avez-vous pas assez puni,
puisqu'il lui en couste une oreille?
Croyez-moy, sauvons-nous. Mais tu
ne songes pas, reprit Don Quichotte,
que je ne puis fuir sans me déshono-
rer. Bon bon, répondit l'Ecuyer, voilà de belles histoires! Ne vous ay-je
pas souvent oüi dire qu'un Chevalier
doit estre courageux, mais non pas
témeraire? Il est vray, repartit Don
Quichotte, & tu m'en fais souvenir à
propos ; car je m'apperçois que ma
valeur m'emporte un peu trop loin en
cette occasion. Il faut ceder au nombre, & ne se pas jetter dans le peril en
étourdi. Une prudente retraite vaut
bien une victoire. Ce qui est differé
n'est pas perdu. A nostre retour de
Saragosse nous trouverons bien moyen
de secourir la Princesse de Galice. Je
consens donc que nous nous retirions,
pourvû que ce soit en bon ordre, &
d'une maniere qui ne sente nullement

A. douzier Sc.

la fuite ; car la crainte ne peut rien
fur mon cœur ; & afin que perfonne
n'en ignore, je déclare ici publiquement que je me retire, mais que je
ne fuis pas. En achevant ces paroles il
fortit du pré avec une contenance fiere
& martiale, & prit la route d'Ariza,
fuivi de fon brave Ecuyer, qui s'imaginant voir à fes trouffes le Seigneur
Châtelain armé de fon efcopete, regardoit à tous momens derriere lui.

## CHAPITRE VII.

*De l'étrange & dangereux combat*
*qu'eut Don Quichotte avec Roland*
*le furieux.*

QUand Sancho eut perdu de vûë
l'hoftellerie, il reprit fa bonne
humeur, que la jufte crainte de la berne avoit un peu alterée. çà, Monfieur, dit-il à fon Maiftre, eft-ce tout
de bon que vous ne voulez plus fonger
à Madame Dulcinée, ni faire aucune
Chevalerie pour elle ? Sans doute, répondit Don Quichotte ; elle a pouffé
ma conftance à bout. Je ne la reconnois plus pour ma Dame ; & comme

je veux deformais qu'on m'appelle le
Chevalier fans amour., il faut que je
juftifie ce nom par quelque action d'é-
clat. En effet auffi-toft qu'il fut dans
Ariza il dreffa lui-même un cartel de
défy que Sancho attacha à un pilier de
» la place , & le cartel portoit , Que
» tout Chevalier errant ou fedentaire,
» qui voudroit foûtenir que les Dames
» meritoient d'eftre aimées , mentoit
» fauffement , & qu'il lui feroit con-
» feffer le contraire par la voye des
» armes , corps à corps, ou dix con-
» tre dix. Qu'à la verité l'on ne pou-
» voit fe difpenfer , felon les loix de la
» Chevalerie , de les défendre , & de
» les vanger des outrages qu'on leur
» faifoit ; qu'il eftoit même permis de
» s'en fervir pour la generation, pour-
» vû que ce fût fous l'indiffoluble nœud
» du mariage. Que les ingratitudes in-
» ouïes de l'Infante fans pair , la fa-
» meufe Dulcinée du Tobofo , étoient
» une preuve autentique de cette in-
» conteftable verité. Et au bas du cartel il avoit foufcrit, *Le Chevalier fans
amour*. Tout le monde dans Ariza rit
beaucoup de ce cartel ; mais perfonne
ne s'eftant mis en peine de prendre le
parti du beau fexe , le Chevalier fans

amour en partit après y avoir fait peindre sur son écu l'ingenieuse devise qu'il
avoit imaginée.

Lorsqu'il fut prés d'Ateca, gros
bourg voisin de Catalayud, il apperçût
& fit en même-tems appercevoir à
son Ecuyer une maisonnette couverte
de chaume au milieu d'une melonniere, sur la porte de laquelle estoit
un païsan qui gardoit ses melons avec
un gros bâton ferré par le bout. Aprés
l'avoir regardé fort attentivement, il
dit à Sancho : Arrestons-nous, mon
fils, voici, si je ne me trompe, une
des plus grandes avantures que nous
puissions trouver. Tu vois bien ce redoutable guerrier qui est à la porte de
ce superbe château avec une lance ou
un épieu à la main ; c'est un des plus
fameux Chevaliers dont tu ayes jamais
ouï parler. Bon, répondit Sancho aujourd'hui d'une façon, & demain de
l'autre. Oh ! pour le coup, Monsieur,
vous avez la berluë, ou je ne suis pas
la fleur des Ecuyers errans. L'homme
que vous me montrez là est un païsan
qui garde sa melonniere ; & par ma
foy, n'a-t-il pas raison ? Il passe à tous
momens par ce grand chemin des gens
qui vont à Saragosse, & qui pourroient

bien entrer dans son champ, pour y faire la feste aux melons. Ouï, Sancho, reprit le Chevalier uniquement occupé de sa pensée ; c'est le fameux Comte d'Angers, le plus celebre des Paladins de France ; c'est Roland le furieux. Encore une fois, Monsieur, dit l'Ecuyer, cet homme-là est un bon païsan qui garde ses melons, qui n'a pas asseurément la mine d'un Comte, & encore moins d'un baladin. Je sçay mieux que toy ce qu'il en faut croire, repartit Don Quichotte ; ce Prince, à ce que rapporte le véridique livre intitulé, Le miroir de la Chevalerie, fut enchanté par un More, qui par son art merveilleux le transporta dans cette forteresse que tu vois, pour en défendre l'entrée à tout homme mortel. C'est ce même Roland qui transporté d'une fureur jalouse de ce que Medor, jeune More de l'armée d'Agramant, lui avoit ravi sa Maîtresse la belle Angelique, déracinoit les plus gros arbres jusqu'aux plus profondes racines. Ainsi, mon cher enfant, je puis dire aujourd'hui ce que disoit un jour le Vainqueur de l'Asie, que j'ay trouvé enfin un peril digne de moy. Je ne veux point passer outre, sans

éprouver

éprouver cette avanture, puifque ma bonne fortune me l'a fait rencontrer. Sancho voulut fe fervir de fa prudence ordinaire pour détourner fon Maître d'un fi dangereux deffein. Monfieur, lui dit-il, mon avis eft que fans tarder nous entrions dans le village, & que nous laiffions en repos ce Roland qui ne nous a rien fait ; car fi la fainte Hermandad nous agrippe une fois au colet, nous fommes feurs d'aller aux galeres, & d'y demeurer fi long-tems que quand nous en reviendrons, nous aurons du poil blanc au gras de la jambe. Oh ! Sancho, reprit noftre Chevalier, que tu as peu de goût pour les avantures ! Hé, qu'arriveroit-il, dimoy, fi je fuivois tes timides confeils ? Je fuirois toutes les occafions d'acquerir de la gloire, & je me rendrois l'opprobre de la Chevalerie errante. Ce n'eft pas de cette maniere que fe gagnent les Ifles & les Empires. Si tu veux que je faffe ta fortune, mon ami, éleve ton courage, & montre-toy digne du pofte éclatant que tu peux attendre de ma valeur. Hé bien, Monfieur, repliqua l'Ecuyer, puifqu'il faut abfolument maffacrer ce Melonnier pour gagner des royaumes, je ne m'y

oppofe plus. Vous n'avez qu'à mettre
la main à la pâte. Puifque je fuis avec
les loups, il faut bien que je heurle. Il
eft vray que ce Roland ne nous a point
offenfés ; mais pourquoy fe trouve-t-il
en noftre chemin ? Quand il pleut,
malheur à ceux qui font fous les gou-
tieres. Comme ce Paladin, dit Don
Quichotte, a le corps invulnerable par
enchantement, & qu'il ne fçauroit être
bleffé qu'à la plante du pied, tu vois
bien que je vais m'engager dans le plus
grand peril qu'ait jamais couru un
Chevalier errant. C'eft pourquoy j'ay
une chofe à te recommander. Fais l'of-
fice d'un fidéle Ecuyer. Adreffe-toy au
Dieu des batailles, & le prie par les
plus ferventes prieres que l'excés de
ton zele te pourra fuggerer, que je
forte vainqueur du combat ; mais s'il
en ordonne autrement, fi je fuccombe
aux forces prodigieufes du Comte
d'Angers, fi je meurs, ne manque pas
aprés ma mort de me faire porter
dans ma maifon de l'Argamefille, reveftu comme je fuis des belles armes
du grand Alquife mon ami ; pourvû
que Roland charmé de leur bonté, &
voyant les fiennes brifées par la pefan-
teur de mes coups, ne les emporte pas,

de même qu'autrefois l'altier Ferragus emporta celles du frere de la belle Angelique. Ce n'est pas tout encore ; tu me feras mettre tout armé, & dans une attitude fiere, dans un grand fauteüil de drap noir ; & souvien-toy, de grace, qu'à l'exemple du Cid, je veux avoir en main ma bonne épée, afin que si par hazard quelque insolent More vient à me tirer des poils de la barbe, comme fit un mauvais Juif à ce vaillant Défenseur de la foy, je puisse aussi m'en vanger sur le champ.

Lorsque Sancho entendit parler ainsi son Maistre, il ne put retenir ses larmes. Ah ! mon bon Seigneur Don Quichotte, s'écria-t-il ; Par la grande Arche de Noë, & par toutes les bestes qui estoient dedans, laissez ce Roland en repos. Quand vous lui aurez coupé une oreille, en aurez-vous pour cela trois, vous ? Sancho, qui aimoit veritablement son Maistre, & qui voyoit évanouïr ses esperances en le perdant, se mit à sangloter avec tant de violence que c'estoit une chose pitoyable à voir. Helas ! continua-t-il sur le même ton, falloit-il que je vinsse vous servir d'Ecuyer pour si peu de tems, malheureux que je suis ! Si vous peris-

I ij

fez dans cette maudite bataille , que
fera, dites-moy, voftre pauvre Ecuyer
dans ces Indes éloignées de fon païs?
Que feront les pauvres Demoifelles dé-
laiffées ? Elles n'auront plus de fuport.
Qui les défendra contre les geants?
Qui fera & défera les torts? C'en eft fait,
la Chevalerie errante eft allée à vau-
l'eau. Pourquoy ne fuis-je pas mort
l'année derniere entre les mains des
Yangois ? Ne pleure pas , mon ami,
lui dit Don Quichotte , je ne fuis point
encore mort. Tous les Chevaliers ne fe
font-ils pas trouvés dans le danger où
tu me vois ? Neanmoins combien y en
a-t-il, qui entourés de leurs femmes
& de leurs enfans ont fini tranquillement leurs jours dans la maifon de
leurs anceftres. Je puis pourtant ceffer
de vivre aujourd'hui , & puifque j'i-
gnore le deftin qui m'eft réfervé ; ce
qui eft dit, eft dit. Si je meurs, tu feras exactement tout ce que je t'ay ordonné. En prononçant ces dernieres
paroles , il donna gravement fa main
à baifer au trifte Sancho , & piqua
vers la melonniere.

Rocinantes pouvoit à peine fe foûtenir , tant il eftoit accablé de faim &
de laffitude. C'eft pourquoy méprifant

lés coups d'éperon , il s'arreſtoit in-
ceſſamment à mâcher les fueilles des
hayes qu'il lui falloit paſſer. Son Maître avoit beau lui reprocher qu'il n'entroit pas aſſez pour ſon compte dans
les obligations de la Chevalerie errante, le maigre animal n'en alloit pas
plus viſte. Enfin Don Quichotte ſe
voyant dans le champ prit le chemin
de la cabane. Le prétendu Roland a-
voit beau lui crier de toute ſa force que
s'il ne ſortoit au plutôt de la melonniere, il pourroit bien s'en repentir.
Le Chevalier s'avançoit toûjours.
Quand il fut à quarante ou cinquante
pas du païſan, il s'arreſta ; & branſlant
ſa lance d'un air martial , il lui tint ce
diſcours. Courageux Comte d'Angers,
dont les exploits ont eſté ſi melodieu-
ſement chantés par le Prince des Poëtes le divin Arioſte ; c'eſt aujourd'hui
que je dois éprouver contre toy la force étonnante de mon bras. Jour memorable pour la Chevalerie errante !
C'eſt à ce coup, ô furibond Paladin ,
qu'il ne te ſervira de rien d'eſtre Fée
de tout ton corps, puiſque je vais te
donner le coup de la mort en t'enfon-
çant une longue épingle dans la plante
du pié. Conſidere , fameux guerrier,

les fortunes diverſes des Heros. Ta ſü-
perbe teſte qui faiſoit pâlir d'effroy
tout le camp Sarazin, & dont nul mortel juſqu'à ce jour n'a pû ſoûtenir les
regards irrités, ſera coupée par le fil
tranchant de ma redoutable épée, a-
prés un long & opiniâtre combat; &
portée enſuite au bout de ma lance aux
joûtes de Saragoſſe, ſans que l'armée
de l'Empereur Charles te puiſſe arracher de mes mains. Rien ne te ſauvera;
la valeur de Renaud de Montauban ton
couſin, les efforts de Monteſinos, du
Marquis Olivier, & du gentil Aſtol-
phe d'Angleterre, ne ſçauroient te dérober à mes coups. Tes deux couſins
Grifont le blanc, & Aquilan le noir,
& les enchantemens de l'artificieux
Maugis d'Aigremont te feront ici inutiles. Vien donc, fameux François,
je n'uſe point avec toy de ſupercherie,
& je ne me préſente point pour t'ac-
cabler, ſoûtenu d'une nombreuſe armée, comme Bernardo del Carpio &
le Roy Marſille d'Arragon. Je ne ſuis
qu'un Eſpagnol ſeul avec mes armes,
ma lance & mon cheval. Qui te re-
tient? Avance. Que la lâcheté n'ait
point de priſe ſur un cœur tel que le
tien; & ſi tu ne peux éviter la triſte

deftinée qui t'attend, du moins con-
ferve ta gloire paffée pure & exempte
de tout reproche. Noftre Chevalier
s'arrefta en cet endroit de fon difcours,
croyant en avoir affez dit pour perfuader à Roland qu'il devoit préferer un
trépas glorieux, quoique certain, à
une vie notée d'infamie. Mais comme
le païfan reftoit muet, ne fçachant que
répondre, Don Quichotte pourfuivit
en ces termes: Di-moy donc, ô belliqueux Roland, d'où peut venir cet af-
foupiffement qui te rend fi different
de toy-même? Eft-il tems de demeurer oifif, quand tu t'entends défier au
combat? Approche, grand Paladin,
monte fur ton fidéle & leger Bride-
dor... Mais je me fouviens, ajoûta-
t-il, que l'enchanteur More, qui t'a
pofté ici pour la feureté de ton château, ne t'a point laiffé de cheval. Ainfi
je vais defcendre du mien, car je ne
veux pas qu'on me reproche de t'avoir
combattu avec avantage. En difant
cela, il mit pied à terre. Courage,
courage, s'écria de loin Sancho: Seigneur Don Quichotte, donnez deffus
vigoureufement. Je vous aide d'ici en
priant Dieu pour vous comme un perdu. J'ay déja dit deux *Deprofondis* à

voſtre intention. Cependant le Me-
ſonnier voyant venir à lui Don Quichotte couvert de ſon écu, & branſlant
ſa lance d'une maniere à lui faire croire qu'il avoit effectivement deſſein de
le tuer, car c'eſtoit tout ce qu'il avoit
pû comprendre de ſon extraordinaire
harangue, lui cria de ne pas s'avancer.
Mais comme Don Quichotte ne s'arreſtoit point pour cela, le paiſan poſa
ſon bâton à terre, & ramaſſant un
gros caillou, le mit dans ſa fronde, &
le lança d'une grande roideur contre
le Chevalier. Heureuſement ſa rondache enchantée eſtant compoſée de
cuivre réſiſta à la force du coup, &
la pierre tomba ſans effet à ſes pieds.
Mais le Comte d'Angers prit un caillou encore plus gros que le premier,
& le jetta de toute ſa force. Pour celui-là Don Quichotte le reçût dans la
poitrine. Ses armes en retentirent, &
il tomba ſans ſentiment ſur une cou-
che de melons. Aprés quoy l'adroit
Frondeur croyant avoir tué ſon homme, s'enfuit au plus viſte dans le
bourg.

❈❈

# CHAPITRE VIII.

*Des choses admirables que dit Don Quichotte à son Ecuyer, & de quelle maniere une si belle conversation fut interrompuë.*

O Pauvre Chevalier sans amour ! s'écria Sancho, lorsqu'il vit tomber son Maistre. Je vous l'avois bien dit, que ce maudit Melonnier, qui est plus heretique que le geant Goliath, vous feroit faire le sault du crapaud. En disant ces paroles, il entra dans la melonniere tirant son âne par le licou, & s'estant approché de Don Quichotte pour voir s'il estoit en estat d'estre secouru, il le trouva étendu tout de son long, & peu different d'un homme mort. A la fin pourtant le Chevalier reprit ses esprits ; & Sancho lui ayant demandé s'il estoit blessé, il répondit que non ; mais que Roland dans sa furie lui avoit jetté sur le corps une montagne entiere, dont la pesanteur l'avoit presque écrasé. Aide-moy à me relever, Sancho, poursuivit-il, & ne t'afflige pas, puisque je puis me

vanter d'avoir remporté la victoire.
Hé ouï ouï, dit l'Ecuyer, vous avez
esté le plus fort, car vous avez porté
les coups. Ne me suffit-il pas, reprit
Don Quichotte, que mon ennemi ait
pris la fuite ? N'est-ce pas une marque
évidente qu'il n'a pas osé m'attendre ?
Mais laissons-le fuir pour le present.
Je sçauray bien le ratraper une autre
fois, & l'obliger à finir le combat commencé. Tout ce qu'il y a de fâcheux,
c'est que je me sens tout froissé d'un
terrible coup de masse qu'il m'a donné, & j'ay de la peine à respirer. Ce
n'estoit, pardy, point une masse qu'il
avoit à la main, interrompit l'Ecuyer,
mais bien une diable de fronde avec
quoy il vous a frondé les deux cailloux
qui vous ont si bien ajusté. Soûtien-
moy, mon fils, reprit Don Quichotte
quand il fut relevé, & entrons dans
ce château pour nous y repofer & mettre en liberté toutes les Dames & les
Chevaliers qu'on y tient enchantés depuis tant de siecles. En même-tems il
s'avança vers la cabane, s'appuyant
sur son Ecuyer qui n'avoit pas peu de
peine à le soûtenir lui & ses armes.
Mais quand il fut arrivé à la porte, il
s'arresta tout-à-coup ; & faisant pa-

foiftre un étonnement extraordinaire, Que voy-je, dit-il, je ne trouve plus ici qu'une fimple cabane. Le palais magnifique qui s'offroit tantoft à ma vûë, eft difparu. Pour ce qui eft de moy, répondit Sancho, je n'y fuis point du tout trompé : Car dés tantôt, comme à prefent, cette chaumiere m'a paru une chaumiere ; & je fuis bien aife que vous demeuriez d'accord une fois en voftre vie que vous avez pris faint Pierre pour faint Paul. Je ne demeure d'accord de rien, repliqua Don Quichotte, chacun voit à fa maniere. Il ne faut pas s'étonner fi toy, qui n'es qu'un païfan, tu ne vois les chofes qu'en païfan. Mais moy qui fuis armé Chevalier, & qui par confequent voy les chofes comme elles font réellement ; j'ay fujet d'eftre furpris de n'appercevoir plus ici qu'une fimple cabane. Monfieur, dit Sancho, au lieu de difputer pour favoir fi je dois voir comme païfan ou comme Chevalier, il m'eft avis que nous ferons mieux de nous aller repofer dans la cabane, où nous pourrons manger des melons, fi le cœur nous en dit, puifque nous fommes à mefme. J'y confens, mon ami, repartit Don Quichotte, auffi-bien fuis-je tout rompu, & je me foûtiens moins par mes forces que par mon courage.

Ils entrerent donc dans la cabane, & Sancho ayant mis fon Maiftre en eftat de prendre quelque repos fur une chaife de paille qui s'y trouva par ha-zard, il alla débrider Rocinantes & débâter le Grifon ; & puis laiffant les deux animaux à difcretion dans la me-lonniere, il revint trouver fon Maître, portant fur fon dos la malle & le baft, & tenant en fa main la bride de Roci-nantes. Ah ! Sancho, lui dit Don Qui-chotte, je ne m'étonne plus de ne voir ici ni Dames ni Chevaliers. J'ay percé le myftere. J'ay découvert la rufe. Ce malin enchanteur More, dont je t'ay parlé, plus artificieux cent fois que le magicien Atlant, fçachant bien qu'il ne pouvoit par fes fortileges défendre le Comte d'Angers contre mes forces fans pareilles, ni me fermer l'entrée de fon fuperbe château ; qu'a-t-il fait pour me mettre en défaut ? Il a enlevé le Paladin, & l'a fait tranfporter avec fon château par fes démons familiers fur le fommet de la plus haute mon-tagne d'Armenie, auprés de l'Arche de Noë ; & il ne nous a laiffé ici qu'une

miferable chaumiere pour tromper nos
yeux ; mais c'eft en vain qu'il prétend
m'abufer. Car auffi-toft que j'auray
gagné le prix des joûtes, nous irons en
Armenie ; nous monterons jufqu'à la
cime de cette haute montagne, nous
affiegerons le château de l'Enchanteur ;
& quand nous nous en ferons rendu
Maiftres par la mort de Roland, nous
mettrons en liberté le grand Cam de
Tartarie, les deux Princeffes fes filles,
fon bâtard, fon oncle & fa fœur, que
le perfide Negromant y tient enchantés. Ouï ; mais, Monfieur, repliqua
l'Ecuyer, fi ce Roland le furieux garde la porte du château avec fon bâton
ferré & fa chienne de fronde, je vous
declare que je n'en approche pas de
cent lieuës. Ne te mets point en peine
de cela, repartit Don Quichotte, je
l'empêcheray bien de te nuire ; & pour
te faire honneur, je veux que ce foit
toy qui lui donnes la mort, en lui en-
fonçant une longue épingle dans la
plante du pié, aprés que je l'auray
renverfé fous moy. Il faudra donc,
dit Sancho, que vous le teniez fi
ferré qu'il ne puiffe remuer ni pié ni
patte. Je l'étraindray d'une telle
force, répondit le Chevalier, qu'il

n'aura pas la respiration libre. Cela,
estant, reprit l'Ecuyer, il y aura bien
du malheur à nostre affaire, si nous
n'en venons à bout. Par la mardy, j'y
mettray les quatre doigts & le poulce,
& je lui ficheray l'épingle jusqu'aux
trippes. Mais, Monsieur, poursuivit-
il, il me vient dans l'esprit une curiosité. Je voudrois bien savoir pourquoy
l'enchanteur More a enchanté le bâtard
de Tararie. Pourquoy, répondit Don
Quichotte ? Je vais te l'apprendre, car
je sçay la chose d'original. L'enchanteur More estoit devenu amoureux de
la fille cadette du grand Cam de Tararie. Cette Princesse, qui estoit plus
belle que le jour, se nommoit Guéni-
pée. On la croyoit fille de Charlema-
gne, & on avoit raison de le croire;
Parce que ce Prince dans sa jeunesse
estant allé chercher les avantures comme Chevalier errant qu'il estoit, la
femme du grand Cam qui le vit, en
fut charmée, & l'histoire dit que l'incomparable Guenipée fut le fruit de
leurs tendres amours. Quoi qu'il en
soit, l'enchanteur More fit pour plaire
à cette Princesse tout ce que font d'ordinaire les Amans pour se rendre agreables à leurs Maistresses ; mais Gueni-

pée qui le haïssoit mortellement à cause
qu'il estoit rousseau , recevoit si mal
ses galanteries , que le More desespe-
rant de se faire aimer par ses respects
& par ses soins , eut recours aux secrets
de son art : mais les enchantemens ,
comme tu sçais, ne pouvant rien sur
les cœurs , & la Princesse ne payant
son amour que de haine , il prit la résolution de l'enlever elle & toute sa
famille. Pour cet effet il fit construire
en une nuit par ses démons le Palais
que tu as vû dans cette melonniere il
n'y a qu'un moment,& il y enferma le
grand Cam & les siens. Mais tu me de-
manderas, & cette question sera d'un
homme d'esprit, quelle raison eut l'Enchanteur de faire bâtir un château auprés d'un grand chemin ; car je conviens avec toy que les magiciens ont
coûtume de les placer dans des deserts,
sur la pointe d'un rocher escarpé au
milieu de la mer , ou dans le fonds
d'une obscure forest ; mais voici le secret motif du More. Voulant ména-
ger l'esprit de Guenipée, & adoucir
en quelque sorte sa prison, il fit bâtir
le château dans ce champ , parce qu'il
savoit que la Princesse aimoit les melons jusqu'à ne s'en pouvoir passer. En

effet, Sancho, Guenipée les aime paſſionnément ; & je croy avoir lû qu'-
elle eſt menacée par ſon horoſcope de
mourir d'un excés de melons. Ah ! que
je plains donc cette pauvre Guenipe,
dit l'Ecuyer, d'eſtre à l'heure qu'il eſt
juchée ſur cette haute montagne d'a-
raignie, où je m'imagine qu'il n'y a
non plus de melons que dans l'étang
du Toboſo. Mais, Monſieur, continua-t-il, à propos de melons ; tâtons
un peu de ceux de cette melonniere.
Puiſque nous ſommes maiſtres du
champ de bataille, il eſt bon de profiter de noſtre victoire. En diſant cela,
il alla cueillir deux melons qu'il choiſit à la coupe, & revint enſuite muni
de cette proviſion, l'œil riant & le
cœur gay. Il en préſenta quelques côtes à ſon Maiſtre qui n'en mangea
guere ; pour luy il s'en bourroit l'eſtomach de telle ſorte qu'un morceau
n'attendoit pas l'autre. Mais au milieu
de ce repas, le Comte d'Angers &
trois autres grands garçons du bourg,
ayant vû Rocinantes & le Griſon qui
vivoient à diſcretion dans la melonniere, rompant les hayes, mangeant
une partie des melons, & foulant l'autre aux pieds, entrerent bruſquement
dans

dans la cabane, & tout en jurant firent
pleuvoir fur nos avanturiers une grefle
épaiffe de baftonnades. Don Quichotte
qui pour fon malheur avoit quitté fon
morion, afin d'eftre plus à fon aife,
reçût entr'autres fur la tefte un coup
qui le renverfa tout étourdi. L'Ecuyer
eut encore meilleure part que le Maître à la diftribution ; car comme il n'a-
voit point d'armes qui puffent rompre
la force des coups, il ne perdoit rien
de la vigueur avec laquelle ils eftoient
appliqués. Après une fi brufque expedition le Paladin & fes camarades fans
s'embarraffer autrement des bleffés,
qu'ils laifferent évanoüis par terre,
rentrerent dans le bourg d'Ateca, em-
menant avec eux Rocinantes & le Grifon pour dédommagement du degaft
qui avoit efté fait dans le melonniere.

## CHAPITRE IX.

*Du chagrin qu'eurent Don Quichotte*
*& Sancho de ne voir plus Rocinantes*
*& le Grison dans la melonniere : &*
*de la réception que leur fit un Cha-*
*noine d'Ateca nommé Messire Va-*
*lentin.*

CEpendant Don Quichotte & son
Ecuyer tous deux évanouïs é-
toient tristement étendus sur la pous-
siere. A la fin Sancho reprenant ses
esprits, & se sentant les costes & les
bras moulus, s'écria d'un ton meslé de
colere & de douleur : Hé bien, Seigneur
Chevalier sans amour ou plutost sans
jugement, me croirez vous une autre
fois ? Je vous ay dit & redit souvent
d'aller vostre chemin, sans faire de
mal à personne, & c'est une chose que
je n'ay pû gagner sur vostre chien d'esprit. Avalez donc à present ces poires
d'angoisses ; & plaise à Dieu, si nous
restons ici plus long-tems, qu'une
autre demi-douzaine de ces Juifs
ne vienne pas nous achever. Hola
ho, continua-t-il, levez un peu la

tefte, fi vous pouvez, beau Chevalier;
& vous verrez que vous l'avez pleine
de boffes, & d'une maniere à vous
faire nommer à meilleur titre que jamais le Chevalier de la Trifte-figure.
A ces paroles Don Quichotte fouleva
un peu la tefte ; mais il n'y fit point
d'autre réponfe que celle-ci. Roy Don
Sanche, Roy Don Sanche, tu ne diras
pas au moins que je ne t'ay pas donné
avis qu'il eft forti de Zamorra durant
le fiege un traiftre pour te furprendre.
Maudit foit l'ame de l'Antechrift, s'é-
cria Sancho tout en colere, nous fommes ici avec la noftre fur nos lévres,
& vous vous avifez de dégoifer le Ro-
mance du Roy Don Sanche. Vous feriez mieux de chanter l'hymne du Ci-
gne. De par fainte Apolline fortons
d'ici pour aller chercher un Barbier,
& nous faire couvrir tout le corps
d'emplâtres. Appren, Sancho, reprit
Don Quichotte, que le traiftre qui
m'a mis en l'eftat où tu me vois eft le
perfide Bellido de Olfos, propre fils
d'Olfos de Bellido. Que la pefte le
creve, repartit l'Ecuyer, lui & tout
fon belitre de lignage jufqu'à la centiéme generation ! Va vifte à Zamorra, pourfuivit le Chevalier, & quand

K ij

tu feras auprés de cette ville, tu verras de loin entre deux creneaux le bon
vieux Arias Gonçalez, devant qui tu
changeras de nom , & prendras celui
de Don Diego de Lara ; & te fervant
des mêmes termes dont fe fervit le fils
de Don Bermudo, tu accuferas de trahifon, & défieras au combat tous les
Chevaliers, Ecuyers , femmes & enfans , en un mot toute la ville. Enfuite
tu tueras tous les enfans d'Arias Gonçalez & de Pedro Arias. Bonne fainte
Vierge ! interrompit Sancho , nous
voilà bien. Quatre grands Pendarts de
melonniers viennent de me larder plus
menu que liévre en pafte ; & vous
voulez que j'aille à Zamorra, que je
me débaptife, & que je défie toute la
ville, pour qu'il en forte quinze ou
feize cens mille millions d'hommes à
cheval qui me mangeront avec un
grain de fel. Il eft plus à propos de nous
lever, s'il y a moyen, & de nous aller
faire panfer dans ce bourg. En parlant
ainfi, il tira des forces de fa foibleffe, &
fe leva. Don Quichotte lui tendit la
main, & fe leva auffi avec toutes les
peines du monde. Mais quand ils furent fortis de la cabane, & qu'ils ne
virent plus Rocinantes & le Grifon

dans la melonniere ; ce fut alors qu'ils
connurent jufqu'à quel point le malin
enchanteur More leur eftoit contraire
ce jour-là. Don Quichotte en eût un
chagrin mortel, & Sancho encore plus
affligé que fon Maiftre fe defefperoit
d'avoir perdu fon âne. Hélas ! mon
cher Grifon, dit-il en pleurant à chaudes larmes, nous avons bientôt efté fe-
parés l'un de l'autre. Ah ! baudet de
mon ame, lumiere de mes yeux, miroir de mes penfées ; qui font les brigands qui t'emmenent fans pitié, toy
qui pour tes longues oreilles pouvois
paffer pour le Doyen des ânes. Nous
nous entendions tous deux comme
deux freres de lait. Quand je te portois
ton orge dans l'écurie, tu faifois une
mufique auffi agreable que celle du
Barbier, quand il va la nuit joüer de
la guitarre, & chanter fous les feneftres
de la groffe Jeanne. Ami, Sancho, dit
Don Quichotte, que te fert-il de t'af-
fliger ainfi ? N'ay-je pas perdu, moy,
le meilleur cheval qui fuft au monde ?
Hé, pardy Monfieur, répondit brufquement l'Ecuyer, je ne vous empê-
che pas de pleurer voftre cheval ; laiffez-moy pleurer mon âne. Encore une
fois, mon fils, reprit Don Quichotte,

tu dois te confoler de fa perte, quand mefme il defcendroit en ligne directe de l'âneffe de Baalan. C'eft une foibleffe de ne pouvoir fe confoler des pertes que l'on fait. Si elles font irreparables, la raifon doit nous aider à les fuporter conftamment. Si on peut les reparer, pourquoy s'abandonner à la douleur? Je prétens faire une exacte recherche de Rocinantes & du Grifon; & fi elle fe trouve vaine, nous avons noftre malle pour y remedier. Nous achepterons un autre cheval & un autre baudet; & par ce moyen nous rendrons inutile l'intention de l'enchanteur, More qui en me faifant voler Rocinantes a crû m'empêcher de me trouver aux joûtes de Saragoffe. Mais en attendant il faut que tu portes la malle & le baft fur tes épaules jufqu'à ce bourg où nous allons nous repofer. L'efperance que conçût Sancho de revoir fon cher Grifon modera fa douleur: Et quoiqu'il fe fentît le corps tout brifé, il ne laiffa pas de fe charger du baft & de la malle qu'il difpofa de façon que la croupiere du baft lui pendoit fur la bouche.

Dés qu'ils parurent dans Ateca, une foule d'enfans & de perfonnes oifives

les entoura, & les conduifit avec des
huées jufqu'à la grande place. Les Officiers de Juftice & quelques Chanoines s'y promenoient alors. Ils furent
aſſez ſurpris de voir Don Quichotte
auſſi-mal accommodé qu'il eſtoit, &
ſon Ecuyer chargé d'un baſt, dont la
croupiere lui bridoit le nez. La choſe
leur paroiſſant tout-enſemble ſerieuſe
& comique, ils ne ſavoient s'ils en devoient rire ou en avoir pitié. Mais
Don Quichotte ſe voyant au milieu
d'une ſi nombreuſe aſſemblée qui ſembloit n'avoir des yeux qu'à demi pour
le conſiderer, & ſe ſentant émeu d'un
juſte reſſentiment contre les raviſſeurs
de Rocinantes, il addreſſa ces paroles
à l'aſſiſtance, attachant particuliere-
ment ſes regards ſur les Juges & les
Eccleſiaſtiques. N'avez-vous pas honte, Meſſieurs, de ſouffrir parmi vous
des brigands, qui pour faire plaiſir à
l'enchanteur More mon ennemi, m'ont
ravi par ſurpriſe mon infatigable courſier & l'excellente monture de mon
Ecuyer. Ordonnez qu'on nous rende
ſans retardement ce qu'on nous a volé; & que les audacieux qui nous ont
bleſſés, parce qu'ils nous ont ſurpris à
pied & ſans défenſe, nous ſoient livrés,

à difcrétion. Ou bien je vous tiens tous pour traiſtres & pour complices de traiſtres ; & comme tels je vous appelle, & vous défie dés à prefent un contre un, ou tous contre moy. Les Chanoines & les Juges ne purent s'empêcher de rire d'entendre une harangue fi extravagante ; mais un des Ecclefiaftiques, tirant quelques autres à part, leur dit : Meſſieurs, je croy que ce fou eſt ce Chevalier Don Quichotte de la Manche, de qui nous lifions l'hiſtoire pour nous réjoüir ces jours paſſez. Vous allez voir, ajoûta le Chanoine, que je ne me trompe pas. En même-tems il s'approcha de Don Quichotte, & lui dit : Seigneur Chevalier errant, car à voſtre air noble & à vos armes nous jugeons bien que vous en eſtes un, ne feriez-vous point par hazard cet incomparable Chevalier de la Manche, dont on vante partout les exploits inoüis ? En un mot n'eſtesvous pas le Seigneur Don Quichotte ? Oui, je le fuis, répondit gravement le Chevalier ; & je feray bien voir aux fcelerats qui m'ont enlevé Rocinantes, que ce n'eſt point à moy qu'il faut ſe joüer. Seigneur Don Quichotte, repliqua le Chanoine, nous honorons
trop

trop ici Meſſieurs les Chevaliers errans, & vous ſurtout, pour ſouffrir
qu'on leur faſſe le moindre tort. Nous
voulons vous faire raiſon de l'outrage
que vous avez reçû : Et non ſeulement nous aurons ſoin de vous faire
reſtituer ce qu'on vous a pris ; mais ſi
vous pouvez reconnoiſtre les gens qui
vous ont ſi maltraitez, aſſeurez-vous
que nous les ferons trés-rigoureuſe-
ment punir. Pour celui que j'ay combattu, repartit le Chevalier, je ſçay
où il eſt, & il aura bientôt de mes nouvelles. Mais le ſcelerat qui m'a bleſſé
par trahiſon, c'eſt Bellido de Olfos.
Non non, interrompit alors Sancho,
en rangeant la croupiere qui l'empêchoit de parler : Tenez, Meſſieurs, celui qui renverſa mon Maiſtre d'un coup
de fronde eſt un certain droſle qui gardoit ici prés une melonniere. Un homme à large échine, qui a l'œil louche,
& la mouſtache retrouſſée. C'eſt ce belitre, que le Ciel confonde! qui eſt venu
avec d'autres enragés nous roüer de
coups, & qui aprés nous en avoir
donné juſqu'aux ſangles ont emmené
Rocinantes & mon aſne où Dieu ſçait.
Meſſire Valentin, ainſi ſe nommoit le
Chanoine qui avoit parlé, eſtant fort

charitable de son naturel, & jugeant que Don Quichotte avoit besoin de secours, lui dit : Seigneur Chevalier, tout ce qu'on vous a volé vous sera rendu : mais en attendant je vous prie de me faire l'honneur de venir chez moy avec vostre Ecuyer. Sancho pressa son Maistre d'accepter l'offre, aprés quoy Messire Valentin les mena chez lui.

La premiere chose que fit ce bon Ecclesiastique fut d'envoyer querir le Chirurgien du lieu pour visiter la playe que le Chevalier avoit à la teste, & qui par bonheur n'estoit pas dangereuse. Pendant que le Chirurgien aprêtoit ses linges, & tiroit de ses poches tous les instrumens necessaires pour mettre le premier appareil, Don Quichotte qui le consideroit avec attention, lui dit d'un air gracieux : En verité, Maistre Elizabeth mon cher ami, j'ay une extrême joye d'estre aujourd'hui tombé en vos habiles mains ; car je me souviens d'avoir lû que vous savez appliquer des remedes si souverains aux blessures des Chevaliers errans, qu'Averroës, Avicenne & Galien meriteroient à peine d'estre vos fraters. Mais dites-moy, de grace,

mes playes sont mortelles, parce qu'en
ce cas là les regles de la Chevalerie ne
me permettent pas de consentir que
l'on me guerisse, jusqu'à ce que j'aye
tiré une entiere vangeance de la trahison de Bellido. Le Chirurgien qui ne
savoit que répondre à tout cela, regardoit Messire Valentin, qui de son
costé haussoit les épaules d'étonnement. Comme il estoit à craindre qu'à
force de parler & de s'agiter, la fièvre
ne survint à Don Quichotte, ce qui
auroit pû rendre sa blessure dangereuse, le Chirurgien le pensa sans rien
dire, depeur de lui donner nouvelle
matiere de parler. Il se contenta seulement de l'asseurer que dans peu de
jours il ne paroistroit pas qu'il eût esté
blessé. L'appareil estant mis, le Chanoine fit sortir tout le monde de la
chambre, où on laissa reposer Don
Quichotte dans un fort bon lit. Sancho, qui avoit tenu la chandelle durant l'operation, & qui n'avoit pas dit
un mot depuis long-tems, mouroit
d'envie de se dédommager d'un si long
& si rare silence. A peine fut-il hors
de la chambre, qu'il dit à Valentin :
Par ma foy, Seigneur Licentié, les
costes me cuisent furieusement. Ce

Bellido, puifque Bellido y a, ne m'a
pas moins bien regalé que mon Maître, il ne m'a rien laiffé de bon que
l'appetit ; Et vive Dieu, s'il me l'avoit
ofté comme tout le refte, j'envoirois
tous les Bellido du monde à tous les
diables. C'eft pourquoy, Seigneur Licentié, je vous prie de faire mettre au
plutôt la nappe, afin que je joüe un
peu des machoires ; car j'ay plus befoin de cela préfentement que de me
nettoyer les dents. Mais, mon ami,
lui dit le Chanoine, il faut voir fi vous
n'avez point de bleffure ; pendant que
nous avons ici Maiftre Elizabeth, vous
n'avez qu'à dire, il vous fera deux in-
cifions pour une. Ah ! mardy, je l'en
quitte, répondit l'Ecuyer, tous ces
Chirurgiens ne demandent que playes
& boffes : vous n'avez qu'à les laiffer
faire, Par la gerny, ils vous fourrent
fans façon leurs biftorris dans la tefte,
comme s'ils vous tiroient des cirons.
Graces à Dieu, je n'ay point efté bleffé ; & pour cette fois je me pafferay
mieux de charpie que de pain & de vin.
Le Chanoine lui fit donner à fouper ;
Et comme par fon ordre on eftoit allé
s'informer du prétendu Bellido & de
fes compagnons, qu'on eut peu de

peine à découvrir ; on vit bientôt arriver Rocinantes & le Grifon. Sancho
les ayant apperçûs, fortit avec précipitation d'un veftibule où il achevoit
de fouper, & courant à fon baudet
avec la même joye qu'un amant qui
revoit fa maiftreffe aprés une longue
abfence, il l'embraffa de tout fon
cœur. Ah ! mon cher Grifon, lui dit-
il, tu fois le bien revenu. Je te fouhaite les bonnes feftes. Di-moy un
peu de quelle maniere on t'a traitté en
mon abfence ? Ce grand Efcogrife de
Roland t'a-t-il du moins bien fait gru-
ger de l'orge & de la paille ? Oh le fac
à vin ! ô le pié plat ! Plaife à la bonne
fainte Nicole la patrone de ma maraine
que je le voye pendre dans cent ans
d'ici. Valentin voyant Sancho fi joyeux
d'avoir retrouvé fon afne, lui dit en
riant, Seigneur Ecuyer, quand vous
auriez perdu voftre baudet, il n'auroit
pas fallu pour cela vous defefperer;
car je vous aurois fait prefent d'une
trés-belle afneffe qui vaut autant ou
plus que lui. Oh ! cela ne peut eftre,
Seigneur Licentié, répondit Sancho,
mon Grifon vaut fon pefant d'or, &
nous fommes faits l'un pour l'autre. Je
l'entens à demi mot comme fi je l'a-

vois engendré ; & quand il se met à
braire, je sçay s'il demande de l'orge,
ou s'il faut le mener à l'abrevoir. Enfin c'est tout vous dire, que je le connois mieux que vous ne connoissez vôtre pere. Vous entendez donc la langue des asnes, lui dit Valentin? Comme un Licentié, repartit Sancho, je
n'en perds pas une minute.

## CHAPITRE X.

### De l'agreable entretien qu'eut Don Quichotte avec Messire Valentin & deux autres Chanoines ; & de ce qu'il dit, quand on lui montra la premiere partie de son histoire.

SAncho ayant quitté l'Ecclesiastique
pour aller conduire Rocinantes &
le Grison dans l'écurie, deux Chanoines de la grande Eglise vinrent visiter Valentin leur confrere. Ils lui de-
manderent comment il s'accommo-
doit de ses deux hostes ? Le mieux du
monde, répondit Valentin ; & je puis
vous asseurer que j'ay à l'heure qu'il
est chez moy un divertissement de
Prince. Le Seigneur Don Quichotte

me paroiſt, en verité, auſſi-fou que ſon
hiſtorien l'a repreſenté; & pour Sancho,
quoiqu'il ait le ſens aſſez bon, il eſt
d'une ſi grande ſimplicité que je ne m'é-
tonne plus qu'il donne dans toutes les
viſions de ſon Maiſtre. Si vous en voulez avoir le plaiſir, je vous invite à dîner demain ici. Le Chevalier repoſe à
preſent, & il y auroit de l'inhumanité
à l'aller réveiller. Les Chanoines accepterent le parti ; & dans le tems qu'-
ils prenoient congé de leur confrere,
Sancho revint de l'écurie. Valentin
l'arreſta, & l'ayant mis ſur le chapitre
de ſon Maiſtre, ce bon Ecuyer qui n'a-
voit beſoin que de gens pour l'écouter,
prit aux Chanoines que Don Quichotte choqué des mépris de Dulcinée
avoit changé le nom de Chevalier de
la Triſte-figure en celui de Chevalier
ſans amour, & que ſous ce dernier il
alloit faire admirer ſon addreſſe & ſon
courage aux joûtes de Saragoſſe. Enfin
il leur debita generalement tout ce
qu'il ſe ſouvenoit d'avoir vû faire à
ſon Maiſtre. Les Chanoines éclatoient
de rire à tous momens, le ſtile de Sancho ne leur faiſant pas moins de plaiſir
que les choſes ſingulieres qu'il leur ra-
contoit : Et ils ſe retirerent chez eux,

se promettant bien de se réjoüir le jour
suivant. Quand ils furent sortis, Valentin entra tout doucement dans la
chambre de Don Quichotte résolu,
s'il le trouvoit éveillé, de l'obliger à
prendre quelques œufs frais avec un
doigt de vin ; mais soit qu'aprés la fatigue & les coups qu'avoit eus le Chevalier, la nature accablée demandaſt
du repos, soit qu'un lit de Chanoine
ait la vertu de procurer un sommeil
certain & profond, Don Quichotte
dormoit de si bon cœur, que Valentin
crut ne pouvoir mieux faire que de le
laiſſer en cet eſtat juſqu'au lendemain.
Don Quichotte en effet s'en trouva si
bien qu'il se leva frais & en bonne
santé.

Les Chanoines ne manquerent pas
de venir diner chez Valentin ; & lors
qu'ils furent tous à table, ils commencerent à s'entretenir de la Chevalerie
errante. Il seroit à souhaiter, dit un
des Chanoines, qu'il y eût aujourd'hui
plus de Chevaliers errans qu'il n'y en
a : Car le monde eſt bien plus méchant qu'il n'eſtoit du tems d'Amadis
de Gaule : Et quand il y auroit en Eſpagne autant de Chevaliers qu'on y
voit de moucherons, je croy, Dieu

me pardonne, qu'ils auroient encore
de l'occupation de reste. Ce n'est partout qu'injustices, que trahisons, que
torts à redresser. Ici la calomnie attaque l'honneur, & déchire la réputation. Là les orphelins crient : & pour
des Demoiselles délaissées, je veux perdre ma prébende, si l'on voit autre
chose. Il est vray, dit Don Quichotte,
qu'à la honte du siecle la Chevalerie
errante est présentement negligée ;
mais il ne tiendra point à moy. que
cet ordre sacré ne soit rétabli : Et
si tous les hommes, qui par leur
courage & leur vertu sont dignes
d'estre Chevaliers errans, vouloient
m'imiter, nous ferions bientost rendre justice à ces orphelins & à ces
Demoiselles dont vous parlez. Hé ouï,
s'ils vouloient vous imiter, repliqua
le Chanoine, & c'est-là le hic. Où
trouverez-vous, s'il vous plaist, des
gens capables de prester le collet à des
geants aussi-hauts que des moulins à
vents? Des gens qui soient assez hardis
pour aller fondre sur une armée entiere comme sur un troupeau de moutons. Croyez-moy, Seigneur Don
Quichotte, on admirera vos actions;
mais je doute fort que quelqu'un les

veuille fuivre. Sancho, qui aidoit à
fervir, & qui tantôt s'approchant du
buffet beuvoit quelques coups à la dérobée, & tantôt fervant de vehicule
aux plats qui fe deffervoient, n'en laiffoit guere retourner à la cuifine fans y
tafter, entendant parler des exploits
de fon Maiftre, prit bientôt part à la
converfation: Seigneur Licentié, dit-
il, en interrompant le Chanoine, vous
oubliez le meilleur. Et l'avanture du
moulin à foulon, eft-ce une bagatelle
à voftre avis? Par la gerny, il me femble encore entendre ce bruit enragé
qui me bouleverfa tous les boyaux dans
le ventre. Oh mardy, pour le coup je
fentis que le fils de ma mere avoit le
friffon. Vous le fiftes bien fentir auffi à
voftre Maiftre, lui dit Valentin en fou-
riant: Je ne dis pas le contraire, répondit l'Ecuyer; mais vous favez,
Seigneur Valentin, que quand une
fois cela veut venir, il n'y a point à
dire, Attendez. Il faut que le coup
parte, ou bien que le canon creve.
Les Chanoines fe mirent à rire, & celui qui n'avoit pas encore parlé, prenant la parole dit: Pour moy je fuis
pour la penitence que le Seigneur Don
Quichotte fit dans la montagne noire,

à l'imitation du beau Tenebreux. Et
la délivrance des galeriens, s'écria
Sancho, n'eſt-ce pas aufſi un beau fait
d'armes ? Et le combat du Biſcain : Et
l'avanture des Yangois ? Mais non,
Meſſieurs, ajoûta-t-il en ſe reprenant,
laiſſons celle-là, je vous prie ; qu'il
n'en ſoit point parlé du tout, & pour
cauſe. Hé bien, noſtre ami Sancho,
dit Valentin, il faut pour l'amour de
vous paſſer cette avanture ſous ſilence
de meſme que celle de voſtre berne-
ment : Et à mon égard, quand je re-
liray l'hiſtoire de voſtre Maiſtre, que
je garde avec ſoin dans mon cabinet,
je vous promets, à ces vilains endroits-
là, de tourner le feuillet ſans le lire.

Don Quichotte fut merveilleuſe-
ment étonné d'apprendre que Valentin avoit ſon hiſtoire. Seigneur Licentié, lui dit-il, ſeroit-il poſſible que le
ſage Alquife qui doit écrire toutes mes
actions, euſt déja mis en lumiere celles que j'ay faites ? Ce n'eſt pas le ſage
Alquife, répondit Valentin, qui eſt
l'Auteur de l'hiſtoire que j'ay. C'eſt un
autre Auteur Arabe, & qui ſe nomme,
ſi je ne me trompe, Cid Hamet Benengely. Je ne connois pas ce Negromant,
dit Don Quichotte. Mais n'importe,

montrez-moy, de grace, son ouvrage.
J'y consens, puisque vous le voulez,
repliqua Valentin. En même tems il
alla dans son cabinet, d'où il apporta
un livre qu'il donna au Chevalier.
Voyons, dit alors Sancho, voyons
pour plaisir si ce livre parle aussi de
moy. N'en doutez pas, mon cher ami,
lui dit un Chanoine; il parle même de
vostre asne. De mon asne, repartit
l'Ecuyer. C'est donc de celui que me
vola Ginesille de Passamont; car pour
celui que j'ay à present, il n'étoit point
avec nous l'an passé. Helas! le pauvre
enfant, il fait cette année son coup
d'essay de Chevalerie : mais pardy, s'il
continuë comme il a commencé, il lui
faudra pour lui tout seul une histoire
entiere. Cependant Don Quichotte
ouvrit le livre, & tandis qu'il lisoit,
les Chanoines l'observoient attentivement. Il s'arresta dés la premiere page,
à l'endroit où l'Auteur en faisant son
» portrait dit . . . Il estoit enchanté des
» ouvrages de Felician de Silva, dont
» les galimatias embroüillés lui parois-
» soient des merveilles. Surtout il ne
» pouvoit se lasser de lire, & d'admirer
» ces lettres galantes & amoureuses,
» dont voici un des plus beaux en-

» droits. *La raison de la deraison que*
*vous faites à ma raison affoiblit si fort*
*ma raison, que ce n'est pas sans raison*
*que je me plains de vostre beauté, &c.*
Benengely, s'écria Don Quichotte en
fermant brusquement le livre, est un
imposteur, ou plutôt un calomniateur.
Je voy bien qu'il n'a composé cet ouvrage que pour faire tort à ma gloire,
en me faisant passer pour un fou dans
l'esprit des gens qui ne me connoissent
pas. Il s'est hasté de prévenir le sage
Alquife mon historien fidéle, sachant
bien que les premieres impressions sont
difficiles à effacer. Il m'accuse d'aimer
les galimatias, Messieurs, je vous demande justice. Dites-moy si mes discours justifient cette accusation ? Vous
voyez par là qu'il faut lire avec sagesse
les historiens anciens, & ne se défier
pas moins de leurs reproches que de
leurs louanges ; puisque moy vivant,
un Auteur ose me calomnier. Je déclare que je condamne le stile de Felician de Silva. Je ne suis donc pas charmé de ses méchans jeux de mots ; &
graces au Ciel, loin d'estre assez dé-
pourvû de bon sens pour cela, je me
flatte que j'ay même assez de goût pour
trouver mauvais de meilleurs ouvrages

que ceux de Felician de Silva. Et je ne
sçay si je ne ferois pas une fort bonne
critique de *La Galatée mesme.* Il faut,
poursuivit-il, que je vous récite quelques vers de ma façon. Ce n'est pas que
je me pique d'estre bon Poëte. C'est
seulement pour achever de vous per-
suader que je n'aime point les galimatias : Car si je les aime, cela doit paroistre dans mes Poësies plutôt que dans
ma conversation, parce que vous savez
que les Poëtes en donnant l'essor à leur
imagination, peuvent aisément s'éloigner du naturel & donner dans le Phœ-
bus, si le jugement ne leur sert de regle. Les Chanoines lui ayant témoi-
gné qu'ils seroient ravis d'entendre ses
vers : voici, leur dit-il, un Sonnet que
je fis l'année passée sur la Princesse Dulcinée qui sortoit d'une grande maladie.

## SONNET.

Dulcinée, à la fin, nous avons l'avan-
　　tage.
Vous avez triomphé des horreurs du
　　trépas ;
La Parque sur nos vœux ne l'emportera
　　pas,
Et le Ciel sauve en vous son plus parfait
　　ouvrage.

Au milieu des langueurs de voſtre beau
    viſage
La mort même ſembloit avoir quelques
    apas ;
Et vos yeux preſque éteints dans ces
    rudes combats
En excitant nos pleurs attiroient noſtre
    hommage.

Ces aſtres vont briller avec plus de clar-
    té ,
Vos charmes renaîtront avec voſtre
    ſanté ;
Que deviendra mon cœur, ô ſouveraine
    Infante ?

La fin de voſtre mal n'eſt pas la fin du
    mien :
Je me meurs de douleur quand je vous
    vois mourante ,
Et je me meurs d'amour, quand vous
    vous portez bien.

En voilà aſſez, Meſſieurs, continua
Don Quichotte. Cela ſuffit , ce me
ſemble, pour vous faire juger que Benengely me peint fort mal. Seigneur
Chevalier, dit alors un des Chanoines,
vos ouvrages & vos raiſonnemens donnent un furieux ſoufflet à cet Auteur

Arabe : mais aprés tout, il faut lui pardonner ; car si dans la premiere page de son livre il vous fait ce tort là, je vous asseure que dans tout le reste de l'histoire il vous rend justice, en vous faisant parler en homme sensé. Tant pis encore, repliqua Don Quichotte, il faut qu'un Auteur remplisse ses portraits. Parcourez l'Illiade, pour voir si dans quelque endroit le caractere d'Achille se dément. Jusques dans les réponses que ce violent Prince fait au bon-homme Priam, qui le prie de lui rendre le corps d'Hector, ne reconnoissez-vous pas ce même Achille qui a bravé Agamemnon, & qui a mieux aimé souffrir qu'on brûlast les vaisseaux de la Grece que de laisser desarmer sa fureur. C'est ainsi qu'Homere remplit tous ses portraits, il n'en rend pas un équivoque. Ulysse paroist toûjours rusé. Nestor est toûjours l'oracle de l'armée. En un mot tous ses caracteres se soûtiennent jusqu'au bout. Ainsi Benhengely me voulant faire passer pour un fou ne devoit pas me faire parler comme un homme sage.

CHA-

# CHAPITRE XI.

*De quelle maniere D. Quichotte quitta*
*Messire Valentin, & comment San-*
*cho trouva la massuë de l'Archevê-*
*que Turpin.*

LEs Chanoines admiroient ce bizarre mélange de choses extravagantes & judicieuses que disoit Don
Quichotte ; & comme ils estoient gens
de bien, & compatissans aux foiblesses
du prochain, ils maudissoient en eux-
mêmes les pernicieux livres qui avoient
gasté un si bon esprit. Sancho, qui a-
voit aussi écouté son Maître avec beaucoup d'attention, voyant qu'il ne parloit plus, dit aux Chanoines : Hé bien,
Messieurs, que dites-vous de Monseigneur Don Quichotte ? Oh dame, *il*
faut avoüer qu'il sçait la rime & la
Grammaire sur le bout du doigt. S'il
avoit esté Archevêque, il auroit fait
des Prosnes à chaque bout de champ.
Les paroles lui croissent sous le poulce.
Je ne me lasse pas de l'entendre : Et
quand il parle, il m'est avis que j'entends lire un livre. Par la mardy, je

*Tome I.*                                    M

donnerois fans façon tout-à-l'heure les
cinq fols que j'ay dans mon gouffet
pour avoir comme lui la parole à la
main. Ah ! que je ferois de beaux contes
aux filles du four de noftre village. J'aime les gens d'efprit, voyez-vous. Et fi
la chance veut que ma femme & moy
nous ayons un fils par nos faintes œuvres, je fais vœu dés à prefent de l'envoyer à la Theologie de Salamanque.
Mais qu'il ne penfe pas, le belître, aller dépenfer les douzains de fon pere à
joüer avec d'autres fils de p.* * comme
lui ; car je lui donnerois plus de coups
de foüet avec ce ceinturon que je n'ay
de poils à ma venerable barbe. En parlant ainfi , il détacha fon ceinturon,
dont il fe mit à frapper les jambes des
Chanoines, en difant avec colere, Etu-
die, Pendart, étudie, fi tu veux eftre
Gouverneur aprés moy. C'eft affez,
c'eft affez, Seigneur Sancho, lui dit un
des Chanoines en le retenant par le
bras, fongez que le garçon que vous
foüettez n'eft pas encore engendré : Je
ceffe donc pour cette fois, répondit
l'Ecuyer, puifqu'il plaift à vos Seigneuries ; & il peut bien vous en remercier;
car fi je m'en tiens là pour la premiere
faute , il peut compter qu'à la feconde

Il payera le tout enfemble. Quelle extravagance , lui dit alors gravément
Don Quichotte ; tu n'as point encore
de fils , & tu lui donnes déja le foüet ,
parce qu'il ne veut pas aller à l'école !
Ah ah , Monfieur , repartit Sancho ,
ne favez-vous pas bien qu'il faut châtier les enfans de bonne heure ? Et que
fi on les mignarde quand ils font petits , ils deviennent volontaires & pa-
reffeux ? Il faut qu'ils fachent dès le
ventre de leur mere que la fcience
n'entre dans la tefte que par le derriere ; car c'eft ainfi que mon pere m'a
élevé ; & fi j'ay quelque entendement
dans la cervelle, ce n'eft, mardy, qu'à
force de coups. Il m'en donnoit tant
& tant que le vieux Curé de ce tems-
là, Dieu veuille avoir la gloire de fa
bonne ame ! toutes les fois qu'il me
rencontroit dans la ruë, il difoit en me
mettant la main fur la tefte, Si cet enfant là ne meurt pas des coups qu'on lui
donne, il grandira à vûë d'œil. Comment donc, ami Sancho, dit Valentin,
Voftre vieux Curé eftoit un grand Pro-
phete, à ce que je voy ? Oui, Seigneur
Valentin, répondit l'Ecuyer, je vous
affeure que c'eftoit un habile homme.
Il avoit étudié en fa jeuneffe à Alcala,

M ij

& il étoit si savant qu'il disoit une partie de ses Vespres par cœur. Les Chanoines prenoient beaucoup de plaisir aux saillies de Sancho, qu'ils trouvoient aussi fou, mais plus réjouïssant que son Maistre : Et ils revinrent encore les jours suivans chez leur Confrere, où nos avanturiers leur donnerent de nouvelles Scenes trés-divertissantes.

Don Quichotte au bout de huit jours se trouvant parfaitement gueri de sa blessure, crut qu'il ne pouvoit faire un plus long sejour en ce lieu-là sans contrevenir aux loix de la Chevalerie. C'est pourquoy le neuviéme jour aprés le diner il dit à son hôte, Seigneur Licentié, il est tems, ce me semble, que vous me permettiez de partir pour Saragosse. Vous savez combien cela importe à la gloire de la Chevalerie errante. Si la fortune seconde mes efforts, je me propose de vous envoyer le prix le plus considerable des joûtes que je vous conjure dés à présent de recevoir. C'est le moins que je dois à un homme qui m'a genereusement procuré une entiere guerison de mes blessures. Le charitable Valentin, qui avoit envie de haranguer le Chevalier, & d'essayer

s'il ne pourroit point rappeller à de
saines occupations cet esprit égaré,
prépara son éloquence à ce grand dessein, & répondit en ces termes à Don
Quichotte : Seigneur Quexada, vostre
Seigneurie peut s'en aller quand il lui
plaira ; mais faites reflexion, je vous
prie ; que vous estes dans un étrange
égarement. D'autres prendroient plaisir à flater vos visions extravagantes ;
mais pour moy je ne voy rien de plus
deplorable ; & je me croy obligé par
le devoir de mon ministere à dissiper
vostre aveuglement. Songez qu'Amadis de Gaule, Esplandian, & tous ces
autres anciens Chevaliers, dont il est
fait mention dans vos ridicules livres
de Chevalerie, & dont vous voulez
follement suivre les traces, sont des
Heros imaginaires. Quel Historien,
quel Auteur sensé, de quelque nation
que ce soit, en a écrit comme de gens
qui ayent esté veritablement ? Tout
ce qui se raconte d'eux dans ces fabu-
leux livres, qui vous ont gasté l'esprit,
ne sont que des mensonges inventés
pour amuser & divertir les personnes
oisives. Ouvrages pernicieux, que les
Magistrats devroient défendre avec la
derniere rigueur, puisque ces vaines

lectures ne font qu'entretenir les peuples dans l'ignorance, & leur faire negliger des chofes utiles & inftructives. Rentrez en vous-même, Seigneur Quexada, vous eftes en peché mortel d'abandonner ainfi voftre maifon & le foin de vos affaires, pour aller courir le monde comme un fou avec ce pauvre païfan que vous entraînez dans vos chimeres. Ne vous appercevez-vous point au travers de voftre folie que vous vous rendez le joüet des grands & des petits, & que vous livrez l'honneur d'un Gentilhomme à l'injurieufe rifée d'une populace infolente. Sous le prétexte fanatique de redreffer des torts que l'on ne fait point ; vous troublez les voyageurs dans la liberté des chemins publics, & bientôt peut-eftre pour avoir ofté la vie à quelque innocent, la fainte Hermandad mettra la main fur vous ; & fans avoir égard aux extravagances d'une imagination déreglée, vous fera fouffrir un châtiment qui couvrira d'infamie toute vôtre famille. Encore une fois, Seigneur Quexada, faites un ferieux retour fur vous-même ; chaffez de voftre efprit toutes vos idées fantaftiques de Chevalerie, & retournez au plutôt chez

vous donner à vos parens & à vos amis
qui déplorent voftre aveuglement, la
confolation de vous revoir faire un
ufage legitime de voftre raifon. Lifez
de bons livres, & ne vous faites une
occupation que des chofes qui peuvent
fervir à vous faire eftimer des honneftes
gens. Si voftre Seigneurie veut fuivre
mes confeils, je m'engage à vous accompagner jufques chez vous, quoy-
qu'il y ait plus de quarante lieuës d'ici
à l'Argamefille. Je feray même toute
la dépenfe du voyage, afin de vous
perfuader que le feul intereft de voftre
honneur & de voftre falut m'a fait dire
tout ce que je viens de vous reprefenter.

Auffi-tôt que Meffire Valentin eut
ceffé de parler, Sancho qui avoit efté
fort attentif à ce difcours, prit la parole, & dit fans fe lever de deffus le
baft de fon afne, fur quoy il eftoit affis.
En verité, Seigneur Licentié, voftre
Reverence n'eft pas tout-à-fait befte.
Tout ce que vous venez de dire au Seigneur Don Quichotte eft trés-verita-
ble; & c'eft ce que nous lui avons dit
plus de fix cens mille millions de fois
le Curé Pedro Perez, Maiftre Nicolas
le Barbier & moy; mais, oui, ma mere

me chaftie, & je m'en moque. C'eft
un enfant gafté qui ne fe corrige point.
Vous ne lui ofterez jamais de la tefte
la fantaifie enragée qu'il a d'aller chercher des torts, ou pour mieux dire des
Melonniers & des Muletiers qui nous
traittent en chiens courtauts. Outre
cela il prend à toute heure des hoftel-
leries pour des chafteaux, infulte tous
les hommes que nous rencontrons; en
les appellant des Renauds, des Ro-
lands, en leur donnant des noms que
le diable puiffe emporter. Tenez, Seigneur Valentin, voilà le fait. L'autre
jour encore il traittoit d'Infante de
Galice une falope de fervante qui me
vint trouver dans l'écurie, & qui pour
quatre fols s'offroit à faire les fept pechez mortels. Il lui parloit, mardy,
avec plus de refpect qu'il ne parleroit
à la fille de l'Archidiacre de Tolede.
Pendant tous ces difcours Don Quichotte appuyé contre une feneftre étoit
enfeveli dans une profonde rêverie.
Ce qui fit croire plus d'une fois au Seigneur Valentin que fa harangue avoit
fait merveille. Mais le Chevalier, comme un homme qui fe réveille en furfault, regardant d'un air indigné le
Chanoine, lui dit fierement : Je fuis
                                        fort

fort ſurpris , Seigneur Archevêque
Turpin, qu'eſtant un des principaux
Barons de l'Empereur Charles , & parent des douze Pairs de France , vous
ayez quitté le noble exercice de la Chevalerie , pour venir ici traîner dans
l'obſcurité une vie oiſive & inutile.
C'eſt en vain que vous eſſayez de corrompre ma vertu en me conſeillant de
fuir les avantures. L'amour de la Chevalerie errante eſt trop puiſſant ſur
moy, pour que je ſuive vos lâches conſeils. Ceſſez donc de me tenir de fri-
voles diſcours, & contentez-vous de
dire voſtre Breviaire, puiſque démen-
tant voſtre gloire paſſée, vous pendez
indignement au croc, comme une arme vile, cette peſante & ſacrée maſſuë avec laquelle vous écraſiez les
geants, & qui a eſté ſi funeſte aux plus
fiers guerriers des Rois Agramant &
Marſille. Ah ah ! interrompit Sancho,
en ſe tournant vers l'Eccleſiaſtique,
Seigneur Valentin , vous avez auſſi
taſté de la Chevalerie, & vous ne vous
en vantez pas! Vous ſavez donc ce que
c'eſt que les coups de baſton & les
coups de fronde : Parbleu, je m'en réjouïs. Celui qui parle mal de la cavale,
c'eſt celui qui l'emmene. Sancho, mon

*Tome I.*             N

enfant, reprit Don Quichotte, don-
ne-moy promptement mes armes, &
amene au plutôt mon cheval. Sortons
de ce Palais, qui est plus dangereux
que celui d'Armide. Vous voyez bien,
Seigneur Licentié, dit Sancho à Valentin, que votre long prosne n'a servi
de rien. Au bout du compte, le Seigneur Don Quichotte a trop d'esprit
pour n'avoir pas raison. Sancho, dit
Don Quichotte, le tems presse ; fais
viste ce que je t'ordonne. L'Ecuyer alla
aussi-tôt querir ses armes, & quand le
Chevalier fut armé, il monta sur Rocinantes, & partit brusquement après
avoir salué l'Archevêque avec gravité,
mais sans lui dire un seul mot, tant il
estoit indigné de sa lâcheté. Pour Sancho, lorsqu'il fut sur son asne, il dit à
Valentin : Seigneur Licentié, je vous
remercie de la bonne chere que vous
nous avez faite, & je prie Dieu qu'il
vous conserve *per sæculorum.* Que
vous estes savant, dit l'Ecclesiastique,
vous parlez Latin ! Comme un Chanoine, repartit l'Ecuyer. Ah dame !
quoique nous n'ayons pas pris nos li-
cences, nous ne laissons pas de savoir
comme vous un petit de toutes choses.
Autrefois je lisois tout courant ma

croix de par Dieu ; & si j'avois voulu croire mon Parain qui estoit Marguillier de la Paroisse, & qui me vouloit mettre dans la science, pour l'aider à faire ses comptes, je serois à present Magister de nostre village. Bref, Seigneur Valentin , mon païs s'appelle l'Argamesille, & j'y seray toûjours prêt à faire ce que vous m'ordonnerez, pourvû que ce ne soit rien contre Dieu & le saint-Siege Apostolique. Adieu, je vous baise les mains, & je supplie la bonne sainte Agnés que vous viviez aussi-long-tems que nostre grand pere Abraham, de qui nous sommes tous descendus.

En achevant ces paroles il donna du talon à son baudet, & se mit à suivre Don Quichotte : mais en passant par la grande place , il fut aresté par les Officiers du Bourg, qui l'ayant reconnu, voulurent un peu s'en divertir. Hé où allez-vous donc ainsi, Seigneur Chevalier , lui dit un des Officiers? Messieurs, répondit Sancho, je ne suis point encore Chevalier ; cela ne va pas si viste que vostre teste. Il faut estre apprenti avant que d'estre Maître : & quand la feste sera venuë, nous la chommerons. En attendant nous

allons aux joûtes de Saragoſſe, & puis
dela nous irons dénicher des Griffons
ſur la montagne d'Araignie. Seigneur
Ecuyer, lui dit un autre, faites-nous
part, je vous prie, des joyaux que vous
gagnerez aux joûtes. Pour les joyaux,
repartit Sancho, il falloit vous lever
plus matin, ils ſont promis au Seigneur
Valentin, qui s'y attend comme à ſes
quatre repas par jour. Mais ſi vous
voulez des geants, nous vous en donnerons à toute ſorte de ſauſſes. Cette
repartie fit rire tous les Officiers ; ce
que les enfans de la place ayant remarqué, ils ſe mirent à crier aprés
lui, à lui faire des niches, à le ſiffler,
& à lui tirer des pois au viſage avec
des ſarbacanes. Le jeu déplut à Sancho, qui ſe montrant en cette occaſion digne Ecuyer du fameux Don
Quichotte, pouſſa vigoureuſement ſon
baudet au milieu de tous les enfans,
& jouant du baſton à droit & à gauche, il écarta les plus empreſſés à le
harceler : & s'eſtant bientôt ouvert un
paſſage par ſa valeur, il appuya des
deux au Griſon, & rejoignit ſon Maître, qui le voyant venir au grand trot
& fort échauffé, lui dit : Qu'y a-t-il,
mon fils ? Tu parois bien émeu. Oh !

l'affaire en est faite, répondit l'Ecuyer,
& Dieu merci, je n'ay pas eu besoin
de vostre secours. L'enchanteur More
avoit mis à mes trousses une centaine
de Lutins pour le moins : mais avec
ce baston que j'ay trouvé par hazard
dans l'écurie de Messire Valentin, je
les ay chassés comme des mouches.
Sancho Sancho, dit alors Don Quichotte d'un air qui marquoit beaucoup d'étonnement, allons bride en
main, je te prie. Tu as, dis-tu, mis
en fuite les démons de l'Enchanteur
avec le baston que tu as présentement
à la main ? Ouï, Monsieur, repartit
l'Ecuyer ; oh dame, à force de fre-
quenter la Chevalerie, le courage me
vient. Vive Dieu ! repliqua Don Quichotte, c'est la massuë de l'Archevêque Turpin que tu as trouvée ! car
enfin, mon ami, un baston de quelque longueur, & de quelque grosseur
qu'il puisse estre, ne sçauroit mettre en
fuite des esprits. Il faut pour cela une
arme qui ait esté benite par les mains
même d'un Ministre de la sainte Eglise. Par ma foy, dit Sancho, je ne vous
garantiray pas que c'est la massuë de
l'Archevêque Turlupin ; mais je sçay
bien qu'elle m'a servi en cette occa-

fion, & qu'elle me fervira encore une autre fois. Oüi, mon enfant, dit Don Quichotte, elle vaut mieux que celle d'Hercule. Confervons prétieufement cette bonne arme, elle nous fera d'une grande utilité ; car enfin, quoique ma valeur foit foûtenuë d'une force de corps étonnante, elle ne peut rien toutefois contre les puiffances de l'Enfer : au lieu que par la vertu de cette facrée maffuë, à laquelle ces efprits rebelles ne fçauroient réfifter, nous chafferons aifément les diables & les enchanteurs. Tellement donc, Monfieur, dit l'Ecuyer, que fi nous euffions eu cette bonne arme l'an paffé, nous n'aurions pas reçû tant de coups? Sans doute, répondit Don Quichotte. Puifque cela eft, reprit Sancho tout taanfporté de joye, je vais la mieux garder que ma premiere chemife. Ah fainte maffuë ! pourfuivit-il en la baifant, tn fois la bien trouvée ! quand je t'ay prife dans l'écurie de Meffire Valentin, je t'aurois volontiers troqué contre un morceau de fromage. Mais par la mardy, je ne te donnerois pas à préfent pour une douzaine de boudins. Dites-moy un peu, Monfieur, ajoûta-t-il, n'eft-ce pas par le moyen de cette maſſuë que Meſſire Valentin eſt devenu Archevêque? Cela pourroit bien eſtre, répondit Don Quichotte. Hé ventre de moy, reprit l'Ecuyer, puiſqu'elle a fait un Archevêque, elle peut donc faire auſſi un Gouverneur. Pourquoy non? Qui enfile une aiguille, ne peut-il pas bien enfiler une perle? Mon fils, dit Don Quichotte, c'eſt aſſeurément le ſage Alquife qui a fait tomber entre nos mains un ſi précieux tréſor, pour reparer la faute qu'il fit l'autre jour de nous àbandonner dans la melonniere. Il eſt vray, dit Sancho, que depuis quelque tems il ne ſe ſoucie guere que nous mangions nôtre pain ſans croûte. Il nous laiſſe tirer la laniere avec les dents. Oſtez-vous du bourbier, ſi vous pouvez. En bonne foy je croy qu'il ne vous a donné des armes que pour vous faire battre. Arreſte, mon enfant, interrompit Don Quichotte, ceſſons de nous plaindre de lui. En faveur du préſent qu'il nous fait en ce jour, nous devons oublier ſa negligence.

*Fin du premier Livre.*

N iiij

# NOUVELLES
# AVANTURES
## DE L'ADMIRABLE
# DON QUICHOTTE
## DE LA MANCHE.

# LIVRE SECOND.

## CHAPITRE XII.

*De la defagreable avanture qui arriva
à Don Quichotte en entrant dans
la ville de Saragoffe.*

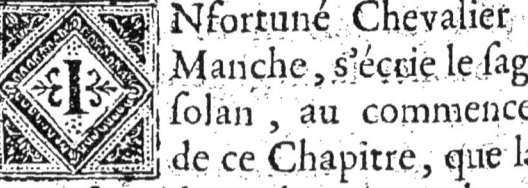

Nfortuné Chevalier de la Manche, s'écrie le fage Ali-folan, au commencement de ce Chapitre, que la fortune feconde mal vos grandes entreprifes ! Vous eftes forti de l'Argame-

A. clouzier Sc.

fille pour aller recevoir à Saragoffe tout
l'honneur des joûtes ; & cependant
elles fe font fans vous ! En effet quand
Don Quichotte fut à un mille de Saragoffe, il apprit que les joûtes étoient
finies. Cette nouvelle l'affligea fort,
& quoiqu'il ne dût fe prendre qu'à lui,
d'avoir perdu une fi belle occafion d'acquerir de la gloire, il ne laiffa pas d'en
imputer toute la faute à l'enchanteur
More fon ennemi, & à l'Archevêque
Turpin : Les perfides, difoit-il, ont
promptement terminé les joûtes, pour
me dérober les prix que j'aurois fans
doute remportés, fi j'avois paru fur les
rangs. Sancho de fon côté entrant dans
le chagrin de fon Maiftre trouvoit fort
mauvais qu'on ne les eût point attendus. Oh les belîtres, dit-il, ils eftoient
bien preffez de faire leurs chiennes de
joûtes ; pourquoy ne les ont-ils pas re-
tardées jufqu'à voftre arrivée ? La fête
en eût efté bien meilleure, plus il y a
de foux, & plus on rit. Voyez un peu
les mal-appris, de méprifer ainfi les
gens. Noftre-dame, à caufe que vous
avez la tefte chauve, s'imaginent-ils
que vous avez eû la teigne ? Don Quichotte eut donc tant de dépit de ne
s'eftre pas trouvé aux joûtes, que lors

qu'il fut à l'Alxaferia, qui eft un ancien
Palais des Rois Mores de Saragoffe, il
s'arrefta, & un grand nombre de perfonnes s'étant approché de lui pour le voir
de plus prés, & pour lui demander pourquoy aprés les joûtes il entroit ainfi
dans la ville armé de toutes pieces? Il
éleva la voix, & fit entendre ces paroles : Chevaliers de la Ville, & vous
Chevaliers de ce fort chafteau, qu'on
m'écoute. Pour recouvrer la gloire que
m'ont fait perdre les Enchanteurs, en
avançant le tems des joûtes, je fais un
défy public à tous ceux d'entre vous
que l'amour a foûmis aux loix d'une
Dame ou d'une Princeffe ; & vous verrez demain combien feront malheureux ceux que ma lance atteindra, &
que rencontrera le fil de ma redoutable épée : mais je défie avec vous le
Préfident Corregidor, les Magiftrats,
& tous les Jurez de la Ville pour les
punir de la difcourtoifie qu'ils ont eû
de n'avoir pas fait retarder les joûtes
à ma confideration. En difant cela, il
pouffa Rocinantes vers Saragoffe, laiffant dans un étonnement extraordinaire cinquante ou foixante perfonnes
qui s'eftoient affemblées autour de lui.
C'eft quelque fou qui court les champs,

difoit l'un ; fi ce n'eft pas un fou, difoit l'autre, c'eft quelque mauvais garnement ; un gibier de la fainte Hermandad. Sancho ne put fouffrir que
l'on fift un fi mauvais jugement de fon
Maiftre. Meffieurs, leur dit-il, prenez
garde à ce que vous dites ; il n'y a
point à parler comme vous faites de
mon Maiftre. C'eft le meilleur Chevalier errant qui foit en tout noftre
village. Je lui ay vû faire de mes propres yeux de fi beaux faits d'armes,
que fi je voulois vous raconter tout
cela d'un bout à l'autre, il me faudroit la plume du geant Goliath. Il eft
vray que la pluye vient aprés le beau
tems. Les malins enchanteurs nous
ont quelquefois repaffez à poil & à
contrepoil ; mais qu'ils le mangent
avec leur pain. Ils nous le payeront,
foy d'Ecuyer errant. Les gens qui l'é-
coutoient fe prirent à rire. Ils ne furent
pas moins furpris de fon difcours que
de celui de Don Quichotte ; & l'un
d'entr'eux lui ayant demandé de quel
païs il eftoit : Meffieurs, répondit Sancho, je fuis de mon village, qui fe
nomme l'Argamefille de la Manche.
Et qu'eft ce que c'eft que cet Argamefille, demanda un autre ? Ce que

c'eft ? repartit l'Ecuyer ; ho dame, c'eft
un lieu bien meilleur que voftre Saragoffe. Il y a chez nous de petites mai-
fons qui ont de grandes cours où l'on
voit plus de cent pieces de bétail : Et
nous avons, graces à Dieu, dans noftre
village un Marefchal qui eft un vray
Ariftote pour aiguifer le fer de nos
charuës. Tout ce qui nous manque,
c'eft une horloge : mais le Seigneur
Pedro Perez noftre Curé a juré que
nous aurons de trés-belles orgues,
quand l'année des Pardons fera venuë.
Aprés ces paroles il voulut aller joindre
fon Maître; mais un homme de la compagnie l'arreftant, lui dit: Ami, avant
que vous nous quittiez, dites-nous encore comment fe nomme le Chevalier
que vous fervez ? C'eft, répondit Sancho, le Seigneur Don Quichotte de la
Manche ; mais ne vous y trompez pas.
Il ne s'appelle point, comme l'an paffé, Le Chevalier de la Trifte-figure. Il
s'appelle à prefent, Le Chevalier fans
amour, à caufe des juftes ingratitudes
de Madame Dulcinée, dite Aldonça
Lorenço, autrement Nogalez : & moy
je me nomme Sancho Pança, homme de bien, à ce que difent les gens
de mon village , & mari de Marie

Goutiere, qui eft fi bonne & fi honnefte
qu'elle voudroit rendre fervice à tout
le monde. En achevant ces mots il
chaffa fon afne vers Don Quichotte,
qu'il n'eut pas de peine à joindre, parceque le trot du grifon égaloit ordinairement la plus vifte allûre de Rocinantes, dont le *nec plus ultra* eftoit un
trés-foible galop.

Nos avanturiers arriverent à Saragoffe. Ils entrerent dans la Ville par la
petite porte, Don Quichotte regardant les rues & les feneftres avec beaucoup d'attention, & Sancho mettant
toute la fienne à voir dans quelle auberge fon Maiftre defcendroit, car Rocinantes par un inftinct fingulier s'arreftoit à toutes les enfeignes d'hoftel-
leries qu'il rencontroit : & il falloit
que le Chevalier lui donnaft vingt
coups d'éperon pour le faire paffer outre. Pendant qu'ils marchoient ainfi
tous deux, ils virent venir vers eux un
homme monté fur un afne, & nud
de la ceinture en haut, avec une corde
au col. Un autre homme, affez in-
commode eftafier, le fuivoit à pied un
peu de trop prés pour lui, tenant en
fes mains deux groffes poignées de
verges dont il lui cingloit les épaules

à coups redoublés. Sept à huit Algua-
zils les entouroient, & plus de deux
cens enfans accompagnoient avec de
grandes huées ce ridicule convoy. On
s'imaginera bien, sans qu'il soit besoin
de le dire, que c'estoit un filou, qui
avoit esté pris *in flagranti*. A ce spec-
tacle si digne de compassion, pour un
vray redresseur des torts, nostre Heros
ne balança point à prendre son parti,
& pour arrester le cours d'une si cruelle injustice, il se posta fierement au
milieu de la ruë, il embrassa son écu,
& mettant la lance en arrest contre
ces ministres de felonie & de trahison,
gens proscrits de tout tems par la Chevalerie errante, il leur cria d'un ton
de voix menaçant : Infames & outrageux Chevaliers, déliez promptement
& mettez en liberté cet outrepreux
Chevalier, que vous avez surpris par
vos artifices ordinaires, lorsqu'affligé
des rigueurs ou de l'absence de sa Dame, il reposoit sans casque ni cuirasse
au bord d'une claire fontaine, à l'ombre de quelques verdoyans Aliziers.
Aprés lui avoir osté traîtreusement son
cheval, sa lance & son épée, vous l'a-
vez dépouillé de ses vétemens couverts de diamans & de rubis, & vous

le conduifez indignement fur un rocher efcarpé, pour le renfermer dans
une forte tour avec tous les autres
Chevaliers , Empereurs & Soudans
que vous retenez injuftement dans vos
fombres & humides cachots. Déliez-
le donc toute-à-l'heure, ou je fçauray
bien vous y forcer, brigands & felons
que vous eftes. Les Alguafils étonnés
d'entendre parler d'une maniere fi
nouvelle un homme armé de pied en
cap , ne favoient quelle réponfe lui
faire. Ils s'eftoient arreftés dés qu'ils
avoient vû brandir la terrible lance
qui les menaçoit ; & ils fe regardoient
les uns les autres fans rien dire. L'Executeur même, quoique chargé des ordres fuprêmes du Senat patibulaire,
ceffa de tourmenter la victime, qui
profitant de cette favorable diverfion
vit à la voix de ce nouvel Orphée fuf-
pendre pour quelques inftans les rigueurs de fon fupplice. A la fin un
homme qui eftoit à cheval, & qui fer-
voit de Greffier parmi les miniftres de
l'execution, voyant qu'un perfonnage
fi fingulier arreftoit lui feul tout le
convoy, s'approcha du Chevalier, &
lui dit : Que diable nous viens-tu conter ? Tire-toy a quartier ; Es-tu fou ?

Ces paroles ne furent pas plutôt pro-
noncées, que Don Quichotte fit reculer Rocinantes pour lui donner plus
de champ ; & puis s'avançant en fureur sur le téméraire qui osoit parler
avec si peu de respect aux Chevaliers
errans, il l'auroit indubitablement
transpercé de sa lance, si le Greffier ne
se fût avisé de se laisser tomber de cheval à telles fins que de raison. Cependant le furieux Chevalier & son cheval allerent tous deux donner si rudement contre la muraille, qu'ils tomberent l'un sur l'autre. Pour surcroît
de malheur la lance se brisa. Mais Don
Quichotte conservant dans ce peril
une présence d'esprit admirable, se dé-
pestra de tout ce qui l'empêchoit de se
relever, & quoique froissé de sa chûte,
il tira prestement sa redoutable épée,
& alla fondre sur les Alguasils, qui ne
sachant que penser de cette avanture
se mirent à crier, *Messieurs, de par
le Roy, aide à la Justice.* Plusieurs pas-
sans accoururent à leurs cris, & tous
l'épée à la main envelopperent Don
Quichotte, qui sans s'effrayer de ce
monde d'ennemis disoit à haute voix,
*S. Jacques, S. Denis, Camarades, ils
font à nous.* Et en parlant ainsi il faisoit

soit le moulinet de son épée avec tant
d'agilité qu'il y eut plus d'une oreille
& d'une machoire estafiladée. Mais à
la fin quelques-uns l'ayant saisi par
derriere, le renverserent sous eux.
C'est ici que le courage devient inutile. Il fallut ceder au nombre ; &
quoi qu'il pût faire, on lui lia les mains;
aprés quoy cinq ou six Alguasils le mirent à reculons sur son propre cheval,
& le conduisirent à la prison.

Sancho qui avoit esté témoin de
toutes ces choses fut dans une affliction inconcevable, quand il vit emmener ainsi son Maistre : & le suivant
de loin, sans pourtant faire connoître
qu'il fust à lui, ce malheureux Ecuyer
se prit à pleurer amérement. Maudit
soit qui ne m'aime pas, disoit-il en lui-
même ! quel demon m'a conseillé de
me remettre dans la Chevalerie ? Foin
des isles & des gouvernemens ! fussent-
ils tous dans le fonds d'un puits ! Par le
barbet de Monsieur saint Roch, voilà
mon Maistre bien gisté. Helas ! que
vais-je devenir ? Que feray-je ici seul
sans femme & sans enfans ? Pauvre
orphelin que je suis ! il faudra desormais que je vive comme un Bernardin,
n'ayant rien à manger que les oiseaux

*Tome I.* O

du ciel & les beſtes de la terre. En faiſant ces lamentations entre cuir &
chair, il arriva à la porte de la
priſon, où aprés avoir vû cofrer Don
Quichotte, il demeura trés embaraſſé de ſa perſonne. Il entendoit dire
aux gens qui étoient autour de lui, que
l'homme armé, pour avoir eû l'audace
de troubler l'ordre de la Juſtice, meritoit d'être rigoureuſement puni. Quelques-uns le trouvoient digne du dernier ſupplice : mais quelques autres
plus pitoyables & plus humains le condamnoient ſeulement à deux cens
coups de foüet.

Cependant Don Quichotte eſtant
en priſon on le dépouilla de ſes armes,
on lui mit des menotes aux mains, &
pour mieux s'aſſeurer de ſa perſonne,
le fils du Concierge voulut lui paſſer
une corde au cou ; mais le Chevalier
ne prenant point cela en gré, leva preſtement ſes mains ferrées, & déchargea ſur la teſte du jeune homme un ſi
terrible coup de ſes menotes, que malgré le chapeau qui rompit une partie
du coup, il ne laiſſa pas de lui faire une
contuſion. Il alloit même recommencer quand le Concierge, qui s'en apperçut, prévint la récidive par une de

mie douzaine de gourmades qui tirerent le fang tout clair de la bouche &
du nez de Don Quichotte. Les valets
du Concierge fe mirent auffi de la partie, quoiqu'il n'en fuft pas befoin, &
foulerent aux pieds le prifonnier. Ce
ne fut pas tout, le Concierge & fon
fils allerent trouver le Lieutenant Criminel, & lui aggraverent de telle forte
l'énormité du cas, que le Juge, fans
autre information, ordonna de fufti-
ger fur l'heure le delinquant par pro-
vifion dans les places publiques, & de
le ramener enfuite en prifon, afin de
proceder juridiquement fur l'examen
des motifs & des complices du délict.
Comme ils revenoient de chez le Lieutenant Criminel, le filou fuftigé qui
revenoit auffi de fa promenade avec
les autres Alguafils arriva. Le Concierge dit à l'Executeur: Ami, defcendez cet homme; mais ne renvoyez
pas voftre afne. Il faut encore que
vous émouchiez les épaules de cet
yvrogne armé qui a bleffé mon fils, &
qui a voulu tuer noftre Greffier. Sancho qui entendit ces triftes paroles fut
faifi d'une vive douleur; & peu s'en
fallut qu'il ne la fift connoiftre à tout
le monde, quand il vit qu'on fe prépa-

roit tout de bon à fuſtiger ſon Maître.

---

# CHAPITRE XIII.

*Suite de l'empriſonnement de Don Quichotte.*

Pendant que Sancho déploroit ſon infortune, il paſſa par là quelques gentilshommes qui voyant à la porte de la priſon un trés-grand concours de monde , eurent la curioſité d'en demander le ſujet. Un jeune homme leur raconta l'avanture ; & dans le tems qu'ils l'écoutoient attentivement , il arriva que Sancho s'eſtant approché pour entendre ce qu'ils diſoient vraiſemblablement de ſon Maiſtre, reconnut parmi eux Alvaro Tarfé. Ce Cavalier Grenadin eſtoit encore à Saragoſſe, y eſtant reſté depuis les joûtes pour concerter avec quelques-uns de ſes amis une courſe de bague dont ils devoient donner le divertiſſement au peuple le Dimanche ſuivant. A cette rencontre ineſperée Sancho ſe ſentant tout hors de lui deſcendit auſſi-toſt de ſon aſne , oſta ſon bonnet , & s'alla

jetter aux pieds de Don Alvar en difant : Ah Seigneur Alvaro Tarfé ! par
le bœuf de Monfieur faint Luc ayez
pitié de moy & du Seigneur Don Quichotte qui eft dans la maifon de Judas.
Les mauvaifes gens l'en veulent tirer
tout-à-l'heure pour le foüetter comme
un larron, fi voftre Seigneurie & le
bon faint Anthoine ne l'en empêchent.
Tarfé n'eut pas de peine à reconnoître
Sancho , & en le voyant il comprit
aifément toute l'avanture. Oh Sancho mon ami ! lui dit-il, feroit-il bien
poffible que voftre Maiftre fuft dans
le peril que vous dites ? Ouï de par
tous les diables, répondit l'Ecuyer ; &
il y a ici un afne qui l'attend. Seigneur
Alvaro, pourfuivit-il, allez voir Monfeigneur Don Quichotte de ma part,
& dites-lui que je lui baife les mains :
& que s'il faut aller abfolument où les
Seigneurs Alguafils le veulent mener,
du moins qu'il ne monte pas fur la
vieille bourrique qu'on lui prépare ;
car elle eft plus maigre qu'un Carême,
& elle ne va plus que d'une feffe ; mais
qu'il fe ferve de mon baudet qui a fes
jambes de quinze ans, & fur lequel on
le prendra pour un faint George.

La naïveté de Sancho fit rire Don

Alvar qui lui dit de l'attendre dans le même lieu, & voyant que la chose pressoit, il entra dans la prison avec deux de ses amis. Ils y trouverent le Chevalier sans amour déja déchaîné & prêt à sortir pour commencer sa promenade. Les coups qu'il avoit reçûs, & le sang qui couloit le long de son visage l'avoient tellement défiguré, qu'il falloit estre prévenu que c'estoit Don Quichotte pour le reconnoistre. Que voy-je, lui dit Don Alvar! En quel estat estes-vous? Ah Seigneur Don Quichotte! vous voulez bien que je vous offre ici tout ce qui dépend de moi & de mes amis? Je croy que dans cette occasion vous ne trouverez pas mauvais que je vous rende service. Don Quichotte reconnut d'abord le Grenadin, & s'imaginant que c'estoit les Enchanteurs amis de la Chevalerie errante qui le lui avoient envoyé pour le tirer du peril pressant où il se trouvoit: O mon bon ami, Alvaro Tarfé, lui dit-il d'un air tout ensemble grave & riant, vous soyez le bien-venu; mais malgré vostre grand courage je suis surpris, je l'avoué, que vous ayez achevé une avanture si difficile; puisque moy qui suis

le grand Espagnol Don Quichotte,
l'invincible Chevalier sans amour, j'ay
succombé sous les enchantemens du
traistre Arcalaüs frere de ce vaillant
Ardan Canile que j'ay tué en combat
singulier. Dites-moy de grace comment vous estes entré dans cet inac-
cessible chasteau où j'ay esté pris par
art magique avec tous ces Princes que
vous voyez ici étendus sur la paille
comme des miserables ? Par quelle a-
dresse avez-vous enchaîné les deux
fiers geants qui en gardoient la superbe
porte, & qui levoient sans cesse en
l'air leurs terribles massuës. Par quel
bonheur avez-vous endormi ce vigi-
lant Griffon qui veille jour & nuit
dans la premiere cour, & qui dans
ses fortes serres enleve jusqu'aux nuës
un Chevalier armé de toutes pieces ?
En verité, Don Tarfeyan de Grena-
dine, vous estes l'outrepreux de la
Chevalerie, d'avoir vous seul mis à
fin une avanture qu'ont avant vous
tenté vainement l'Empereur de Constantinople, Esplandian, & la divine
Alastraxerce la propre fille du Dieu
Mars. J'envie vostre gloire, puisque
par vos vaillantes mains, à qui n'a pû
résister Arcalaüs, nous serons tous en

ce jour tirés d'esclavage , & que sa
sœur Arcabonne, qui n'est pas moins
à craindre que lui, sera honteusement
foüettée comme forciere dans tous les
détours de ce château, malgré le tendre amour qu'elle a conçû pour moy.
Don Alvar lui répondit : Seigneur Don
Quichotte , j'ay endormi le Grifon
aussi adroitement que l'auroit pû faire
le Dieu Mercure lui-même. Outre cela
j'ay enchaîné les geants , & tué le traître enchanteur vostre ennemi : mais
tout cela ne suffit pas pour vous mettre en liberté. Il faut encore faire parler en vostre faveur l'oracle propheti-
que de la statuë de bronze du perron
merveilleux. C'est en quoy consiste la
plus grande difficulté de l'avanture.
Dés qu'il aura parlé , vos fers tomberont d'eux-mêmes ; au lieu que sans
cela nulle valeur , nulle force ne vous
en peut affranchir. Je me flatte d'y
réüssir par le secours d'un enchanteur
de mes amis, qui employera volontiers pour vous , à ma priere , tout le
pouvoir de son art. Cette affaire étant
finie , nous ferons donner le foüet,
comme vous le souhaitterez à vostre
amoureuse forciere qui le merite bien.
Allez donc , vaillant Don Tarfeyan,
s'écria

s'écria Don Quichotte, allez remplir
vos grandes deftinées à la gloire de la
Chevalerie errante. Et pour reconnoître l'important fervice que vous me
voulez rendre, je vous permets de
m'accompagner dans mes avantures,
ce que je ne voudrois pas accorder à
aucun autre Chevalier; mais vous me
paroiffez digne de cet honneur. Vous
combattrez à mes coftés, jufqu'à ce
que j'aye conquis le puiffant empire
de Trebifonde, & que je me voye marié à une belle Reine d'Angleterre, de
qui je dois avoir deux fils gemeaux,
qui naîtront aprés beaucoup de larmes,
de vœux & d'oraifons. Tous ceux qui
entendirent parler ainfi Don Quichotte n'eurent pas befoin d'autres preu-
ves pour eftre pleinement convaincus
de fa folie. Ils fe mirent tous à rire,
à la referve de Don Alvar, qui garda
toûjours fon ferieux, depeur fans doute que noftre incomparable Chevalier
ne retraçât la permiffion avantageufe
qu'il venoit de lui donner. Cependant
l'avanture du Perron merveilleux ne
fouffroit aucun retardement, parce
que les Alguafils preffoient la marche
du nouveau convoy: mais Don Alvar
les pria de la differer, jufqu'à ce qu'il

*Tome I.* P

euſt parlé au Lieutenant Criminel en
faveur du Priſonnier. Ce qu'ils n'oſe-
rent refuſer à un homme de ſa qualité,
quelque envie & quelque impatience
qu'ils euſſent de voir fuſtiger Don
Quichotte, pour le mal qu'il avoit fait
aux uns, & pour la frayeur qu'il avoit
cauſée aux autres. Don Alvar qui con-
noiſſoit le caractere de ces ſortes de
gens, ne s'y voulut pas fier. Il laiſſa un
de ſes amis avec Don Quichotte pour
empêcher qu'on ne lui fiſt quelque in-
ſulte, pendant qu'avec l'autre, qui
étoit parent du Lieutenant Criminel,
il alla travailler à l'élargiſſement du
Priſonnier. Sancho voyant ſortir Don
Alvar de la priſon, courut au-devant
de lui, & lui dit avec beaucoup d'action : Hé bien, Seigneur Alvaro,
que font là dedans tous ces Juifs? Ne
tirerez-vous point mon Maiſtre de
leurs pattes ? Sancho mon ami, lui
répondit Don Alvar, tout ira bien. En
même tems il ordonna à un de ſes Pages de mener chez lui ce bon païſan,
& de l'y bien regaler. Quand Sancho
entendit donner cet ordre, il s'écria:
Dieu vous le rende, Seigneur Tarfé,
mais faites enſorte, s'il vous plaiſt,
que ces méchans Fariſiens nous ren-

dent le pauvre Rocinantes qu'ils ont
enlevé comme un corps faint, fans lui
dire feulement pourquoy. Demandez-
leur auffi la rondache enchantée : car
Monfeigneur Don Quichotte me fou-
haitteroit la galle, fi je ne la lui re-
trouvois pas. Et par ma foy il nous en
a coufté treize reaulx pour la faire
peindre à l'huile par un vieux peintre
d'Ariza, qui eft pour le moins auffi
boffu que le Prieur du Tobofo, & qui
demeuroit dans une certaine ruë dont
j'ay oublié le nom. Cela fuffit, Sancho mon ami, dit Don Alvar, repo-
fez-vous fur moy de toutes ces chofes.
Vous n'avez feulement qu'à fuivre ce
Page qui vous fera faire bonne chere.
Sancho le fuivit donc, & Don Alvar
alla chez le Juge, qui ne fut pas plutôt
inftruit de l'étrange folie de Don Quichotte, qu'il ordonna de bonne grace
qu'on le remift fain & fauve entre
les mains du Grenadin avec tout ce
qu'on lui avoit pris. Tarfé ne perdit
point de tems, il retourna à la prifon, d'où il tira le prifonnier, qu'il
fit tranfporter à fon auberge dans un
caroffe de loüage, qui paffa dans l'efprit du Chevalier pour le char vo-
lant de quelque Magicien ami de la
Chevalerie errante.          P ij

Don Quichotte eſtant arrivé chez
Don Alvar, on le coucha pour lui faire
prendre quelque repos ; & quand
l'heure du ſouper fut venuë, on approcha la table de ſon lit, & l'on ſervit.
Quelques amis de Tarfé qui étoient de
ce repas admiroient la contenance du
Chevalier, & toutes les choſes qu'il
diſoit : mais le Grenadin voulant leur
donner le divertiſſement entier fit venir Sancho ſur la fin du ſouper. Ce bon
Ecuyer qui avoit bû & mangé à diſcretion, c'eſt-à-dire comme quatre,
étoit alors de belle humeur. Il raconta
toutes les avantures de ſon Maiſtre
avec ſes ſimplicités ordinaires ; mais
lorſqu'en parlant de la Princeſſe de
Galice, il avoüa franchement qu'il ne
lui avoit donné que quatre ſols au lieu
de deux cens ducats : Don Quichotte l'interrompit avec tranſport. Comment, double maraud, lui dit-il, tu
me fais de ces tours-là ? O infame &
mépriſable mortel ! qu'on voit bien que
tu n'es qu'un vil païſan, & non pas
un Chevalier de noble race, puiſque
tu as eſté capable de raitter de la ſorte
une Princeſſe d'un ſi rare merite ; mais
je jure par le glorieux ordre de Chevalerie que j'ay reçû, que pour ſe

punir de ton extrême avarice, je don-
néray à cette belle Infante le premier
royaume dont je feray la conqueste,
quoy qu'en puissent dire tous les Enchanteurs, Curés, Barbiers, & villa-
geois comme toy. Hé pardy, Monsieur, interrompit à son tour Sancho,
quand vous y mettriez encore les deux
vieillards de sainte Suzanne, je n'y
sçaurois que faire. Mais Sancho, dit
Don Alvar, en verité vous n'y pensiez
pas ! Quatre sols, mon ami ! A-t-on
jamais fait un pareil present à une
Princesse ? Bon, une Princesse, répondit Sancho ! c'en est une, comme
mon grison est Pape ! oh que nous
nous connoissons mieux que cela en
Princesses, Dieu merci. Pour celle de
Micomicon, passe encore, on s'y pouvoit laisser tromper : mais pour celle-
ci, Seigneur Don Quichotte, est-il
possible que vous qui estes si habile
en phisiolomie, vous n'ayez pas connu
à ses haillons qu'elle n'est ni Infante
ni Amirale. Sancho, Sancho, dit Tarfé, je crains bien qu'il n'y ait de l'enchantement en cette affaire. Les Enchanteurs sont bien rusés ! Ils ont sans
doute offert à vos yeux la Princesse de
Galice sous un sale habillement, afin

que le Seigneur Don Quichotte la prenant pour une fervante de cabaret lui
refufât fa protection : Mais le Ciel qui
a fait naître ce Chevalier fans pair
pour la confolation des Princeffes af-
fligées , lui a donné en même-tems
un inftinct infaillible pour les démêler
à travers toute forte de charmes. Vous
dites vray, Don Tarfeyan, s'écria Don
Quichotte ; les Enchanteurs ne peuvent là deffus m'en faire acroire : Et
malgré tous leurs fortileges, la Princeffe de Galice eft ce qu'elle eft. J'a-
voüeray qu'elle m'a paru comme à
Sancho mal propre & fort mal habillée ; mais lorfqu'elle m'a fait le récit
de fes malheurs , j'ay vû à plein la no-
bleffe de fon origine. Mais mon Ecuyer
ne s'arrefte qu'aux apparences, & quoiqu'il ait cent fois éprouvé la malignité
des Enchanteurs , il n'en eft point pour
cela plus en garde contre leurs fur-
prifes. L'ignorant ne croit que ce qu'il
voit, fans penfer que la vûë eft le fens
le plus fufceptible d'illufions. Eh bon
Dieu, s'écria Sancho, les Enchanteurs
fe feroient-ils bien encore mêlés de
celui-là ? Il n'en faut point douter, dit
Don Alvar ; mon pauvre Sancho, vous
avez efté la duppe des Enchanteurs en

cette occasion ; & vous le ferez toûjours, tant que vous vous en rappor-
terez à vos propres yeux ; au lieu de
vous en fier au Seigneur Don Quichotte, qui regardant les objets en
Chevalier errant, les voit sans voile &
sans nuage. Par ma foy, reprit Sancho, après cela il ne faut donc plus
jurer de rien : Car, entre nous, l'Infante de Galice a toute la mine d'une
servante de taverne. Elle est laide,
bossuë & boiteuse, & la chemise qu'-
elle a sur la peau est plus sale qu'un
torchon. Mais puisque c'est une Princesse, n'en parlons plus ; qu'elle se corrige, & Dieu l'aidera. Je lui pardonne
de bon cœur le soufflet qu'elle me
donna pour lui avoir mangé un morceau de fromage qu'elle avoit serré
dans son armoire. Les Cavaliers se leverent tous de table en riant, & sortirent de la chambre, afin de laisser
reposer Don Quichotte, qui devoit
avoir besoin de repos après les coups
& les fatigues de la journée. Pour Sancho, il fut livré aux domestiques qui
en tirerent bon parti, & qui lui firent
autant de niches qu'il leur dit de sottises.

## CHAPITRE XIV.

*Qui contient plusieurs choses dignes d'estre lûës.*

LE lendemain matin Don Alvar entra dans la chambre de noftre Chevalier, & s'eftant affis prés de fon lit, il lui dit : Comment fe porte aujourd'hui le Seigneur Don Quichotte, la fleur de la Chevalerie Mancheque? Je voudrois qu'il s'offrît en Arragon quelque avanture digne de fon invincible bras. Il en arrive fouvent en ce royaume de trés-dangereufes, & l'on vous a pû dire que ces jours paffez quelques fuperbes geants fe font préfentez aux joûtes de cette Ville pour le malheur d'un grand nombre de Chevaliers. Ah! que n'eftiez-vous ici pour purger la terre de ces monftres. Mon cher ami Don Alvar, répondit triftement Don Quichotte, je fuis bien fâché de ne m'eftre pas trouvé à vos joûtes ; fi j'y euffe paru, les geants ne s'en feroient pas retournez dans leurs Provinces chargés de tant d'honneur ; mais je les joindray quelque jour, &

ils me payeront le tout enfemble.
Vous avez raifon, reprit le Grenadin,
mais en attendant un tems fi heureux,
je vous diray que j'ay concerté pour
Dimanche avec les premiers Chevaliers de la Ville une courfe de bague,
où plufieurs prix confiderables feront
diftribués à ceux qui feront le plus
éclatter leur adreffe. Ce feront les mêmes Juges qui ont préfidé aux joûtes.
On verra briller de toutes parts aux
balcons & aux feneftres, comme autant d'aftres lumineux, une infinité d'illuftres Princeffes & d'Infantes. Nous
y paroîtrons nous autres Chevaliers
dans l'équipage le plus magnifique &
avec des devifes ingenieufes peintes
fur nos boucliers & fur des bande-
rolles volantes de diverfes couleurs:
Et fi voftre Seigneurie veut eftre un
des Chevaliers de ma Quadrille, je
m'offre à vous donner des livrées qui
ne vous feront point de deshonneur:
Voyez, Seigneur Don Quichotte, fi
vous voulez que j'aye l'avantage de
partager à vos côtés la gloire que vous
ne pouvez manquer d'acquerir. Trés-
volontiers, mon cher Tarfé, repartit
noftre Chevalier en fe levant fur fon
feant, quand ce ne feroit que pour

rendre vos yeux témoins des grandes
chofes que je fçay faire. Je ne devrois
pas me loüer moy-même ; mais les
furprenantes avantures que j'ay ache-
vées, font fi publiques, que la mo-
deftie devient inutile. Vous avez raifon, lui dit le Grenadin ; mais cou-
chez-vous, s'il vous plaift. Je féray
mettre la table auprés de voftre lit,
comme hier au foir, & nous dînerons
enfemble avec les autres Cavaliers de
noftre Quadrille. Nous parlerons des
préparatifs de noftre courfe de bague,
& nous nous conduirons en cela fuivant les judicieux confeils de voftre
Seigneurie, qui a plus d'experience que
nous de ces fortes de feftes. En difant
ces paroles, Don Alvar fortit, & Don
Quichotte ne pouvant fe repofer aprés
ce qu'il venoit d'entendre, fe mit à
rêver à la courfe de bague. Il s'en oc-
cupa fi bien l'efprit que fans prendre
garde à ce qu'il faifoit, il fe leva, &
commença à s'habiller ; mais dans fa
rêverie il demeura les chauffes bas, &
regardant la terre fixement, puis partant tout-à-coup, & fourniffant fa carriere, il alla donner du doigt contre
la muraille. Ayant fait un fi beau coup
de lance, il s'écria de toute fa force,

Seigneurs Juges, vous voyez que j'ay
emporté la bague : Que vos Excellen-
ces me donnent le prix. A la voix écla-
tante du Chevalier fans amour, Sancho monta ; & voyant fon Maiftre
dans l'équipage que j'ay dit , & qui
par malheur avoit une chemife trés-
courte, fa pudeur en fut bleffée. Hé
pour Dieu, dit-il, Monfieur ! relevez
un peu vos chauffes ; n'avez-vous pas
honte de montrer ainfi voftre pau-
vreté ? Don Quichotte à ces paroles
revint de fa rêverie , & voulut fuivre
l'avis de fon Ecuyer : mais comme il
lui fallut fe baiffer pour cela, il laiffa
voir deux feffes feches & noires. Bon,
dit Sancho, voilà qui eft bien rajufté !
Vous avez juré aujourd'hui de me faluer avec toutes les immondices que
le Seigneur vous a données. Habillez-
vous au plus vifte, & defcendez dans
la cuifine, vous y verrez des chapons,
& des perdrix qui tournent auprés
d'un bon feu, avec de gros aloyaux
& des longes qui font plier les broches,
par la mardy, comme je plierois un
jonc. Vous y verrez encore des mar-
mites, des cafferolles, des tourtieres,
des paftés & des hachis en fi grande
quantité, que c'eft une vraye fefte de

voir tant de bonnes chofes enfemble.
En attendant le dîner je me fuis bourré le ventre d'un gros quignon de pain
blanc, & de la moitié d'un poulet-
d'Inde que m'a donné le Cuifinier qui
eft un petit boiteux d'humeur gaillarde. Il eft vray que Meffieurs les Pages
d'Alvaro Tarfé, noftre bon ami, me
font avaler des écuellées de boüillon
fi chaudes que j'en rends la plus grande partie par le nez : mais n'importe,
ce font de bons vivans, qui ne donnent point en rechignant leur bien à
manger. J'ay bû trois pots d'une certaine boiffon appellée en ce païs-ci
malvoifie, & qui eft bien meilleure
que le vin de noftre Manche. On ne
parle ici que de faire bonne chere, &
de fe réjouïr : & n'ayez pas peur qu'-
on laiffe mourir de faim le Seigneur
Rocinantes, qui eft aprés vous la fleur
de la Chevalerie. Le Grifon & lui font
fi contens & fi bien traittés, qu'il ne
faudroit pas trop les pincer pour les
faire rire. A vous parler franc, Monfieur, par ma foy, ce font-là les veritables avantures de la Chevalerie
errante : Et nous ne devrions pas en
chercher d'autres. Belître infigne, interrompit Don Quichotte. Tu fais bien

voir que tu n'es & que tu ne feras jamais qu'un gourmand, de ne fonger
qu'à remplir ta panfe, comme un fale
pourceau, au lieu de chercher, à mon
exemple, la veritable gloire de la Chevalerie errante.

Sur ces entrefaites, Don Alvar &
quatre de fes amis qu'il avoit invité à
dîner, entrerent dans la chambre, &
trouvant Don Quichotte qui n'avoit
pas encore trop bien relevé fes chauffes, ils ne purent s'empêcher de rire.
Cependant Tarfé prenant un air ferieux, Seigneur Chevalier, lui dit-il,
pourquoy vous eftes-vous levé ? Vous
n'eftes pas encore affez remis de vôtre
derniere avanture. Que voftre Seigneurie fe recouche, s'il lui plaift,
nous dînerons de la même maniere
que nous avons foupé hier au foir.
Don Quichotte voulut s'en excu-
fer, & achever de s'habiller ; mais le
Grenadin & fes amis l'obligerent par
leurs inftances à fe remettre au lit. Il
n'y fut pas plutôt que l'on apporta la
table, & chacun s'y eftant affis, ils
commencerent à s'entretenir de l'excellence & de l'utilité de la Chevalerie errante. Il ne faut pas demander fi
Don Quichotte brilla dans cette con-

verſation ; la matiere l'échauffa tellement qu'il leur parla de ſes projets , &
ſurtout des grandes choſes qu'il pré-
tendoit faire à Trebiſonde contre Coq-
lindor des Iſles vermeilles , & contre
le geant Arſicarabon aux trois viſages.
Des noms ſi extraordinaires , & qui
ne pouvoient partir que d'une imagination fort dérangée , firent pouſſer
aux convives de ſi grands éclats de rire,
que noſtre Chevalier les regardant fierement , leur dit qu'il eſtoit honteux à
des Seigneurs de merite de rire ainſi
ſans diſcretion. Le prudent Don Alvar
le voyant prêt à ſe fâcher , prit la parole , & dit à ſes amis : En verité , Meſſieurs , il paroît bien que vous eſtes des
novices en matiere de Chevalerie , puiſque vous ne connoiſſez pas encore l'incomparable Seigneur D.Quichotte , l'eſ-
carboucle des Chevaliers errans. Si vous
voulez ſavoir quel homme c'eſt , allez le
demander aux Chevaliers & aux geants
qu'il a vaincus, & enſuite envoyez à ſon
ancienne Maîtreſſe l'Infante Dulcinée
du Toboſo. Il n'y a pas même quinze
jours , à ce que m'a dit Sancho , qu'il
s'eſt battu contre Roland le furieux ,
dont il auroit apporté la teſte à nos
joûtes , ſi après un long & opiniâtre

combat un envieux Enchanteur n'eût
enlevé ce Paladin par son pouvoir magique. Les Convives feignant d'être fort
étonnés d'entendre ce que leur disoit D.
Alvar, prierent le Chevalier le plus se-
rieusement qu'ils purent d'excuser leur
indiscretion ; aprés quoy s'estant tous
levés de table , ils changerent de matiere, & parlerent de leur course de
bague. Alors un des Cavaliers s'adres-
sant à Don Quichotte lui dit : Et le
Seigneur Chevalier de la Manche avec
quelle livrée y paroîtra-t-il? Car nous
ne laisserons point sans cartes le meilleur joüeur d'entre nous. Il me semble ,ajoûta-t-il, qu'il la doit prendre
verte, puisque c'est la couleur de l'esperance, & que nul autre que lui ne
peut à plus juste titre se promettre de
gagner les prix de la course. Je serois
d'avis moy , dit un autre Cavalier,
que sa livrée fût violette, parce que
c'est la couleur de l'indifference , &
qu'il s'appelle le Chevalier sans amour.
Et je voudrois qu'il fist peindre sur son
écu quelque devise piquante contre les
Dames. Le troisiéme se trouva d'un
autre sentiment, & conseilla à Don
Quichotte de prendre une livrée blanche en signe de sa grande chasteté, &

d'exprimer par sa devise que nulle Dame en ce monde n'avoit encore esté capable de le mettre à mal. Pour moy, dit le quatriéme, j'opine que le redoutable Chevalier de la Manche, qui tuë tous les jours geants sur geants, ne doit entrer dans la carriere qu'avec des livrées noires, pour faire connoître à tous ceux qui se présenteront pour le combattre qu'ils ne doivent attendre de leur témerité qu'une trés-noire & trés-malheureuse fortune. Alvaro Tarfé prenant la parole à son tour, dit : Vous me permettrez, s'il vous plaist, Messieurs, d'avoüer librement que je ne suis pas de vostre avis. La personne du Seigneur Don Quichotte étant trés-singuliere, il ne faut pas qu'il paroisse comme un autre en cette occasion, & selon moy, il lui conviendra mieux d'entrer dans la place en Chevalier errant, c'est-à-dire armé de toutes pieces ; & afin que ses armes ne soient pas des armes empruntées, je lui en fais present aujourd'hui, car vous sçaurez, Messieurs, que celles dont il se sert actuellement sont ces belles armes de Milan que je lui laissay en garde à l'Argamesille. Puisqu'il leur a fait l'honneur de les porter.

porter, nul Chevalier au monde à prefent ne merite de s'en voir reveftu.
Qu'il les retienne donc à la gloire de
la Chevalerie errante, & qu'elles foient
deformais plus renommées que celles
de Samfon, que portoit autrefois le
fameux Roy Gradaffe : Comme elles
font un peu ternies par l'ardeur du
Soleil, par la pluye, & encore plus par
le fang de tant de monftres qu'il a tués,
je les feray polir tout de nouveau.
Pour fa devife, il n'en faut pas d'autre que celle qu'il a fait peindre dans
Ariza fur cet admirable bouclier qu'il
a apporté , & qui eft un prefent
du fage Alquife fon grand ami. On
ne l'a point encore vû à Saragoffe,
parce qu'il l'a fait couvrir d'un leger
taffetas, à l'exemple du brillant bouclier d'Atlant. Cette ingenieufe devife
fera ici toute nouvelle , & fera connoiftre à tout le monde ce qu'on doit
penfer du grand Chevalier fans amour.
Don Alvar ayant parlé de la forte,
ils convinrent tous que fon avis eftoit
le meilleur ; & Don Quichotte le trouva fi bon qu'il dit au Grenadin d'un
air content, Vous avez raifon Don
Tarfeyan, il faudra que je me tienne
armé, parce qu'on voit fouvent arri-

*Tome I.*                          Q

ver dans ces fortes de feftes d'outrageux geants Rois de quelque ifle étran-
gere, qui fuivant leur coûtume parlent
contre la gloire du Roy, & font d'ar-
rogans défys aux Chevaliers de la Cour.
Pour ce qui eft de mes armes, mon
cher Alvaro, vous eftes dans l'erreur,
fi vous croyez les avoir poffedées. Jamais le fage Alquife n'a eû intention de les donner qu'à moy : mais
puifque par un myftere de fa profonde
fageffe il a voulu fe fervir de vous pour
me les faire tenir, je veux bien recevoir de voftre main ce don precieux,
comme s'il n'y avoit aucune part. Don
Alvar & fes amis ne fe laffoient point
d'entendre les difcours graves & fublimes du Chevalier, qui faifoient avec
les naïvetés de Sancho un contrafte
qui rendoit leur entretien fort diver-
tiffant.

# CHAPITRE XV.

*Où l'on verra de quelle maniere Don*
*Quichotte gagna le prix d'une*
*courſe de bague.*

LE jour de la courſe de bague eſtant
venu, les Cavaliers qui devoient
courir s'y préparerent, & donnerent
tous les ordres neceſſaires pour rendre la feſte agreable & magnifique.
Aux deux coſtés de la place paroiſſoient
deux arcs de triomphe, pardeſſous leſquels il falloit paſſer pour entrer dans
la carriere ; & ſur les arcs eſtoient
écrites en lettres d'or pluſieurs inſcrip-
tions à la gloire de l'amour. On voyoit
aux feneſtres & aux balcons les plus
belles Dames de la Ville & de la Province, qui avoient relevé leur beauté
naturelle de tout ce que l'art y pouvoit ajoûter, & qui faiſoient briller
dans leurs yeux l'eſperance qu'elles a-
voient de recevoir des mains de leurs
Amans les prix de la courſe. Le Viceroy y tenoit la premiere place avec
toute ſa maiſon, & enſuite les plus
grands Seigneurs du royaume chacun

Q ij

felon fon rang & fon employ. La
marche commença par celle des Juges
du camp, qui aprés avoir fait trois fois
le tour de la place, veftus trés-magni-
fiquement, & fuivis d'un nombreux
cortege, allerent au bout de la carriere fe placer, au fon des trompettes,
fur un amphitheatre fort galant. Immediatement aprés on vit entrer dans
la place vingt Cavaliers de bonne mine
difpofés en deux Quadrilles, & mar-
chant deux à deux avec de riches livrées, & tout l'équipage brillant d'un
fuperbe & galant caroufel. Je ne fçay
pourquoy noftre Auteur Arabe a manqué de faire ici une pompeufe defcrip-
tion de cette fefte, fi ce n'eft qu'il n'a
pas voulu perdre de vûë fon Heros. Il
fe contente de dire que Don Alvar
monté fur un fier Cordoüan gris pom-
melé, richement enharnaché, & dont
les allûres nobles relevoient merveilleufement fa bonne grace, eftoit habillé d'une toile tiffuë d'or, fur laquelle
éclatoit une broderie trés-délicate de
lys & de rofes entrelaffés enfemble.
Il avoit fait peindre fur le champ de
fon écu la figure de Don Quichotte
avec toute l'avanture de l'homme fuftigé : ce qui fit bien rire tout le monde.

Pour noftre Chevalier, il eftoit à cofté
de Don Alvar, comme fon frere d'armes, & il entra dans la lice avec une
contenance toute martiale. Il avoit le
cafque en tefte, & il eftoit armé de
toutes pieces, preft à combattre tous
les geants de l'univers. Cependant le
peuple qui ne prend pas toûjours les
chofes du bon cofté, faifoit de grandes
huées à voir feulement la figure du
Chevalier & de fon pacifique cheval.
Les deux Quadrilles pafferent devant
les Dames faifant les faluts & les galanteries ordinaires ; c'eft-à-dire faifant faire des paffades & des cour-
bettes à leurs chevaux : de quoy certes
le bon Rocinantes, quoique fans école,
ne laiffa pas de s'acquitter fort bien.
Quand Don Quichotte & Don Alvar
furent auprés des Juges, & qu'ils les
eurent falués, le plus confiderable des
Juges s'adreffant au Chevalier, lui dit
gravement: Fameux Prince de la Manche, fleur & miroir de la Chevalerie
errante, nous nous tenons tous favo-
rifés de la fortune, puifque vous n'a-
vez pas dédaigné d'honorer de voftre
prefence le divertiffement que nous
donnons aujourd'hui aux Dames. Le
Chevalier répondit avec la même gra-

vité : Celebre Juge des exercices de
Mars, quoique ce ne soient ici que de
simples jeux en comparaison des grandes entreprises que je tente tous les
jours, je ne veux pas vous refuser l'a-
vantage de vous faire voir mon adresse.
En achevant ces paroles il passa outre
avec Don Alvar, qui en allant joindre
sa Quadrille representa à Don Qui-
» chotte qu'il ne devoit courir que le
» dernier, pour ne pas ravir aux au-
» tres Cavaliers l'esperance d'obtenir
» quelques-uns des prix ; que sa cour-
» se ne pouvant manquer d'estre la
» plus belle & la plus agreable de tou-
» tes, il la falloit réserver pour la
» derniere, afin de couronner l'œu-
» vre par quelque chose de brillant.
Don Quichotte ne put résister à des
raisons si specieuses, il se tira à l'écart,
& se rendit par ce moyen simple spec-
tateur de la feste.

Alors tous les Cavaliers se mirent à
courir au son des trompettes & des
timbales suivant le rang qui leur avoit
esté reglé par le fort, chacun montrant son adresse & sa legereté. On
admira surtout Don Alvar qui rem-
porta le prix le plus considerable, &
qui fit assez connoistre qu'il descen-

ûoit de ces anciens Abencerrages, qui
les premiers introduifirent en Efpagne
les caroufels, les courfes de bague, &
autres feftes galantes confacrées au
divertiffement des Dames. Quand les
courfes furent finies, Don Alvar alla
joindre Don Quichotte qui commençoit à perdre patience, & l'ayant me-
né à l'endroit de la carriere d'où il devoit partir, les trompettes donnerent
le fignal. Don Quichotte preffa les
flancs de Rocinantes, qui voulant contribuer à la gloire de fon Maiftre parut
plein d'ardeur, & n'eut pas fitôt reçû
vingt coups d'éperon qu'il partit avec
une vîteffe qui ne lui eftoit pas ordinaire : mais déplorons ici le caprice de
la fortune, qui fe plaift à détruire en
un moment les efperances les mieux
fondées. Déja Rocinantes eftoit au milieu de la carriere, il étoit déja prés du
lieu où la bague étoit attachée, lorfque
le beau feu qui l'animoit, le trahit ; il fit
un faux pas, & s'abbatit fous fon Maître. Cet accident excita les rifées de
l'affemblée ; mais Don Quichotte aprés
avoir relevé fon cheval, retourna tout
bouffi de colere au mefme lieu d'où
il eftoit parti, & où Don Alvar qui
l'attendoit, lui dit : Confolez-vous ;

Seigneur Chevalier, ce n'eft que par la faute de voftre cheval que vous n'avez pas emporté la bague ; vôtre courfe a efté admirablement belle ; & fi vous m'en croyez, vous recommencerez avant que Rocinantes fe refroidiffe. Don Quichotte, fans lui répondre un feul mot, fe mit à courir une feconde fois, & ne fe poffedant pas dans la colere & le trouble qui l'agitoient, il manqua la bague ; mais le Grenadin qui l'avoit bien prévû y fupplea : Car venant aprés lui au petit galop, il fe leva fur fes étriers, & ayant pris la bague avec la main, il la mit enfuite au fer de la lance de Don Quichotte fi adroitement qu'il ne s'en apperçût pas : Et auffi-tôt il s'écria à haute voix, Victoire, victoire, l'illuftre Don Quichotte, l'ornement de la Manche a remporté la bague. Le Chevalier d'abord jetta l'œil fur fa lance, & y voyant en effet la bague, il crut en eftre forti à fon honneur. Il dit à Don Alvar : Vous voyez combien l'oifiveté eft dangereufe. Rocinantes, faute d'avoir efté en haleine, m'a fait un fenfible affront ; ouï, mais il eft bien reparé, dit Don Alvar en foûriant ; & il faut fans tarder aller demander aux

Juges

Juges le prix qui vous eſt dû. Don Quichotte y conſentit, & quand il fut devant eux, il leur dit en leur préſentant
ſa lance : Que vos Seigneuries regardent, s'il leur plaiſt, cette lance, il me
ſemble qu'elle parle aſſez pour moy.
Le meſme Juge qui avoit déja parlé à
Don Quichotte avant la courſe prit la
parole pour les autres ; & aprés avoir
attaché au bout de la lance du Chevalier une demie douzaine de grandes
éguillettes de cuir qu'il s'eſtoit fait apporter exprés, & qui pouvoient valoir
trois ou quatre ſols, il lui dit : Invincible Chevalier errant, pour prix de
l'adreſſe & de la bonne grace que vous
avez fait paroiſtre dans voſtre incomparable courſe, je vous donne ce joyau
précieux. Le ſage Lirgande voſtre ami
l'a apporté des Indes pour vous : Enfin
ces merveilleuſes jarretieres ſont faites
de la propre peau du Phœnix, de ce celebre oiſeau unique en ſon eſpece.
Comme vous vous faites appeller le
Chevalier ſans amour, je vous con-
ſeille d'en faire preſent à la Dame de
cette aſſemblée qui vous paroiſtra la
moins capable de ſentir cette paſſion.
Mais je vous ordonne ſous peine de
ma diſgrace, de venir ce ſoir ſouper

*Tome I.* R

chez moy avec le Seigneur Don Alvar, & d'amener voftre fidéle Ecuyer, qui feul merite de fervir un Chevalier de voftre réputation. Je vous rends de trés-humbles graces, répondit Don Quichotte, du beau prefent que me fait le fage Lirgande par vos équitables mains, & vous allez juger combien j'eftime vos confeils. A ces mots il partit pour aller faire une exacte revûë de tous les balcons & des feneftres de la grande place. A la fin il s'arrefta prés d'une feneftre affez baffe où il remarqua une vieille femme placée entre deux jeunes courtifannes trés-fardées. Ce fut à cette honorable Dame qu'il s'addreffa. Il s'approcha d'elle, & pofant le bout de fa lance avec fes éguillettes fur le bord de la feneftre, il lui dit d'une voix haute & grave : Trés-fage Urgande la déconnuë, vous voyez devant vous ce tant voftre Chevalier que vous avez prefervé en tant d'occafions des rufes des malins Enchanteurs vos confreres. En reconnoiffance je vous fupplie d'accepter de ma main ces precieufes jarretieres que j'ay gagnées fous vos aufpices, & qui font de la propre peau de ce fameux oifeau fi vanté par nos

Poëtes. La très-sage Urgande & sa vertueuse compagnie étonnée d'entendre un pareil discours, & de se voir présenter des éguillettes de cuir, & s'appercevant d'ailleurs que la populace en faisoit des huées, fermerent brusquement la fenestre au nez du Chevalier en lui disant un million d'injures. Cependant Don Quichotte choqué de cette incivilité ne savoit qu'en penser, & gardoit le silence dans l'incertitude du parti qu'il devoit prendre. Sancho, qui avoit joint son Maistre dans la grande place aprés les courses, ayant vû le peu de cas que la vieille avoit fait des éguillettes, éleva sa voix: O la sorciere, dit-il, avec sa mine d'Excommuniée! A quoy songe-t-elle de refuser ainsi de belles & bonnes éguillettes? La pauvre beste, qu'elle est lassée! Par la gerny, si j'agrippe une pierre, je lui feray bien ouvrir sa fenestre: mais, Monsieur, croyez-moy, laissons-là Marthe avec ses poulets. Donnez-moy ces éguillettes; aussi-bien celles de mes chausses sont usées, & le reste nous servira dans nos Chevaleries à raccommoder le bât du Grison & la selle de Rocinantes. Pren, mon fils, dit tristement Don

Quichotte en baissant sa lance, pren
ces rares jarretieres, & garde-les soi-
gneusement. Je voy bien que la sage
Urgande est plus dans les interests de
mes ennemis que dans les miens. Elle
me l'a fait assez connoistre par les mots
injurieux qui lui sont échappés contre
moy. Oh! par ma foy, Monsieur,
dit Sancho, mocquez-vous de toutes
ses injures, autant en emporte le vent.
Le Corbeau ne sçauroit estre plus noir
que ses aisles. Les maledictions des
vieilles P. ** sont des oraisons pour
la santé.

## CHAPITRE XVI.

*Don Quichotte & Tarfé vont souper*
*chez Don Carlos. Sancho en sa belle*
*humeur. Avanture épouvantable qui*
*s'offre à Don Quichotte dans la mai-*
*son de Don Carlos.*

Comme la nuit s'approchoit, &
que chacun se retiroit chez soy,
Don Alvar joignit le Chevalier de la
Manche pour lui dire qu'il estoit tems
d'aller chez Don Carlos. Allons, lui
répondit Don Quichotte, je suis prêt
à vous suivre. Le Grenadin voulut l'o-

A. Clouzier Sc.

bliger à quitter fa lance & fon écu;
mais le Chevalier n'en fit rien, & marcha armé comme il eftoit jufqu'au logis de Don Carlos. Il entra dans la
falle où on l'attendoit, tel qu'Amadis
entra dans la chambre défenduë d'A-
pollidon, lorfqu'il acheva l'avanture
de l'arc des loyaux Amans. Don Carlos l'embraffa, & lui dit : Le grand
Chevalier de la Manche foit le bien
venu dans une maifon où tout le monde lui fouhaitte toute forte de profpe-
rités : mais Seigneur Don Quichotte,
pour vous délaffer de la fatigue de vos
glorieufes courfes, quittez, s'il vous
plaift, vos armes. Vous le pouvez faire ici en toute feureté, puifque vous
eftes avec vos amis. Je puis, répondit
le Chevalier, quitter ma lance & mon
écu pour vous fatisfaire, mais pour
mes autres armes, je vous prie de me
permettre de les garder. En quelque
lieu que je me trouve, je les ay toûjours pour deux raifons. La premiere,
c'eft qu'en portant toûjours ces hono-
rables inftrumens de la Chevalerie errante, le corps s'y fait, & n'en eft
point incommodé, fuivant cet axio-
me de Philofophie, *ab affuetis non fit
paffio.* La feconde raifon, c'eft que

l'homme prudent doit eftre fans ceffe
fur fes gardes : Car je me fouviens
d'avoir lû dans l'admirable livre des
avantures du Chevalier du Soleil, qu'-
un jour ce Chevalier s'eftant égaré
dans une foreft avec le Troyen Orif-
tide fon ami, ils arriverent enfin à
un certain pré, où ils trouverent dix
ou douze Sauvages qui faifoient rôtir
un cerf fur des charbons. S'en eftant
approchés, ces Sauvages les inviterent
par fignes à manger avec eux. Les Chevaliers qui avoient un preffant befoin
de ce fecours, l'accepterent. Ils mirent
pied à terre, & aprés avoir ofté la bride à leurs chevaux, afin qu'ils puffent
paiftre dans le pré, ils vinrent s'affeoir
parmi ces Sauvages, qui leur mon-
troient tant d'humanité. Neanmoins
ils n'ofterent point leurs cafques ; ils
fe contenterent feulement de lever
les vifieres : mais à peine avoient-
ils commencé à manger que les Sauvages tous enfemble fe jetterent traî-
treufement fur eux, & leur donnerent
tant de coups de maffuë fur la tefte,
que fi la trempe des cafques n'eût pas
réfifté aux coups, les deux Chevaliers
en euffent efté écrafés. Ils tomberent
à terre fans fentiment, & les barbares

les croyant morts voulurent les defarmer ; mais comme ils n'eſtoient pas
accoûtumés à defarmer des Chevaliers, ils ne favoient de quelle maniere s'y prendre. Oriſtide & le Chevalier du Soleil eurent le tems de revenir à eux. Ils reprennent donc leurs
eſprits, & reconnoiſſant le peril où ils
font, ils fe levent avec beaucoup de
legereté, ils mettent l'épée à la main,
& chargent les barbares avec tant de
vigueur qu'ils en font bientôt une
étrange boucherie. Ils ne portent pas
un coup inutile. Ici vole une teſte. Là
tombe un bras ou une cuiſſe. Don Quichotte en faifant le récit d'une ſi brufque expedition, tira fon épée ; & pour
peindre au naturel la valeur du Chevalier du Soleil & de fon compagnon,
il fe mit à s'efcrimer avec une telle vivacité, que toute la compagnie crai-
gnant d'eſtre priſe pour les Sauvages,
s'écarta de forte qu'il fe fit autour de
lui un grand cercle vuide dont il étoit
le centre. Cette fcene divertit tous les
Convives ; mais Don Carlos jugeant à
propos de la finir, dit à Don Quichotte
en riant, C'eſt affez, invincible Chevalier, il y a long-tems que tous ces
Sauvages ont eu leur fait. N'en par-

R iiij

lons plus, je vous prie. Don Quichotte
s'arresta tout-à-coup, & renguaîna
son épée avec un flegme qu'on n'attendoit pas de lui. Don Carlos alors
s'approcha du Chevalier, & le prenant
par la main, le mena dans une grande
salle où l'on avoit déja servi : mais
avant que de se mettre à table Don Alvar ne voyant pas là Sancho, chargea
un de ses Pages de l'aller chercher.

Sancho, qui avoit suivi son Maistre
jusqu'au logis de Don Carlos, s'estoit
laissé conduire dans la cuisine où les
préparatifs du souper excitoient mer-
veilleusement son attention. Seigneur
Sancho, lui dit le Page, on vous demande dans la salle du festin. On ne veut
point souper sans vous. Venez tâter des
mets delicats & des vins exquis. Par ma
foy, Seigneur Page, répondit l'Ecuyer,
ces Messieurs me prennent dans un
tems où je suis tout-à-fait disposé à leur
donner satisfaction ; car il y a plus de
trois heures qu'il n'est entré dans mon
corps aucune joye. En disant cela il
alla dans la salle où étoit la compagnie.
Il ôta son bonnet avec ses deux mains,
& faisant une profonde réverence :
Messieurs, leur dit-il, que Dieu vous
tienne tous en sa sainte gloire, pour

avoir fi bonne memoire de moy. Comment Sancho, lui dit Don Carlos, vous nous faites un compliment qui ne convient qu'aux Trépaffez. Nous ne fommes point encore morts, Dieu merci, à moins que ces Meffieurs ne le foient déja de la mauvaife chere que je leur fais. Sainte Vierge ! repliqua Sancho en regardant les mets qui eftoient en abondance fur la table, cela fe peut-il ? Ces Meffieurs reffembleroient donc aux oyes d'un Laboureur d'auprés de chez nous, qui moururent de la pepie fur un étang. Ce n'eft point ici une table de complimens. Je voy tant de plats remplis d'autruches, de ragoûts, & de fricaffées, que j'ay de la peine à retenir ma falive de contentement. Hé bien, tenez, frere, lui dit Don Carlos en lui mettant un chapon fur une affiette, mangez cela pour vous ouvrir l'appetit. On m'a dit que vous avez une grace toute particuliere à expedier ces animaux-là. On vous a dit vray, repartit l'Ecuyer, & la vûë ne vous en coûtera rien. En même tems il demanda du pain, & fe mit à jouër des machoires de façon que dépeçer, mâcher, & avaler le chapon ne furent qu'une mefme chofe. Les

Pages, qui fervoient, prehoient auffi
bien que leurs Maiftres tant de plaifir
à le voir, qu'ils avoient foin de verfer
fur fon affiette le refte de celles qui
fe deffervoient, & ils ne manquoient
pas de lui donner à boire de moment
en moment. Ce qui le mit de fi bonne
humeur qu'il ne put s'empêcher de s'é-
crier: En verité, Seigneur Carlos, Meffieurs vos Pages & vous, eftes de vrais
porte-bonheur, de regaler ainfi vos
amis. Frere Sancho, répondit en foûriant Don Carlos, vous eftes vous-
mefme un aimable homme de nous
parler à cœur ouvert: pour prix de
cette franchife qui me charme, recevez de ma main cette affiette pleine
d'andoüillettes. Qu'eft-ce que c'eft que
ces andoüillettes, repliqua l'Ecuyer en
les prenant, je n'en ay point encore
vû. Goûtez-en, ami Sancho, dit Don
Alvar, & vous nous en direz voftre
avis. Sancho ne fe le fit pas dire deux
fois. Il fe mit à les manger l'une aprés
l'autre comme des grains de raifins.
Enfuite il dit à Don Alvar: Par ma foy,
Seigneur Tarfé, c'eft une bonne drô-
lerie que ces andoüillettes; je m'imagine que c'eft avec de femblables petites boules que les enfans fe joüent

aux Limbes. Quand je feray de retour au païs, j'en veux femer un boiffeau dans noftre jardin ; & fi l'année eft bonne, je les vendray comme il faut ; tout ce que je crains, c'eft que je ne les mange avant qu'elles foient meures : mais quand je m'en approcheray, il faudra que ma femme me mette un baillon dans la bouche. Voftre femme ! dit alors Don Carlos, vous eftes donc marié, Sancho ? Hé, avez-vous une belle femme ? Comment belle ! repartit l'Ecuyer, je ne la changerois pas pour Madame Dulcinée du Tobofo, qui s'appelle en fon propre nom Aïdonça Lorenço, autrement Nogalez. Il eft vray que ma femme aura cinquante-cinq ans aux herbes prochaines, & que le Soleil lui a brûlé la face ; mais avec tout cela, c'eft une femme qui donneroit fon refte à un Docteur. Elle jaze comme une pie. La feule chofe que le Seigneur Curé lui reproche, c'eft qu'elle n'a pas plutôt amaffé quatre ou cinq fols, que vous auriez plutôt fon honneur que de l'empêcher de les aller porter chez Juan Perez le Tavernier du village, pour les changer en eau de raifin. Avez-vous des enfans, lui demanda quelqu'un de la

compagnie ? Hé, pardy, répondit
Sancho, qu'aurions-nous fait au Seigneur pour n'en pas avoir ? Oui vrayement nous en avons. J'ay entre autres
une petite Sanchette, qui est si rusée
qu'elle en sçait déja autant que sa mere.
Mardy, c'est une creature bien taillée,
& qui est sage comme une Madelaine.
Pour la beauté, je m'en rapporte à
ceux qui disent qu'elle ressemble, ou
ne peut pas mieux, à nostre Curé, qui
est le plus beau masle de toute la Manche. La naïveté de l'Ecuyer fit rire
tous les Convives, & Don Alvar remarquant qu'il n'avoit plus rien à
manger, lui dit : Ami Sancho, voyez
s'il vous reste encore quelque boyau
vuide, pour y loger cette assiette de
blanc manger. Sancho la prit en lui
répondant : Seigneur Tarfé, je vous
remercie ; j'espere qu'avec l'aide de
Dieu cela ne couchera pas dehors.
Aussi-tôt il porta la main sur l'assiette,
& en un moment on vit disparoître
tout le blanc manger, à la réserve de
ce qui s'en répandit sur sa barbe.

Le repas estant fini, le Maistre du
logis conduisit les Convives au fond
de la salle, & les fit asseoir sur une es-
trade, pendant que les domestiques

enlevoient les tables ; & comme il
vouloit faire tout l'honneur de la fefte
à Don Quichotte, il le plaça entre
Don Alvar & lui, & fit figne à Sancho, qui ce foir-là meritoit à jufte titre le fameux furnom de Pança, de
s'affeoir à terre aux pieds de fon Maître. Alors, Don Alvar commença de
faire des reproches à Don Quichotte
de ce qu'il n'avoit point pris de part
à la joye de la compagnie, & n'avoit
fait que rêver , fans toucher feulement aux mets qu'on lui avoit fervis.
C'eft une marque, ajoûta Don Carlos
au difcours de Tarfé , que le Seigneur
Don Quichotte n'a pas trouvé nos ra-
goufts affez bien appreftés : & il ne
faut pas s'en étonner. Les repas des
fimples Cavaliers tels que nous, peu-
vent-ils fatisfaire un goeft comme le
fien ? Peut-il trouver de quoy fe contenter ici, lui qui aprés avoir remporté les prix des Tournois, & mis à fin
des avantures inouïes eft regalé tous
les jours dans les Cours des Empereurs,
des Soudans & des Califes , tels que
font ceux de Trebifonde, de Niquée,
& de Syconie, fi celebres pour la fom-
tuofité & la délicateffe de leurs tables.
Par la gerny , interrompit brufque-

mon Sancho, je ne puis souffrir toutes
tes fariboles. Ceux qui vous les ont
contées, Seigneur Carlos, sont des
menteurs. Nous ne sommes rega-
lés le plus souvent dans nos Chevaleries que de coups de pierre ; & quand
il nous arrive de manger des melons,
croyez-moy, on nous en fait, mardy,
bien payer la coupe. Quelquefois à la
verité, nous rencontrons de bonnes
gens, comme le Seigneur Valentin ;
mais la Pentecoste ne vient qu'une fois
l'année ; & pour ces Empereurs & ces
Caïfes que vous dites, au diable qui
en a jamais vû que dans la teste de
mon Maistre, qui est un fou, s'il ne
plante ici le piquet pour toûjours. Don
Quichotte ne put supporter plus long-
tems les impertinences de Sancho, &
lui donnant dans le dos un coup de
pied : double maraud, lui dit-il en colere, te tairas-tu ? Quel mauvais genie
te pousse à fatiguer de tes extravagans
discours une si illustre compagnie ? Seigneur Don Carlos, continua-t-il en se
tournant vers le Maistre du logis, je
vous prie, d'excuser l'indiscretion de
mon Ecuyer, & soyez persuadé que
si je n'ay point mangé, ce n'est pas
manque de goust pour les mets dé-

licieux dont voftre table eftoit couverte : mais c'eft que nous autres Chevaliers errans nous fommes en garde contre la fenfualité. Nous n'ufons
des alimens que pour foûtenir la nature ; & quand les Empereurs, dans
les Cours de qui la fortune nous conduit, veulent nous regaler, nous faifons moins d'attention aux mets de
leurs feftins qu'à l'honneur qu'ils nous
font de nous recevoir à leurs tables.
Enfin nous méprifons une vie molle &
délicieufe ; & lorfque nous cherchons
à redreffer les torts, & à rétablir le
bon ordre dans les Etats, nous nous
faifons un plaifir charmant de traver-
fer des deferts arides, d'eftre expofés
aux rigueurs des faifons, & de paffer
les journées entieres fans manger, à
l'exemple d'Amadis de Gaule, qui demeura plus de trois mois fur la roche
pauvre, fans dormir, ni prendre aucun aliment. Une autre chofe encore,
Seigneur Don Carlos, ne m'a pas permis de prendre part à la joye commune. La fage Urgande, fur l'amitié
de qui je me repofois, a refufé fort
incivilement le prix dont vous avez
récompenfé mon adreffe. Ce que toute autre qu'elle auroit eftimé plus

qu'un Empire. Ce refus auroit de quoy
abattre le plus ferme courage, & je
vous avoüe que j'ay befoin de toute la
force du mien pour n'y pas fuccom-
ber. Je ne fçay quelle peut eftre la
caufe de fa haine pour moy. Il faut que
de perfides Enchanteurs lui ayent fait
de faux rapports, ne trouvant pas de
moyen plus affeuré pour fapper les
fondemens de la Chevalerie errante,
que de femer la divifion entre les plus
fermes foûtiens de cet ordre & leur
fage protectrice. Le grave Don Quichotte n'en feroit pas refté là, tant
il avoit cette matiere à cœur, s'il ne
fût alors entré dans la fale une troupe
de Muficiens & de Danfeurs que
Don Carlos avoit fait venir pour divertir fes Convives.

Il fe fit durant deux heures un concert trés-agreable de voix & d'inftrumens entremêlés de danfes, & ce divertiffement fe termina par une entrée
comique: Un homme veftu à la païs-
fanne danfa avec une legereté furprenante. Pendant qu'il danfoit, Don
Carlos demanda tout haut à Sancho
s'il en feroit bien autant? l'Ecuyer, que
les fumées de tant de viandes, dont il
s'eftoit bourré, commençoient d'af-
soupir

soupir, répondit en baâillant de toute
sa force, & faisant du poulce la croix
sur sa bouche : Par ma foy, Seigneur
Carlos, je piroëterois mieux à present
sur une paillasse que dans cette salle ; &
pour ce drôle qui se démene comme
un possedé, je croy qu'il ne seroit pas
bon à faire des andoüilles, car je m'i-
magine qu'il n'a ni tripes ni boyaux
dans le ventre. Cette pensée de Sancho
fit rire tout le monde, mais ce ris ne
fut pas de longue durée. Un terrible
geant qui parut tout-à-coup dans l'assemblée la remplit d'effroy. Ce geant
avoit trois aulnes de haut, & estoit
gros à proportion. Il fut obligé de se
mettre à genoux pour entrer dans la
salle ; & lorsqu'il se fut relevé, sa teste
touchoit au platfonds. Il estoit vestu à
la Persienne d'une longue robbe de
drap rouge ; un large cimeterre soû-
tenu d'une chaîne de fer, & dont la
garde estoit faite en pas d'âne, pendoit à sa ceinture. Il portoit autour du
cou une vaste fraize, & sur la teste une
capeline entourée d'un grand nombre
de queuës de cocq-d'inde qui faisoient
une espece de couronne. A cet horrible aspect, toute la compagnie se leva
saisie de frayeur, & alla se ranger au-

tour de Don Quichotte , comme on
voit un troupeau de moutons s'aſſem-
bler auprés du Berger à la vûë d'un
Loup affamé. Pour le Chevalier de la
Manche , il fit bien connoiſtre qu'il
eſtoit né pour raſſûrer les peuples ef-
frayés. Ce Heros intrépide conſervant
tout ſon ſang froid dans une occaſion
ſi perilleuſe , s'écria d'une voix ferme:
Ne craignez rien , Meſſieurs , ceci me
regarde. Je ſçay ce que c'eſt que ces
ſortes d'avantures. Il en arrive ſouvent
de pareilles dans le Palais des Empereurs. Diſſipez donc vos allarmes , &
écoutons ce que nous veut ce difforme
geant. Les Cavaliers s'eſtant remis ſur
leurs ſieges aux ordres de Don Quichotte , le geant prit alors la parole,
& dit d'une voix rauque , telle que l'ont
tous les geants : Apprenez-moy qui
d'entre vous, Princes, Pages & Laquais
eſt le Chevalier ſans amour , autrefois
celui de la Triſte-figure ? C'eſt moy,
geant , lui répondit fierement Don
Quichotte. Que me voulez-vous ? O
Dieux immortels , reprit le Monſtre !
que ne vous dois-je point ! puiſque
vous me faites heureuſement rencontrer en cette Ville ce que je cherche
avec tant de peine depuis quatorze

cens ans. Sachez, Princes & Chevaliers qui m'entendez, que vous voyez
devant vous le redoutable Bramarbas
de Taille-enclume, puissant Empereur
du royaume de Chipre, que j'ay conquis sur son legitime Seigneur par la
force de mon invincible bras. Le bruit
des avantures & des étranges actions
du Chevalier Don Quichotte est venu
jusqu'à mon Palais Imperial ; & il faut
que je l'avoüe, il n'y a point d'endroits
au monde , point de Villes , de ruës,
de cabarets & d'écuries où l'on ne parle aujourd'hui de ce grand Arcboutant
de la Chevalerie errante. Comme je
ne puis souffrir qu'il y ait dans l'Univers un personnage si extraordinaire,
j'ay quitté mon royaume pour le venir chercher. J'ay dessein de le combattre, & de lui couper la teste pour
la porter en Chipre, & la cloüer à la
porte de mon Palais , afin que l'on sa-
che que je suis plus fort que lui, & que
tous ceux qui seront aprés lui. C'est
pourquoy, illustre Don Quichotte, si
tu ne veux pas entrer en bataille avec
moy, tu n'as qu'à te laisser couper la
teste tout-à-l'heure, car je suis pressé
de m'en retourner. Une autre chose
encore m'ameine ici. J'ay ouï dire que

Don Carlos le Seigneur de ce fort château a une jeune fœur, dont on vante
partout la beauté ; & comme c'eſt une
de mes folies que les jeunes & belles
filles, je prétends auſſi emmener en
Chipre cette Princeſſe pour la mettre
en mon Serrail. Et ſi Don Carlos s'y
oppoſe, je le défie en combat ſingulier lui & tous ceux qui ſont ici préſens. Le Roy de Chipre s'eſtant tû en
cet endroit, tous les Auditeurs atten-
doient avec étonnement ce que lui ré-
pondroit Don Quichotte, lorſque ce
Chevalier fléchiſſant le genoüil devant
Don Carlos, lui dit : Souverain Empereur de Grece, grand Trebace, qui
en l'abſence des Princes vos fils avez
pris le nom de Don Carlos, pour confondre les projets du perfide Enchanteur qui médite la ruine de cet Empire ; permettez que je tienne ici la
place de l'invincible Chevalier du Soleil & du vaillant Roſiclair ſon frere,
à qui il appartiendroit de punir l'inſo-
lence de ce Monſtre. Don Carlos, qui
ſe mordoit les lévres pour s'empêcher
de rire, tendit gracieuſement la main
au Chevalier, & le releva en lui diſant : Illuſtre Prince de la Manche,
cette affaire, à la verité, nous regarde

tous deux ; mais franchement je suis
si effrayé des menaces de Bramarbas,
qu'il faudra bien que je lui accorde la
Princesse Trébasine ma sœur, à moins
que vous n'en ordonniez autrement.
Faites donc là-dessus ce que vous ju-
gerez à propos, car le parti que vous
prendrez sera toûjours le plus honorable. Don Quichotte, à ces mots, s'a-
vança vers le geant, & lui adressa ces
paroles. Superbe Bramarbas, tu aurois
déja reçû le châtiment qui t'est dû sans
le respect que j'ay pour l'Empereur &
pour les Princes qui sont ici ; mais
j'accepte le combat que tu me de-
mandes, & je fais tous les sermens
qu'ont accoûtumé de faire en pareille
occasion les plus fameux Chevaliers,
& surtout de ne me point réjoüir avec
la Reine jusqu'à ce que j'aye abbattu
à mes pieds ton affreuse teste que je
destine pour pâture aux corbeaux &
aux hiboux. O Dieux immortels, reprit le geant d'une voix terrible, se
peut-il que je souffre qu'un homme
seul me fasse de semblables menaces !
Je jure par la moustache de Briarée &
d'Encelade mes Ancestres, que je ne
mangeray pas mon pain à terre, &
que je ne dormiray pas sur la pointe

de mon épée, jufqu'à ce que j'aye
collé tes bras à tes épaules, & attaché tes cuiſſes à tes hanches. Toutes
ces menaces, interrompit le Chevalier, ſont hors de ſaiſon. Noſtre combat ſeul décidera qui de nous deux doit
eſtre eſtimé le premier Chevalier du
monde. Va donc te préparer à ſoûtenir tes bravades, & délivre l'Empereur
de ta preſence odieuſe. Cependant
Sancho épouvanté de la taille énorme
du Roy de Chipre, ne put entendre
ſes menaces ſans fremir, & ſe mettant
entre lui & ſon Maiſtre, il s'écria : Ah
Seigneur Barrabas ! ne faites pas tant
de mal à mon Maiſtre. Par la ſainte
oreille de Malchus, laiſſez-lui tous ſes
membres comme le Seigneur les lui a
donnés. Heureuſement pour Sancho,
Don Quichotte s'eſtoit tourné vers
l'Empereur Trébaſe pour le ſupplier
d'honorer de ſa preſence le combat
qu'il venoit d'accepter ; car s'il eût
entendu parler ſon Ecuyer dans ces
termes, il n'auroit pas manqué de punir ſa lâcheté. En ce moment Bramarbas s'approcha de Don Quichotte, &
lui jettant un de ſes gands au viſage,
il lui dit : Chevalier, relevez cet étroit
& petit mien gand que je vous donne

pour gage que je vous attendray demain dans la grande place aprés le
dîner : Car je ne me bats jamais que
quand j'ay bien bû & bien mangé. En
achevant ces mots il fortit de la falle de
la mefme maniere qu'il y eftoit entré.
Don Quichotte eût tant de joye de
recevoir un défy dans la forme ufitée
entre Chevaliers errans, qu'il ne prit
point garde à l'affront que Bramarbas
venoit de lui faire en lui jettant fon
gand au nez : Il le ramaffa mefme, &
le donna à Sancho, qui voyant qu'il
avoit plus de deux pieds de long s'écria :
Noftre-dame quelle terribles mains !
fils de P.** qui en attendra un foufflet.
Cette avanture eftant finie, comme
il fe faifoit tard, Don Carlos fit allu-
mer des flambeaux pour reconduire fes
Convives, qui aprés avoir pris congé
les uns des autres s'en retournerent
chez eux ; & l'hiftoire dit qu'ils re-
poferent tous tranquilement, à la réferve de Don Quichotte, qui paffa la
plus mauvaife nuit du monde, comme
on le verra dans le Chapitre fuivant.

## CHAPITRE XVII.

*Ce que c'étoit que le géant Bramarbas.*
*Songe de Don Quichotte,*
*& ce qui s'ensuivit.*

COmme noftre Arabe a crû que le Lecteur feroit curieux de favoir ce que c'eftoit que le géant Bramarbas, il n'a pas manqué de nous l'apprendre. Il dit que Don Carlos & Don Alvar avoient fait prendre un de ces géans de carton revêtus d'une longue robe que l'on a coûtume en Efpagne de porter par les rues les jours de réjouiffance pour amufer la populace. Le Secretaire de Don Carlos, jeune homme, dont l'efprit eftoit naturellement plaifant, fit le rôle de Bramarbas. Il tenoit au bout d'un bafton la tefte de carton, & il parloit par un gros & long tuyau de fer blanc qui aboutiffoit à la bouche du géant ; & pour mieux tromper le Chevalier de la Manche & fon Ecuyer, on avoit éloigné les lumieres de forte que l'ombre mefme du géant empêchoit qu'on ne vît fon vifage de carton.

Cette

Cette avanture avoit tellement frappé l'imagination de Don Quichotte qu'il ne put repofer de toute la nuit; car dés qu'il commençoit à s'endormir, le defir impatient qu'il avoit d'éprouver fes forces contre celles du Roy de Chipre le réveilloit auffi-tôt. Neanmoins vers le point du jour le fommeil fe rendit maiftre de fes fens; mais cela ne fervit qu'à l'agiter encore davantage: car ayant fongé que Bramarbas s'eftoit furtivement introduit dans le château pour le tuer en trahifon, il fe réveilla en furfault, & fe levant avec précipitation: Atten, traître, dit-il, tu vas voir que tes artifices ne fçauroient te dérober à mes coups. En difant cela il endoffa fa cuiraffe fur fa chemife, mit fes épaulieres, & ayant pris fa lance & fa rondache, il alla le cafque en tefte chercher le Roy de Chipre dans tous les endroits de fa chambre, & mefme fous fon lit, fans fonger qu'un geant de la taille de Bramarbas n'y devoit pas eftre. Enfuite il defcendit dans la falle, d'où il entra dans une garderobe, où Sancho, pour fes pechez, étoit couché dans un petit lit fans rideaux. Ce bon Ecuyer par précaution contre le jour naiffant s'eftoit

*Tome I.*          T

couvert la teſte de la couverture ; &
l'on voyoit ſur le chevet le grand gand
du Roy de Chipre que ſon Maiſtre lui
avoit donné à garder. Don Quichotte
n'eut pas plutôt apperçû ce gand qu'il
s'alla imaginer que c'eſtoit celui qui
eſtoit reſté au geant, & par conſequent
il ne lui en fallut pas davantage pour ſe
perſuader que l'homme qu'il voyoit
dormir eſtoit ſon ſuperbe ennemi, qui
fatigué d'avoir eſcaladé le château ſe
repoſoit juſqu'à ce qu'il pût trouver
l'occaſion d'executer ſon deſſein. Dans
cette imagination il leva le gros bout
de ſa lance, & en déchargea un furieux
coup ſur les côtes du malheureux Sancho, en s'écriant : C'eſt ainſi, lâche
Taille - enclume , que doivent eſtre
traittés ceux qui ayant des ennemis
tels que moy, cherchent à les ſurpren-
dre par ſupercherie. Une ſi rude touche eut le pouvoir de diſſiper le ſommeil le plus profond. Sancho ſe réveilla tout étourdi du coup, pouſſant
de deſſous la couverture d'effroyables
cris ; & meſme Aliſolan nous aſſeure
que les cris de Sancho précederent le
ſentiment. Il ouvrit les yeux pour
voir qui eſtoit celui qui le réveilloit
d'une ſi deſagreable maniere. Mais le

Chevalier fe fit bientôt reconnoiftre, car ayant jetté fa lance, dont il ne pouvoit fe fervir dans un fi petit lieu, il appliqua deux ou trois coups de poing fur le nez de Sancho, en lui criant d'une voix terrible : Geant perfide, il faut que tu meures ici de mes propres mains, pour prix d'avoir efcaladé ce château. A ce nouvel affaut l'Ecuyer redoubla fes hurlemens, & tout éclopé qu'il étoit, il fe jetta du lit en bas, & gagna la falle en difant à fon Maiftre qui le fuivoit de prés : Pour l'amour de Dieu, Seigneur Don Quichotte, fongez que je n'ay point efcaladé ce château. Je fuis Sancho Pança voftre fidéle Ecuyer. L'artifice eft groffier, repartit Don Quichotte ; il ne te fert de rien de déguifer ton nom. Je fçay bien, traître, que tu n'es point un autre que Bramarbas. Le gand qui eft fur ce lit ne t'a que trop découvert. La falle eftoit d'elle-même affez obfcure, & les volets en eftant fermés, Don Quichotte ne pouvoit bien reconnoître fon Ecuyer. C'eft pourquoy le prenant toûjours pour Taille-enclume, malgré les proteftations que Sancho lui faifoit du contraire, il continuoit à le pourfuivre, & à le frapper, pendant que le

T ij

miserable invoquoit à son aide plus de
Saints qu'il n'y en a dans la Legende.
Le pauvre diable auroit bien voulu gagner la porte de la salle, mais l'incom-
mode Chevalier lui en fermoit le chemin toutes les fois qu'il tournoit ses
pas de ce costé-là. A la fin les clameurs de Sancho réveillerent les domestiques de Don Alvar. Ils accoururent en chemise pour voir ce que c'é-
toit ; mais leur présence au lieu de desarmer Don Quichotte, ne servit qu'à
irriter sa fureur ; car en les voyant il
se figura que c'estoit autant de geants
qui se trouvoient là par enchantement
pour secourir Bramarbas. Dans cette
pensée il s'appresta à les combattre
tous ensemble ; & comme il avoit laissé sa lance dans la garderobe, il se fit
une arme offensive de son bouclier,
avec quoy renversant les uns, blessant
les autres, & déchirant des chemises
à droit & à gauche, il fit des exploits
dont on parlera jusqu'à la fin des siecles à Saragosse. On n'entendoit que
cris & que maledictions contre nostre
Chevalier, qui jusques-là avoit eu l'a-
vantage : parce qu'estant armé, comme il estoit, ses ennemis nuds & sans
armes ne pouvoient le frapper sans se

faire plus de mal qu'ils ne lui en faifoient à lui-même. Mais par malheur
fa cuiraffe, qu'il avoit mal attachée,
fe défit, & tomba dans la meflée. Alors
fes ennemis s'approcherent de lui, &
un vigoureux Palfrenier l'ayant faifi
par le milieu du corps, l'enleva de
terre ; & pendant qu'il le tenoit ferré
entre fes bras, quelques Pages retrouf-
ferent fa chemife jufques fur fa tefte.
Comme le jour eftoit alors plus grand
qu'au commencement du combat, les
feffes du Chevalier furent vifiblement
remarquées, & reçùrent plus de mille
claques. On dit mefme que Sancho
ne voulant pas laiffer échapper une fi
belle occafion de fe vanger de fon Maître, ofa porter fur lui fes mains im-
pies ; mais comme ce difcret Ecuyer
ne s'en eft jamais vanté, noftre hiftorien ne donne pas ce fait pour con-
ftant. Il ne veut pas fans certitude a-
vancer une chofe qui feroit tant de
tort à la memoire de Sancho. Quoy
qu'il en foit, il tomba fur les pofte-
rieures de Don Quichotte une grefle
de coups : Et comme il avoit affaire
à des gens à qui le jeu plaifoit, il eft
à croire que cela auroit duré plus
long-tems, fi Don Alvar ne fût pas

entré dans la falle. Il eftoit en robe de
chambre, & en pantouffles, & il avoit
fon épée fous fon bras. Le premier
objet qui frappa fa vûë fut Don Quichotte en l'eftat que je viens de dire.
Il trouva ce fpectacle affez réjouïffant:
mais il eftoit trop charitable pour
fouffrir que fes Valets continuaffent à
maltraitter le Chevalier ; ainfi pour
le tirer de leurs pattes, il fit figne au
Palfrenier de le lâcher, & à tous les
autres de gagner la porte. Enfuite fe
rangeant du cofté de Sancho, il mit
l'épée à la main difant au Chevalier:
Allons, Seigneur Don Quichotte, vous
nous voyez le brave Sancho & moy
prefts à vous feconder. Meurent tous
ces marauds qui vous ont offenfé.
Mais dites-nous auparavant quelles
gens ce font, & ce qu'ils vous ont fait?
Ne voyez-vous pas bien, répondit
Don Quichotte, qui par bonheur reconnut le Grenadin, que ce font des
Geants ? Bramarbas eft venu efca-
lader ce chafteau cette nuit, dans le
deffein de m'affaffiner : mais fa trahifon a efté trompée ; parce que j'en ay
efté averti fecrettement par le fage
Lirgande. Courons donc, mon cher
Don Tarfeyan ; courons aprés ces

traîftres, & pourſuivons-les juſques
dans les plus ſombres foreſts de la Chipre. Il voulut en meſme tems ſuivre
les prétendus geants qui ſe ſauvoient
à toutes jambes dans leurs chambres ;
mais Don Alvar l'arreſta en lui diſant :
Non non, trop courageux Don Quichotte, croyez-moy, une ſi vile canaille ne merite pas que vous faſſiez
en chemiſe un ſi long voyage. Retirez-vous dans voſtre appartement, &
ne vous montrez point en public que
nous n'ayons ſçû la réſolution que
prendra Bramarbas. Cependant Sancho & moy nous obſerverons ſes dé-
marches, pour vous en faire un fidéle
rapport. Retournez donc vous repoſer ; car pour le preſent vous devez
eſtre ſatisfait de l'avoir forcé de prendre la fuite, & de vous laiſſer ſon gand
qui ſervira de monument à nos ne-
veux, de voſtre valeur & de ſa lâcheté. Don Quichotte goûta l'avis, & ſe
retira dans ſa chambre ; mais Don
Alvar, pour mieux s'aſſeurer de lui,
ferma la porte à double tour par dehors, & en emporta la clef ; aprés
quoy il alla retrouver Sancho qui étoit
rentré dans la garderobe où il s'habil-
loit tout en jurant & en peſtant con-

tre fon Maiftre. Hé bien Sancho, lui
dit-il, comment vous trouvez-vous
de la bataille ? Fort bien, répondit
Sancho ; je n'ay qu'une cofte en-
foncée, & tous les os moulus : Par la
gerny, je fuis bien las de toutes ces
balivernes ; & fi je ne craignois de
perdre la bonne ifle que mon Maître
m'a promife, franchement j'envoyerois
la Chevalerie errante à tous les diables. Le Roy de Chipre vous a donc
maltraitté, reprit Don Alvar ? Bon, le
Roy de Chipre, repartit l'Ecuyer,
c'eft mon enragé de Maiftre qui s'eft
mis dans la tefte que j'eftois Barrabas,
& qui m'a roüé de coups : mais qu'il
fe defaccoutume, s'il lui plaift, de voir
les chofes en Chevalier errant, car fa
maniere de voir ne m'accommode
point du tout. Ce qui me confole,
c'eft que fes bonnes œuvres ont eû
leur récompenfe. Ses feffes n'ont pas
mal efté régalées par Meffieurs vos
Pages, à qui Dieu le rende, pour le
plaifir qu'ils m'ont fait d'eftre venu à
mon fecours. Ami Sancho, dit Don
Alvar, il ne faut pas dire que ce font
mes Pages qui ont foüetté le Seigneur
Don Quichotte, mais des Enchanteurs
fous la figure de mes Pages. Bon, re-

partit Sancho, nous en revenons toûjours là. Nous ne savons danser que
le mesme bransle. Toûjours des Enchanteurs par ci, toujours des Enchanteurs par là. Je croy, Dieu me pardonne, qu'ils nous enchanteront bientôt le pain dans la bouche. La simplicité de Sancho divertissoit tellement le
Grenadin, qu'il l'emmena dans sa
chambre pour le faire parler pendant
qu'il s'habilleroit.

---

# CHAPITRE XVIII.

*Comment & pourquoy le Chevalier de*
*la Manche sortit de Saragosse*
*pour aller à la Cour.*

A Peine Don Alvar estoit-il dans
sa chambre que le Secretaire de
Don Carlos y entra pour lui dire que
son Maistre venoit de recevoir des
nouvelles de la Cour, où il se voyoit
obligé d'aller en diligence pour con-
clure le mariage de sa sœur avec un
des principaux Officiers de sa Majesté.
Ah ! pardy, s'écria Sancho, j'en ay
bien de la joye, car à ce conte-là ce
grand pied-plat de Barrabas ne l'aura

pas. Don Alvar tirant à part le Secrétaire lui dit tout bas, qu'il seroit bien-aise de pouvoir s'en retourner avec D. Carlos jusqu'à Madrid; mais, ajoûta-t-il, comment nous déferons-nous de noftre Chevalier errant ? Si nous le menons avec nous, il ne manquera pas de nous arrefter fur la route par les avantures que fon enteftement fera naiftre tous les jours. En mefme tems il raconta au Secretaire ce qui venoit de fe paffer, & aprés en avoir ri avec lui : J'avoüe, dit-il, que le Maiftre & le Valet font un divertiffement fi fingulier, que je voudrois bien le donner à la Cour ; mais il faudroit pouvoir les attirer à Madrid, fans qu'ils y vinffent avec nous. Je me charge de ce foin, repliqua le Secretaire, & je vais de ce pas mettre la main à la befogne. Il prit auffi-tôt congé de Don Alvar, comme pour s'en retourner rendre compte de fa Commiffion à fon Maiftre : mais au lieu de fortir, il alla chercher par toute la maifon ce qui pouvoit contribuer à la plus bizarre mafcarade. Il s'enveloppa le corps d'un grand manteau noir, lié en trois endroits avec des fangles de cuir. Il fe fit un

bonnet d'une figure toute extraordinaire, chargé de plumes de cocq de differentes couleurs, & relevé par une
infinité d'agraffes, de plaques, de co-
quilles, de morceaux de verre, & de
gez. Il avoit autour du cou neuf ou
dix chaînes d'argent, d'or, de cuivre,
& de fer, avec autant de chapelets à
gros & petits grains, entremeflés d'un
nombre prodigieux de médailles ; &
tout cela eftoit furmonté d'un grand
collet fraizé, barboüillé de taches
rouges, vertes & feuilles-mortes. Il
portoit à fon côté une harquebuze en
guife d'épée, & l'on voyoit briller à
fes doigts une étonnante quantité de
bagues & d'anneaux. Pour le vifage, il
fe le barboüilla de fuye, & fe fit une
mouftache avec de l'ancre. Enfin fous
cette figure, qui ne reffembloit pas mal
à celle du Roy Melchior, comme on le
reprefente le jour des Rois dans les
Eglifes de village, noftre jeune Secretaire fe fit annoncer à Don Alvar qui
lui dit devant Sancho : Bel Etranger,
de grace, dites-nous qui vous eftes, &
ce que vous demandez ? Je cherche,
répondit le Secretaire, l'invincible
Prince de la Manche, le grand Don
Quichotte, pour lui faire une trés-im-

portante ambaſſade ; & l'on m'a aſſeuré que c'eſt ici le ſuperbe Palais qu'il
habite. On vous a dit vray, reprit le
Grenadin, & je vais vous conduire à
ſon appartement. A ces mots, il mena
l'Ambaſſadeur à la porte de la chambre du Chevalier, & l'ayant ouverte
il dit en entrant à Don Quichotte:
Redoutable Chevalier de la Manche,
voici un Ambaſſadeur de je ne ſçay.
quel Prince, qui ne veut declarer qu'à
vous le ſujet de ſon ambaſſade. Qu'il
avance, répondit gravement Don Quichotte qui eſtoit encore en chemiſe ;
quelque choſe qu'il ait à me dire, qu'il
parle librement. Le droit des gens, &
la dignité de ſon caractere doivent le
raſſurer. Eſtes-vous par hazard le Chevalier ſans amour, lui dit l'Ambaſſadeur d'une voix qu'il affectoit groſſe &
caſſée ? Ouï, je le ſuis, repartit Don
Quichotte. Hé bien, grand Prince,
reprit le noir Ambaſſadeur, ſachez que
l'invulnerable Bramarbas mon Maiſtre,
ſeul Empereur de tous les geants qui
ſont au monde, & trés-puiſſant Roy
de Chipre & des Provinces, Iſles &
Prairies adjacentes, vous envoye dire
par moy ſon plus éloquent Ecuyer &
Secretaire Maroquin l'Enfumé, que

pour certaine avanture qui lui est sur-
venuë cette nuit, il se trouve dans la
necessité de partir sans retardement
pour Madrid : Et comme pour satisfaire au gage qu'il vous jetta hier au
nez, vous deviez combattre contre lui
en cette Ville, qui lui est suspecte, il
vous défie & vous appelle de nouveau
à la Cour du Roy d'Espagne, où vous
n'aurez pas tant d'amis, de parains, de
bâtards & de maîtresses. Il vous mande donc par moy le susdit Maroquin,
que vous ayez à vous trouver à Madrid dans le terme de quarante jours
pour tout delay, sous peine d'estre dé-
gradé du titre de Chevalier, & perdu
de réputation auprés de toutes les Princesses de Galice, & de toutes les Infantes de cabaret qui sont sur la terre.
Ce sera dans un si fameux combat que
mon épouventable Maistre éprouvera
si toutes les grandes choses que la renommée publie de vous sont veritables. Aprés un défy si solemnel, si vous
manquez de vous rendre à Madrid,
Bramarbas ira jusques dans l'Empire
de la Lune semer le bruit de vostre lâcheté : mais si aucontraire vous rem-
portez sur lui la victoire, vous serez
Maistre & legitime Roy de nostre de-

licieux royaume de Chipre, dans lequel vous aurez mille beaux gouvernemens à donner; & entr'autres celui
de l'Ifle des andoüillettes, qui eft un
des plus confiderables. Je retiens celui-là pour moy, interrompit Sancho,
qui jufques-là avoit écouté fort attentivement le difcours de l'Ambaffadeur:
Seigneur Maroquin, dites-moy, je
vous prie, fi cette Ifle des andoüillettes eft loin d'ici, ou non? Si elle
eft vers Seville & Barcelone, ou bien
par-delà Rome & Conftantinople? Si
je ne me trompe, dit alors l'Ambaffadeur noir en s'adreffant à Sancho, vous
devez eftre le trés-baftonnable Ecuyer
du fans pareil Chevalier fans amour;
ce Sancho Pança, dont on vante partout la fobrieté & la politeffe. Ouï, je
le fuis, répondit Sancho, en dépit de
tous les envieux. J'en ay bien de la
joye, repliqua l'Ambaffadeur; mais,
Seigneur Chevalier fans amour, ajoûta-t-il en fe retournant vers Don Quichotte, donnez-moy promptement
ma réponfe, car j'ay bien du chemin
à faire avant que je puiffe rejoindre
mon Maître qui eft déja loin d'ici. Difcret Ecuyer, lui dit Don Quichotte
d'un air fier, dites de ma part à l'or-

gueilleux Bramarbas que j'accepte le
nouveau défy qu'il me fait, & qu'il
me verra tel au jour marqué dans la
grande place de Madrid, qu'il m'a vû
ce matin fur le pont fameux de ce fort
château. Retirez-vous, & remerciez
le ciel de ce que le caractere d'Ambaffadeur vous met à couvert du jufte
reffentiment que je dois avoir contre
voftre Maiftre, & contre tous ceux
qui lui appartiennent. Mais de grace,
apprenez moy auparavant quelle peut
eftre cette avanture inopinée qui l'o-
blige à dégager fa parole. Seigneur
Chevalier, répondit l'Ambaffadeur,
pour vous dire la verité, ce n'eft point
une avanture, c'eft une nouvelle. Il a
appris que le Seigneur Don Carlos,
autrement dit l'Empereur Trébace,
doit conduire à Madrid dés demain
la Princeffe Trebafine fa fœur pour la
marier à un Officier du Roy. Ah ! par
la mardy ouï, s'écria Sancho, le Seigneur Maroquin ne ment pas pour le
coup ; car le Secretaire de Don Carlos
eft venu en ma préfence apprendre
cette bonne nouvelle au Seigneur Alvaro Tarfé. Et Dieu foit loüé d'avoir
tiré la Princeffe des pattes de ce vilain
Barrabas. Voyez un peu l'infame qui

en vouloit faire sa mie. Mais adieu le
Roussin & les pommes. Cette nouvelle, reprit l'Ecuyer du Geant, a mis
mon Maistre dans une étrange fureur,
car il est d'un temperament fort amoureux. Quand il a une fois jetté ses
plombs sur une pucelle, il ne souffre
pas volontiers qu'on la lui enleve : Et
il a juré par les treize Cantons Suisses,
que si la Princesse Trébasine est mariée
à l'Officier qu'on lui destine, il muti-
lera son mari & tous les Barons de la
Cour d'Espagne. Je l'en empêcheray
bien, repartit Don Quichotte en colere, dites-lui qu'il se garde bien de
toucher cette corde-là, ou il aura affaire à moy. Je prens sous ma protection non seulement la Princesse Trébasine, & son legitime époux ; mais
encore tous les Barons de la Cour.
L'Ecuyer du Roy de Chipre n'osa re-
pliquer à ces paroles, & il partit après
avoir fait au grand Don Quichotte
une si profonde reverence, qu'il toucha la terre du bout de son bonnet. A
peine estoit-il hors de la chambre, que
Sancho courut après lui. Seigneur Maroquin, lui dit-il, un petit mot, s'il
vous plaist. Dites-moy si le Gouverneur de l'isle est Maistre soûterrain des
andoüil-

andoüillettes ? Ouï , frere , répondit
l'Ambaſſadeur , il en eſt Maiſtre ſou-
verain ; mais il eſt obligé d'en manger
tous les matins une centaine à ſon
déjeuner. C'eſt la premiere fonction
du gouvernement. Le bon Dieu vous
beniſſe , reprit Sancho , je me ſoûmets
de tout mon cœur à cette fonction ;
& quand j'en devrois crever , je feray
ma charge rondement. En diſant cela
il rentra dans la chambre de ſon Maître , & le Secretaire alla ſe débarboüil-
ler , & reprendre ſes habits.

Aprés cette ambaſſade Don Quichotte ne ſongea plus qu'à partir pour
Madrid. Il dit à Don Alvar que l'honneur ne lui permettoit pas de reſter
un moment davantage à Saragoſſe ;
qu'il alloit pourſuivre ſon ſuperbe ennemi qui promettoit des choſes ſi fâ-
cheuſes pour les Barons & les Ba-
ronnes d'Eſpagne. Diſpenſez-moy , a-
joûta-t-il , de vous faire de longs remercimens de tous les bons offices que
j'ay reçûs de voſtre amitié ; mais ſoyez
aſſeuré de mon invincible bras contre
tous ceux qui entreprendront de vous
nuire. Alors s'adreſſant à ſon Ecuyer,
Allons, Sancho , lui dit-il , appreſte au
plutôt Rocinantes & mes armes, cou-

*Tome I.*        V

rons tuer le Roy de Chipre, & nous
emparer par sa mort de cette isle déli-
cieuse dont tu te réserves le gouvernement. C'est bien dit, Monsieur, s'é-
cria Sancho, mais je serois d'avis d'aller tout droit en Chipre, pendant que
Taille-enclume n'y est pas. Il nous sera
bien plus facile de gagner son royaume durant son absence, que quand
nous l'aurons à nos trousses. Tu ne
songes pas à ce que tu dis, reprit Don
Quichotte. Hé puis-je me dispenser
de me trouver au rendez-vous qu'il
me donne ? Je perdrois l'honneur qui
vaut mieux que tous les royaumes du
monde. Asseurément, dit Don Alvar ;
& il faut que le Seigneur Don Quichotte se garde bien d'y manquer.
Pourquoy tant de façons, repliqua
brusquement Sancho ? Il n'y regarde
pas de si prés lui. Il vous avoit bien
promis de vous couper la teste aujour-
d'hui dans la grande place de cette
Ville ; mais zeste, vous n'avez qu'à
l'attendre sous l'orme. Le voilà qui
enfile le grand chemin de Madrid,
comme s'il avoit un petard au derriere. Les Geants, dit Don Quichotte,
sont des gens sans regle & sans foy ;
leur exemple ne m'autorise point à

faire une action contre mon honneur.
La parole d'un Chevalier errant est sacrée ; la terre s'écroulleroit sous ses
fondemens, toute la nature seroit ren-
versée avant qu'il fist un parjure. Ajoû-
tez à cela, Sancho, dit Don Alvar,
le juste reproche qu'on auroit à faire
à vostre illustre Maistre, s'il alloit donner lieu par son absence à l'inconti-
nent Bramarbas de ravir l'honneur à
la Princesse Trébasine, & de mutiler
tous les Officiers de la Couronne. Ne
seroit-ce pas une honte éternelle pour
la Chevalerie errante ? L'Ecuyer auroit bien voulu que le gouvernement
des andoüillettes n'eût pas dépendu
d'un combat ; mais il fallut se rendre
aux raisons solides de son Maistre & de
Tarfé, & il alla seller Rocinantes, &
baster le Grison. Pendant qu'il préparoit tout pour le départ, le Chevalier
acheva de s'habiller. Don Alvar ensuite eut soin de les faire déjeûner.
Aprés quoy Don Quichotte prit congé du Grenadin, sauta legerement en
selle, & partit chargé de son écu, &
d'une nouvelle lance qu'il avoit faite la
veille de la course de bague. Pour Sancho, il demeura quelque tems aprés son
Maistre, s'amusant à remplir son bissac

de tous les reſtes du déjeuner ; puis
ayant à ſon tour dit adieu à Don Alvar
& à ſes Pages , il monta lourdement
ſur ſon Griſon , qui s'eſtant accoquiné
aux douceurs d'une ſi bonne écurie
n'eut pas peu de peine à s'en éloigner.
Aprés le départ de nos Avanturiers,
Don Alvar alla chez Don Carlos , &
ces deux Seigneurs convinrent enſemble qu'ils partiroient pour Madrid le
jour ſuivant, & qu'ils prendroient une
autre route que Don Quichotte.

*Fin du ſecond Livre.*

# NOUVELLES
# AVANTURES
## DE L'ADMIRABLE
# DON QUICHOTTE
## DE LA MANCHE.

### LIVRE TROISIE'ME.

### CHAPITRE XIX.

*Du démeſlé que Sancho eut avec un ſoldat en ſortant de Saragoſſe.*

Uelque diligence que pût faire Sancho, il ne joignit ſon Maître qu'au ſortir de la Ville. Il le trouva qui alloit au petit pas, s'entretenant ave un ſoldat tout déguenillé, & un bon Hermite, qui prenoient tous deux

comme lui le chemin de Caftille. Lorfque l'Ecuyer arriva, il entendit Don
Quichotte qui demandoit au foldat
d'où il venoit. A quoy le foldat répondit: Seigneur, Cavalier, je viens de
Flandres, où j'ay fervi le Roy fort
long-tems : mais il m'eft furvenu certaine difgrace qui m'a fait quitter le
fervice avec tant de précipitation, que
je n'ay pas eu feulement le tems de
demander mon congé : Et pour fur-
croît de malheur, j'ay rencontré en
chemin quatre marauds qui m'ont dé-
valizé. Quoique feul contre quatre je
me ferois défendu, & j'aurois peut-
eftre encore ma bourfe, s'ils ne me
l'euffent pas demandée avec des bouches de feu. Avec des bouches de feu,
interrompit Sancho tout étonné, c'é-
toient donc des ames de l'autre monde?
Le foldat jetta l'œil fur Sancho, & jugeant à fa figure que c'eftoit quelque
badaut de païfan des environs de la
Ville qui le vouloit railler, il fut choqué de fa réflexion, & lui dit avec
colere : Comment, Lourdaut, vous
faites le railleur ? Par l'épouvantable
canon que Mahomet fit porter au fiege
de Conftantinople, fi je te prens, je
te donneray plus de coups de gourdin

que tu n'as de crins à ta barbe de bouc.
Le beneſt ne ſçait pas , je penſe , que
j'ay plus baſtonné de ruſtres , comme
lui, que je n'ay avalé de gorgées d'eau
depuis que je ſers le Roy dans ſes armées. Ces paroles, quoique pronon-
cées d'un air menaçant, n'effrayerent
point Sancho, qui lui répondit : Tout
beau, Barbier, la main vous tremble.
Voyez un peu qu'il eſt méchant , il a
battu ſon petit frere. Oh oh, Monſieur le malotru ! nous en avons bien
vû d'autres ; quand vous vintes au
monde, ſavez-vous bien que je man-
geois déja des croutes ? Je veux que
voſtre chienne de teſte ſerve de pâture aux hiboux & aux moineaux. En
diſant cela il voulut pouſſer ſon aſne
ſur le ſoldat comme pour le fouler aux
pieds : mais le ſoldat qui n'entendoit
point raillerie, mit auſſi-tôt flamberge
au vent , & en déchargea du plat ſur
les épaules de l'Ecuyer une demie douzaine de coups ſi preſtement que Don
Guichotte & l'Hermite ne purent les
prévenir, & le ſaiſiſſant en même tems
par le pied , il lui fit faire la piroüette
ſur le croupion, & le jetta les quatre
fers en l'air de l'autre côté de ſon âne.
Ce rude joüeur ne croyant pas encore

avoir affez bien regalé fon homme, s'avançoit déja pour lui danfer un branfle fur les côtes ; mais Don Quichotte fe mit au devant de lui, & le heurtant du poitrail de Rocinantes, il lui dit d'un air d'autorité : Arreftez, témeraire, & refpectez ce qui m'appartient. Seigneur, lui répondit le foldat, je vous demande pardon de ma promptitude ; je ne favois pas que ce gentilhomme eût l'honneur d'eftre à vous. Cette fatisfaction appaifa le reffentiment du Chevalier ; mais Sancho devenant plus furieux ramaffa un gros caillou, & fe mit à crier à fon Maiftre avec beaucoup de vivacité : Rangez-vous, Monfieur, rangez-vous, que du premier coup je faffe fouvenir à ce belître de la carogne qui l'a engendré ; Et comme Don Quichotte ne fe rangeoit pas affez vifle à fon gré : Par fainte Babine, ajoûta-t-il, rangez-vous donc ; laiffez-moy achever mes avantures. Je ne vais point vous troubler dans les vôtres. Hé ! comment voulez-vous que j'apprenne à couper en deux les geants, & à defenchanter les Palais & les rochers, fi vous m'empêchez de châtier ce maroufle ? Ne fayez-vous pas que c'eft à faire la barbe

du

du belître que le Barbier fe fait. En a-
chevant ces mots il étendit fon bras
pour jetter fa pierre à la tefte de fon
ennemi ; mais l'Hermite le retenant
lui dit : Arreftez, Frere, pour l'amour
de Dieu, ne vous en faites pas donner
davantage. Je n'en feray rien , répondit Sancho, à moins que le veillaque
ne fe confeffe vaincu. Alors l'Hermite
voyant quelque jour à l'accommode-
ment, quitta l'Ecuyer, & courant au
foldat : Seigneur Soldat, lui dit-il , ce
pauvre païfan eft plus d'à moitié fou.
De grace, laiffez-le en repos. Je ne
lui feray plus rien, répondit le Soldat,
puifque voftre Reverence me l'ordonne , & qu'il appartient au Seigneur
Cavalier. Sur cette affeurance, l'Hermite prit le Soldat par la main , & dit
à Sancho : Mon bon-homme, le Seigneur Soldat fe tient pour vaincu,
comme vous le fouhaitez. Vous pouvez deformais eftre amis tous deux,
& vous donner la main en figne de
paix. Non non, Pere, repartit Sancho, cela ne va pas de mefme. Je voy
bien que la Chevalerie n'eft pas vôtre
métier. Monfieur le ruftre n'en fera
pas quitte pour un grand merci. Enfuite adreffant la parole au grivois :

*Tome I.* X

Superbe & demefuré Soldat, lui dit-il d'un air grave, puifque je t'ay vaincu, je t'ordonne, fuivant l'ufage de la Chevalerie, d'aller avec une chaîne au cou te préfenter devant Madame l'Amirale Marie Goutiere ma femme. Tu te jetteras à fes genoux en préfence de ma fille Sanchette, & de Monfieur le Curé, & tu lui diras comme quoy je t'ay vaincu en combat fingulier, ou dix contre dix. A ces mots le brave Ecuyer fe tourna vers fon Maitre, & lui dit: Hé bien, Monfieur, que vous en femble? Eft-ce de cette façon que fe doivent achever les avantures? Par ma foy, vous voyez bien que l'on apprend à braire avec les afnes. Sancho, dit alors Don Quichotte, tu pouvois te fervir d'une comparaifon plus noble, & dire que l'on apprend à rugir avec les lions. Tout comme il vous plaira, Monfieur, reprit l'Ecuyer. Cela revient au même. Au bout du compte, je ne fçay lire que dans le livre de mon village. Chacun ne parle pas comme il veut, mais comme il peut, & quand la parole eft une fois lâchée, elle n'eft plus dans la bouche. Mais enfin finale, il ne faut pas eftre toûjours guerrier. Et

Monfieur le Curé dit dans fes prônes
qu'il faut eftre charitable, afin que
Dieu nous faffe mifericorde. Ainfi
point de rancune, Seigneur Soldat.
Oublions le paffé, & nos dettes ; recevez ma main avec joye & vaine
gloire, & demeurons unis comme les
quatre doigts & le poulce. Pour ce qui
eft du voyage de l'Argamefille, je vous
permets de le differer, jufqu'à ce que
vous ayez efté gueri par Meffire Valentin des bleffures invulnerables que
je vous ay faites. Le Soldat reçût trés-
gracieufement la main de Sancho, &
lui marqua tant d'amitié, que le bon
Ecuyer l'embraffa avec beaucoup d'affection. Il tira même de fon biffac un
affez gros morceau de viande froide
qu'il lui donna. Le Soldat lui fit de
grands remercimens qui partoient du
fond du cœur : Et pour faire honneur
au prefent, il fe mit à s'en efcrimer
fur le champ à l'aide d'un quignon de
pain qu'il tira de fa poche.

Telle fut la fin d'une querelle qui fem-
bloitne devoir s'éteindre qu'avec du
fang. Aprés quoy Sancho remonta fur
fon âne, fans fe fouvenir de la maniere dont il en étoit defcendu:& tous quatre enfemble pourfuivirent leur che-

Jufqu'à min. Don Quichote aprés avoir rêvé
quelque tems dit à fon Ecuyer: Sancho,
mon fils, je fais reflexion que tu viens
de montrer beaucoup de courage. Si
tu continuës, tu pourras prendre des
degrez dans la noble profeſſion de la
Chevalerie errante. Hé oui-da, repartit Sancho, pourquoy ne le pourrois-
je pas? Eſt-ce que je ne ſuis pas déja
fait aux fatigues du métier? Et quelqu'un m'apprendra-t-il ce que c'eſt
que la berne & les coups de baſton?
Oh que nenny. Tel Chapelain, tel
Sacriſtain, les Valets fort ſouvent deviennent Maiſtres. A ces diſcours qui
faiſoient aſſez connoiſtre le caractere
de nos Heros, l'Hermite dit tout bas
au Soldat: Je ſuis fort trompé, ſi ces
deux perſonnages ne ſont ces foux dont
nous avons ouï parler à Saragoſſe. Le
Soldat répondit qu'il n'en falloit pas
douter, & ils ſe propoſerent l'Hermite & lui de s'en divertir pendant qu'
ils voyageroient enſemble. Don Quichotte leur demanda qui ils eſtoient?
L'Hermite répondit qu'il s'appelloit
Frere Eſtienne, qu'il eſtoit de Tolede,
& qu'il revenoit de Rome où des
affaires importantes l'avoient fait aller: Et le Soldat dit qu'il ſe nommoit

Don Antonio de Bracamonte, & qu'il
eſtoit de la Ville d'Avila. Ils marcherent toute la journée ſans ſe repoſer :
Et vers le ſoir Sancho n'appercevant
point de maiſons aux environs dit :
Meſſieurs, j'ay beau regarder de tous
coſtés, au diable qui voit la moindre apparence de taverne : Cependant
la nuit approche. Bracamonte qui con-
noiſſoit le païs, aſſeura qu'il y avoit
encore pour le moins deux lieuës à
faire avant que d'arriver à la premiere
hoſtellerie. Sur cette aſſeurance Don
Quichotte prit la parole, & dit : J'apperçois un pré où, ſi vous m'en croyez,
nous irons paſſer la nuit. Il me ſemble
qu'eſtant tous quatre ce que nous ſommes, nous devons peu nous embar-
raſſer d'hoſtellerie. Le Frere Eſtienne
eſt accoutumé à vivre dans la ſolitude,
& à coucher ſur la terre ; & le Seigneur Soldat, puiſqu'il y a long-tems
qu'il porte les armes, doit auſſi eſtre
fait à la fatigue, & ſavoir ſe repoſer
partout. Pour moy & mon Ecuyer, la
Chevalerie errante que nous profeſ-
ſons, nous rend ennemis de la mol-
leſſe. Nous prenons plus de plaiſir à
coucher ſur l'herbe que dans le Palais
des Empereurs : Et je vous avoüe que

X iij

mes plus delicieuses nuits font celles
que je passe exposé aux injures de l'air.
Sancho n'estoit pas de ce sentiment,
mais toutefois il eut assez de discré-
tion pour se taire, non qu'il craignist
d'offenser la Chevalerie errante, car
il ne la respectoit guere, quand il
estoit en mauvaise humeur; mais parce qu'il voyoit que c'estoit une necel-
sité d'en passer par-là. Le Soldat &
l'Hermite qui estoient fort mal en argent comptant, & qui comptoient
mesme sur le bissac de Sancho, répon-
dirent au Chevalier de la Manche qu'
ils estoient prests à faire ce qu'il voudroit. Alors ils quitterent tous quatre
le grand chemin, & enfilerent un petit
sentier qui les mena dans un pré, où
un ruisseau d'une eau plus claire que
le cristal faisoit d'agreables détours.
Là Don Quichotte ayant mis pied à
terre, dit à son Ecuyer: Descend, mon
fils, & oste la bride à Rocinantes, afin
que ton âne & lui paissent en liberté.
Voila une herbe qui me paroist bonne.
Je vous en réponds, répondit Sancho,
je ne les plains pas. Ils seront ici comme deux Patriarches. Tu as raison,
reprit Don Quichotte, haste-toy donc
de faire ce que je t'ordonne. Aussi-tôt

l'Ecuyer obeït à son Maistre, & aprés
s'estre saisi de son bissac, qui estoit attaché au bast du Grison, il alla s'asseoir
sur l'herbe auprés des autres, en leur
disant : Oh ça, Messieurs, à vôtre avis,
n'est-il pas tems de voir ce qu'il y a
dans ce bissac ? Hé où en serions-nous,
je vous prie, si je n'avois pas eu soin
de le remplir ce matin. Par ma foy,
nous aurions fait petites crottes. Frere
Sancho, lui dit Bracamonte, on ne
peut trop loüer vôtre prévoyance. Vous
ne paroissez pas homme à vous embar-
quer sans biscuit. Par la mardi non,
repartit Sancho ; car j'ay ouï dire que
quiconque ne regarde pas devant soy,
se trouve toûjours derriere. En achevant ces paroles il vuida son bissac sur
le manteau du Frere Estienne, qui leur
servit de nappe, & ils commencerent
tous quatre à manger avec beaucoup
d'appetit. Je dis tous quatre ; car Don
Quichotte, contre son ordinaire, tint
fort bien sa partie dans ce concert,
dont l'harmonie eût esté parfaite, si
le vin n'eût pas manqué aux Acteurs. En récompense ils eurent de
l'eau à discretion. Durant ce repas
Don Quichotte fit plusieurs questions
à Bracamonte, & lui demanda entre

autres chofes s'il s'eftoit trouvé à quelque fiege? Oui-da, répondit le Soldat,
& je pourrois vous parler favamment
de celui d'Oftende, puifque j'y eftois.
A telles enfeignes que j'y reçûs deux
coups de moufquet à la cuiffe : Et
quand il vous plaira je vous montre-
ray une de mes épaules à moitié brû-
lée d'une grenade que les ennemis jetterent entre cinq ou fix Soldats &
moy qui avions entrepris d'attaquer
une demi-lune. Si le tems & le lieu
me le permettoient, pourfuivit-il,
je vous tracerois exactement avec
un morceau de craye les principales
fortifications d'Oftende. Je vous mar-
querois exactement l'entrée du port,
& les differens quartiers qu'occupoient
les Officiers Generaux. Les endroits
où eftoient placées les batteries, &
par où les attaques fe donnerent; mais
ce fera pour une autre fois : Et tout ce
que je puis vous dire préfentement,
c'eft qu'Oftende a coufté la vie à un
trés-grand nombre de Soldats & d'Officiers. Sancho qui fans perdre un coup
de dent avoit écouté fort attentivement Bracamonte, l'interrompit en
lui difant: Seigneur Soldat, eft-il poffible qu'il n'y eût alors dans toute vô-

re armée aucun Chevalier errant pour
couper les oreilles à ce pendart de
geant d'Oftende. Je fuis affeuré que fi
Monfeigneur Don Quichotte fe fût
trouvé là, il l'auroit mangé avec un
grain de fel. Ignorant, dit Don Quichotte, Oftende eft une Ville, & non
pas un geant. L'Hermite prit la parole
en riant, & dit à l'Ecuyer : Ami Sancho, à ce que je voy, vous ne vous
fouciez guere de la Geographie, &
vous n'y regardez pas de fi prés. Non
en confcience, Pere Eftienne, répondit-il ; j'ay, grace à Dieu, vêcu jufqu'-
ici fans favoir ce que c'eft que cette Gi-
gographie, & je ne croy pas que je la fache jamais, à moins que je ne l'apprenne dans l'autre monde. Et en bonne
foy il ne m'appartient pas à moy,
qui ne fuis qu'un païfan, de favoir
toutes ces Theologies. Selon la jambe
le bas. Chaque brebis avec fa pareille.
Donnez-moy à boire, & ne me demandez pas quel âge j'ay. Courage,
Sancho, interrompit Don Quichotte,
entaffe proverbes fur proverbes, fuivant ta maudite coutume. Oh parbleu, Monfieur, repartit l'Ecuyer, je
ne croy pas que vous ayez fujet de
vous en plaindre cette année. Je me

suis bien corrigé là-dessus. Pour l'an
passé, je ne dis rien. J'avoüe que je
les enfilois à tort & à travers; & franchement il m'en est échappé un million qu'on se seroit fort bien passé de
fourrer dans nostre histoire. Tu devois
plutôt te passer de les dire, reprit Don
Quichotte, & on ne les auroit pas
imprimés. Ah ah, repartit Sancho,
voici bien le meilleur. Est-ce qu'il faut
imprimer toutes les sottises qui se disent? Mais patience, si l'on n'imprime
que ce que je diray à l'avenir, les Impri-
meurs n'auront pas tant de besogne.
Laissez-les faire, je prendray bien
garde à moy; tous les proverbes que
je lâcheray ne feront pas un petit pli.
Je les mâcheray long-tems, avant que
je les crache. En parlant ainsi Sancho,
qui n'avoit plus rien à manger, se
coucha tout de son long en baaillant,
& en faisant toutes les démonstrations
d'un homme qui veut dormir. L'Hermite & le Soldat qui estoient trés-
fatigués s'étendirent aussi sur l'herbe,
& s'endormirent bientôt. Don Quichotte de son costé oubliant pour quelques momens les grands projets qu'il
méditoit, goûta la douceur d'un paisi-
ble sommeil.

# CHAPITRE XX.

*De la mort du Frere Jacques, & de ce qui se passa à son enterrement.*

LE lendemain dés la pointe du jour nos Voyageurs se remirent en marche pour profiter de la fraîcheur du matin; ils n'avoient pas fait deux lieuës, quand ils apperçurent au pied d'une montagne un grand nombre de personnes assemblées. La curiosité de savoir ce que se pouvoit estre, leur ayant fait tourner leurs pas vers cet endroit, ils virent en arrivant un Ecclesiastique qui parloit à cinquante ou soixante païsans dont il estoit entouré. Don Quichotte & sa compagnie s'étant approchés pour l'écouter comme les autres, ils entendirent qu'il leur disoit : Vous sçavez, mes amis, de quelle étrange sorte Frere Jacques a vécu depuis dix ans dans cette solitude. Il évitoit avec tant de soin l'entretien des hommes qu'il n'y a personne parmi nous qui puisse se vanter de l'avoir vû en face. Il ne mangeoit que des racines, refusant

« toutes les provisions que vous lui por-
« tiez par charité. Il demeuroit le plus
« souvent enfermé dans sa grote, & l'on
« ignoreroit encore sa mort, si quel-
« ques Pasteurs, qui avoient coûtume
« de le voir quelquefois, ne s'en fus-
« sent douté. Enfin l'austerité de sa vie
« a esté telle qu'il ne doit rien de reste
« aux anciens Anachorettes. Rendons-
« lui donc les derniers devoirs avec le
« plus de devotion qu'il nous sera pos-
« sible. Aprés avoir ainsi parlé, l'Ecclesiastique ordonna de faire une fosse
auprés d'une grotte qu'on voyoit per-
çée dans la montagne, & d'où il fit
tirer le corps du Frere Jacques, afin
que tout le monde le pût voir. Cet
Hermite avoit une barbe blanche qui
lui descendoit jusqu'à la ceinture : mais
ce qui parut fort singulier, c'est qu'il
avoit avec cela les cheveux plus noirs
que du jais. L'Ecclesiastique l'ayant
regardé avec attention s'écria : Vive
Dieu ! ceci n'est point naturel. En même tems il empoigna rudement la barbe qui se détacha au grand étonnement de toute l'assemblée. Le Frere
Estienne alors examinant le visage du
mort crut en connoistre les traits, &
se troubla. Il faut voir dans la grotte,

dit l'Ecclesiastique, si nous n'y trouverons rien qui puisse nous expliquer
ce mystere. En disant cela il entra
dans la grotte, d'où il sortit un moment aprés tenant en ses mains un petit cofre mal fermé qu'il ouvrit. Dieu
soit loüé, Messieurs, s'écria-t-il, je
voy un papier qui va sans doute nous
apprendre ce que nous voulons savoir.
En effet, prenant le papier il y lut ces
mots à haute voix : *Vous voyez sous*
*les habits d'un Hermite une Religieuse*
*qu'un amour profane a fait sortir de son*
*Convent. Déplorez les malheurs d'une*
*ame qui s'est abandonnée à cette passion*
*funeste. Heureuse, si dix années de pe-*
*nitence peuvent satisfaire la Justice di-*
*vine.*

Dés que le Frere Estienne eut entendu ces paroles, il se sentit saisir
d'une vapeur qui fit chanceler son
corps. Ses yeux se couvrirent de tenebres, & il tomba évanoüi entre les
bras du Soldat. Tous les spectateurs
étonnés de cet accident, dont ils é-
toient fort éloignés de penetrer la
cause, s'empresserent à secourir le
Frere Estienne, que Don Quichotte,
Bracamonte & Sancho porterent à
quelques pas de là, sous des arbres,

où ils firent tous leurs efforts pour lui
faire reprendre ses esprits. Cependant
on mit dans la fosse le faux Frere Jacques, dont les païsans voulant avoir des
reliques, déchirerent son manteau, &
en emporterent chez eux chacun une
piéce. L'enterrement achevé, l'Ecclesiastique alla voir le Frere Estienne,
qui à force d'avoir esté tourmenté,
estoit enfin revenu de son évanouïs-
sement ; mais il ne pouvoit encore
parler ; Il levoit les yeux au ciel, &
poussoit de tems en tems des soûpirs
qui faisoient juger qu'il se passoit actuellement en lui quelque chose d'extraordinaire. L'Ecclesiastique soupçonnant que cet Hermite pouvoit avoir
part à l'histoire de la Religieuse, résolut de s'en éclaircir ; & pour cet
effet il lui dit : Prenez courage, mon
Frere, & venez avec ces Messieurs
vous reposer chez moy, dans un village qui est de l'autre costé de cette
montagne, & dont je suis Curé. Ouï,
c'est bien dit, s'écria aussi tôt Sancho,
allons, Pere Estienne, tâchez de vous
tenir sur mon âne, & suivons Monsieur le Curé. L'air de sa cuisine vous
aura bientôt gueri de tous vos maux.
L'Hermite alors ayant recouvré la pa-

role, remercia succinctement l'Ecclesiastique, dont il accepta l'offre. En
mesme tems Bracamonte & Sancho
l'aiderent à se relever, & le porterent sur le Grifon ; mais comme il paroissoit encore trop foible pour pouvoir se soûtenir dessus, ils se mirent
tous deux à ses costés, & l'appuyant
chacun d'une main, ils marcherent
ainsi vers le village. Don Quichotte
monta sur Rocinantes, & suivoit les
autres sans rien dire, mais avec toute
la gravité convenable à la noblesse de
son caractere. L'Ecclesiastique qui a-
voit toûjours eu les yeux sur le Frere
Estienne, n'avoit pas fait jusques-là
grande attention à la figure de Don
Quichotte ; mais à la fin venant à le
considerer depuis les pieds jusqu'à la
teste, plus il le consideroit & plus il
estoit étonné de le voir. Pour savoir
quelle sorte d'homme se pouvoit être,
il s'approcha de Bracamonte, & lui
demanda tout bas le nom, & la qualité de Don Quichotte. Bracamonte
ne se fit point un scrupule de lui dire
ce que c'estoit ; & comme le Curé,
pendant que le Soldat satisfaisoit sa
curiosité, regardoit de tems en tems
Don Quichotte, le Chevalier qui s'en

apperçut redoubla fa gravité pour confirmer toutes les grandes chofes qu'il jugea bien que Braçamonte difoit de lui à l'Ecclefiaftique.

Ils arriverent bientôt chez le Curé qui leur fit d'abord préparer à déjeuner, & propofa au Frere Eftienne de fe mettre au lit : mais l'Hermite qui fentoit revenir fes forces n'y voulut pas confentir. Il déjeuna avec les autres, aprés quoy il leur dit : J'avoüe, Meffieurs, que je vous ay beaucoup d'obligation ; mais en verité je ne fçay fi je dois vous remercier, ou vous reprocher d'avoir confervé mes jours, puifque l'idée du fpectacle que je viens de voir fe préfentera fans ceffe à mon efprit jufqu'au dernier moment de ma vie. Je vais vous dire ce que c'eft que cette Religieufe qui eft morte en cette folitude, & vous inftruire en mefme tems de mes malheurs ; car je ne puis vous raconter fon hiftoire fans vous apprendre la mienne. L'Hermite s'étant arrefté un inftant comme pour fonger à ce qu'il alloit dire, pourfuivit enfin fon difcours de la maniere qu'il eft écrit dans le Chapitre fuivant.

CHA-

# CHAPITRE XXI.

*Histoire des deux Hermites.*

DOna Louise, c'est ainsi que se nommoit la Religieuse, estoit de Tolede. Je suis fils unique d'un gentil-homme de la mesme Ville, & je m'appelle Don Gregorio. Dona Louise étoit d'une condition égale à la mienne, à peu prés de mon âge ; & nos parens estoient amis & voisins. Comme on nous élevoit ensemble, & que nous nous voyions tous les jours, nous prî-mes de l'amour l'un pour l'autre ; mais nous estions des enfans, & nous nous oubliâmes aussi-tôt que nous fûmes se-parés. Dés que je sçûs me servir de mon épée, mon pere m'envoya en Flandres, & Dona Louise fut mise par le sien dans un Convent, où elle se fit Religieuse, & remplit fort bien tous ses devoirs durant plusieurs années. Pour moy je me donnay tout entier à la gloire, & je ne songeay qu'à m'a-vancer dans le service. Cependant l'Es-pagne se trouva sans ennemis, & je etournay à Tolede. Un jour que

*Tome I.* Y

j'allay vifiter une de mes Coufines dans
un Convent, pendant que je l'entre-
tenois Dona Louife vint par hazard au
même parloir où nous étions. Je la re-
connus, je la faluay, & nous nous
parlâmes. Mais elle fe retira dans le
moment, aprés avoir dit à ma parente quelque chofe à l'oreille. Durant
tout le refte du tems que je demeuray
au parloir je me fentis agité fans favoir pourquoy. Je fis mille queftions
fur Dona Louife à ma parente; mais
il me fembloit que je ne les lui faifois
que par curiofité, & mon agitation
me parut feulement un effet de la furprife où j'avois efté de voir Dona
Louife contre mon attente. Dés que
je fus feul, je m'apperçus de mon erreur. Ma Religieufe me revenoit trop
fouvent dans l'efprit pour pouvoir mal
expliquer mes fentimens. Je fentis
donc rallumer en moy cet amour conçû dans mon enfance, & que je m'i-
maginois que le tems avoit éteint. Ce
qui montre combien les premieres im-
preffions de l'amour font difficiles à
effacer. Je ne m'arreftay point à combattre ma tendreffe, quoiqu'en m'y
abandonnant je preffentiffe une partie
des malheurs qui me font arrivés.

Uniquement occupé du defir de plaire
à Dona Louife, je me fis une image
charmante de la poffeffion de fon cœur,
& je m'étourdis fur tout le refte. Ainfi
dés le lendemain je l'allay voir, & je
lui parlay de ma paffion. Elle tourna
tous mes difcours en plaifanterie, &
nous nous feparâmes, fans que je puffe
penetrer fes fentimens. Deux jours
aprés je la revis, elle voulut recommencer à plaifanter ; mais je lui fis une
peinture fi vive & fi touchante des
maux que je fouffrois, qu'elle prit enfin un air ferieux ; & comme elle s'apperçût que mon vifage eftoit couvert
de larmes : Hé quoy, Don Gregorio,
me dit-elle, croyez-vous parler encore à cette Dona Louife qui pouvoit
vous écouter fans crime ? Ce tems-là
n'eft plus. Je fuis Religieufe. J'ay re-
noncé au monde. Je ne dois point flater voftre amour. Fuyez-moy. Puifque l'abfence m'a déja une fois banni
de voftre memoire, vous m'oublierez
aifément une feconde fois. En achevant ces paroles elle me quitta fi brufquement que je n'eus pas le tems de
lui répondre. Je vis bien qu'elle vouloit m'ôter toute efperance, & ne pouvant me plaindre d'une rigueur qu'au-

torifoient les obligations de fon état,
je me retiray dans la réfolution de
m'éloigner de Tolede. En effet mon
pere m'ayant permis de voyager, je
partis pour l'Italie peu de jours aprés.
J'allay à Barcelone, d'où je paffay en
Lombardie. Enfin je vifitay les Cours
de Mantouë, de Parme, de Modene &
de Florence ; mais inutilement, l'idée
de Dona Louife me fuivoit partout,
& triomphoit des plus aimables femmes qui s'offroient à ma vûë. En un
mot je ne pus recueillir d'autre fruit
de mes voyages que celui de fentir
qu'ils irritoient ma paffion. Defefpe-
rant de la vaincre, je revins en Efpagne. En arrivant à Tolede, je courus
au Convent demander Dona Louife ;
mais elle me fit dire qu'elle ne pouvoit me parler, & les jours fuivàns
elle donna le mefme ordre. Cela ne
me rebuta point. Je pris diverfes fortes
de déguifemens. Une fois entr'autres
je m'habillay en Cordelier, & fous un
nom fuppofé j'effaïay de la faire venir
au parloir ; mais elle eftoit auffi ingenieufe à découvrir mes rufes, que je
l'eftois à les imaginer, & elle rendit
inutiles toutes les formes que l'amour
me fit prendre pour la voir.

Tant d'obstacles auroient dû me rendre à moy-même : mais quand la passion est parvenuë à un certain point, il n'y a plus de frein qui puisse l'arrester. Cependant je tombay malade de chagrin, & la fiévre me prit avec tant de violence que je fus deux jours entre la vie & la mort. A la fin ma jeunesse l'emporta : mais mon amour au lieu de s'affoiblir sembloit prendre de nouvelles forces. Accablé de mon sort, je rejettois tous les secours de la Médecine, & je voulois me laisser mourir. J'estois dans cette disposition, lorsqu'un jour il entra dans ma chambre une vieille femme qui ayant demandé à me parler en particulier, me dit que Dona Louise l'envoyoit pour m'asseûrer de sa part qu'elle estoit trés-fâchée de ma maladie, & voici, ajoûta la Vieille, un billet qu'elle m'a chargé de vous donner en main propre. Je fus tellement surpris de cette nouveauté, que je regarday quelque tems la vieille sans rien dire, n'osant croire ce qu'elle me disoit. Neanmoins je pris le billet, où je trouvay ces mots. *Vivez, Don Gregorio, Dona Louise vous l'ordonne. Elle seroit inconsolable si elle avoit vostre mort à se reprocher.*

Imaginez-vous quels furent mes tranſ
ports en ce moment. J'en eus tant
d'émotion que ma fiévre s'augmenta.
Je ne laiſſay pas toutefois de faire un
effort, & d'une main tremblante je
fis cette réponſe. *Je vivray Madame,
puiſque vous me l'ordonnez ; mais ce
ne ſera que pour aller à vos pieds mourir de joye de vous avoir fait pitié.* La
Vieille eſtant ſortie aprés cela, pour
commencer à obeïr à Dona Louiſe,
je demanday à mes Medecins, qui entrerent dans le moment, un remede
que j'avois refuſé juſqu'alors par mépris pour la vie. Mais ils me trouverent trop émeu pour me le faire prendre, & d'un commun avis, contre
leur ordinaire, ils jugerent qu'il falloit attendre au lendemain. Cependant comme j'avois l'eſprit plus tran-
quille, je commençay bientôt à me
mieux porter ; & dans peu de jours
je me vis en eſtat d'aller témoigner à
Dona Louiſe la reconnoiſſance que je
lui devois. Elle ne refuſa point de me
voir cette fois là. Elle me reçût même avec un viſage riant. Hé bien,
Don Gregorio, me dit-elle, eſtes-
vous entierement remis de voſtre in-
diſpoſition ? Ouï, Madame, lui ré-

pondis-je ; & je viens vous remercier
comme ma Liberatrice. Je n'ay pû me
refoudre, reprit-elle, à laiffer perir
un homme que j'eftime autant que
vous : mais je me flatte que vous n'a-
buferez point de ce que j'ay fait en
vôtre faveur, & que vous travaillerez
à détruire en vous tout ce qui eft
capable de troubler voftre repos. Je
veux bien pour vous confoler de la neceffité où vous eftes de renoncer à
moy, vous avoüer que fi je fuffe ref-
tée dans le monde, je vous aurois
préferé à tous les hommes. Aprés cela ne foyez pas affez injufte pour vous
plaindre de Dona Louife ; faites vos
efforts pour vous détacher d'elle, comme elle va faire tous les fiens pour
vous fuïr. Voila ce que j'exige de vous.
Eh voilà, interrompis-je, la feule
chofe que vous ne devez point attendre de mon obeïffance. La volonté &
la raifon font de foibles armes contre
un amour auffi violent que le mien.
J'ay déja inutilement tenté le fecours
de l'abfence : Madame, laiffez moy la
liberté de vous aimer, & de vous le
dire quelquefois. Vous favez avec quel
refpect je vous ay fervie dans le tems
que vous pouviez eftre à moy. Je ne

me démentiray point dans la fuite, &
je regleray fi bien mes fentimens que
voftre feverité en fera fatisfaite. Hé
que penferoit-on de moy, dit-elle
d'un ton languiffant, fi je continuois
de vous voir lorfqu'il ne m'eft plus
permis de fouffrir que vous m'aimiez?
A quels chagrins m'expoferiez-vous?
Je cacheray, lui répondis-je, mon
amour avec tant de foin que ce fera
un fecret pour tout le monde. Et moy,
Don Gregorio, reprit-elle, ne le fçau-
ray-je pas? Vous imaginez-vous que
je compte pour rien mon eftime? Et
que je fuffe contente de moy, fi je
me fentois capable de trahir mon devoir? Mais quand mefme je furmon-
terois cette délicateffe, je croirois perdre voftre eftime en acceptant le parti
que vous m'offrez. Quoy! Mada-
me, lui dis-je, j'aurois moins d'eftime pour vous, fi vous m'aimiez? Hé
de grace, ceffez de me mettre au def-
efpoir. Ma paffion eft fi pure & fi def-
intereffée que vous la pouvez fouffrir
fans fcrupule. Non non, s'écria Dona
Louife toute troublée, je ne fuis plus
ce que j'eftois autrefois, retirez-vous,
& ne me parlez jamais d'un amour
que je ne veux ni ne dois plus écouter.
Hé

Hé bien, Madame, lui dis-je avec
transport, il faut vous délivrer des
plaintes d'un malheureux. Je vais mourir pour éviter des maux cent fois plus
cruels que le trépas. Je voy bien que
ma vie & ma mort vous sont également indifferentes, puisque vous ne
voulez plus souffrir ma présence. En
prononçant ces mots, je fis quelques
pas pour sortir ; mais Dona Louise
m'arrêta en me disant : Don Grego-
tio, qu'allez-vous faire ? Helas ! ajoû-
ta-t-elle en laissant malgré elle couler
quelques larmes, que deviendrois-je,
si j'avois vostre mort à pleurer ? Vivez, pour m'épargner un chagrin qui
réduiroit ma constance à la derniere
épreuve. Madame, lui dis-je, soyez
donc plus cruelle, ou achevez de me
rendre heureux en me permettant de
vous aimer. Prenez enfin une résolution. Je ne sçay ce que je dois ni ce
que je souhaite, repartit-elle ; tout ce
que je sens en ce moment, c'est que je
ne puis consentir que vous mouriez ni
vous défendre de vivre pour moy. Elle
rougit en disant ces paroles, & se retira par pudeur, n'osant plus rester
avec un homme à qui elle venoit de
donner sur elle un si grand avantage.

*Tome I.*                              Z

Pour moy je m'en allay trés-content
de cette converſation, & je ne deſeſ-
peray pas de vaincre en Dona Louiſe
toutes les délicateſſes que ſon devoir &
ſa vertu oppoſoient à mon amour. Je
ne fus pas trompé dans mon attente;
aprés quelques autres entretiens, elle
m'avoüa que ſa tendreſſe égaloit la
mienne, & elle me permit de l'aimer,
pourvû que le reſpect & l'innocence
reglaſſent toûjours mes ſentimens.

Il ne ſe paſſoit point de jour que je
ne la viſſe ; mais comme des viſites ſi
frequentes ne pouvoient manquer de
devenir ſuſpectes aux Religieuſes qui
ſont ordinairement curieuſes & ſuſ-
ceptibles de ſoupçons , nous convîn-
mes que nous ne nous verrions que
deux fois la ſemaine. Avec cette précaution nous crûmes nos affaires trés-
ſecrettes. Nous nous écrivions tous les
jours , & nous nous faiſions mille petits préſens. Cependant j'avois de violens deſirs que je n'oſois découvrir à
Dona Louiſe depeur de m'attirer ſa
colere. Mais il arriva un incident qui
me donna lieu de les lui faire connoître. Quelques Religieuſes avoient pris
garde à mes viſites , & par malice plutôt que par charité en avertirent la

Prieure , qui voulant rompre noſtre intelligence ordonna à Dona Louiſe de me défendre de revenir au Convent. Dona Louiſe me le dit les larmes aux yeux, & elle me parut ſi affligée, & ſi aigrie contre la Prieure & les Reli-gieuſes , que je crûs ne pouvoir pren-dre un meilleur tems pour lui propo-ſer de l'enlever. Effectivement elle ne fut pas ſi irritée de la propoſition , qu'-elle l'auroit eſté ſans cela. Elle ne laiſſa pas pourtant de la rejetter avec tant de fierté, que je fus ſur le point de ne lui en plus parler. Neanmoins comme il s'agiſſoit de renoncer l'un à l'autre , & que d'ailleurs le tems nous preſſoit, je la conjuray de ſe déterminer prom-tement. Je priay , je pleuray, je lui fis tant de ſermens de fidelité que je m'ap-perçûs qu'elle ne réſiſtoit plus que par un reſte d'honneur aiſé à détruire. En effet aprés quelques difficultez elle conſentit à un enlevement. Nous en fiſmes le projet , & voici de quelle maniere nous l'executâmes huit jours aprés. J'ouvris le cabinet de mon pere avec une fauſſe clef, & je pris tout l'or dont je pus me charger. Je trou-vay auſſi moyen de me ſaiſir des pier-reries de ma mere ; & une nuit , quand

je crûs que tout le monde repofoit au
logis , je pris les deux meilleurs chevaux qui fuffent dans les écuries, &
j'allay prés du Convent entre onze
heures & minuit. Les Religieufes venoient de dire leurs Matines, & s'é-
toient déja retirées dans leurs celules,
Dona Louife eftoit auffi rentrée dans
la fienne, mais c'eftoit pour quitter fes
habits de Religieufe, & pour en prendre de feculiers que je lui avois fait
tenir la veille. Il faut remarquer qu'-
elle avoit alors le foin de l'Eglife & de
la Sacriftie , dont elle avoit coûtume
de porter les clefs à la Prieure : mais
au lieu d'en fermer les portes ce foir là,
elle les avoit laiffé ouvertes. Ainfi elle
fortit par la porte de l'Eglife, & me
vint trouver où je l'attendois. J'étois
fi tranfporté de joye d'avoir Dona
Louife en ma puiffance, que je ne pus
m'empêcher de la tenir trés-long-tems
embraffée, fans fonger qu'il n'y avoit
pas de moment à perdre. Elle m'en fit
fouvenir, & auffi-toft l'ayant aidée à
monter fur le cheval qui me parut le
plus doux , je montay fur l'autre, &
nous prîmes le chemin de Lifbonne,
tous deux également charmés de nous
voir en eftat de fuivre noftre penchant

fans contrainte : mais pourtant avec
une apprehenfion qui ne laiſſoit pas de
moderer l'excés de noſtre plaiſir ; car
nous nous imaginions bien que dés le
lendemain on ne manqueroit pas de
mettre de tous coſtés des gens en campagne pour nous chercher. Nous marchâmes le reſte de la nuit , & tous les
jours ſuivans ſans nous arreſter que
pour faire repoſer nos chevaux , &
nous gagnâmes le plutôt qu'il nous fut
poſſible les frontieres de Portugal.
Alors nous ceſſâmes de craindre , &
nous nous rendîmes à Liſbonne à petites journées. Là nous prîmes un
grand nombre de domeſtiques , nous
louâmes une belle maiſon , nous achetâmes des meubles magnifiques , &
nous nous donnâmes un équipage.
Nous commençâmes, comme Etrangers , à recevoir compagnie , & bientôt noſtre logis devint le rendez-vous
de tous les jeunes gens de la Ville.
Nous fiſmes un faux certificat de mariage , à la faveur duquel nous nous
livrâmes aux plaiſirs funeſtes d'un criminel amour : Et nous vivions avec
autant de tranquilité que ſi nous n'euſſions rien eû à nous reprocher.

L'Hermite fut interrompu en cet

Z iij

endroit par les cris de Sancho, qui revenant de la cuisine, où il avoit déjeûné avec le Valet du Curé, entra dans la chambre tout en pleurant, & s'arrachant la barbe & les cheveux : Qu'y a-t-il, Sancho, lui demanda Don Quichotte ? Ah ! Monsieur, répondit l'Ecuyer defolé, nous n'avons deformais qu'à quitter la Chevalerie, & retourner au païs ; un belître de Païfan, qui eftoit là bas, vient de m'emporter noftre maffuë enchantée, & s'en eft enfui plus vifte qu'un Elephant. Tu veux dire qu'un Fan, repliqua Don Quichotte : mais tu te mocques, Sancho, pourfuivit-il, d'être auffi affligé que fi tu avois perdu ta femme & tes enfans. Helas ! ma chere maffuë, s'écria Sancho fans écouter fon Maiftre, maffuë de mes entrailles, je ne vous verray donc plus! Malheureufe mere qui vous a engendrée ! Maudit foit le ruftre qui vous a volée ! puiffiez-vous ne lui fervir qu'à lui brifer les coftes ! nous n'avons préfentement qu'à nous joüer aux Enchanteurs. Ils ne nous laifferont pas une feule dent dans la bouche. Confole-toy, mon fils, reprit Don Quichotte. J'avouë qu'en perdant la maffuë

de l'Archevêque Turpin, nous faisons
une perte considerable ; mais ma valeur & mes forces sont des choses que
les Enchanteurs ne sçauroient m'oster,
& je n'ay pas besoin d'autres armes
pour les vaincre. Le Soldat & le Curé
ajoûterent aux paroles du Chevalier
d'autres discours qui acheverent de
consoler Sancho. Aprés cela l'Hermite
reprit ainsi le fil de son histoire.

## CHAPITRE XXII.

*Fin de l'histoire des deux Hermites.*
*Grande colere de Don Quichotte.*

NOus estions donc à Lisbonne
Dona Louise & moy dans la
situation que je viens de vous dire.
Comme nous avions pour plus de
vingt mille ducats de pierreries, nous
aurions pû en les ménageant, nous
mettre pour long-tems à l'abri de la
necessité : mais nous vivions avec si
peu de discretion, qu'au bout de deux
ans nous nous trouvâmes sans argent.
Nous fusmes obligés de nous défaire
de nostre équipage, de renvoyer nos
Domestiques, & de vendre nos meu-

bles piece à piece pour subfister. Nous
voyant prests à manquer de tout, je fis
de l'argent comptant de tous mes habits, & j'allay dans une Academie de
jeu pour tenter la fortune, résolu de
gagner quelque somme capable de
nous restablir, ou de précipiter nostre
ruine. Une de ces deux choses arriva.
Je perdis jusqu'à mon épée & mon
manteau, & n'ayant plus rien à joüer,
je m'en retournay au logis où Dona
Louise en m'attendant faisoit de dou-
loureuses reflexions sur l'estat de nos
affaires. Je redoublay sa tristesse en
lui apprenant que je venois de perdre
le reste de nostre argent. Elle se prit à
pleurer, & de mon costé je ne pus
m'empêcher de répandre aussi quelques larmes. Madame, lui dis-je, que
vous avez sujet de me haïr! Je vous
ay arrachée à vostre retraite pour vous
rendre malheureuse. Sans moy vos
jours couleroient encore dans l'innocence & le repos. Ah! que ne me
laissiez-vous mourir! Pourquoy avez-
vous conservé une vie qui vous est si
funeste? Dona Louise me répondit:
Mon cher Don Gregorio, cessez de
vous imputer mes malheurs. Je me
les suis attirés moy-mesme par mes

crimes ; & le Ciel me punit comme
je l'ay meritée. C'est vous plutôt qui
devez me détester. J'ay causé à vos
parens une douleur mortelle, & peut-
estre la mort en leur enlevant leur
fils unique d'une maniere qui ne leur
laisse aucune consolation. En un mot
je vous ay perdu. Enfin Dona Louise
& moy, au lieu de nous plaindre l'un
de l'autre, & de nous faire des reproches, nous ne fismes que nous atten-
drir ; & ce qu'il y a de surprenant,
nostre misere loin d'amortir nos sentimens, sembloit leur donner une
nouvelle vivacité.

Cependant comme il falloit prendre un parti, je representay à Dona
Louise qu'aprés la figure que nous a-
vions faite en cette Ville, nous de-
vions en sortir incessamment pour
aller en quelqu'autre, où n'ayant jamais esté vûs de personne il nous seroit aisé de cacher nostre condition :
Et que là nous pourrions vivre dans
l'obscurité, moy en me mettant au
service d'un homme de qualité, & elle
en travaillant en linge ou en tapisse-
rie. Elle approuva ce dessein, & dés
la nuit mesme nous partîmes de Lisbonne tous deux à pied, & n'ayant

point d'autres habits que d'aſſez mauvais qui nous couvroient. Nous nous
arreſtions dans tous les villages par où
nous paſſions , & nous demandions
l'aumône de porte en porte. Ma plus
grande peine eſtoit de voir ſouffrir
Dona Louiſe à qui à force de marcher
il eſtoit venu des ampoules aux pieds.
Je la faiſois repoſer ſouvent, & quelquefois pour la ſoulager je la portois
ſur mes épaules. Nous allâmes de cette
ſorte juſqu'à Badajoz qui eſt une ville
ſur les frontieres de Caſtille. Nous fûmes obligés de nous retirer à l'hoſpital , n'eſtant pas en eſtat de prendre
un autre logement. Mais nous n'y cou-
châmes qu'une nuit, parce que dés le
lendemain il nous arriva une avanture que l'on pouvoit appeller heureuſe dans la ſituation où nous eſtions.
Il faut remarquer que les Magiſtrats
de Badajoz , afin que leur Ville ne ſe
rempliſſe pas de Vagabonds , nom-
ment des Adminiſtrateurs qui ont ſoin
de viſiter tous les jours l'hoſpital , &
de s'informer exactement des beſoins
& de la qualité de tous les Eſtrangers
qui s'y retirent. L'Adminiſtrateur qui
vint ce jour-là viſiter l'hoſpital n'y eut
pas plutôt apperçû Dona Louiſe qu'il

lui demanda d'où elle eſtoit. Je pris la
parole auſſi-tôt, & je répondis à
l'Adminiſtrateur qu'elle & moy nous
eſtions de Valladolid, & tous deux
mariés enſemble. En même tems je
tiray de mes poches le faux certificat
que j'avois fait à Lisbonne. L'Adminiſtrateur l'ayant lû en parut ſatisfait,
& nous demanda ce qui nous ame-
noit à Badajoz, & de quelle profeſſion
nous eſtions. Dona Louiſe lui répondit qu'elle eſtoit lingere de ſon métier;
que pour moy, j'avois toûjours ſervi
des gens de qualité, & que nous ve-
nions à Badajoz pour nous y eſtablir,
s'il eſtoit poſſible. L'Adminiſtrateur
nous dit alors, que ſi cela eſtoit ainſi
il auroit ſoin de nous ; & que ſi nous
ne manquions pas de bonne volonté,
nous ne manquerions pas d'occupation. Enſuite il ordonna à un de ſes
Pages de nous conduire chez lui. Nous
le remerciâmes autant qu'il nous parut le meriter ; & lorſque nous l'eûmes
quitté, nous priâmes le Page de nous
apprendre le nom & la qualité de ſon
Maiſtre. Il ſe nomme Don François
de Furna, nous répondit le Page. Il eſt
d'une des premieres maiſons de cette
Ville. C'eſt un vieux garçon trés-

riche, & qui employe tout fon revenu
à foulager les pauvres. Nous eûmes
beaucoup de joye d'avoir rencontré cet
Adminiftrateur, de qui nous efpe-
râmes tirer quelque fecours. A peine
fûmes-nous chez lui qu'il y arriva. Il
nous fit plufieurs queftions fur noftre
mariage, & fur les raifons qui nous
avoient fait quitter Valladolid. Il nous
interrogea mefme feparément, pour
voir fi nos réponfes ne fe contredi-
roient point ; mais nous avions fait là-
deffus un fyftéme fi vrayfemblable, &
tout eftoit fi bien concerté entre nous,
qu'il nous crut dignes de fa compaffion. C'eft pourquoy dés ce jour-là il
nous fit loüer une chambre, & acheter tous les uftenciles de ménage qui
nous étoient neceffaires. Outre cela
il nous donna affez d'argent pour fubfifter pendant un mois ; & pour nous
faire habiller depuis les pieds jufqu'à
la tefte. Enfin il fournit abondam-
ment à tous nos befoins. Nous nous
fentions fi penetrés de fes bontés,
que nous le beniffions mille fois le
jour : Mais nous eftions trop crimi-
nels pour meriter que le Ciel nous
permît de mener long-tems une vie
heureufe.

Quoique Dona Louife n'eût qu'un
fimple habit de ferge , elle ne laiffoit
pas de paroiftre trés - aimable , & je
foupçonnay bientôt Don François de
Furna d'en eftre amoureux. Il eft vray
que dans les entretiens qu'il avoit eus
avec elle jufques là , il ne lui eftoit
encore rien échappé qui juftifiaft mes
foupçons ; mais tous fes regards me
fembloient tendres & paffionnés : ou
bien peut-eftre parce que j'aimois Dona Louife , je m'imaginois qu'on ne la
pouvoit voir fans l'aimer. Dona Louife qui n'avoit pas pris garde à ce que
je croyois avoir remarqué, fe moc-
qua de ma penetration ; mais un jour
que je l'avois laiffée feule au logis,
elle vit bien que je ne m'eftois pas
trompé. Don François l'alla voir , &
aprés quelques difcours indifferens,
il lui dit en la regardant avec des
yeux pleins de tendreffe : Il faut, Madame, que je vous faffe des reproches. Vous me cachez qui vous eftes.
Mais vos manieres vous trahiffent.
Vous avez trop d'efprit & de politeffe pour eftre d'une condition baffe ;
& voftre mary a trop l'air d'un homme de qualité pour pouvoir être foup-
çonné de manquer de naiffance. Je

suis tout à vous, Madame, ajoûta-
t-il, je vous offre mon bien & mes
services. Cela ne me suffit-il pas pour
estre digne que vous ayez un peu de
confiance en moy ? Dona Louise baissa
la vûë en rougissant, & lui répondit : Seigneur Don François aprés
tous les bienfaits que j'ay reçûs de
vous, je ne dois pas me déguiser davantage ; & je veux bien vous avoüer
que mon mari & moy nous sommes
de la meilleure noblesse de Tolede.
Pour vous apprendre en deux mots
nostre histoire : Nous nous aimions,
mais comme il y avoit une haine mortelle entre nos familles, nous jugeâmes qu'elles ne consentiroient jamais
à nostre mariage, & mon mari m'enleva aprés m'avoir secretement épou-
sée. Nous avons demeuré quelque
tems à Lisbonne où nous avons dé-
pensé tout nostre argent avec d'autant plus d'indiscretion, que nous
nous flations toûjours que nos parens
pourroient se réconcilier, nous imaginant même que nostre mariage leur
en seroit une occasion : Mais nous
avons appris aucontraire qu'ils sont
plus ennemis que jamais, & qu'ils
nous traitteroient avec la derniere

rigueur, s'ils nous avoient en leur
pouvoir. Ainſi nous ſommes venus à
Badajoz dans le deſſein de nous y cacher, & réſolus de ſouffrir la miſere
la plus affreuſe plutôt que de nous en
retourner à Tolede. Don François
crut tout ce que lui dit Dona Louiſe,
& lui fit de nouvelles proteſtations de
ſervices, mais dans des termes ſi vifs
qu'elle n'eût plus lieu de douter qu'il
ne fût amoureux d'elle. Dés le lendemain il lui envoya une trés-belle
étoffe de ſoye pour s'habiller, avec
une bourſe pleine de ducats, & il
ne ſe paſſoit guere de jours qu'il ne
lui fît quelque preſent.

Dés qu'on nous vit dans une meilleure ſituation, la médiſance n'épargna point Dona Louiſe, & l'on s'i-
magina que Don François avoit avec
elle un commerce criminel. Beaucoup
de gens prévenus de cette opinion
voulurent connoiſtre Dona Louiſe,
& quelques-uns s'attacherent à elle
croyant en tirer bon parti. Tous ces
amans commencerent à m'ennuyer.
Et je fus pluſieurs fois tenté de me
battre contr'eux : Mais faiſant réflexion aux ſuites que pourroit avoir
ce procedé, je laiſſay à Dona Louiſe

le foin de me délivrer de mes rivaux.
Elle les traittoit avec tant de fierté,
qu'elle en rebuta une partie ; mais
elle ne fit qu'irriter les defirs des
autres, qui redoublerent leurs galanteries. Le jour ils nous fuivoient partout, & ils paffoient les nuits fous
nos feneftres à chanter & à joüer de
toute forte d'inftrumens. Tout cela
fembloit confirmer les bruits qui cou-
roient contre la réputation de Dona
Louife, & nous fongions aux moyens
d'écarter ces amans, lorfqu'une nuit
ils fe battirent. Il en demeura un fur
le carreau. C'eftoit le fils d'un des
premiers Magiftrats de la Ville. Dés
qu'on fçût les circonftances de fa mort,
on arrefta Dona Louife, & on la mit
en prifon. On m'auroit auffi arrefté,
fi j'euffe efté au logis, mais j'eftois
alors chez Don François ; & je n'eus
pas appris cette nouvelle, que depeur
de tomber entre les mains de la Juftice que je n'avois pas tort de craindre, je quittay brufquement Don
François ; & comme il eftoit nuit,
je fortis feurement de Badajoz pour
m'en aller à Merida : mais je ne fus
pas à moitié chemin que me repre-
fentant Dona Louife en proye à la
plus

plus vive douleur, je ne pus réfister
à cette idée, & méprifant le peril qui
m'avoit d'abord effrayé, je retournay
à Badajoz, & en arrivant je courus
chez Don François. Il me dit que
par fon credit il avoit fait mettre
en liberté Dona Louife ; mais que dés
la nuit même du jour qu'elle eftoit
fortie de prifon, elle avoit difparu,
& qu'il ignoroit ce qu'elle pouvoit
eftre devenuë, quelque foin qu'il eût
pris d'en faire une exacte recherche.
Je penfay dans le moment que Don
François l'avoit fans doute cachée,
dans l'efperance que quand elle ne me
verroit plus, elle pourroit répondre
à fa paffion : mais il me parut fi veritablement affligé de fa perte, que
je ceffay de les foupçonner de cet artifice. Je paffay plufieurs années à
chercher Dona Louife par toutes les
Villes d'Efpagne & de Portugal ; &
ne la trouvant point, je jugeay que
le Ciel avoit eu pitié d'elle, & lui
avoit infpiré le deffein de s'enfermer
en quelque retraite pour y pleurer
fes foibleffes. De mon cofté, je fentis je ne fçay quel mouvement divin
qui m'entraîna. Je m'en allay à Rome,
& aprés avoir reçû du Pape l'abfolu-

tion que je demandois, je revins en Espagne sous ces habits que vous voyez,
résolu, pour achever d'expier mes dé-
reglemens passez, de consacrer le reste
de ma vie à la penitence. J'avois envie de me jetter dans une Chartreuse:
mais le Ciel en me conduisant ici m'apprend qu'il veut que je suive l'exemple
de Dona Louise, & que je meure comme elle dans cette solitude.

Don Gregorio ayant cessé de parler, le Curé loüa sa résolution, & dit
que l'on ne pouvoit s'y opposer, sans
s'opposer aux ordres de Dieu. Don
Quichotte prit la parole à son tour,
& plaignant le malheur des gens qui
se livrent en aveugle aux plaisirs de
l'amour, il prouva par mille exemples
tirés de l'histoire que l'on ne pouvoit
estre trop en garde contre cette dan-
gerense passion. Enfin il fit un discours
si rempli de bon sens, que le Curé crut
que ce qu'on lui avoit dit du Chevalier estoit faux: & l'Hermite aussi en
fut tellement étonné, qu'il ne put s'empêcher de dire : En verité, Seigneur
Don Quichotte, on ne peut vous entendre sans vous admirer. Comment
est-il possible qu'ayant autant d'esprit
& de jugement que vous venez d'en

faire paroître, vous foyez capable de
vous perfuader qu'il y a eu effectivement autrefois des Chevaliers errans ?
Monfieur le Curé, ajoûta-t-il, vous
voyez un gentilhomme qui a tout le
merite du monde, il n'a qu'un défaut.
Il ne veut point ouvrir les yeux fur la
fauffeté des livres de Chevalerie, qu'il
croit veritables & autentiques. Aidez-
moy, je vous prie, à le tirer de fon
erreur. Le Curé qui eftoit un homme
fort devot & fort éclairé, s'offrit à feconder l'Hermite. Ils commencerent
donc tous deux à haranguer Don Quichotte, & à tenter le grand œuvre de
fa réduction. Ils le prirent par toute
forte d'endroits pour le diffuader de
continuer fa Chevalerie errante. Ils lui
alléguerent tout ce que la plus faine
raifon peut alleguer de plus convain-
quant. Prieres, exemples, autoritez,
tout y fut employé. Le Curé alla même jufqu'à lui citer les Canons de l'E-
glife, & le Frere Eftienne lui rapporta
les Conftitutions des anciens Anachorettes : Mais toute leur éloquence fut
inutile ; car le Chevalier, comme s'ils
l'euffent exhorté à porter fa tefte à
couper au geant Bramarbas, fe mit en
colere contr'eux, & regardant l'Eccle-

fiaftique d'un air méprifant, Allez,
Monfieur le Curé, lui dit-il, meflez-
vous de vos prônes, & fachez que
non feulement il y a eu autrefois des
Chevaliers errans, mais qu'il y en a encore aujourd'hui, & qu'il y en aura
jufqu'à la fin des fiecles en dépit de
tous les Curez de villages qui font au
monde. Et vous, pourfuivit-il en fe
tournant vers l'Hermite, Frere Eftienne, ou Don Gregorio, ou de quelque
autre nom qu'on puiffe appeller un
Ravifleur de Nones, apprenez que je
fçay mieux que vous fi les livres de
Chevalerie contiennent des menfon-
ges ou des veritez. Vos raifonnemens
font ici fuperflus. Vous ne gagnerez
rien fur mon efprit. Je ne fuis pas fi
facile à feduire qu'une Religieufe.
Croyez-moy, au lieu de vous embar-
rafler de chofes qui ne vous regardent
point, commencez dés ce moment
cette rigoureufe penitence que vous
voulez faire, car vous en avez grand
befoin. En achevant ces paroles il ordonna à Sancho de brider Rocinantes
au plus vifte, & quelque chofe qu'on
lui puft dire, il partit fur le champ. Le
Soldat qui avoit jufques-là gardé une
exacte neutralité fut alors obligé de fe

declarer, c'eſt-à-dire de fauſſer compagnie à Don Quichotte ou au Frere Eſtienne : C'eſt pourquoy prenant le parti le plus convenable à ſes intereſts, il ſuivit le Chevalier aux dépens de qui il comptoit d'aller juſqu'à Siguença.

## CHAPITRE XXIII.

*De la curieuſe converſation que Don Quichotte eut avec Bracamonte & Sancho. Et du beau conte des oyes.*

LE Heros de la Manche eſtoit tellement irrité contre l'Hermite & le Curé, que Bracamonte & Sancho n'eurent pas peu de peine à l'appaiſer. Eſt-il poſſible, diſoit-il, que je trouveray partout des gens qui doutent qu'il y ait eu des Chevaliers errans. Pour moy, dit le Soldat, je n'en ay jamais douté, & je le croy auſſi fermement que ſi je les avois vûs en chair & en os. Il ne faut pas médire de ſon prochain, mais franchement je ne voudrois pas trop me fier au Frere Eſtienne ; il a peut-eſtre eſté corrompu par les Enchanteurs pour décrediter la Chevalerie. Que ſçait-

on ? Un homme qui a esté capable
d'enlever une Religieuse , peut bien
vouloir enlever un Chevalier à la
Chevalerie errante. Ouï-da, dit Sancho , & le drosle en seroit quitte pour
aller encore une fois à Rome demander les pardons. Cela se peut bien,
reprit Don Quichotte , car vous ne
sçauriez vous imaginer , Seigneur Bracamonte , tout ce que font les Enchanteurs pour abolir l'Ordre de la
Chevalerie : Et il n'y a pas long-
tems que l'Archevêque Turpin, qu'-
ils ont suborné, employa toute son
éloquence pour me faire abandonner
cette noble profession. L'Archevêque
Turpin, s'écria Bracamonte en riant :
Ah bon Dieu ! que me dites-vous là ?
Ce Prélat est-il encore au monde ? Je
le croyois mort depuis je ne sçay
combien de siecles. C'est ce qu'on a
crû jusqu'ici, répondit le Chevalier,
à cause qu'on le vit disparoistre il y
a environ sept cens ans : Mais moy
qui suis instruit de ce qui le regarde,
je sçay qu'un Enchanteur l'estant allé
chercher en Asie parmi plusieurs Princes Chrestiens qui s'estoient croisés
pour délivrer la sainte Cité du joug
des Infidelles, il l'enchanta pour quel-

ques fiecles. Seigneur Don Quichotte,
interrompit Bracamonte, les Enchanteurs ont donc le pouvoir de conferver la vie aux Chevaliers qu'ils en-
chantent. Qui eft-ce qui en peut douter, repartit Don Quichotte ? Roland
par exemple a efté confervé de cette
maniere par l'enchanteur More ; &
le combat que j'eus l'autre jour avec
ce Paladin en fait foy. A ce conte-là,
dit le Soldat, les Enchanteurs ne meurent donc jamais ? Ils ne font point
immortels, répondit Don Quichotte ;
car c'eft la condition commune de
tous les hommes d'eftre fujets à la
mort : mais les Enchanteurs vivent fi
long-tems qu'il faut des centaines de
fiecles pour terminer leur fort. Les
années leur font ce que nous font les
momens ; & c'eft par cette raifon
qu'ils ont pour la plufpart la mine
venerable, & de longues barbes blanches. Et l'enchanteur More, interrompit à fon tour Sancho, pourquoy
a-t-il donc la barbe rouffe ? Je vais
parier que c'eft parce qu'il eft encore
trop jeune, & qu'il n'a peut-eftre
que fept à huit cens ans. Cela fe peut,
répondit Don Quichotte ; tous les Enchanteurs n'ont pas la barbe blanche,

& il y en a qui ne blanchiſſent que
ſur la fin de leur carriere. Mais, Seigneur Chevalier, dit Bracamonte, dites-nous de grace, dans quelle vûë le
Negromant enchanta l'Archevesque
Turpin? Pour me détourner de la Chevalerie errante, repartit Don Quichotte, & voici comment cela ſe fit.
L'Enchanteur prévoyant dés ce tems-
là que dans celui-ci je devois embraſſer la Chevalerie, & que j'en pourrois reſtablir l'Ordre, choiſit pour me
ſeduire l'Archevêque Turpin homme
ſubtil, & naturellement fort éloquent.
Pour cet effet il lui inſpira une parfaite averſion pour la Chevalerie errante qu'il avoit juſques-là profeſſée
avec honneur ; & enfin l'ayant engagé à quitter ſon Archevêché de Reims,
il lui fit donner une Prébende à Ateca,
où il l'établit ſous le nom de Meſſire
Valentin, ſachant bien que je devois
paſſer par ce Bourg dans le cours de
mes avantures. Parbleu, dit alors Bracamonte en riant d'une ſi folle imagination, l'Enchanteur lui a fait un vilain tour, de l'avoir obligé de quitter
un Archevêché pour une Prébende
d'Ateca. Ma foy, ſi j'avois eſté à la
place de l'Archevêque, je n'aurois pas
fait

fait un si mauvais marché. C'est pro-
prement devenir, comme dit le Pro-
verbe, d'Evêque Meûnier. Ne vous
étonnez point de cela, Seigneur Soldat, dit alors Sancho; car j'ay ouï dire
à nostre Curé, qui est fort habile en
fait de Sorciers, que les Enchanteurs
nous font prendre souvent des feüilles
de chesne pour de vray or, & des
morceaux de verre pour des diamans.
C'est pourquoy l'Enchanteur auroit
bien pû faire prendre au Seigneur Valentin une Chanoinie pour un Archevêché. Le Diable est subtil, voyez-
vous. Frere Sancho, repliqua le Soldat, je suis de vostre sentiment; je
croy que le Magicien aura fait ce tour
de passe-passe. Ce lâche Archevêque,
reprit Don Quichotte, me fit chez lui
un discours fort étudié pour me faire
quitter la Chevalerie; mais je l'écou-
tay comme Ulysse écouta le chant des
Sirennes, & je le quittay brusquement.

En s'entretenant de cette sorte, nos
Avanturiers ne laisserent pas de faire
quatre bonnes lieües; mais ils commencerent à se sentir trés-incommo-
dés de la chaleur qui ce jour-là estoit
excessive. Le fantassin surtout ne pou-

vant plus faire un pas tant il eſtoit fatigué, s'addreſſa au Chevalier de la
Manche, & lui dit : Seigneur Don
Quichotte, comme un Soleil ſi ardent
nous perce juſqu'aux os, & que d'ailleurs il n'y a plus que deux lieuës d'ici
au village où nous devons aller coucher, je ſerois d'avis que nous quittaſ-
ſions le grand chemin pour nous ra-
fraîchir un peu ſous ces ſaules que vous
voyez là-bas. Nous y paſſerons quelques heures à l'ombre ſur le bord d'un
agreable ruiſſeau qui lave le pied de
ces arbres ; & quand le Soleil ſera
baiſſé, nous reprendrons noſtre route
avec moins d'incommodité. Le conſeil fut approuvé, & principalement
de Sancho, qui tint depuis Bracamonte pour homme d'un trés-bon jugement. Ils gagnerent donc les ſaules,
où ils trouverent deux Chanoines
de Catalayud avec un Juré de la ville
de Siguença, qui tous trois y eſtoient
venus dans le deſſein de ſe repoſer
auſſi. Ils ſe ſaluerent les uns les autres, & Bracamonte prenant la parole
dit aux Chanoines : Meſſieurs, vous
voulez bien que le grand Chevalier
Don Quichotte de la Manche gouſte
un peu le frais ſous cet ombrage avec

vos Seigneuries. D'abord que les Chanoines entendirent nommer le Chevalier de la Manche, ils lui firent mille
complimens. L'avanture de la Melonniere avoit tant fait de bruit dans le
païs, qu'il n'y avoit personne qui ne
sçût ce que c'estoit que Don Quichotte. Outre cela ces Chanoines avoient
sçû tout ce qui s'estoit passé chez Valentin, si bien qu'ils connoissoient les
caracteres differens du Maistre & du
Valet. S'estant tous assis sur l'herbe,
le Chevalier leur dit : Messieurs, en
attendant que le flambeau des cieux
tempere l'ardeur de ses rayons, il me
paroist que pour éviter une molle oi-
siveté qui roüille ordinairement les
meilleurs esprits, nous devrions nous
entretenir de quelque évenement considerable, & qui fust digne d'occuper
des gens sages. C'est bien dit, Monsieur, s'écria brusquement Sancho ; &
s'il ne tient qu'à cela, je vais vous
conter quelque beau conte, car j'en
sçay à bouche que veux-tu. Et pour
commencer, Messieurs, vous sçaurez
qu'il y avoit une fois ce qu'il y avoit.
Quoy que ce puisse estre, que ce soit
à la bonne heure. Le mal s'en aille,
& le bien nous vienne. Tay-toy, lour-

Bb ij

daut, interrompit Don Quichottè en
colere. Que n'écoutes-tu ces Messieurs,
plutôt que de les vouloir fatiguer de
tes extravagances. Mais les Chanoines
qui avoient envie que Sancho conti-
nuât, prierent le Chevalier de le laiffer parler. Allons, Seigneur Ecuyer,
dit un des Chanoines, pourfuivez ; je
fuis perfuadé que ces Messieurs feront
auffi fatisfaits que moy de vous entendre raconter une hiftoire de voftre
façon. Ecoutez, Seigneur Licencié,
repartit Sancho, vous touchez-là une
corde à laquelle répondront bientôt
deux douzaines de fluttes. Mais fi vous
voulez que je vous dife des merveilles,
que Monfeigneur Don Quichotte ne
me vienne point couper le fifflet. Hé
bien , lui dit le Chevalier , pren
donc garde à ce que tu vas nous raconter ; ne vas point nous faire un
recit auffi froid que celui que tu me
fis dans le bois où nous rencontrâmes
fix geants changés en marteaux de
moulin , ni quelque impertinente hiftoire, comme celle de la vagabonde
Toralva qui fuivoit avec un peigne &
un morceau de miroir caffé le berger
Lopez Ruiz , lorfqu'il la fuyoit pour
fes coquetteries : ni enfin quelque en-

juyeux conté , comme celui de ces
chévres qui fe couchoient dans la bouë,
& qui m'ont fi fort fali l'imagination
& l'odorat. Oh par la mardy , interrompit Sancho , il faut que ces contes
ne foient pas fi mauvais, puifque vous
les avez fi bien retenus : Et je m'en réjouïs, car vous en goûterez mieux celui
que je vais vous conter. Il y avoit donc,
pourfuivit il , un Roy & une Reine
qui demeuroient dans leur Royaume. Tout ce qui eftoit mafle en ce
Royaume appartenoit au Roy, & tout
ce qui eftoit femelle , comme de raifon, appartenoit à la Reine. Or ce Roy
& cette Reine avoient une chambre
auffi grande que l'écurie où Monfeigneur Don Quichotte loge Rocinantes
dans noftre village. Cette chambre
eftoit fi pleine de reaulx jaunes &
blancs qu'ils alloient jufqu'au plancher. Les jours s'en allant & d'autres
revenant , le Roy dit à la Reine : Reine
ma mie , vous voyez combien nous
avons d'argent ; nous devrions le faire
profiter , afin d'acheter de nouveaux
royaumes. La Reine répondit auffi-
tôt : Roy mon mignon , il me femble
que nous ne ferons point mal d'acheter des moutons. Non Reine , dit le

Roy, il vaut mieux acheter des bœufs.
Non Roy, dit la Reine, nous aurons
plus de profit à trafiquer des cochons
à la Foire du Toboſo. Le Roy n'en demeura pas d'accord ; & par fantaiſie
diſoit toûjours Non, quand ſa femme
diſoit Ouï ; & de ſon coſté ſa femme
par dépit ne manquoit pas de dire Non,
quand le Roy diſoit Ouï. A la fin finale, ils convinrent qu'il falloit acheter des oyes, faiſant leur compte par
leurs doigts qu'ils iroient dans la Caſtille vieille où il y a beaucoup d'oyes,
qu'ils les acheteroient là deux reaulx
la piece, & que tout auſſi - toſt ils
iroient à Tolede pour les revendre
quatre reaulx chacune. Ce qui fut
dit fut fait ; le Roy & la Reine ſe
rendirent avec tout leur argent dans
la Caſtille vieille, & y acheterent
tant d'oyes, tant d'oyes qu'elles couvroient vingt lieuës de païs. Que le
ciel te confonde avec tes oyes, interrompit pour la ſeconde fois Don
Quichotte ; ne diſois-je pas bien que
ce miſerable nous feroit quelque im-
pertinent conte. Les Chanoines crai-
gnant de perdre le fil d'une ſi belle
hiſtoire, appaiſerent le Chevalier, &
le prierent encore avec les dernieres

inftances de permettre que Sancho la
racontât jufqu'au bout. L'Ecuyer fe
voyant fi bien appuyé continua de cette maniere fans en attendre la permiffion. Il y avoit donc, Meffieurs, une
fi grande quantité d'oyes que l'Efpagne eftoit alors auffi couverte d'oyes
que le monde le fut d'eau du tems de
Noë. Le Roy & la Reine alloient par
les chemins chaffant leurs oyes avec
un bafton, jufqu'à ce qu'ils arriverent
à un grand fleuve où il n'y avoit point
de pont. Alors le Roy dit à la Reine &
la Reine au Roy : Comment ferons-
nous paffer nos oyes ? car fi nous les
lâchons à l'eau, le courant du fleuve
les entraînera jufqu'à Rome ou Conftantinople. La Reine dit : Il eft vray,
il faut voir là-deffus des Avocats. Mais
le Roy qui favoit un peu de Latin dit :
Nous voilà bien embaraffez, il n'y a
qu'à faire un pont fi étroit qu'il ne
puiffe paffer qu'une oye à la fois ; &
par ce moyen elles ne fe fepareront
pas. La Reine loüa l'invention du Roy,
& les Ouvriers furent mis en befogne.
Quand le pont fut achevé, les oyes
commencerent à paffer une à une.
Sancho s'eftant arrefté tout court en
cet endroit, fon Maiftre lui dit : Paffe

B b iiij

donc viſte avec tes oyes, belître, &
finis promptement ton mauvais conte.
Cela ne ſe peut pas, Monſieur, répondit l'Ecuyer : Hé ! comment voulez-vous qu'une troupe d'oyes, qui
tient vingt lieuës de païs en long &
en large, paſſe dans un moment ?
Il leur faut deux ans pour le moins.
Ainſi, Meſſieurs, dans deux ans d'ici
je vous diray le reſte ; car je vous
avertis que je n'acheveray point mon
conte que toutes les oyes ne ſoient
paſſées. Un ſi bizare dénouëment fit
éclater de rire tous les Auditeurs, à la
réſerve du grave Don Quichotte qui
donna au diable le conte & le con-
teur.

Les Chanoines ne ſe laſſoient pas
d'eſtre avec nos Avanturiers ; mais
s'appercevant que le Soleil eſtoit déja
aſſez bas, & qu'ils n'avoient pas plus
de tems qu'il ne leur en falloit pour ſe
rendre à Catalayud, ils monterent ſur
leurs mules, & partirent aprés les complimens ordinaires en pareille occaſion. Don Quichotte & ſa compagnie
que les meſmes raiſons obligeoient à
quitter les ſaules, en firent autant de
leur coſté. Comme le Juré de Siguença s'en retournoit chez lui, & qu'il ſe

A. Clouzier . Sc.

propofoit de coucher dans le mefme
village que nos Avanturiers, il les accompagna, foupçonnant bien à la verité le Chevalier de la Manche d'eftre
fou ; mais fans favoir encore précifé-
ment quelle eftoit fa folie. Il en fut
bientôt pleinement inftruit par une
étrange avanture que l'on verra dans
le Chapitre qui fuit, fi l'on veut prendre la peine de le lire.

## CHAPITRE XXIV.

*De l'étrange & perilleufe avanture que*
*le brave Ecuyer de Don Quichotte*
*eut la hardieffe d'éprouver.*

DOn Quichotte & fes compagnons
eftoient déja à moitié chemin de
l'hoftellerie où ils devoient coucher,
lorfque coftoyant un petit bois de fa-
pins ils entendirent fortir d'entre les
arbres une voix plaintive comme d'une
femme affligée. Ils s'arrefterent pour
mieux écouter ; & comme ils en é-
toient affez prés, ils oüirent diftincte-
ment ces paroles : *Helas ! malheureufe*
*que je fuis, ne trouveray-je perfonne*
*qui me fecoure en cette extremité ? Fau-*

*dra-t-il que je periße miserablement en-*
*tre les griffes des bêstes cruelles qui ha-*
*bitent ces lieux sauvages ?* Dés que le
Chevalier eut entendu ces tristes paroles, il dit à ses camarades : Mef-
sieurs, voici la plus belle & la plus
dangereuse avanture qui me soit arrivée depuis que j'ay receu l'Ordre de
Chevalerie. Ce bois que nous voyons
est un bois enchanté, où l'on ne peut
entrer que trés-difficilement. Le sage
Friston mon ancien ennemi y a une
caverne fort spatieuse, dans laquelle il
tient enchantez un grand nombre de
Chevaliers & de Princesses, parmi les-
quelles depuis peu de jours est la sage
Urgande la déconnuë. Elle est cruelle-
ment attachée avec de grosses chaisnes
de fer à une vaste rouë de moulin que
deux horribles demons tournent incessamment ; & toutes les fois que son
corps frappe avec impetuosité le rocher sur lequel est posée la rouë, l'extrême douleur qu'elle en ressent lui fait
pousser les cris que nous venons d'entendre. Un pareil discours fut fort
nouveau pour le Juré, qui estant naturellement assez simple dit à Don
Quichotte avec beaucoup d'ingenuité:
Seigneur Chevalier, les enchante-

siens ne se pratiquent point en ce païs-
ci, & je ne croy nullement que les
choses que vous dites soient dans ce
bois ; tout ce que nous pouvons penser de plus raisonnable, c'est que des
brigands y auront asseurément traîné
quelque femme qu'ils auront volée &
maltraitée. Ce que nous avons à faire,
c'est d'y entrer pour voir si elle est
encore en estat de recevoir du secours.
Monsieur le Juré, dit brusquement
Don Quichotte, savez-vous bien que
je n'aime pas les contestations, & surtout avec de petits Jurez qui doivent
se taire devant les Chevaliers errans.
Bracamonte, pour empêcher qu'il ne
survint une querelle, s'approcha du
Juré, & lui dit en deux mots ce que
c'estoit que Don Quichotte, qui comme homme fort interessé dans la délivrance d'Urgande avoit déja tiré son
épée, & alloit entrer dans le bois, disant que c'estoit à lui seul qu'il appartenoit d'achever l'avanture. Mais Sancho saisissant la bride de Rocinantes
arresta son Maistre, & se mit à genoux
devant lui tenant son bonnet à la
main. Don Quichotte jugeant par-là
que son Ecuyer vouloit parler, lui demanda ce qu'il avoit à lui dire ? Mon-

seigneur, répondit Sancho, vous vîtes
bien l'autre jour en fortant de Saragoffe comme je me portay roide contre le Seigneur Bracamonte ; je vous
fupplie trés-humblement de me laiffer
encore cette avanture , afin que je
puiffe meriter par mes batailles d'eftre
un jour Chevalier errant, & d'avoir
comme vous place dans la legende.
J'iray tout bellement fur mon afne
pour voir qui eft cette Princeffe qui fe
plaint fi fort ; & fi je trouve endormi
ce maroufle de Friton qui nous en
veut, je vous l'ameneray ici par le
colet, & lui donneray une vingtaine
de gourmades avant qu'il fe foit réveillé. Cependant comme on ne fçait
ni qui vit ni qui meurt, & que fouvent on revient tondu quand on va
pour avoir la laine, fi nous mourons
mon Grifon & moy dans la bataille,
je vous prie de nous faire tous deux
enterrer enfemble. Ami Sancho, luï
dit Don Quichotte, pour te faire voir
que je ne fouhaite rien avec tant de
paffion que ton avancement dans les
avantures, je veux bien t'accorder celle-ci ; mais je ne confens de t'en céder
tout l'honneur qu'à condition que, fi
tu l'acheves, tu quitteras ton habit de

paiſan, & te feras armer Chevalier
par les propres mains du Roy, auſſi-
tôt que nous ſerons arrivés en ſa Cour,
afin qu'aprés cela tu puiſſes monter un
ſuperbe courſier Andalous, & armé de
toutes pieces aller dans les tournois
tuer les geants, & deſenchanter les
Dames & les Chevaliers. Monſieur,
repartit l'Ecuyer, vous n'avez qu'à
laiſſer courir les chiens aprés la beſte.
Je ne ſuis pas homme à chercher cinq
pieds au moûton. Quand il s'agira
de s'eſcrimer des poings, aſſurez-vous
que j'en feray plus en jour que deux
autres en une heure : & quelque ennemi que j'aye à combattre, ſi je puis
mettre entre nous un bon eſpace de
terrain où il y ait force pierres, vous
verrez que je ne ſuis, pardy, pas man-
chot; la victoire ſera de mon côté, ou
elle dira pourquoy; & tous ces ex-
communiés de geants reſteront ſur la
place, quand il y en auroit un plein
boiſſeau. Adieu donc, Monſieur,
pourſuivit-il, donnez-moy voſtre be-
nédiction, car je n'attens plus que
cela pour aller faire crever le petard.
Va, mon enfant, lui dit le Chevalier,
que le Dieu des armées te donne en
cette grande entrepriſe le ſuccés que

je te souhaite. L'Ecuyer fortifié par
ces paroles partit de la main pour commencer l'expedition ; mais à peine eut-
il fait dix ou douze pas, qu'il revint
vers son Maistre en disant : Monsieur,
j'ay oublié le meilleur. Prenez garde à
ce que je vais vous dire : Si par malheur je me voy dans quelque peril, &
que je crié au secours , ne manquez
pas au moins d'accourir viste à mon
aide , afin que nous n'appreltions pas
à rire à ce mauvais garnement de Friton. Ne crain rien , mon fils , dit Don
Quichotte, je seray à toy avant qu'on
t'ait assommé , ou du moins j'arrive-
ray si immediatement aprés, que je
vangeray pleinement ta mort à l'heure mesme. Cela ne suffit pas , Monsieur, reprit Sancho , il faut que vous
soyez à mes côtés avant que les geants
se soient approchés de moy d'un jet de
pierre. Enfin quand vous m'entendrez
crier , ahi ahi , ce sera signe qu'il n'y
aura point de tems à perdre , & que
je seray déja étranglé. Sancho Sancho,
dit alors Don Quichotte en branslant
la teste, tu ne feras pas de grandes
merveilles en cette occasion , puisque
tu as tant de peur. Oh pardy , Monsieur, repartit l'Ecuyer, vous en par-

lez bien à voftre aife. Je ne fuis point
encore armé Chevalier, & vous voulez que j'attaque un million de geants
comme une douzaine de poules. Mais
puifque je m'y fuis engagé, il faut
marcher; il n'eft plus tems de courir
aprés l'andoüille, lorfqu'un autre la
tient dans les dents. En achevant ces
mots, le courageux Ecuyer entra dans
le bois. A peine y eut-il efté un moment qu'il fe mit à crier de toute fa
force, ahi ahi, on me tuë, on m'af-
fomme. A ces cris redoublés Don
Quichotte appuya des deux à Rocinantes, & fe jetta dans le bois, fuivi
du Soldat & du Juré. Mais ayant joint
Sancho, & le trouvant paifiblement
fur fon afne, le Chevalier lui demanda ce qu'il avoit rencontré de finiftre.
Bon, lui répondit l'Ecuyer, vous eftes
homme de parole. Je n'ay encore rien
vû, Dieu merci; & j'ay crié feulement
pour voir fi vous viendriez au premier
bruit : mais Meffieurs, ajoûta-t-il, vous
n'avez qu'à vous en retourner, car je
vais achever l'avanture.

En effet il avança plus avant, &
bientôt il ouit ces paroles affez prés
de lui : *Ah fainte Mere de Dieu! eft-*
*il poffible que par voftre moyen il ne*

*vienne ici perfonne pour me fecourir.*
*Païfan, mon ami, délivrez-moy du*
*danger où je fuis.* L'apprenti Chevalier
ayant tourné la tefte du cofté que par-
toit la voix, apperçût une femme nuë
en chemife & attachée à un arbre. Cette vûë le remplit d'un tel effroy, qu'il
fe jetta de fon afne en bas, & fe mit à
courir de toute fa force, fans tenir de
route affeurée, criant, A l'aide, au
meurtre ! Monfeigneur Don Quichotte, c'eft à ce coup que l'on tuë voftre
fidéle Ecuyer. Don Quichotte & les
deux autres qui eftoient fortis du bois,
y rentrerent auffi-tôt, & trouverent
le pauvre Sancho fi éperdu & fi troublé, qu'il tomboit à chaque pas, &
donnoit du nez contre les buiffons.
Bracamonte le faifit par le bras, &
eut toutes les peines du monde à le
retenir, parce qu'il faifoit tous fes
efforts pour fe fauver hors du bois.
Qu'eft-ce donc que ceci, Seigneur
Chevalier futur, lui dit le Soldat ? Ah
Seigneur Bracamonte, répondit Sancho, ne m'abandonnez pas, je vous
prie ; car j'ay toutes les ames du Pur-
gatoire à mes trouffes. Mes yeux pecheurs en ont vû une attachée à un
Pin, & veftuë de blanc comme noftre
Curé

Curé dit qu'elles font : Et fi je n'euffe
joüé des piés, & ne me-fuffe recom-
mandé au bon Larron, elle m'auroit
avalé comme une prune ; car il y a
peut-eftre plus de fix mille ans qu'elle
n'a rien mangé que mon grifon, qui
aura fans doute fait le fault, puifque
je ne le voy point. Don Quichotte &
le Juré commencerent à chercher partout ; & comme Sancho leur crioit
de prendre garde à eux, la femme attachée entendant du bruit autour d'elle, conçût quelque efperance d'eftre
fecouruë, & recommença fes plaintes.
D. Quichotte & fes camarades l'ayant
apperçuë s'approcherent d'elle, à la
réferve de l'Ecuyer qui fe tenoit derriere le Soldat, & n'ofoit la regarder
qu'à la dérobée. Il ne laiffa pourtant
pas de lui dire tout en tremblant : Madame l'ame, rendez moy, s'il vous
plaift, mon grifon, autrement je jure
par flis flos Sanctorum que Monfeigneur Don Quichotte vous le fera fortir du gizier à bons coups de lance.
Tout-beau Sancho, lui dit en riant
Bracamonte, Madame l'ame eft une
ame de bien & de bonne confcience
qui ne vous a rien volé. Voilà voftre
afne qui paift tranquilement ici. Ce-

*Tome I.*                C c

pendant le Chevalier de la Manche
confideroit avec attention cette miferable femme dont le corps paroiffoit
tout meurtri de coups. Aprés l'avoir
quelque tems regardée, il dit à Bracamonte & au Juré : Meffieurs, je vous
avoüe que je me fuis trompé. Cette
Dame que vous voyez n'eft pas la fage
Urgande. C'eft la fameufe Zenobie,
cette grande Reine des Amazones. Elle
eft fortie ce matin de fon Palais, fuivie
des principales Dames de fa Cour pour
prendre le divertiffement de la chaffe.
Son équipage eftoit magnifique. Elle
eftoit habillée d'un riche velours verd
brodé d'or & de pierreries, tenant un
arc d'Ebene à la main, & portant fur
fon dos un carquois rempli de fleches
dorées. Elle montoit un cheval Tartare, blanc, à taches ronges & noires,
qui blanchiffoit fon mords d'écume,
& faifoit retentir l'air d'un fier hen-
niffement. Ses beaux cheveux blonds
couverts d'une galante capeline om-
bragée de plumes vertes & blanches,
flotoient, au gré du vent, à groffes boucles fur fes épaules. S'eftant obftinée à
pourfuivre un Ours furieux qui avoit
déja devoré une partie des chiens, la
vîteffe de fon cheval l'a bientôt féparée

du gros de la Chaſſe : Elle s'eſt égarée
dans le fonds de ce bois , & ayant mis
pied à terre pour ſe rafraichir ſur le bord
d'une claire fontaine, qui eſt à deux pas
d'ici, elle a eſté ſurpriſe par une troupe inſolente de Geants qui lui ont pris
ſon puiſſant Courſier , lui ont ôté ſes
riches vêtemens & ſes pierreries , &
l'ont enſuite attachée à cet arbre nuë
en chemiſe , comme vous la voyez.
Ainſi, Seigneur Bracamonte détachés-
la promptement , & ſçachons de ſa
royale bouche les circonſtances de
cette funeſte avanture. Le Soldat exe-
cuta l'ordre ſur le champ , au grand
ſoulagement de la pauvre malheureu-
ſe qui n'avoit pas trouvé le recit de la
chaſſe, auſſi divertiſſant qu'il avoit paru
au Soldat & au Juré.

# CHAPITRE XXV.

*Suite. de l'heureuſe délivrance de la*
*Reine Zenobie , autrement appellée*
*Barbe la Balafrée.*

LA Reine Zenobie aprochoit de la
cinquantaine , & outre qu'elle
avoit tout l'air d'une franche pendar-

de , fa joüe droite étoit décorée d'une longue balafre , qui la lui traverfoit jufqu'à l'oreille , & qu'elle avoit aparemment reçeüe dans fes beaux jours pour fa fainte vie & fes paroles modeſtes. Le foldat l'ayant confiderée, dit au Chevalier : Seigneur Don Quichotte , je vous affure que cette Dame affligée n'a point du tout l'air ni le viſage de la Reine Zenobie, & je fuis fort trompé fi je ne l'ay veüe à Alcala dans la ruë des Cabarets ; je croy même qu'elle fe nomme Barbe ta balafrée , ou quelque chofe d'aprochant. Vous l'avez dit , Seigneur Soldat , dit la Princeffe , je m'appelle ainfi , & Dieu vous le rende , pour le bon fecours que vous m'avez donné. Le Juré faifant réflexion fur l'état où étoit la Reine des Amazones, qui s'appelloit en fon propre nom Barbe la Balafrée, autrement, Mochicona la tripiere , détacha par charité fon manteau pour la couvrir, afin qu'elle pût avec plus de décence, paroître dans le lieu où ils alloient paffer la nuit. Barbe s'en revêtit fans façon, & jugeant à l'équipage de Don Quichotte & aux airs d'autorité qu'il prenoit fur les autres que c'étoit à lui qu'elle devoit adreffer fon compliment,

elle lui dit : Seigneur Chevalier, je vous
rends grace de vôtre generosité, sans
vous & cette noble compagnie que le
Ciel a fait passer par ici, je n'aurois
pû éviter la mort cette nuit. Don Quichotte répondit avec beaucoup de gravité : Belle Zenobie, grande Reine,
dont la valeur a été si redoutable aux
fameux Princes de Grece & si avanta-
geuse au Soudan de Babilone que vous
avez favorisé contre le belliqueux Empereur de Constantinople, je m'estime
bienheureux en ce jour de vous avoir
pû rendre ce petit service, en attendant que je vous en rende de plus im-
portants. La Reine qui ne connoissoit
pas encore le Seigneur Don Quichotte, trouva son compliment assez nouveau, & ne sçachant que lui répondre, Seigneur Chevalier, lui dit-elle
dans son embaras, je vous demande
pardon, si je prens la liberté de vous
dire que je ne suis ni de prés ni de loin
la Reine Zenobie, ni le Soudan de
Babilone : mais si vous me nommez
ainsi pour vous moquer de moy à
cause que je suis vieille, vous sçaurez
que je n'ay pas toûjours été méprisée.
Quand j'étois jeune fille à Alcala, les
plus beaux Ecoliers de l'Université me

cheriſſoient comme la prunelle de leurs
yeux. Il eſt vray que depuis qu'un
grand bélître de Regent, Dieu lui en
faſſe porter la peine en ce monde ou
en l'autre, me fit à la joüe la marque
que vous voyez, je n'ay plus eu la
vogue comme auparavant ; mais je
n'ay pas laiſſé pour cela de rouler toûjours ma vie aſſez joyeuſement ; car
toute pomme tachée n'eſt pas pourrie,
O Ciel, ô juſte Ciel ! s'écria le Chevalier de la Manche, qu'eſt-ce que j'entens ? je n'ay jamais ſi bien connu la
neceſſité de la Chevalerie errante que
je la connois aujourd'hui ; voyez, Seigneur Bracamonte, juſqu'où va la
perverſité des Enchanteurs : ces perfides ne ſe ſont pas contentez d'avoir
fait dépouiller inhumainement & attacher cette belle Reine à un arbre par
une trouppe de Geants, dignes mini-
ſtres de leur malice : Ils lui ont encore
troublé l'eſprit, & par leurs ſortileges
effaçant dans ſa memoire toutes les
idées de ſa grandeur, ils lui font croire qu'elle eſt vieille, laide, balafrée ;
de la plus baſſe condition, & d'une
trés-mauvaiſe conduite. La Tripiere
enchantée ſe trouvant choquée de ces
dernieres paroles dit à Don Quichotte,

Seigneur Chevalier, avec vôtre per-
miſſion, je ne ſuis pas de ſi mauvaiſe
vie qu'on vous l'a dit ; Car ſi j'ay fait
tant ſoit peu de tort à mon honneur,
je n'ay jamais fait aucun mal à perſonne. Ceſſez, grande Princeſſe, repliqua
Don Quichotte, ceſſez d'avilir la no-
bleſſe & la majeſté de vôtre rang. Je
ſçay bien que vous vous croyez une
miſerable, une ſervante de cabaret,
ſi vous voulez, parce que les traîtres
Enchanteurs ont offuſqué les vives
lumieres de vôtre eſprit : mais je ne
prends pas le change, je vois toujours
en vous cette grande Reine Zenobie
dont la valeur égale la beauté ; à Dieu
ne plaiſe que je ſois aſſez injuſte pour
vous croire capable de profaner à des
Ecoliers, ni même à des Regens, ces
incomparables attraits, pour qui les
plus fameux Princes de l'Orient ont
ſoûpiré ; pour qui le courageux Hiper-
borean des Iſles flotantes a entrepris
& executé tant de hauts faits. C'eſt
à lui ſeul que vous devez les prodi-
guer pour recompenſer la victoire qu'il
a obtenuë ſur les quatre Geants de
bronze & le phantôme de feu qui gardoient la Tour de criſtal où le ſage
Panphus l'ennemi du Roy vôtre Pere

vous tenoit enfermée par son pouvoir magique.

Pendant que le Chevalier parloit ainsi : Bracamonte & le Juré étoient dans un étonnement que je laisse à imaginer, d'entendre tant d'extravagances. Pour Sancho, ayant eu le tems de revenir de sa terreur panique, & ne voyant rien dans la Balafrée qui s'accordât avec la harangue de son Maître, il ne put s'empêcher de dire : Par la gerni, Seigneur Don Quichotte, vous n'y pensez pas. Hé où diable sont donc toutes ces beautez que vous voiez dans Madame de Segovie ? J'ay beau la mirer de tous côtez, Dieu sçait ce que je vois. Si mon grison avoit une coiffe sur la tête, je veux mourir s'il ne ressembloit mieux qu'elle à une Princesse. Je mets en fait que le Seigneur Bracamonte & Monsieur le Juré sont de mon avis. Je n'en doute point, dit Don Quichotte, & ne t'y trompe pas, mon ami : La Reine me paroît comme à toy, laide, vieille, dégoûtante, & effrontée ; car les yeux du corps sont fascinez par les charmes de l'Enchanteur Panphus ; mais pour juger sainement des admirables qualitez de cette Princesse, je me sers des yeux

de

de l'efprit. Je m'éleve audeffus des fens,
& par un privilege attaché à la Chevalerie errante, qui va toûjours droit
au but, je vois dans cet objet, hideux
en aparence, un tein de lis & de rofes, une chevelure blonde plus belle
que celle d'Apollon, des yeux céleftes
& vainqueurs, des lévres de corail,
des dents qu'on prendroit pour des
perles orientales, des bras & une gorge d'une blancheur éblouïffante, un
regard touchant & flateur, un fourire
engageant, une taille fine, un port
majeftueux avec une action libre &
modefte. Enfin Sancho, quand j'auray
détruit l'enchantement de Panphus,
tu verras qui de nous deux en aura
porté un meilleur jugement. Oh je
vous en quitte, Monfieur, repartit
l'Ecuyer, vous êtes là-deffus un maître
paffé: mais eft-il bien poffible que
Dame Barbe avec fa balafre & fa peau
de parchemin ait des dents & des yeux
de corail, & tout le refte que vous ve-
vez de dire ? Ah qu'il me tarde d'être
Chevalier pour voir les chofes autrement qu'elles ne font !

Cet entretien eut duré plus long-tems,
fi le Juré n'eut remontré à Don Quichotte que le foleil étoit déja couché,

*Tome I.*           **D d**

& qu'il faloit se remettre en chemin,
Alors le Chevalier dit à son Ecuyer :
Sancho ameine ici ton grison, & qu'il
ait aujourd'hui l'honneur de servir de
blanche haquenée à la Reine. En disant
cela il salua gravement Zenobie, &
prit les devants tout seul, pour rêver
à la vengeance mémorable qu'il vouloit tirer de Panphus. Cependant Sancho fit de bonne grace ce que son maître lui avoit ordonné. Il amena son
asne, & se mettant même à quatre
pattes, afin que la Reine pût monter
avec plus de facilité, Madame la Princesse, dit-il, vous n'avez qu'à poser
vos pieds sur mon dos, & monter dessus mon grison. Il est si doux qu'il ne
donneroit pas un démenti à un enfant ;
mais diantre, ajouta-t-il en la regardant sous le nez, je ne sçavois pas
que vous fussiez si belle ! Que j'ay
d'envie de vous voir avec les yeux de
l'esprit ; car franchement ce vilain Regent de Panthus vous a rendu plus
laide que Lucifer. Barbe ne trouva
pas ce compliment trop gracieux, &
pour s'en venger, comme elle étoit
d'une taille gigantesque, en montant
dessus le grison elle s'appuia si pesam-
ment sur le pauvre diable d'Ecuyer,

qu'elle le renverfa touté clopé. A l'aide, s'écria Sancho en tombant, je fuis
mort ! qu'y a-t-il frere, lui dit le Soldat, en allant pour le relever. Ah Seigneur Bracamonte, répondit-il, la carogne de Reine m'a enfoncé deux côtes pour le moins. Les Loups l'euffent-
ils mangé jufqu'aux arreftes. Tout
beau, Sancho, reprit en riant Bracamonte, parlez de la Reine Zenobie
dans des termes plus refpectueux : &
ne dites point qu'elle vous a fait mal.
C'eft une Princeffe trop mignarde, &
qui a le pied fi délicat & fi leger qu'elle foule à peine l'herbe & les fleurs.
Oh oh ! Seigneur Soldat, repliqua l'E-
cuyer, vous parlez en Chevalier errant, & l'on diroit que vous voyez
auffi la Reine avec les yeux de l'efprit.
Sans doute, repliqua Bracamonte,
comme de Soldat à Chevalier errant
il n'y a que la main, tous les gens
de guerre jouiffent de la plûpart des
privileges de la Chevalerie errante, &
fur tout de celui-là : mais, fi vous
m'en croiez, pourfuivit le Soldat, nous
laifferons cette matiere, & en attendant que nous arrivions au gifte, nous
donnerons audiance à la Reine qui va
nous raconter la caufe de fon malheur.

Madame Barbe, continua-t-il, en a-
dreſſant la parole à l'Amazone, dites-
nous, s'il vous plaît, quel brigand
vous a ſi mal ajuſtée ? & pourquoi vous
êtes ſortie d'Alcala où vous viviez
comme une Princeſſe ? Hequoy, Seigneur Soldat, répondit Barbe, vous
m'avez donc veuë dans le tems de ma
proſperité ? êtes-vous venu quelquefois dans ma boutique ? & y auriez
vous mangé par hazard de ces bonnes
fricaſſées de trippes que je ſçavois ſi
bien apprêter ? Non, repartit Bracamonte, mais je demeurois alors au
College des trois Langues où j'étois en
penſion, & je me ſouviens que vous
aviez la réputation d'être la premiere perſonne du monde pour faire des
pieds de cochon & des boudins. Des
boudins, interrompit Sancho avec un
tranſport de joye ! Ah par la mardy ſi
Madame la Reine eſt ſi habile à faire
des boudins, je la retiens dés à preſent
pour être ma Cuiſiniere dans mon
Gouvernement. Je le veux bien, lui
dit Barbe, & je vous jure que je vous
feray & des boudins & des galimafrées
ſi excellentes que vous vous en léche-
rez les doigts juſqu'au ſang. Dieu en
ſoit beni, reprit l'Ecuyer, je voudrois

déja avoir la pipe en bouche. Mais que
vôtre Majesté nous apprenne donc la
cause de sa mes-aventure. Barbe qui
n'avoit jamais rien refusé à personne
donna sur le champ la satisfaction
qu'on lui demandoit.

Puisque vous le souhaitez, Messieurs,
leur dit-elle, vous sçaurez que ma
mere persuadée qu'une belle éducation
est le meilleur bien qu'on puisse laisser
aux enfans, me fit apprendre à faire
des boudins, des pieds de cochon, &
des fricassées de trippes. En sorte qu'-
avant sa mort elle eut la consolation
de me voir en état de gagner ma vie.
Je tenois donc Auberge dans la ruë
des Cabarets, où l'odeur de mes fricassées m'attiroit beaucoup d'Ecoliers.
Il en venoit un, entr'autres, qui étoit
beau à peindre, & qui pouvoit avoir
vingt-trois ans. Je le trouvay si hon-
neste & si civil, & j'y mis de telle
maniere mon affection, que je n'étois
point à mon aise que je ne l'eusse à
mes côtez. Je le traitois à ses repas
comme un Prince, & je lui achetois
des livres, des souliers, des chauf-
ses, des fraizes, en un mot tout ce
qu'il me demandoit, & il ne s'y épargnoit pas, il l'avoit dans le moment.

Aprés avoir ainſi vécu prés d'un an
avec moy, il me dit un jour en me ca-
reſſant qu'il étoit reſolu d'aller à Saragoſſe où il avoit du bien, & que ſi
je voulois l'accompagner juſques là,
il m'épouſeroit pour la grande amour
qu'il me portoit. Que les femmes qui
aiment ſont ſottes ! Je fus ſi bête, que
ſans rien ſoupçonner de mauvais je
lui répondis que j'étois prête à le ſuivre aux Antipodes. Et en effet dés le
lendemain, je me mis à vendre mes
meubles qui conſiſtoient en deux
chambres garnies, & en une aſſez
grande quantité de linge dont je fis
juſqu'à quatre-vingt ducats. Enfin
nous ſortimes hier d'Alcala ; mais
comme le noir Satan s'étoit emparé
de ſon cœur, ce matin en paſſant prés
de ce bois il m'a propoſé d'y entrer
pour y prendre le frais ; le Seigneur
le lui faſſe prendre de la même maniere : mais je ne veux point le maudire ;
car peut-être nous rencontrerons-nous
quelque jour, & s'ils ſe repentoit du
paſſé, je croi, Dieu me pardonne, que
je l'aimerois encore. J'entray donc
dans le bois avec le ſcelerat, qui prenant tout à coup un air furieux, &
tirant ſa dague, me dit de lui donner

tout l'argent que j'avois : & comme je
ne le fatisfaifois pas affez vîte à fon
gré , il commença à me pincer le nez
& les oreilles , à me donner des coups
de poing dans les dents , & des coups
de genoux dans le ventre en me difant , Se depefchera-t-elle , la vieille
forciere , fe depefchera-t-elle de me
donner cet argent qu'elle a fi mal ac-
quis , & que je fçauray mieux dépenfer qu'elle ? Je vous avouë que je fuis
encore outrée de colere , quand je me
reffouviens des injures qu'il m'a dites ;
& il en a menti comme un vilain ,
quand il m'a traitté de forciere ; car fi
j'ay une fois efté attachée au carcan
fur les degrez de l'Eglife de S. Jufte ,
j'en ay toute l'obligation à quelques-
unes de mes voifines qui me firent
cette piece , en portant un faux témoignage contre moy ; le cœur leur
en puiffe crever les Envieufes ! mais
je me vangeay bien d'une d'elles , en
donnant des gobes empoifonnées à un
fort joli petit chien qu'elle avoit. Le
pauvre animal , interrompit Sancho ,
hé que vous avoit-il fait, Madame la
Reine ? Eft ce lui qui avoit porté le
faux témoignage contre vous ? Non
repartit Barbe , mais qui ne peut nuire

à Robin fait mal à fon chien. Cela
n'eſt pas juſte repliqua l'Ecuyer, le
Vicaire ne doit point payer les dettes
de ſon Curé. J'en demeure d'accord,
reprit la Balafrée : mais pour revenir
à mon hiſtoire, quand je vis que je
ne pouvois appaiſer le cruel qui me
maltraitoit qu'en le ſatisfaiſant, je lui
mis entre les mains mes quatre-vingt
ducats bien comptez. Encore ne fut-il
pas content de cela, il me dépoüilla
juſqu'à la chemiſe, & emporta mes
habits aprés m'avoir attachée à un
arbre. Oh le grand fils de ſa mere, s'é-
cria Sancho, qu'en dites-vous, Seigneur Bracamonte ? ne dois-je pas
l'aller chercher de College en College,
cet outrepreux Ecolier, pour le défier
corps à corps, ou dix contre dix ? Je
jure par l'ordre de l'Ecurie errante
que je profeſſe, que je lui couperay
la tête, & que je la porteray embro-
chée au bout d'une lance dans les
Tournois. Tout ce que je crains, car
quand on va cueillir la roſe, il faut
prendre garde à l'épine, c'eſt d'avoir
affaire à quelques Ecoliers de Belzebut, comme ceux que je rencontray
dans un College de Saragoſſe. La maudite vermine ! l'un de ces mauvais

garnemens, que le Ciel le puisse brûler comme Gomorre, me donna sur la machoire gauche un si vigoureux soufflet que mon bonnet en tomba ; & dans le tems que je me baissois pour le ramasser, un autre me ficha dans les fesses un si grand coup de pied que je donnay du nez à terre. Ce ne fut pardy pas tout encore ; car quand j'eus relevé la teste, il commença de tous costés à pleuvoir sur ma face une si copieuse quantité de crachats, que je ne savois de quel côté me tourner.

## CHAPITRE XXVI.

*Comment Don Quichotte allarma tout un Village qui eut beaucoup plus de peur que de mal.*

SAncho s'estant rendu maistre de la conversation ne cessa de parler, jusqu'à ce qu'estant entrez dans le Village, ils trouverent à la porte de l'hôtellerie le Chevalier de la Manche au milieu d'un assez grand concours de peuple, à qui il disoit avec beaucoup de vehemence : Courageux guerriers, dont la vigilance & la valeur défen-

dent cette celebre Ville, je viens vous
avertir de vous préparer au combat.
L'Enchanteur Panphus sera bientôt à
vos portes avec une effroyable armée
de geants. Il veut nous arracher la
chaste Reine Zenobie pour l'exposer
encore à la mort cruelle dont mon invincible bras vient de la délivrer. Ne
souffrons pas, amis, qu'on fasse cette
indignité à la plus aimable Princesse de
l'univers. Secondez-moy ; nous mettrons aisément en fuite Panphus &
tous ses geants, & nous les poursui-
vrons jusqu'aux extremités de leurs
Estats. Mais prenez garde, je vous
prie, que l'émulation de la valeur, &
le partage des royaumes que nous allons conquerir sur eux, ne fassent naître entre vous de la jalousie & des dis-
sensions, parce qu'il est absolument
necessaire que nous soyons toûjours
bien unis, si nous voulons terminer
heureusement cette guerre. Les habi-
tans du village étonnés d'entendre ce
que disoit Don Quichotte ne savoient
ce qu'ils en devoient croire. Les uns
le regarderent comme un fou : mais
les autres jugerent à la richesse de ses
armes, & à la gravité de ses paroles,
que c'estoit peut-estre quelque fameux

General, à qui le Roy avoit donné la
conduite de ses armées, pour s'opposer à l'irruption des François, avec qui
l'on publioit alors qu'on commençoit
à se broüiller. Tout ce qu'ils ne com-
prenoient pas bien, c'estoit l'arrivée
de l'enchanteur Panphus, & la défense
de la Reine Zenobie, & ils estoient
prests à s'en éclaircir, lorsqu'on vit
paroistre du côté de Siguença un carosse traîné par six mules, & suivi de
cinq ou six hommes à cheval. Aussi-
tôt que Don Quichotte apperçut cet
équipage, il s'écria plein d'une fureur
toute martiale, Aux armes, mes amis,
aux armes ! voici l'Enchanteur qui
vient à nous avec toutes ses forces.
Ceux qui avoient esté la duppe du premier discours du Chevalier furent assez
foux pour s'imaginer que l'ennemi
s'approchoit ; & comme la frayeur
grossit les objets, l'équipage leur pa-
rût une armée. Déja la confusion re-
gnoit parmi eux, & ils entroient tout
troublés dans leur logis pour chercher
des armes : Mais Bracamonte & le
Juré les rassurerent en s'avisant de
leur dire que Don Quichotte estoit un
pauvre gentilhomme qui avoit perdu
l'esprit, & qu'on menoit aux petites

maisons de Tolede pour le faire traiter. Cependant le Chevalier s'estoit
posté au milieu de la ruë, il avoit em-
brassé son écu, & mis la lance en arrest attendant l'équipage de pied ferme : Mais le Soldat pour prévenir tout
accident s'approcha du Chevalier, &
lui dit : Seigneur Don Quichotte, comme vous savez mieux que personne
qu'il faut connoistre le nombre & la
disposition d'une armée qu'on va combattre, permettez-moy d'aller à la dé-
couverte. Vous n'avez qu'à demeurer
ici. Je vais observer l'ennemi de si
prés que je vous en rendray bientôt
un compte fidelle. Le Chevalier de la
Manche ayant approuvé ce dessein, le
Soldat marcha vers le carosse ; &
quand il fut auprés, il demanda à parler aux personnes qui estoient dedans,
pour les instruire de la folie de Don
Quichotte : mais il n'eut pas plutôt
jetté les yeux sur un Cavalier qui étoit
avec deux Dames dans le carosse, qu'il
demeura la bouche ouverte, & tellement surpris qu'il ne put proferer une
seule parole. D'un autre costé le Cavalier ne fut pas moins étonné de voir
le Soldat ; & aprés l'avoir bien consideré, il s'avança à la portiere, & lui

tendant les bras : Ah ! mon frere, lui
dit-il, mon cher Bracamonte, c'est
vous ! l'estat où je vous voy ne m'em-
pêche point de vous reconnoistre. Ils
s'embrasserent tous deux à plusieurs
reprises, pleurant de joye de se rencontrer. Et en effet il y avoit plus de
quinze ans que ces deux freres ne s'é-
toient vûs, & qu'ils étoient en peine
l'un de l'autre. Aprés la mort de leur
pere ayant partagé entr'eux une trés-
petite succession qu'il leur avoit laissée,
le Soldat, qui étoit le cadet, avoit pris
le parti des armes : mais quoiqu'il eût
fait de fort belles actions en Flandres,
il n'en rapportoit que l'honneur de
les avoir faites. Pour l'aîné, qui se
nommoit Don Raphaël de Bracamonte, il revenoit du Perou chargé de
biens avec deux Dames, dont l'une
estoit sa femme & l'autre sa belle mere,
Enfin les deux freres ne cessoient de
s'embrasser, & ils s'embrassoient avec
des transports si extraordinaires que
jamais le sang & l'amitié n'en ont produit de plus vifs. Dés que les Dames
sçurent qui estoit le Soldat, quoiqu'il
ne fust pas dans un estat à faire honneur à leur alliance, elles ne laisserent
pas de lui faire tant de civilités, qu'il

n'avoit pas peu d'affaire à répondre à
tous leurs complimens.

Pendant que ces choses se passoient
Don Quichotte ne voyant pas revenir le Soldat, & s'imaginant qu'on
l'avoit enveloppé, s'avança pour le
dégager, & piqua vers le carosse :
mais avant qu'il y arrivast, le Soldat
instruisit succinctement son frere &
les Dames de la folie du personnage; &
les ayant préparés à le recevoir, il le
laissa approcher, & puis lui dit tout
haut ces paroles : Seigneur Chevalier,
dont le redoutable bras a autant fou-
droyé de geants que Jupiter, apprenez
que l'enchanteur Panphus n'est point
ici. Tous ces Cavaliers que vous voyez
ne sont en aucune façon ennemis de la
Princesse Zenobie. Aucontraire, c'est
la Reine sa mere qui est dans ce carosse, accompagnée d'une Demoiselle
& d'un Ecuyer; & qui vient vous remercier d'avoir sauvé sa fille d'une
mort qu'elle n'auroit pû éviter sans
vostre courage. A ces paroles Don
Quichotte s'approcha de la portiere,
& aprés avoir salué gravement les
Dames sans descendre de cheval, &
sans leur donner le tems de parler, il
s'adressa à la belle mere de Don Ra-

phaël, & lui dit : Grande Reine, qui
pouvez-vous vanter d'avoir mis au
jour la plus fameuſe Princeſſe du monde, puiſque vous eſtes mere de l'incomparable Zenobie ; je ſuis fâché que
vous ayez quitté pour moy vos Eſtats,
& ſouffert la fatigue d'un ſi long chemin. Je n'ay rien fait encore qui ſoit
digne de quelque reconnoiſſance ; mais
j'eſpere qu'aprés avoir vaincu en combat ſingulier le geant Bramarbas de
Taille-enclume Roy de Chipre, je feray couronner l'Infante voſtre fille
Reine de cette iſle delicieuſe qui fut
autrefois le ſejour de la Déeſſe des
amours. Quoique la mere de Zenobie
fuſt prévenuë de l'extravagance du
Chevalier, elle ne ſavoit que lui répondre ; mais le Soldat pour la tirer
d'embarras rompit l'entretien en diſant à Don Quichotte que la Princeſſe
eſtoit fatiguée, qu'il falloit au plus
viſte gagner l'hôtellerie, & que là on
pourroit s'entretenir avec plus de commodité. Quand ils y furent tous, Don
Quichotte voulut lui-meſme préſenter
aux Dames la Reine des Amazones,
laquelle eſtant encore enveloppée du
manteau du Juré ne leur cauſa pas une
mediocre ſurpriſe. De quoy le Che-

valier s'appercevant : Je ne suis point
étonné, dit-il, que l'on cherche l'aimable Zenobie en la voyant, ni que
l'œil mesme de sa mere la méconn-
noisse. Cette affreuse métamorphose
est l'ouvrage de l'enchanteur Panphus ; mais je jure par tout ce que la
Chevalerie errante a de plus sacré,
que je dissiperay le funeste charme qui
environne cette celebre Reine, & que
je lui feray bientôt reprendre sa premiere beauté. La belle mere de Don
Raphaël ayant eu le tems de méditer
un compliment loüa la generosité du
Chevalier, & lui parla dans des termes, qui acheverent de la faire passer
dans l'esprit de nostre Heros pour la
mere de Zenobie.

Sur ces entrefaites Sancho, qui jusques-là avoit toûjours esté à l'écurie
ou à la cuisine, entra dans la chambre fort échauffé, & battant des mains
en signe de joye. Bonne nouvelle,
Messieurs, s'écria-t-il, bonnes nouvelles. Nous allons tous avoir de la
litiere jusqu'au ventre. Hé ! qu'y a-
t-il, Sancho, lui dit Don Quichotte ?
Aurois-tu par hazard découvert où
sont les geants qui ont dépoüillé la
Reine ? Ah pardy oüi ! répondit l'E-
cuyer,

cuyer, c'eſt bien cela qui me tient en joye. C'eſt peut-être, reprit le Cheva-lier, que Bramarbas vient d'arriver en ce Village pour finir nôtre combat. Le Ciel nous en préſerve, repartit San-cho, c'eſt une meilleure nouvelle que tout cela : ce que j'ay à vous dire, c'eſt que je viens de voir là-bas mi-tonner ſur le feu une ſouppe qui m'a tout réjouï. Miſérable ! interrompit Don Quichotte en colere, ne peux-tu ouvrir la bouche ſans faire connoître ton extrême gourmandiſe. En même tems le Chevalier ſe tournant vers les Dames, les pria d'excuſer l'imperti-nence de ſon Ecuyer, & lia avec elles une converſation qui dura juſqu'au ſouper. Cependant le Soldat, qui avoit fait feſte à ſon frere de l'ingenuité de Sancho, l'attira dans un coin de la chambre, & lui dit devant Don Ra-phaël : Cher Sancho, il y a bien des affaires. Vous ne ſavez peut-eſtre pas qui eſt cette vieille Dame que voſtre Maiſtre entretient là ? C'eſt une Prin-ceſſe, mon ami ; c'eſt la mere de la Reine Zenobie. Seigneur Bracamon-te, répondit Sancho, portez cette chandelle à un autre Saint. Ce n'eſt point à moy qu'il faut donner des

*Tome I.* E e

reaulx pour des ducats. Je me fouviens, mardy bien, que Madame la
Reine nous a dit tantôt dans fon hiftoire que fa mere eftoit morte. Il eft
vray, repliqua le Soldat ; mais avez-
vous déja oublié que l'enchanteur Panphus a troublé l'efprit de la Princeffe
Zenobie ? Et ne voyez-vous pas que
l'hiftoire, qu'elle nous a racontée,
ne doit eftre regardée d'un bout à l'autre, que comme une fable que lui a
fuggerée le même Enchanteur ? Par la
gerny, j'en fuis fâché, repartit l'E-
cuyer ; car fi cela eft ainfi, je vais parier qu'elle ne fçait pas non plus faire
des boudins. Oh pour des boudins, dit
le Soldat en riant, il n'eft pas impoffi-
ble qu'elle en fache faire ; car la Princeffe a eu une fort belle éducation.
Mais quoy qu'il en foit, voilà fa mere
qui vient remercier voftre Maître du
fecours qu'il a donné à la Reine Zenobie. Par ma foy, s'écria l'Ecuyer en
regardant les Dames, j'en fuis ravi. Et
qui eft cette jeune fille que je voy là
auprés d'elle ? C'eft fa Demoifelle
d'honneur, répondit le Soldat, &
voici fon Ecuyer, ajoûta-t-il en lui
montrant Don Raphaël. Sancho le falua, & fit bientôt connoiffance avec

lui. Le fouper eftant preft , il fut que-
ftion de fe mettre à table. La belle
mere de Don Raphaël aprés quelques
complimens ayant pris la premiere
place dit à Don Quichotte : Seigneur
Chevalier, vous voulez bien que ma
Demoiselle & mon Ecuyer foupent
avec nous, afin qu'ils puiffent fe vanter
d'avoir eu l'honneur de manger avec le
grand Don Quichotte. Le Chevalier y
ayant confenti par une profonde inclination de tefte , Don Raphaël & fa
femme s'affirent auprés de Zenobie ;
le Juré & le jeune Bracamonte fe mirent auprés de Don Quichotte. Il ne
reftoit plus que Sancho , qui prenant
une chaife fe plaça fans façon au bout
de la table en difant tout haut à fon
Maiftre : Seigneur Don Quichotte ,
puifque vous fouffrez que l'Ecuyer de
la Princeffe mange avec vous , elle
fouffrira peut-eftre bien auffi que je
mange avec elle. Pourquoy non ? Je
fuis Chreftien comme un autre , & je
n'ay Dieu merci point de galle. Allons,
Meffieurs, continua-t-il , fans compliment, jamais honteux n'eut belle amie.
Le fage Alifolan en cet endroit remarque une chofe digne d'attention.
Il dit que Don Quichotte ne fçût pas

mauvais gré à Sancho d'avoir pris cette
liberté, parce que le Chevalier estant
naturellement fort fier, il estoit bien-
aise que son Ecuyer reçût le mesme
honneur que celui de la Princesse. On
ne parla que de la Chevalerie errante
durant le souper : Et comme le Soldat
avoit donné ordre aux Valets de son
frere qui les servoient de faire boire
fort souvent Sancho, ce bon Ecuyer
fut bientôt de belle humeur, & réjouït
infiniment la compagnie en racontant
les exploits inouïs de son Maistre, qui
ne manqua pas d'expliquer à son avantage l'attention favorable que tout le
monde donnoit aux discours de son
Ecuyer. Lorsqu'il fut tems de se retirer, l'Hoste fit passer les deux Dames
dans la plus belle chambre, & l'Hôtesse mena Barbe dans un cabinet dont
les fenestres donnoient sur les écuries.
Les deux Bracamonte resterent dans la
chambre où l'on avoit soupé. Le Juré
alla coucher dans une autre, & Sancho fut conduit au grenier. Pour Don
Quichotte, qui flairoit de loin les a-
vantures, il résolut de se tenir sous les
armes dans la cour de l'hôtellerie, &
de veiller toute la nuit à la seureté des
Princesses, parce qu'il pressentoit, di-

foit-il, que l'enchanteur Panphus viendroit tenter d'enlever Zenobie.

---

## CHAPITRE XXVII.

*Hiſtoire de Don Raphaël de Bra-*
*camonte.*

Quand les deux Bracamonte ſe virent ſeuls, & en liberté, ils commencerent à ſe demander compte de tout ce qui leur eſtoit arrivé depuis que la mort de leur pere les avoit ſeparés. Pour moy, dit le Soldat, j'ay toûjours ſervi en Flandres ; j'ay toûjours eſté malheureux. Voilà tout ce que j'ay à vous raconter à preſent. Mais vous, mon frere, ajoûta-t-il, je vous voy dans une ſituation ſi brillante, que j'ay une extrême impatience de ſavoir où & comment vous avez ſi bien fait vos affaires. Je vais contenter voſtre curioſité, lui répondit Don Raphaël, & vous apprendre des choſes qu'il m'eſt de la derniere importance de cacher à tout le monde ; mais je ne veux point avoir de ſecret pour un frere que j'aime autant que vous ; & d'ailleurs tout ce qui regarde mon

honneur vous touche perfonnellement.
En mefme tems il commença ainfi fon
hiftoire.

Vous favez que nous nous fépa-
râmes tous deux aprés avoir partagé
le peu de bien que nous avoit laiffé
Don Bernard noftre pere. Vous prîtes
le chemin de Flandres , & moy celui
de la Corogne , où je m'embarquay
dans le premier vaiffeau qui partit pour
le Perou. En arrivant à Nombré de
Dios, j'y trouvay un affez grand nombre d'Efpagnols qui eftoient tous comme moy dans le deffein d'aller à Lima;
mais ayant fçû que Gonzale Pizarre
commençoit à fe rendre maiftre du
Perou , nous n'ofâmes paffer dans ce
royaume. Malgré l'envie que nous a-
vions de faire fortune , nous eftions
trop bons ferviteurs du Roy pour nous
ranger du parti de Pizarre ; nous de-
meurâmes donc affez long-tems à
Nombré de Dios fort embaraffés de
nos perfonnes. A la fin nous apprîmes
qu'il eftoit arrivé à Panama un Officier Efpagnol nommé Melchior Verdugo. Il y venoit exciter le zele de
tous les fidéles fujets de fa Majefté, &
lever des troupes contre Gonzale Pizarre. Il ne nous en fallut pas davan-

tage pour nous déterminer. Nous allâmes trouver Verdugo à Panama , &
nous joindre à lui. Il nous reçût avec
de grandes démonstrations de joye &
d'amitié ; & comme il demandoit à
chacun de nous de quel endroit d'Espagne il estoit, je ne lui eûs pas plutôt
nommé mon païs & mon nom , qu'il
m'embrassa en me disant qu'il estoit
aussi d'Avila , & qu'il avoit autrefois
esté intime ami de mon pere. Verdugo estoit un homme très-riche. La
Province de Caxamalca lui appartenoit, & lui seul au Perou pouvoit alors
balancer la fortune de Gonzale Pizarre. Je résolus de m'attacher à Verdugo dont j'étudiay si bien l'humeur,
qu'en moins d'un an je m'insinuay de
telle sorte en son esprit qu'il avoit en
moy une confiance particuliere. Je ne
vous rapporteray pas tous les differens succés que nous eûmes contre di-
vers Capitaines que Pizarre envoya
pour nous combattre. Ce détail seroit
trop long , & je n'ay pas dessein de
vous raconter présentement les guer-
res du Perou. Je vous diray seulement
que le Roy nostre Maistre informé des
troubles de ce royaume jetta les yeux
sur le Licentié Pierre de la Gasca qui

estoit du conseil de l'Inquisition, homme d'une prudence connuë, & dont les lumieres avoient déja esté éprouvées en plusieurs négociations. Il l'envoya au Perou en qualité de Président de l'Audiance royale, avec un plein pouvoir d'employer les moyens qu'il jugeroit les plus propres pour rétablir la paix & la tranquilité en ce païs-là. Aussi-tôt que le Président fut arrivé à Nombré de Dios, & qu'on sçût à Panama qui il estoit, & pourquoy il venoit au Perou, tout le monde s'y declara hautement pour sa Majesté ; quelques Lieutenans mesmes de Gonzale Pizarre vinrent au-devant du Président pour lui témoigner qu'ils vouloient obeïr aux ordres du Roy. Le Président les remercia de la part de sa Majesté, dont il asseura que les intentions estoient de pardonner aux Rebelles, pourvû qu'ils rentrassent en leur devoir. Il ne tenoit qu'à Pizarre de profiter comme les autres de la douceur du Prince ; mais il soûtint son audace jusqu'au bout, & refusa de se soûmettre à l'obeïssance du Roy. Alors le Président leva des troupes, appella Verdugo, & enfin nous allâmes chercher Pizarre qui fut vaincu & tué à

Xaquixa-

Xaquixaguana. Aprés fa mort & l'entiere défaite de fon parti, le Préfident
fit punir ceux qui avoient contribué à
établir & maintenir fa tyrannie, &
nous diftribua leurs biens. Je tiray un
avantage confiderable de cette répar-
tition; car le Préfident, à la priere de
Verdugo, me donna en partage un affez
grand nombre d'Indiens, avec lefquels
j'allay m'établir dans le territoire de
Potofi, où l'on venoit depuis peu de
tems de découvrir des mines trés-ri-
ches. Ces mines ne font que d'argent,
mais d'un argent fi fin, & elles étoient
alors fi excellentes qu'elles rendoient
plus que toutes les autres du Perou.
Effectivement nous tirions d'un quin-
tal jufqu'à quatre-vingt marcs, ce qui
eft une chofe fort extraordinaire. Je
convins avec mes Indiens qu'ils me
fourniroient chacun deux marcs par
femaine, & qu'ils retiendroient le
refte pour leur falaire. Ce qu'ils faifoient avec tant de facilité qu'ils en
retiroient pour eux-mefmes plus qu'ils
ne m'en donnoient. Je ne manquay
pas de profiter d'une occafion fi propre à m'enrichir, & j'amaffay en moins
de huit ans prés de cent mille écus.
J'eus bientôt envie de revenir en Ef-

*Tome I.* F f

pagne pour vous faire part de mon
bien , & vivre honorablement avec
vous. C'eſt pourquoy je me défis de
mes Indiens , & je me rendis à Lima
avec tout mon argent. Là je trouvay
quelques autres Eſpagnols , qui ayant
auſſi fait fortune au Perou ſouhaitoient
paſſionnément de revoir leur patrie.
Nous nous joignîmes enſemble, nous
équipâmes un vaiſſeau , & nous y mîmes nos effets. Verdugo , qui eſtoit
alors à Lima , fit tout ce qu'il put pour
me détourner de mon deſſein ; mais je
ne pûs goûter ſes raiſons , & je m'embarquay.

Nous mîmes à la voile par un
tems favorable , & nous avions tout
lieu de croire que noſtre navigation
ſeroit heureuſe. Nous découvrîmes
meſme un ſoir le Port de Panama :
mais la joye qu'on en eut dans l'équipage nous coûta cher. Car le Capitaine ayant fait boire ſans moderation
ſes matelots , & le Pilote auſſi s'eſtant
enyvré , la manœuvre alla ſi mal qu'
au milieu de la nuit, ſans que perſonne y prît garde, le navire emporté par
le vent & la marée, donna contre un
rocher de la coſte avec tant d'impe-
tuoſité, que nous jugeâmes bien que

nous eſtions perdus. Comme l'obſcurité eſtoit telle qu'on ne pouvoit rien
diſcerner, nous ne pûmes nous appercevoir ſur le champ qu'un coſté du
vaiſſeau s'eſtoit ouvert : mais le jour
eſtant venu , & nous ayant fait connoiſtre tout le mal , ce ne fut plus dans
l'équipage que clameurs effroyables,
& que deſolation. Alors nous ſaiſiſſant
de planches & d'autres choſes qui pouvoient nous ſoûtenir ſur l'eau , nous
eſſayâmes de gagner le rivage en na-
geant. Je fus le premier qui me ſau-
vay, mon bonheur m'ayant conduit
vers une eſpece de petite rade qui s'a-
vançoit dans la mer entre deux rochers. J'animay de-là mes compagnons à ſuivre mon exemple & ma
route, & il y en eut pluſieurs qui pro-
fiterent de mes conſeils. Quelques ha-
bitans du païs ayant remarqué de la
coſte que noſtre baſtiment s'alloit perdre , vinrent à noſtre ſecours avec
quelques barques de Peſcheurs : mais
ils arriverent trop tard ; car plus de la
moitié de l'équipage avoit déja perdu
la vie : les uns faute de ſavoir bien
nager s'eſtoient noyez , & les autres
pouſſez par des coups de mer avoient
peri miſerablement en donnant de la

F f ij

teste contre les écueils, & contre le vaisseau mesme qui fondit bientôt, & s'abîma, de maniere qu'il ne parut plus rien de ce miserable bastiment que la derniere banderolle qui se met à la pointe du grand mats, & qui sembloit ne paroistre hors de l'eau que pour marquer le lieu du naufrage. Quand nous fûmes à terre, je proposay de repêcher le navire, mais je me trouvay presque seul de mon avis. Ils dirent tous que le vaisseau estant vieux les instrumens de fer qu'on y jetteroit pour l'accrocher en romproient les parties, & que par cette raison ne pouvant estre retiré que par pieces, l'argent resteroit toûjours au fond.

Nous marchâmes le long de la côte pour nous rendre à Panama, & lorsque nous entrâmes dans la Ville, quelques gens instruits de nostre naufrage, & meus de compassion en nous voyant vinrent à nous pour nous consoler, & nous amenerent avec eux dans leurs maisons, où ils s'efforcerent d'adoucir nôtre chagrin par toutes sortes de bons traitemens. J'estois chez un trés-galant homme appellé Don Michel de la Vega. Il n'épargna rien pour m'inspirer de la fermeté dans mon malheur.

Il me fit mille proteftations de fervice,
& s'offrit mefme à employer fes amis
pour me faire obtenir du Viceroy quelque établiffement dans la nouvelle Efpagne. Pendant qu'il agiffoit pour moy,
je ne laiffay pas d'écrire à Verdugo
tout ce qui m'eftoit arrivé, le conju-
rant de me mander le parti que fa prudence & fon amitié me confeilleroient
de prendre. Cependant Don Michel &
moy nous contractâmes enfemble une
étroite amitié. Il me fit connoître les
plus confiderables perfonnes de Panama : Et un jour entr'autres il me mena
chez une Dame de fes parentes nommée Dona Marie d'Almagro. Cette
Dame avoit une jeune fille appellée
Dona Theodora. Elles me reçûrent
l'une & l'autre fi agreablement que je
ne les eus pas plutôt quittées que je
fouhaitay de les revoir. Don Michel
me demanda ce que j'en penfois, & il
eut lieu de juger par ma réponfe qu'il
me feroit plaifir de me remener chez
elles. Il n'y manqua pas ; & enfin durant trois mois je les vifitay prefque
tous les jours. Ce commerce ayant
produit entre nous beaucoup de fami-
liarité, je ne fus pas long-tems à m'appercevoir que la jeune Theodora avoit
F f iij

pris de tendres sentimens pour moy,
& je me confirmay dans cette penséé,
lorsqu'un matin il entra dans mon appartement une petite Moresque Criolle
bien embouchée, qui m'apporta de sa
part un billet avec plusieurs paires de
bas de soye, des jarretieres brodées
d'or & d'argent, & une trés-riche é-
charpe de point d'Espagne. Pour le
billet il n'estoit pas conçû dans des termes fort galants ; mais le stile avoit
un caractere de tendresse & de naïveté
qui faisoit voir un cœur tout neuf.
Pour ne pas demeurer en reste de generosité, je lui envoyay par la même
Messagere une partie de ce qui m'étoit
resté de mon naufrage, c'est-à-dire
une paire de boucles d'oreilles, & une
bague qui pouvoit bien valoir cinquante pistoles, & j'accompagnay cela
d'une réponse fort passionnée. Dés le
mesme jour je l'allay voir l'aprés midy, & la trouvant qui travailloit avec
deux petites Negres, j'eus tout le loi-
sir de la remercier de la faveur qu'elle
m'avoit faite, parce que sa mere faisoit alors la siefte * dans sa chambre.
Dona Theodora ne put me voir sans
émotion aprés la démarche qu'elle a-

* C'est dormir aprés le dîner.

voit faite : Je ne sçay, me dit-elle, ce
que vous penserez de moy ? Je pense-
ray, lui répondis-je, que vous estes la
plus aimable personne du monde; & je
conserveray toute ma vie le souvenir
de vos bontez. La conversation insensi-
blement devint très-vive ; mais Dona
Marie vint nous interrompre , & il
nous fallut changer de discours.

Le lendemain il vint mouiller au
port une flutte qui arrivoit de Lima ;
& le Pilote m'apporta une lettre de
Verdugo qui me mandoit qu'il avoit
reçû la mienne , & qu'il me conseil-
loit de l'aller trouver au Perou , me
promettant de reparer ma perte. Cette
lettre me mit dans un assez grand embaras. Car je sentis alors que j'aimois
si fortement Dona Theodora , que je
ne pouvois me résoudre à m'en sepa-
rer ; quoique je ne sçûsse pas bien à
quoy ma passion aboutiroit , l'estat de
ma fortune ne me permettant pas de
me flatter que Dona Marie , qui étoit
très-riche, pût m'accorder sa fille unique. Je montray la lettre de Verdugo
à Don Michel , qui n'ignorant pas les
sentimens que j'avois pour sa niece,
me dit que ce n'estoit pas la peine de
retourner au Perou pour travailler sur

nouveaux frais à ma fortune : qu'elle eftoit toute faite, & qu'il ne tiendroit qu'à moy d'époufer Dona Theodora. Il y a long-tems, ajoûta-t-il, que je fonge à ce mariage, & j'ay fi bien fait que j'ay déja difpofé Dona Marie à y confentir. A ces paroles, je me jettay au cou de Don Michel, & lui dis avec les plus vives expreffions que je pus choifir, que je reffentois dans la plus fenfible partie de mon ame l'affection qu'il me marquoit. Que je m'appliquerois de tout mon pouvoir à m'en rendre digne, puifque je ne l'avois point encore meritée par aucuns fervices, & que je ne la devois qu'au pur mouvement de fon cœur. Il m'embraffa à fon tour, & me répondit dans des termes trés-obligeans. Nous allâmes tous deux enfuite chez Dona Marie qu'il entretint un moment en particulier. Il fortit aprés cela, & me laiffa feul avec elle. Dona Marie me fit auffi-tôt paffer dans fon cabinet où nous eftant affis elle me dit fans autre préambule, que la compaffion de la perte confiderable que j'avois faite, le bien que Don Michel lui avoit dit de moy, & mes bonnes qualités qu'elle découvroit tous les

jours, l'avoient enfin déterminée à me
donner fa fille avec quatre cens mille
francs, fuppofé que je vouluffe l'époufer. Je crus qu'elle plaifantoit de demander à un homme fans bien s'il feroit difficulté d'époufer une fi riche heritiere, & je ne favois que lui répondre, lorfqu'elle me dit : Je voy bien,
Seigneur Don Raphaël, que vous eftes
étonné que je vous parle, comme fi je
doutois que vous vouluffiez époufer ma
fille : mais quoiqu'elle foit jeune, belle
& riche, apprenez qu'il n'y a peut-
eftre pas un Gentilhomme dans tout ce
païs-cy qui ne refufaft d'eftre mon
gendre. Ce difcours vous furprend,
pourfuivit-elle ; mais vous allez ceffer
de vous étonner. Il y a vingt ans que
j'avois un frere que j'aimois avec toute la tendreffe imaginable. Il lui arriva un malheur : une nuit il tua le neveu d'un homme qui eftoit alors Gouverneur de cette ville. Quelques précautions qu'il prît pour fe fauver, il
ne put échapper aux ordres & aux recherches du Gouverneur, qui le fit arrefter, & qui fe prépara à le traiter
comme un affaffin, quoiqu'il euft tué
fon neveu en galant homme. Tous
nos parens & nos amis folliciterent fa

gracé ; mais le Gouverneur qui eftóit
Juge & Partie, & qui vouloit venger
fon neveu, fut inexorable. Cependant le jour du fupplice de mon frere
approchoit ; le peril qui menacoit une
fi chere vie me faifant paffer pardeffus
toutes les bienfeances de mon fexe,
je courus chez le Gouverneur, je me
jettay à fes pieds, & m'abandonnay en
fa préfence à tous les tranfports que
la plus vive douleur eft capable de pro-
duire. Il me parut touché de mon affliction ; & je crûs d'abord que mes larmes excitoient fa pitié ; mais il m'apprit bientôt que ma vûë faifoit fur luî
une autre impreffion que celle que je
m'imaginois. En un mot, le brutal me
témoigna de coupables defirs, & dit
qu'il falloit me refoudre à les contenter, ou à voir perir mon frere. Je me
révoltay contre cette affreufe propofi-
tion, & je regarday le Juge comme
un monftre : mais enfin le tems qu'il
m'avoit donné pour me déterminer
eftant preft à finir, l'idée de mon frere
mourant, & de l'infamie que fa mort
alloit répandre fur noftre maifon me
troubla tout-à-coup l'efprit, & je me
foûmis à cette horreur, aprés avoir
obligé le Juge à me jurer qu'il me ren-

voyeroit mon frere le lendemain. Le
traiſtre en effet me le renvoya, mais
il le fit étrangler auparavant. Cette
trahiſon me rendit furieuſe, & ne reſ-
pirant plus que vengeance, j'allay
trouver à Mexique le Viceroy, je lui
fis un fidéle rapport de tout ce qui s'é-
toit paſſé. Il fut touché de mon deſeſ-
poir, & tellement indigné de la per-
fidie du Gouverneur, qu'il envoya ſur
le champ à Panama pluſieurs Officiers
de ſa garde avec ordre de ſe ſaiſir de
ſa perſonne, & de le lui amener. Le
Gouverneur vint à Mexique où je l'attendois pour le confondre, & où le
Viceroy lui ayant fait avoüer la choſe, le condamna au meſme ſupplice
qu'il avoit fait ſouffrir à mon frere.
Aprés la mort du Gouverneur je revins à Panama avec la ſatisfaction, à
la verité, de m'eſtre pleinement ven-
gée ; mais en meſme tems avec la honte d'avoir rendu mon deshonneur public : car enfin j'eſtois groſſe, & j'ac-
couchay de Dona Theodora. Voilà
mon hiſtoire, Seigneur Don Raphaël,
continua Dona Marie ; & j'ay voulu
vous la raconter moy-meſme, pour
vous apprendre auſſi quel eſt mon deſſein en vous donnant ma fille. Je pré-

tens quitter ce païs-cy, où j'ay le malheur de voir ma réputation flétrie, & le chagrin de vivre parmi des gens qui peuvent me reprocher quelque chose. Surtout depuis que ma fille est fortie de l'enfance, il me femble qu'on ne la regarde qu'à ma honte; je veux vous fuivre en Efpagne, où ma fille & moy n'eftant connuës de perfonne, nous menerons une vie plus douce & plus agreable; & j'ay pris cette réfolution avec d'autant plus de plaifir, qu'en affeurant mon repos, je me flatte que je fais le bonheur d'un honnefte homme. Il ne s'agit plus que de favoir quels font là deffus vos fentimens. Je répondis à Dona Marie qu'elle ne pouvoit rien me propofer qui me fût plus agreable; que fa fille eftoit trop bien élevée, qu'elle avoit trop de merite, pour qu'on dût prendre garde à un chimerique point d'honneur, & que pour moy une delicateffe ridicule ne me feroit jamais méprifer la fageffe & la vertu. Dona Marie fut trés-contente de ma réponfe, & quelques jours aprés j'époufay Dona Theodora.

Nous ne fongeâmes enfuite qu'à nôtre départ, dont le jour eftant venu, nous fortîmes de Panama avec le feul

regret de quitter Don Michel , & nous
nous rendîmes à Nombré de Dios où
nous nous embarquâmes avec tout
noſtre argent dans un vaiſſeau du Roy
qui retournoit en Eſpagne. Nous ar-
rivâmes heureuſement à Cadis. Nous
y achetâmes un équipage , & nous
pîmes des domeſtiques , parce que
nous n'en avions amenez aucun avec
nous , Dona Marie ne voulant point
avoir de valets dont elle eût à craindre l'indiſcretion. De Cadis nous pri-
mes le chemin d'Avila, dans l'eſperance
d'y apprendre de vos nouvelles ; mais
quand nous nous y fûmes rendus, on
nous dit qu'il y avoit quelques années
que vous n'aviez paru dans le païs , &
que l'on ne ſavoit ce que vous eſtiez
devenu. Nous y avons demeuré ſix
mois, & nous y ſerions encore, ſi l'on
ne m'avoit pas donné avis qu'il y a
auprés de Saragoſſe une trés-belle Terre à vendre : Nous l'allons voir pour
l'acheter, ſi elle nous plaiſt, & nous
y établir. Je rends graces au Ciel de
vous avoir rencontré , & d'eſtre en
eſtat de pouvoir vous conſoler du peu
d'attention que la Cour ſemble avoir
fait à vos longs ſervices. Vous partirez
demain avec nous , & j'oſe vous pro-

mettre que Dona Marie & vôtre belle sœur verront avec joye tout ce que
mon amitié fera pour vous tirer de
la mauvaise situation où vous êtes.
Don Raphaël ayant cessé de parler,
le soldat lui témoigna sa reconnois-
sance, & les deux freres se donnerent
mutuellement mille marques de tendresse.

## CHAPITRE XXVIII.

*Comment Don Quichotte empecha l'En-*
*chanteur Panphus d'enlever la Rei-*
*ne Zenobie : & d'autres choses di-*
*gnes d'être leuës.*

DOn Quichotte, comme on l'a déja dit, voulant passer la nuit sous
les armes de peur de quelque surprise
de la part de l'Enchanteur Panphus,
ce qui étoit fort à craindre, se mit à
faire la sentinelle, & à se promener
fierement dans la cour de l'Hôtellerie,
tenant d'une main sa lance & de l'autre son écu. Tout le monde étoit déja
retiré, & commençoit à joüir de la
douceur du sommeil, quand le Chevalier fatigué d'avoir marché dans la
cour, s'appuia sur le bord d'un puits

A. Clouzier. Scu.

pour fe délaſſer un moment. Comme
il regardoit de tous côtez, il aperçeut
à la lueur foible d'une Lune en decours
un objet qui attira toute ſon attention. Il vit ſortir des Ecuries un homme nud en chemiſe, & qui portoit une
échelle ſur ſes épaules. C'eſtoit le Cocher de D. Raphaël qui connoiſſant
de longue main Zenobie, & ſçachant
où elle eſtoit couchée, vouloit lui aller offrir ſes ſervices, & entrer dans
ſa chambre par la feneſtre, ce qui
ne lui ſembloit pas difficile à executer avec ſon échelle. Barbe qui ne craignoit nullement de pareilles entrepri-
ſes avoit laiſſé une feneſtre ouverte
pour recevoir la fraicheur de la nuit.
Ce que le Cocher ayant remarqué, il
planta là auſſitôt ſon échelle, ne doutant point du ſuccés de ſon entrepriſe, ſans ſonger que les projets les plus
aiſez ne réuſſiſſent pas toûjours. Il
n'eſtoit pas encore tout à fait monté
quand le Chevalier de la Manche qui
l'obſervoit, & qui s'alla imaginer que
c'eſtoit le traître Panphus qui cherchoit à s'introduire dans le Château
pour enlever la Reine Zenobie, s'a-
procha doucement de l'échelle, & po-
ſant à terre ſon écu, il prit ſa lance

dès deux mains, & en déchargea du
gros bout un si terrible coup sur l'oc-
ciput de l'amoureux Cocher, qu'il le
fit descendre plus vîte qu'il n'estoit
monté. Alors D. Quichotte s'écria Perfide Negromant, voila ce que meri-
tent tes temeraires desseins. Tu crois,
donc tromper ma vigilance, & enlever
la Reine ? mais aprens qu'elle est mieux
gardée que la fille d'Inachus ; & que le
Chevalier sans amour ne peut être surpris. Le pauvre Negromant à qui sa
chûte n'avoit gueres moins fait de mal
que le coup de lance qu'il avoit receu,
ne répondit à Don Quichotte que par
des cris effroyables, qui réveillerent
& allarmerent toute l'Hôtellerie. Les
Dames s'imaginerent qu'elles estoient
dans une retraite de voleurs, & commencerent à se recommander à Dieu
se croyant sur le point d'être égorgées,
L'hôte & l'hôtesse se mirent à crier au
feu, sans sçavoir dequoi il s'agissoit,
Sancho & le Juré se leverent tout
troublez, & descendirent dans la cour
presque nuds. Les deux Bracamonte
qui n'estoient pas encore couchez furent les premiers qui accoururent au
bruit. Ils trouverent le Chevalier qui
avoit quitté sa lance, & qui se prépa-
rant

rant à enfoncer fon épée dans la gorge du Cocher, lui difoit d'une voix
tonante : Enfin ta derniere heure eft
arrivée, monftre, & tu vas recevoir
par mes mains le coup de la mort ;
mais avant que je tranche le cours fu-
nefte de tes abominables jours, dy-
moy, fcelerat, dy-moy dans quel lieu
de l'Afrique ou de l'Afie tu tiens des
Infantes & des Princes enfermez dans
d'horribles cachots, afin que je parte
dés ce moment pour leur aller annoncer l'heureufe nouvelle de ta mort &
de leur liberté. Ah Seigneur Bracamonte, pourfuivit-il en reconnoiffant le Soldat à fa voix, voici l'Enchanteur Panphus que je viens d'aba-
tre fous mes coups. Le traître vouloit
entrer dans la chambre de la Reine
Zenobie pour l'enlever, & vous pouvez voir encore à cette fenêtre l'échelle qu'il avoit apportée pour cela. Barbe ayant alors paru à la fenêtre, les
Bracamonte foupçonnerent plus de la
moitié de la verité ; & Don Raphael
remarquant que l'Enchanteur reffembloit fort à fon Cocher, pour le tirer
d'affaire, il dit à Don Quichotte : Seigneur Chevalier, gardez-vous bien
de tuer cet Enchanteur ; vôtre gloire a

befoin de fa vie. Pardonnez-luï, à condition qu'il ira publier par toute la terre que malgré le pouvoir de fon art, vous l'avez vaincu en combat fingulier. Cela vous fera plus d'honneur que fa mort. Il eft vrai, dit le Soldat; mais ce n'eft pas tout, il faut que l'Enchanteur s'oblige encore à laiffer deformais la Reine Zenobie en repos, & qu'il jure par tout ce que les Enchanteurs ont de plus facré, qu'il ne fe mêlera plus de vouloir s'introduire la nuit dans la chambre des Princeffes, auffibien n'eft-il pas heureux dans ces fortes d'entreprifes. Meffieurs, leur dit Don Quichotte, vous ne connoiffez pas comme moy les Enchanteurs. Ils vous feront tous les fermens que vous voudrez : mais ils ne font point efclaves de leur parole ; parce que ce font des gens fans foy & fans loy. Vous avez raifon, Seigneur Don Quichotte, interrompit Sancho, qui eftoit venu à la voix de fon maître, ne l'épargnez pas. Eh pardy puis que c'eft la premiere fois qu'il nous arrive de vaincre les Enchanteurs, il faut grater celui-ci tout nôtre faoul, afin qu'il l'aille dire aux autres, & qu'ils n'y reviennent plus. Quoiqu'il ne me-

tite pas qu'on le laiſſe vivre , reprit
Don Quichotte , je veux bien neanmoins lui faire grace, pourveu que la
royale bouche de la Reine me l'ordonne de ce balcon doré où le bruit
de ma victoire l'a fait venir. Barbe qui
commençoit à s'accoûtumer aux manieres de Don Quichotte , lui cria de
ſa feneſtre : Seigneur Chevalier , ne
lui faites point de mal , je vous prie ;
je lui pardonne de bon cœur ce qu'il
m'a fait , m'en eût-il fait même cinq
fois davantage , car il ne faut point
avoir de rancune. A ces mots le Cocher ayant eſté lâché , ſe leva avec
beaucoup de peine , & regagna ſon
grabat, comme il put. Don Raphaël
alors dit à Zenobie que ſa Majeſté
pouvoit ſe recoucher en toute aſſeurance : que l'Enchanteur Panphus ,
aprés ce qui lui étoit arrivé , ne ſeroit
pas ſitôt en état d'aller troubler ſon
repos. La Princeſſe ſuivit ce conſeil, &
ſe remit au lit ſans fermer ſa feneſtre ,
ni même faire ôter l'échelle , laiſſant
le champ libre à tous les Enchanteurs
qui voudroient éprouver s'ils ſeroient
plus heureux que Panphus. Les deux
Bracamonte entrainerent Don Quichotte dans la maiſon , & lui firent

donner une chambre, où pendant que
le foldat & Sancho le defarmoient pour
le coucher, Don Raphaël jugeant bien
que les Dames devoient être allar-
mées, alla leur conter l'avanture pour
les raffurer. Enfuite il rejoignit fon
frere avec qui il repofa le refte de la
nuit. Le Juré retourna dans fa chambre pour faire la même chofe, & Sancho remonta dans fon grenier.

Le lendemain matin tout le monde
eftant fur pied, les Dames complimen-
terent le Chevalier fur fon combat,
& Dona Marie comme mere de la
Reine Balafrée, lui dit : Seigneur Don
Quichotte, je me propofois d'emmener avec moy la Princeffe ma fille ;
mais je juge par l'affaire de cette nuit
que fon ennemi Panphus la voyant fi
mal efcortée ne manqueroit pas de
venir me l'arracher : c'eft pourquoi je
fuis d'avis qu'elle vous accompagne
par tout, afin qu'eftant fous vôtre garde, l'Enchanteur ne puiffe l'enlever.
Le Chevalier à fon tour remercia Dona Marie de la confiance qu'elle avoit
en fa valeur, & lui jura par l'ordre de
la Chevalerie, qu'il mettroit la Princeffe fa fille dans un rang fi élevé que
Panphus ne lui pouroit nuire.

Les Bracamonte & les Dames ayant
une grande journée à faire, & le cocher,
malgré sa blessure, se trouvant en estat
de mener le carosse, ils prirent bien-tôt
congé de Don Quichotte & du Juré,
en se faisant les uns aux autres mille
offres de services qui ne devoient avoir
jamais d'effet. Aussitôt que l'équipage
de Don Raphaël fut parti, Sancho dit
à son Maître : En bonne foy, Monsieur, croyez-vous que la mere de la
Reine Barbe soit dans ce carosse ? Sans
doute, répondit le Chevalier. Tarare,
s'écria Sancho ; Je gage qu'ils ne sont
pas même parentes au centiéme degré;
où je ne m'y connois pas. Hé qui diable a jamais veu une mere s'en aller
comme celle-là ? à peine a-t-elle regardé sa fille ! & voyez comme elle
la laisse ici toute nuë sans lui donner
seulement une sillabe pour s'habiller.
Que tu expliques mal les choses, Sancho! dit Don Quichotte ; tu attribuës
à un naturel dur ce qui est un effet de
politesse. Ne vois tu pas que la Reine
Zenobie estant sous ma protection, la
Princesse sa mere auroit cru me faire
injure en lui donnant de l'argent. Elle
n'a pas même osé lui laisser un de ses
Palefrois pour la conduire à Madrid,

de peur de bleſſer ma délicateſſe, tant
elle eſt rémplie d'égards & de circonſ-
pection. Ce qu'elle auroit pourtant pû
faire ſans choquer les loix de la Chevalerie. Ainſi le ſoin d'habiller la Reine, & de lui chercher une blanche
Haquenée, me regarde uniquement,
& j'en feray la dépenſe avec plaiſir.
L'Hôte qui eſtoit preſent, profitant
de l'occaſion dit à nôtre Heros : Seigneur Chevalier, j'ay dans mes écuries une bonne mule que je vous vendray, ſi vous voulez. Don Quichotte
demanda à la voir, & l'ayant trouvée
à ſon gré, il ſe fit aporter la malle où
étoient ſes finances, & compta ſur le
champ à l'Hôte vingt-ſix Ducats. A-
prés quoy l'on ſcella la mule, & Barbe
eſtant montée deſſus, nos avanturiers
prirent avec elle la route de Siguença.

Ils y arriverent entre quatre & cinq
heures du ſoir, & ils deſcendirent à la
premiere Auberge qu'ils trouverent en
entrant dans la Ville. Comme il faloit
rendre au Juré ſon manteau, d'abord
Don Quichotte fit venir un fripier qui
aporta pluſieurs habits de femmes de
differentes couleurs. Le Chevalier pria
Zenobie de choiſir ce qui lui convien-

droit ; mais elle voulut le confulter
fur ce choix : & ce ne fut pas une petite
fatisfaction pour le Chevalier de voir
fon goût s'accorder avec celui de la
Reine. Ils s'arrefterent tous deux à un
manteau & une juppe de taffetas rayé
de jaune, de noir, & de verd : & tandis qu'ils eftoient dans la rage des é-
toffes rayées, ils prirent avec cela une
robbe de chambre de fatin rayé couleur de feu, de violet, & de feuille
morte, dont Barbe fe revêtit à l'inftant. Sancho fe mit à rire de toute
fa force en regardant Zenobie. Par la
bonne ame d'Eve nôtre fainte mere,
dit-il, quand je vois Madame la Reine fi brave, il m'eft avis que je vois
une vieille maifon reblanchie... Comment diable, fçavez vous bien qu'a-
vec cet habit elle reffemble... par ma
foy, elle eft drôlement équippée.

Don Quichotte ayant payé le fripier, & la Reine lui paroiffant en cet
eftat digne du deffein qu'il avoit de
défendre publiquement fa beauté, il
fe fit aporter du papier & de l'ancre,
& s'enferma dans une chambre où il
compofa ce cartel.

## CARTEL.

*Le Chevalier sans amour, le miroir & la fleur de la Manche, défie en combat singulier celui ou ceux qui refuseront de confesser que la grande Reine Zenobie est la plus haute & la plus belle Princesse de l'Univers. Et ledit Chevalier sans amour, avec ledit fil de sa redoutable épée, défendra la rare & singuliere beauté de ladite Princesse, demain depuis le matin jusqu'à midy ; & depuis midy jusqu'à la nuit. Ceux qui voudront se batre contre ledit Chevalier, quand ils seroient cent mille, n'ont qu'à écrire leurs noms au pied de ce défi.*

Il fit plusieurs copies de ce Cartel, & puis ayant appellé son Ecuyer, Tien, Sancho, lui dit-il, prens ces papiers, & avec un peu de colle, va les afficher aux Carrefours de cette Ville ; mais affiche les de maniere que tout le monde les puisse lire, & écoute avec attention ce que diront les Chevaliers en les lisant ; retien bien tous les blasphemes, que la colere où les mettra l'interest de leurs Dames, leur fera vomir contre la Reine, afin que j'aille

à

à l'heure même leur aprendre à ref-
pecter une fi belle & fi chafte Prin-
cefse. La commiffion ne plût pas trop
à Sancho : Par la gerni , dit-il , des
Princeffes qui font caufe que nous fommes tous les jours dans les batailles ,
nous qui pourrions vivre en paix avec
l'Eglife Catholique & Romaine. Si
quelque Chevalier errant que ce Cartel mettra de mauvaife humeur me
donne , pour ma peine de l'avoir affi-
ché , mille coups de.... Poltron , interrompit Don Quichotte , & c'eft toi
qui pretens recevoir le glorieux ordre
de Chevalerie ! va t'en miferable , cet
honneur ne peut s'accorder qu'aux
hommes courageux & non à des gens
fans vertu comme toy. Sancho fut
fenfible à ces reproches , & paffant
comme les Heros d'Homere , de la
terreur tout à coup à l'intrepidité ,
Hé bien , Monfieur , lui dit-il , donnez moy vos papiers , je vais les co-
ler l'un aprés l'autre au coin des ruës,
& fi quelqu'un me demande mon
nom , je fçay , pardy , bien comme
je m'appelle. Le Chevalier de la Manche fut appaifé par ces paroles : Va
donc, mon cher Sancho, reprit-il, &
fur les yeux de ta tête, obferve exac-

*Tome I.* H h

tement toutes chofes. Cours , vole ,
& reviens m'en faire un fidelle raport.
L'Ecuyer prit les papiers , & fortit
pour les aller afficher ; mais par malheur , ils ne firent pas l'effet qu'en attendoit Don Quichotte : car tous les
Chevaliers de Siguença, depuis le plus
grand jufqu'au plus petit , au lieu de
devenir furieux en les lifant n'en firent
que rire. Le Corregidor & quelques
autres Gentilshommes qui connoif-
foient nôtre Chevalier de réputation
eurent la curiofité de l'aller voir ; &
le Corregidor portant la parole , con-
feffa au nom de la Ville & des Fauxbourgs , que Barbe la balafrée étoit
la plus finguliere Princeffe du monde.
Don Quichotte , après un aveu fi public, fortit de Siguença le jour fuivant
avec une extrême fatisfaction.

## CHAPITRE XXIX.

*De la rencontre que fit D. Quichotte*
*de deux Ecoliers , & de l'entretien*
*qu'ils eurent enfemble.*

DOn Quichotte ayant pris les devants, Barbe & Sancho alloient

aprés lui sans rien dire : mais l'E-
cuyer paroissant triste & réveur, à
la fin la Balafrée lui demanda ce qu'il
avoit : Ce que j'ay, répondit Sancho,
je voudrois voir au gibet le maroufle qui est cause que nous vous avons
rencontrée. Par ma foy, je ne sçay
comment mon Maître l'entend ; mais
il me semble qu'on ne s'enrichit point
à donner des mules & des habits de
taffetas. Frere Sancho, dit Barbe, n'en
ayez point de regret, car si Dieu nous
fait la grace d'arriver à bon port à
Alcala, je vous y régaleray comme
un Prince. C'est une autre affaire, répondit Sancho d'un air riant : Hé
que me ferez-vous manger de bon ?
Ho ho ! repliqua Barbe, ne vous mettez point en peine. Je vous feray goûter de quelque Fillette de quinze ans
que vous trouverez meilleure qu'une
perdrix. Sainte Vierge ! repartit Sancho fort étonné, que me dites-vous
là, Madame la Reine ? me prenez-
vous pour un de ces Lutheriens de
Constantinople, qui mangent de la
chair humaine ? ah mardy il ne me faudroit plus que cela pour être condam-
né à trois cens ans de galere.

Ils auroient continué cette conver-

fation , s'ils n'euffent pas joint Don
Quichotte en ce moment. Ils le trouverent qui s'entretenoit avec deux E-
coliers qu'il avoit rencontrez , & qui
alloient à Alcala tous deux à pied.
Sancho n'eut pas plûtôt connu à leurs
habits que c'étoit des Ecoliers qu'il dit
à fon Maître avec beaucoup d'action:
Seigneur Don Quichotte , prenez bien
garde à vous ; car ces gens font de la
race de ceux de ce College où je fus fi
bien ajufté à Saragoce ; & s'ils fe mettent une fois à nous cracher au vifage,
vive Dieu , nous fommes perdus. Les
Ecoliers reconnoiffant nos avanturiers
pour en avoir oüi parler à Siguença;
l'un d'entre-eux dit à Sancho : Seigneur
Ecuyer , nous ne fommes pas fi méchans que les Ecoliers de Saragoce ,
quoíque nous foyons de la même pro-
feffion : & bien loin de vouloir vous
faire le moindre mal , nous fommes
difpofez à vous rendre toutes fortes
de fervices. Ces paroles ayant raffuré
Sancho , Don Quichotte reprit le difcours qui avoit été interrompu , &
dit aux Ecoliers : Meffieurs, pour revenir à ce que je vous difois tout à
l'heure , l'Ordre de la Chevalerie errante que je profeffe n'eft pas ennemi

des belles Lettres. Quoique je m'ap-
plique de tout mon pouvoir à redreſ-
ſer les torts, & à combattre les Geans,
je ne laiſſe pas d'aimer les ouvrages
d'Eſprit, & ſi vous en avez compoſé
quelques-uns, vous me ferez plaiſir
de me les monſtrer ; je vous en diray
mon ſentiment avec toute la ſincerité
qu'un Auteur doit ſouhaiter de trouver en ceux qu'il conſulte. La grande
Reine Zenobie vous écoutera auſſi de
ſon côté. Cette Princeſſe a le goût ſi
juſte & ſi délicat, que ſi vos ouvrages
méritent ſon approbation, vous pourrez aprés cela les expoſer hardiment à
la cenſure du Public, qui ne ſçauroit
manquer de les admirer. Les Ecoliers
qui n'ignoroient pas ce que c'étoit que
la Reine Zenobie, eurent fort envie
de rire ; mais la crainte de fâcher Don
Quichotte, dont la lance & l'épée les
tenoient en reſpect, les en empêcha ;
& l'un des deux prenant la parole dit
au Chevalier : Seigneur Don Quichotte, puis que vous aimez les pro-
ductions de l'eſprit, mon camara-
de le Bachelier peut vous faire paſſer
le tems fort agreablement pendant que
nous voiagerons enſemble ; car il s'at-
tache aux pieces de Theatre, & il en

a déja composé plusieurs qui n'ont pas
été trouvées mauvaises par les con-
noisseurs. Pour moy, ajouta-t-il, je
ne sçay faire que des bagatelles, comme des Rondeaux, des Sonnets, des
Enigmes & des Epigrammes. Ne vous y
trompez pas, dit alors Don Quichotte,
ces sortes de bagatelles ne sont pas ai-
sées à bien faire. Les bons Sonnets
sont trés-rares ; & les Epigrammes,
comme celles de Martial, demandent
un genie vif & piquant. Pour les Enigmes, j'avoue que c'est la production
qui coûte le moins, mais rien à mon
gré n'est plus divertissant. Elles aigui-
sent l'esprit en le jettant dans un embaras agréable ; & vous nous obligerez de nous en proposer quelques-unes
de vôtre façon. Trés-volontiers, repartit l'Ecolier, il faut que je vous en
fasse voir deux que j'ay inventées ce
matin, & que je n'ay pas encore eu
le tems de mettre en vers : mais je ne
consens de vous les dire qu'à condition que Sancho les expliquera. Je le
veux, dit l'Ecuyer, je vais m'y fourrer jusqu'au menton. Il est vray que
je ne sçay gueres ce que c'est que toutes ces drogues-là : mais n'importe ;
avec l'aide de Dieu on vient à bout de

tout. Vous avez raifon, ami Sancho,
reprit l'Ecolier ; Ecoutez, voici la premiere :

## ENIGME.

*Je fuis brillante & utile aux hom-*
*mes qui me chargent impitoyablement*
*de chaînes, quoique je ne fois point cri-*
*minelle. Je fuis nuit & jour dans les*
*Eglifes, & je ne puis me paffer d'eau,*
*bien qu'elle me faffe mourir.*

Don Quichotte fe la fit répeter, &
pendant qu'il en cherchoit le fens,
Sancho s'écria plein de joye : Victoire,
Meffieurs, victoire ! Je tiens l'Egrime, ou comme vous la nommez. Je
me doutois bien, lui dit l'Ecolier, qu'-
elle n'échapperoit pas à voftre penetration. Oh mardy, continua l'Ecuyer,
dés la premiere fois que vous l'avez
dite, je l'ay entenduë comme ma
Croix de par Dieu. Hé bien, mon fils,
dit Don Quichotte, dy-nous ce que
c'eft. C'eft un benitier, Meffieurs, repartit Sancho ; car il eft nuit & jour
dans les Eglifes, & il y a toûjours de
l'eau dedans. Les Ecoliers firent un
éclat de rire, & Don Quichotte mê-

me en soûrit. Seigneur Ecolier, reprit
Sancho, si ce n'est pas un benîtier, il
faut donc que ce soit autre chose. Dites-nous ce que c'est, & nous nous
donnerons pour vaincus mon Maistre
& moy. Non pas, s'il vous plaist, interrompit le Chevalier, j'expliqueray
bien cette énigme, & si je ne me trompe, c'est là *lampe*. Justement, dit l'E-
colier, vous avez frappé au but. Ah,
mardy, Messieurs, dit Sancho, il faut
aussi que je vous dise une Egrime,
puisque vous nommez cela des Egrimes. Qui est la chose qui ressemble à
un âne, qui a le poil, la teste & les
pieds d'un âne, & qui pourtant n'est
point un âne? C'est donc une ânesse,
s'écria Barbe. Par ma foy, vous l'avez
dit, reprit Sancho ; n'est-il pas vray
qu'une ânesse ne ressemble point mal
à un âne? Messieurs, dit aussi-tôt Don
Quichotte, admirez, je vous prie, la
conception prompte & vive de la Reine, & la subtilité de son esprit. Il n'est
pas besoin de lui repeter plusieurs fois
les choses ; dés la premiere, elle les sai-
sit si heureusement qu'elle penetre tout
sans jamais donner dans le faux. Les
Ecoliers feignirent d'estre charmés de
l'esprit de la Reine, ce qui plut fort au

Chevalier, qui dit au Compositeur des Enigmes : Seigneur Ecolier, voulez-vous bien nous dire l'autre Enigme que vous avez faite ce matin? Et qui, je n'en doute pas, est aussi ingenieusement imaginée que celle que vous venez de nous proposer. La voici, répondit l'Ecolier :

## ENIGME.

*Je suis grand & petit, & souvent on me voit assis sur la teste des Rois & des Empereurs : mais je suis si peu asseuré dans cette élevation que le moindre vent est capable de m'abattre. Je sers au pauvre comme au riche, mais je suis inutile à plusieurs nations, & entr'autres aux Turcs chez qui je ne suis point en usage.*

C'est un jambon, Messieurs, dit brusquement Sancho, & ce ne peut estre une autre chose : car chez les Turcs, à ce que j'ay oüi dire, les jambons sont défendus. Tu n'y es pas encore, Sancho, interrompit Don Quichotte, c'est plutôt *le chapeau* ; parce que le chapeau sert au pauvre comme au riche ; il couvre la teste des Rois &

Empereurs, & le moindre vent peut l'a-
battre. Il est inutile à plusieurs nations,
puisqu'il y a bien des peuples qui de
même que les Turcs se servent de tur-
ban au-lieu de chapeau. Par la mardy,
ouï, reprit l'Ecuyer, c'est le chapeau.
Il n'y a rien de si facile à deviner présentement : Et le Seigneur Ecolier n'a
qu'à me redire ses deux Egrimes, & je
parie contre qui voudra que je les expliqueray tout du premier coup. Voyez
un peu l'habile homme, dit le Chevalier ! il n'y a personne qui n'en puisse
faire autant ; & si l'on disoit d'abord le
mot, ce ne seroit plus une Enigme. Hé
qu'importe que ce soit, repartit l'E-
cuyer, ne vaut-il pas mieux savoir le
mot dés le commencement que de se
tuer la tête à le chercher ? Au bout du
compte, on ne peut pas dire une chose, si on ne la sçait : & jusqu'au Pater
noster, qui est si aisé, je défierois le
Pape de le dire, s'il ne l'avoit pas appris auparavant. L'Ecolier ayant a-
voüé à Don Quichotte, que le chapeau estoit le mot de cette derniere
Enigme, le Chevalier lui dit que dans
le premier endroit où ils s'arrêteroient,
il le prieroit de les écrire toutes deux,
parce qu'il souhaitoit de les avoir. J'en

ay une copie que je vais vous donner,
lui dit l'Ecolier. En mesme tems il se
mit à foüiller dans ses poches pour la
chercher ; mais comme en la tirant il
laissa tomber un autre papier , Don
Quichotte eut la curiosité de lui demander ce que c'estoit. C'est , répondit l'Ecolier, un rondeau que j'ay fait
sur une Dame de Siguença, dont je suis
amoureux, & qui ne sçait point encore que je l'aime. Lisez le-nous de
grace, reprit Don Quichotte. L'Ecolier ne se fit pas prier , & lut aussi-tôt,
ces vers.

## RONDEAU.

Comme les Dieux qu'en silence on adore,
Vous recevez mon hommage & mes
    vœux :
      Ma bouche n'ose encore
Vous découvrir mes desirs amoureux :
    Mais ce qu'elle n'oseroit dire ,
Vous le pourriez apprendre dans mes
    yeux ,
Si vous vouliez vous en instruire.
Non, belle Iris , j'aimerois mieux
Que dans mon cœur vous pussiez lire
      Comme les Dieux.

Don Quichotte loüa fort ce Rondeau, & Sancho en voulut auſſi dire ſon ſentiment. En ma conſcience, s'écria-t-il, ces Vers ne ſont pas ſi mauvais qu'on le diroit bien, non ! Et vous m'obligerez, Seigneur Ecolier d'en faire auſſi ſur Marie Goutiere, qui eſt ma femme, & qui le ſera tant qu'il plaira à Dieu & aux quatre Evangeliſtes. Mais je vous avertis de ne la point appeller Reine en aucune façon, mais ſeulement Madame l'Amirale : car Monſeigneur Don Quichotte a la mine de ne me faire jamais Roy ; & il faudra, pardy, que je me contente d'eſtre Gouverneur. On ne fait point en ce monde tout ce qu'on voudroit bien. Où on les donne on les prend. Si depuis que nous cherchons les avantures, au lieu de ſonger à gagner des iſles & des royaumes, nous euſſions viſé tout droit aux Archevêchés, nous en ſerions préſentement fournis comme de fil & d'aiguilles ; & quoiqu'on diſe que je n'en puis pas poſſeder à cauſe que j'ay une femme & des enfans, il me ſeroit du moins permis de les vendre ; & quand je ne les vendrois qu'au prix courant, j'y gagnerois encore aſſez.

Lorſque Sancho eſtoit en train de
parler, c'eſtoit un flux de bouche qu'il
n'eſtoit pas aiſé d'arreſter. A la fin D.
Quichotte en eſtant venu à bout par
ſon moyen ordinaire, c'eſt-à-dire par
la menace, l'Auteur du Rondeau dit à
ſon compagnon : Allons, Monſieur le
Bachelier, à vous le dé. Faites voir à
Monſieur le Chevalier que je ne lui ay
pas fauſſement vanté voſtre merite. Je
n'eſtime pas aſſez mes ouvrages, répondit le Bachelier, pour croire qu'on
puiſſe prendre beaucoup de plaiſir à les
entendre. Tels qu'ils ſont neanmoins
je les montrerois volontiers au Seigneur Don Quichotte, ſi je les avois
ici : mais je ne reſſemble point à ces
Auteurs qui ne vont jamais ſans avoir
toutes leurs poches enflées de leurs ouvrages : Et par malheur j'ay ſi peu de
memoire que de tous les Vers que j'ay
faits en ma vie, je ne pourrois vous en
reciter par cœur deux de ſuite : mais
Seigneur Chevalier, pourſuivit-il,
puiſque je n'ay rien à vous lire, voulez-vous bien que ie vous conſulte ſur
un projet de Comedie que j'ay en teſte?
Vous me ferez plaiſir, lui répondit D.
Quichotte ; mais apprenez-moy auparavant, ſi dans vos Comedies vous

eftes rigide obfervateur des regles d'A-
riftote? Oh pour cela non, repartit le
Bachelier. Tant-pis, dit D. Quichotte:
Car Ariftote eft là-deffus un oracle infaillible. Ne pas fuivre fes préceptes,
c'eft aller contre la vraifemblance & la
raifon; & c'eft ce qui fait que nos pieces
de theatre, qui d'ailleurs font admirables, rebutent les Etrangers. J'avouë,
dit le Bachelier, que prefque tous nos
Auteurs dramatiques femblent faire
peu de cas des regles d'Ariftote. Pour
moy je les trouve fort bonnes; je ne
les viole jamais de gayeté de cœur, &
je les garde quand elles peuvent s'accorder avec l'intrigue de mes pieces:
mais franchement je ne les refpecte
pas affez pour les conferver aux dépens de quelque incident merveilleux
qui ne peut fubfifter avec elles. Il faut
le retrancher cet incident, Monfieur,
interrompit Don Quichotte; il faut
tout immoler à la feverité des regles
de ce favant Maiftre ... mais, ajoûta-t-il, venons à voftre projet. Le
voici, reprit le Bachelier. Un Comte
de Barcelone fait un voyage en Angleterre, il y devient amoureux de la fille
du Roy, & s'en fait aimer; mais le
Roy par des vûës de politique marie

la Princeſſe au Roy de Bohéme. Le
Comte de Barcelone deſeſperé s'em-
barque & retourne en ſes Etats. Cependant le Roy & la Reine de Bohéme
vivent fort bien enſemble, quoique
cette Princeſſe conſerve toûjours un
tendre ſouvenir du Comte de Barcelone : mais bientôt un favori du Roy
de Bohëme conçoit un violent amour
pour la Reine, & a l'audace de le lui
declarer. Elle le maltraite, & le menace de faire ſavoir ſa temerité au Roy
ſon époux. Le favori, dont la tendreſſe ſe change en fureur, prévient
l'eſprit foible de ce Prince, & accuſe
la Reine d'aimer un Officier de ſa garde. Le Roi, qui ne voit que par les
yeux de ſon favori, fait tuer l'Officier, & veut faire auſſi mourir la Reine : mais cette Princeſſe demande qu'il
lui ſoit permis, ſuivant les loix de ce
tems-là, de chercher des Chevaliers
pour défendre ſon innocence contre
ſon accuſateur. Le Roy ne pouvant
refuſer à la Reine le combat qu'elle
demande, en aſſigne le jour que l'on
fait publier en Bohéme & en Angleterre. Enfin ce jour eſtant venu le favori paroît en champ clos, preſt à ſoûtenir ſon accuſation ; mais perſonne

ne fe préfente contre lui, & la Reine
eft fur le point de perdre la vie ; lorfqu'il arrive un Chevalier armé de toutes pieces qui combat pour elle, & tuë
le favori : Et ce Chevalier eft le Comte de Barcelone lui-même, qui eft ac-
couru au bruit de l'accufation de la
Reine, dont il connoît la vertu. Voilà,
Seigneur Don Quichotte, tout le fujet
de ma piece. Il eft trés-beau, dit le
Chevalier ; mais je ne fçay fi vous en
pourrez faire une piece réguliere. Il
eft vray, dit le Bachelier, que nos Auteurs les moins ennemis d'Ariftote feroient paffer le premier acte en Angleterre, le fecond à Barcelonne, &
le troifiéme en Bohéme : mais pour
moy, je veux que cette Comedie foit
dans les regles, & je ne defefpere pas
d'y réüffir. Je fuis feur que vous en
viendrez à bout, dit l'autre Ecolier,
pourvû que vous retranchiez le combat de Barriere. Qu'il s'en donne bien
de garde, interrompit Don Quichotte ;
c'eft ce qu'il y a de meilleur en fa piece. Mais Seigneur Don Quichotte,
dit le Bachelier, fi vous voulez que je
m'affujetiffe aux regles d'Ariftote, il
faut bien que je fupprime le combat
de Barriere. Ariftote, reprit le Chevalier,

lier, eſtoit habile homme, j'en conviens ; mais ſa capacité avoit des bornes : & enfin ſa juriſdiction ne s'étend point ſur les combats de Barriere, qui ſont au deſſus de ſes regles. Souffrirez-vous que la Reine de Bohéme periſſe ? Ou bien comment lui ferez vous rendre ſon innocence ? Croyez-moy, un combat de Barriere ſera la voye la plus honorable, & ſera d'ailleurs dans vôtre piece un ſi agreable ſpectacle, qu'il n'y a point à balancer entre lui & toutes les regles du monde. Hé bien, Seigneur Don Quichotte, repliqua le Bachelier, je conſerveray donc pour l'amour de vous, & à la gloire de la Chevalerie, le combat de barriere ; & afin de le rendre plus magnifique, j'y feray paroître toute la Cour de Bohéme, depuis les Princes du ſang, juſqu'aux Valets de pied : mais j'y trouve une difficulté : nos theatres ordinaires ne ſont point aſſez grands pour cela. Il en faudra faire un exprés, repartit Don Quichotte : & en un mot plutôt que de retrancher le combat de Barriere, il vaudroit mieux faire repreſenter voſtre piece dans une plaine. Cet entretien mena Don Quichotte & les Ecoliers juſqu'à Hyta, où ils ſe

repoſerent juſqu'au jour ſuivant, jour
memorable pour les Enchanteurs, &
qui eſt marqué en lettres rouges dans
les Chroniques du ſage Aliſolan, fidéle
Ecrivain de cette veritable hiſtoire.

---

## CHAPITRE XXX.

*De ce qui ſe paſſa entre Don Quichotte*
*& une troupe de Comediens, & de*
*quelle maniere ce malheureux Che-*
*valier perdit la parole par enchan-*
*tement.*

L'Arabe dit que Don Quichotte &
ſa compagnie, aprés avoir marché toute la journée en s'entretenant
de diverſes choſes, ſe trouverent à la
vûë d'une aſſez grande maiſon qui
avoit tout l'air d'un vieux chaſteau.
Un des Ecoliers la montrant du doigt
à Don Quichotte lui dit : Seigneur
Chevalier, vous voyez ce logis, nous
y pourrons paſſer la nuit fort commodément. C'eſt une hôtellerie appellée
le Chaſteau des Lutins : parce qu'on
dit que c'eſtoit autrefois un chaſteau,
& qu'il y revenoit des eſprits. L'Ecolier n'eut pas plutôt dit cela que San-

cho se mit à jurer par les entrailles de
sa grand-mere qu'il n'y logeroit point.
Gardons-nous bien, Monsieur, s'é-
cria-t-il, gardons-nous bien d'aller
coucher dans ce Chasteau des Lutins;
car il m'a la mine d'estre encore un
de ces Châteaux enchantés, où les
phantômes & les enchanteurs nous
ont si souvent fait pleurer nos pechés.
Enfin mon cœur ne me dit rien de
bon, & vous savez que quand la perdrix chante, c'est signe de pluye. Mais
Don Quichotte méprisant la frayeur
de son Ecuyer lui répondit : Sancho,
je n'ay point oublié tout ce que nous
avons souffert dans de semblables châteaux; mais que veux-tu, mon ami, les
Chevaliers errans ne sont pas hors d'un
peril qu'ils en cherchent un nouveau,
& ils doivent estre préparés à toute
sorte d'evenemens. Ainsi je vais m'approcher de ce Chasteau pour observer
quelles sortes de gens l'habitent. Cependant vous pouvez vous autres venir doucement aprés moy. En achevant ces mots, il poussa son cheval
vers l'hôtellerie. Il y avoit alors dedans par hazard une troupe de Comediens qui s'estoient assemblés pour répeter une piece qu'ils devoient le len-

demain reprefenter à Alcala. Dés que
les Comediens apperçûrent Don Qui-
chottë armé de pied en cap avec fon
large bouclier, ils fortirent tous pour
voir de prés une chofe qui leur parut
fort nouvelle. Mais le Chevalier remarquant qu'ils fortoient tous en foule, & qu'ils s'attachoient à le regarder, s'arrefta un moment pour les
confiderer, & s'en retourna enfuite
brufquement fur fes pas. Sancho le
voyant revenir au grand trot, lui dit:
Qu'y a t-il, Seigneur Don Quichotte?
les Lutins vous ont-ils déja montré
les dents? Ah Sancho mon fils, répondit le Chevalier, tu n'avois pas
tort d'eftre prévenu contre ce Château; l'enchanteur Frifton mon ennemi mortel m'y attend pour me
charger de chaînes, & m'enfermer
dans une affreufe prifon. Il prétend
par fon pouvoir magique m'arrefter
ici, & m'empêcher d'aller combattre
le Roy de Chipre, afin de courir par
tout l'Univers femer des bruits contre ma gloire : mais je fuis informé de bonne part de fes mauvaifes intentions, & ma valeur n'eftant pas
moins forte que fon art, je vais effayer
de purger le monde de cet execrable

Negromant. Comme ils n'eſtoient
qu'à une portée de mouſquet de l'hôtellerie, les Ecoliers reconnurent aiſément les Comediens qu'ils connoiſ-
ſoient par nom & par ſurnom; & le
Bachelier voulant deſabuſer Don Quichotte lui dit ce qu'il penſoit là-deſſus.
Mais le Chevalier ſoûtenoit toûjours
que c'eſtoit des Enchanteurs : Pour
vous perſuader que je ne me trompe
point, leur diſoit-il, voyez parmi ces
ſoldats qui gardent la porte du château, ce grand homme noir qui d'une
main tient une baguette, & un Livre
de l'autre. C'eſt l'Auteur de la troupe,
interrompit le Bachelier, il ſe nomme
Pedro de Moya, & le Livre qu'il tient
à la main, eſt apparemment une piece
qu'il lit aux Comediens. Je ſçay mieux
que vous ce qui en eſt, Monſieur le
Bachelier, repliqua Don Quichotte,
& je vous dis encore une fois que ce
grand homme noir n'eſt point du tout
ce Pedro de Moya dont vous parlez ;
mais l'enchanteur Friſton lui-même.
Hé ne voyez-vous pas bien qu'avec
ſa baguette il fait des cercles, & trace
des caracteres magiques, & que ce
Livre lui ſert à conjurer les demons.
Si vous voulez être inſtruits par vous-

mefmes de cette verité, vous n'avez
qu'à aller tous deux devant, dire que
vous eftes mes Pages, & vous verrez
ce qui en arrivera. Les Ecoliers y con-
fentirent, & ayant bientôt abordé les
Comediens ils leur conterent tout ce
qu'ils favoient de Don Quichotte &
de la Reine Zenobie qu'ils connoif-
foient tous parfaitement bien, &
quelques-uns pour leurs pechez. Les
Comediens fe mirent à rire, & furent
ravis d'avoir une fi belle occafion de fe
réjoüir. Cependant D. Quichotte s'approcha de l'hôtellerie, & aprés avoir
pofé à terre le gros bout de fa lance,
il addreffa ces paroles à l'Auteur de la
troupe : O toy, qui depuis le moment
de ma naiffance jufqu'à celui-ci m'as
toûjours efté contraire, & qui n'as jamais manqué de favorifer, quoiqu'inutilement, tous les Geants & les Chevaliers qui ont eu la hardieffe d'éprouver leurs forces contre les miennes:
Di-moy, Negromant perfide & fcelerat, pourquoy contre toute loy naturelle & divine tu vas fur les grands
chemins faire le dernier outrage aux
Dames & aux Princeffes, qui accom-
pagnées de leurs fidéles Nains, & de
leurs diligens Ecuyers, cherchent les

Chevaliers qu'elles aiment si tendre-
ment ? Et non seulement tu n'as pas
honte de faire ce que je te dis, mais
comme cruel & payen que tu es, tu
les enleves pour les ensevelir toutes
vivantes dans de noires prisons que
le Soleil semble n'éclairer que pour
en montrer toute l'horreur. Mets en
liberté, continua-t-il en voyant paroître quelques Comediennes à une feneftre ; mets en liberté toutes ces pucelles que je voy, avec tous les Princes, & les Chevaliers que tu tiens en-
fermés dans d'horribles cachots, & me
reftitue en même tems tous les tréfors que tu as volés. Autrement je jure
par la beauté fans pair de la grande
Reine Zenobie, dont la préfence me
rend invincible, que je vais t'ofter
tout-à-l'heure une vie que tu devrois
depuis long-tems avoir perduë. En
parlant de cette forte il pouffoit Rocinantes à droit & à gauche, & lui faifoit faire des paffades qui ne divertif-
foient pas peu les Comediens, gens
naturellement railleurs, & accoutu-
més à fe réjouïr aux dépens d'autrui.
Sancho qui avoit trouvé le difcours de
fon Maiftre trés-propre à intimider
les Comediens, les voyant rire de tout

leur cœur, en fut choqué, & leur dit
brufquement : Superbes & démesurés
Comediens, rendez-nous donc prom-
tement ces Princes, ces Infantes, ces
Chevaliers & ces chevaux que vous
tenez enchantés, & que mon Maiftre
vous demande. Finiffons, s'il vous
plaift, parce que nous voulons entrer
là-dedans. Ou-bien envoyez-nous
quelques bribes de pain à Madame la
Reine & à moy ; car les dents nous
démangent furieufement. Cpendant
l'Auteur de la troupe s'avança vers
Don Quichotte, & lui répondit en
ces termes : Seigneur Chevalier errant,
Meffieurs vos Pages nous ont infor-
més de voftre valeur & de vos forces
qui font telles que ce Château ne fçauroit y réfifter. C'eft pourquoy tous ces
Princes & Chevaliers qui font ici de-
püis fix cens ans avec moy fe donnent
pour vaincus à voftre Seigneurie, &
nous fommes prefts à vous rendre
hommage. Defcendez donc de ce beau
cheval ; quittez voftre lance & ce bouclier fans pair, & dépoüillez-vous de
vos riches armes, afin d'eftre plus à
voftre aife. Quoique je fois payen,
comme on le peut voir à ma taille &
à mon teint brun, je ne laiffe pas d'ê-
tre

tre galant homme. Vous pouvez entrer
dans ce beau Château avec la Reine Zenobie, autrefois Barbe la Tripiere, &
nous fouperons gayement tous enfemble. O traître Negromant, repartit le
Chevalier ! n'efpere pas que tu puif-
fes me tromper par des paroles flat-
téufes, & m'attirer dans cette profonde trappe qui eft à l'entrée de ton
Château ; je te connois trop pour me
laiffer furprendre à tes artifices. Oh
par ma foy ouï, s'écria Sancho, les
marchands d'oignons fe connoiffent
en ciboules. Nous ne fommes pas nés
pour rien dans le village de l'Argamefille, & nous fçavons, Dieu mercy, que trois & quatre font neuf.
Comme il achevoit de parler, Don
Quichotte, la lance baffe, pouffa Rocinantes fur l'Auteur pour le percer ;
mais l'Auteur efquiva fort adroitement le coup, & prenant le Chevalier par un pied, il le renverfa de l'autre côté de fon cheval. En même tems
quelques Comediens fe jetterent fur
Don Quichotte, lui ôterent fa lance
& fa rondache, & l'emporterent malgré lui dans l'Hôtellerie, où ils le cou-
cherent par terre, le tenant fi ferré
qu'il ne pouvoit fe remuer. Alors l'Au-

teur lui donna trois coups de baguette
sur l'épaule en lui disant : Chevalier
sans amour, je vous enchante pour
trois cens ans, & par la puissance de
mon art terrible je vous ôte la parole
sans vous ôter la raison, parce que
je veux que vous sentiez vostre malheur sans avoir la consolation de pouvoir vous plaindre du sort. C'est ainsi
que je traite tous les Chevaliers qui
ont la temerité de vouloir combattre
contre moy. Don Quichotte leva les
yeux au ciel, & puis les baissa tristement sans répondre un seul mot, sans
même essayer de parler, tant il estoit
persuadé que l'Enchanteur Friston venoit de lui oster la parole.

L'Auteur aprés avoir ordonné à
quatre Geants, c'est-à-dire à quatre
Valets de la Trouppe, de tenir le
Chevalier dans l'état qu'il estoit, sortit pour aller chercher Sancho que le
traitement qu'il avoit vû faire à son
Maître remplissoit de crainte. Ah vous
voilà donc veillaque & faquin d'E-
cuyer, lui dit l'Auteur, je vous tiens
pour le coup, & vous me payerez
tout ce que vous me devez, tant de
l'année passée que de celle-cy. Monsieur l'Enchanteur, lui répondit San-

cho , je vous demande pardon , si je
vous ay quelquefois souhaité tout le
mal que vous nous avez fait , & je
vous tiens-pour homme d'honneur ,
quoique vous soyez Payen comme
Judas. Je suis bien-aise , reprit l'Auteur , que le hazard vous ait amené
ici , vôtre Maître & vous ; car je donne ce soir à souper à quelques Enchanteurs de mes amis qui ne se nour-
rissent que de chair humaine. Vous ne
pouviez venir plus à propos , vous
sur tout , qui êtes gros & gras comme
un Benedictin. Helas Seigneur Friton,
dit en pleurant l'Ecuyer , & se jettant
à genoux devant l'Auteur : Par les
playes du bon saint Lazare , que
Dieu puisse avoir en sa sainte gloire ,
je vous supplie d'avoir pitié de moy.
Levez-vous, mon ami, dit l'Auteur,
& ne perdez point de tems à me prier;
les larmes & les prieres ne peuvent
rien sur les Enchanteurs , & vous serez mangé jusqu'aux os. Misericorde ,
s'écria Sancho , où nous sommes nous
fourrez ! Du moins , Monsieur l'Enchanteur , permettez-moy auparavant
d'aller dire adieu à Marie Goutiere ma
femme ; car je vous avertis qu'elle est
si remplie de rancune , que si elle ve-

noit à sçavoir que je me fusse laissé
manger sans lui dire adieu, elle ne me
regarderoit jamais de bon œil. Ouï-
da, Sancho, dit l'Auteur, vous ne l'entendez point mal ; si vous étiez une
fois parti, vous ne seriez pas, je croy,
sitôt de retour. Pardonnez-moy, Seigneur Friton, repartit Sancho, je vous
promets, sous la caution de Monsieur
saint Antoine, d'être ici au jour marqué ; & si j'y manque, plaise à Madame sainte Barbe, la patrone du ton-
nerre & des éclairs, que ce bonnet me
puisse manquer à l'heure de ma mort.
Non non, reprit l'Auteur ; cette affaire ne souffre aucun retardement. Et
alors élevant la voix : Hola quelqu'un,
continua-t-il, qu'on m'apporte cette
grande broche à trois pointes dont je
me sers pour les gros hommes, &
qu'on me fasse promptement rôtir ce
païsan. Ce fut alors que Sancho se
croyant embroché redoubla ses pleurs,
& ayant apperçeu Barbe qui rioit avec
quelques Comediens : Ah Madame de
Segovie, lui dit-il, vous voyez dans
la douleur le pauvre Sancho vôtre fidelle Nain ; & puisque vous êtes
une impuissante Reine, priez s'il vous
plaît Monsieur l'Enchanteur de con-

tremander la broche aux trois pointes.
Barbe auſſitôt s'adreſſant à l'Auteur,
lui dit en ſouriant : Seigneur Don Pe-
dre de Moya , Souverain Concierge
de ce Palais , pardonnez, je vous prie
pour cette fois à Sancho , il n'y re-
tournera plus. Belle Princeſſe , répondit l'Auteur , chaſte Reine de la ruë
des Cabarets d'Alcala, je ne puis vous
accorder la grace de ce Païſan , ni me
diſpenſer de le mettre à la broche , à
moins qu'il ne ſe faſſe More. Ho pardy , s'écria Sancho tout conſolé , que
ne le diſiez vous d'abord , ſans vous
amuſer à la moutarde ? s'il ne tient qu'à
me rendre More , la grande broche
& mes boyaux n'auront rien à demê-
ler enſemble , j'aime bien mieux être
More que rôti. Vous ſuivrez donc deformais l'Alcoran , lui dit l'Auteur,
Oui-dà , répondit Sancho , & je le ſui-
vray , s'il veut juſqu'aux Indes , pourveu que mon griſon m'y puiſſe porter.
Ami, reprit l'Auteur , vous ne m'entendez pas , il s'agit d'embraſſer une
nouvelle religion , & de croire en Mahomet. He bien , repartit l'Ecuyer , je
le veux bien encore , & je croiray , ſi
vous le ſouhaittez , en tous les Ma-
homets qui ſont d'ici à Jeruſalem. En

un mot je croiray tout ce que me per-
mettra de croire nôtre mere la sainte
Eglise, pour qui je donnerois mille fois
ma vie. Cela étant, dit l'Auteur, il ne
reste plus qu'à vous circoncire, & vous
serez More comme moy : Il faut qu'a-
vec un coûteau bien affilé je vous coupe.... Oh non, Monsieur l'Enchanteur, interrompit Sancho, ne me cou-
pez rien, s'il vous plaît ; car je suis en
communauté de biens avec Marie
Gautiere, & elle en sçait le compte
si juste, que quand il ne me manqueroit qu'une obole, elle s'en aperce-
vroit dans le moment. Mais voila mon
bonnet que vous pouvez tailler & ro-
gner à la fantaisie de Monsieur l'Alcoran. Quoique l'Auteur fût un des
plus graves Personnages de toute sa
Nation ; il ne put s'empêcher de rire
de la simplicité de Sancho ; & le prenant par la main, Allons Seigneur
More, lui dit-il, préparez vous à partir pour le Royaume de Fez, car je
vais bientôt vous y envoyer. Attendez, Monsieur l'Enchanteur, repartit
l'Ecuyer, il faut auparavant que je
fasse un tour au païs, afin que je donne ordre à deux bœufs que j'ay dans
ma maison. Outre cela j'ay six brebis,

deux chevres, huit poules & un cocq, vous voyez qu'on ne quitte point tout cela comme on le voudroit bien. D'ailleurs quand ma femme aprendra que je me suis rendu More, peut-être aura-t-elle aussi envie de se faire Moresse. Que sçait-on ? si cela est, il faudra la circoncire à la langue, & pardi il ne sera pas besoin d'épargner l'étoffe, car il n'y en aura encore que trop de reste.

Durant ce tems-là Don Quichotte, qui étoit toujours dans l'état qu'on a dit, faisoit des reflexions trés-ameres sur son enchantement. Et le sage Friston aprés avoir quitté Sancho, rentra dans l'Hôtellerie pour commencer une nouvelle scene. Il s'approcha de Don Quichotte & lui dit : Hé bien Chevalier sans amour, tu es donc enfin tombé entre mes mains, & tu vas grossir le nombre de ces malheureux que je tiens enchantez & chargez de chaînes dans mes sombres & humides cachots. Tu en sortiras pourtant ; mais quand tu en sortiras ta barbe aura douze aulnes de long, & les ongles de tes mains & de tes pieds seront plus grands qu'une trompe d'Elephant. Avant qu'on t'enferme dans l'affreuse

K x iiij

prifon que je t'ay deftinée, il faut pour
un moment que je te rende la parole.
Je veux encore une fois t'entendre
parler , pour joüir de tes plaintes &
de tes regrets ; car les peines & les lamentations des Chevaliers errans font
les plus doux plaifirs des Enchanteurs.
En achevant ces paroles il toucha de
fa baguette l'infortuné Chevalier de
la Manche , qui lui répondit de cette
maniere : O traître Negromant qui ne
m'as vaincu que par fupercherie , c'eft
en vain que tu me fais une effroyable
peinture des maux que ta cruauté m'a-
prête. Les veritables Chevaliers errans fçavent fouffrir avec fermeté
toutes fortes de fupplices , & rien
n'eft capable de les épouvanter. Ainfi
tu peux à ton gré m'ôter & me rendre la parole , & épuifer toute ta barbarie
fur moy : mais aprens que tu
n'auras jamais le pouvoir de me faire
trembler. Au refte j'en feray quitte
pour trois cens ans d'enchantement.
Peut-être même que mon enchantement finira plûtôt. Car le fage Alquife
mon protecteur ne me laiffera pas
long-tems fans me fecourir : Et je fçay
qu'un Prince Grec doit fortir une nuit
de Conftantinople fous la conduite

d'un fage de fes amis pour aller acquerir une gloire immortelle en fe
dévoüant à toute fortes de perils. Dés
qu'il aura parcouru tous les Royaumes & les Provinces de l'Univers, il
viendra affieger ce fort Château. Il
fera perir d'abord les Geants qui en
défendent les Ponts-levis ; il tuëra
enfuite les deux terribles Griffons qui
font à la premiere porte , & puis il
entrera fans obftacle dans la premiere
cour, où ne voyant paroître perfonne, il fe couchera par terre pour fe repofer un moment ; mais il entendra
bien-tôt une horrible voix qui lui dira,
Leve-toy , Prince Grec, qui és entré
pour ton malheur en ce Château , &
lors qu'il y penfera le moins , il verra
venir à lui un Dragon furieux , dont
les regards feront empoifonnez , &
dont l'épouventable gueule vomira
des tourbillons de feu. Neanmoins l'in-
trepide Prince l'attaquera , & com-
battant avec d'autant plus de courage
que le danger fera plus grand, il tuëra
le monftre , & favorifé du Sage fon
ami , il défera tout l'enchantement.
Alors il entrera victorieux dans la feconde cour , & delà dans un jardin
rempli de fleurs & d'arbres odorants,

& arrofé de mille agreables ruiffeaux,
où il aura le plaifir d'entendre les plus
harmonieux oifeaux chanter fa victoire. Au milieu du jardin , il trouvera
une très belle Nymphe .vêtuë d'une
longue robe parfemée de diamans ,
d'émeraudes , de topafes & de rubis ;
& cette charmante Nymphe aprés l'a-
voir reçeu d'un air riant , lui donnera
d'une main un trouffeau de clefs d'or,
& de l'autre lui mettra fur la tête une
guirlande d'amarantes & de jafmins.
Aprés quoi le Prince avec les clefs d'or
ira ouvrir les prifons & les cachots,
& brifera les fers de tous les illuftres
malheureux ; & enfin s'adreffant à
moy , il me priera de l'armer Chevalier errant de mes propres mains , &
de vouloir lui permettre qu'il devienne
l'infeparable compagnon de mes travaux. L'eftime que j'auray pour un
Prince fi courageux, & la reconnoiffance m'obligeant à lui accorder tout ce
qu'il me demandera, nous irons tous
deux par le monde pendant d'innombrables années , & nous mettrons à
fin toutes les avantures qui s'offriront
à nous.

# CHAPITRE XXXI.

*Suite de ce qui se paßa entre Don Quichotte & les Comediens.*

LEs Comediens furent extrême-ment surpris de l'étrange folie de Don Quichotte, & de son dernier dis-cours, & pendant qu'ils s'en entrete-noient les uns les autres, Sancho re-vint de l'Ecurie où il étoit allé condui-re son grison, Rocinantes & la mule de Barbe. En entrant il s'approcha de son Maître & lui dit : Or-sus Cheva-lier sans amour, nous voila donc ici par la grace de Dieu. Sancho, mon fils, lui demanda tristement D. Qui-chotte, nôtre ennemi commun ne t'a-t-il fait aucun mal ? Non Monsieur, répondit l'Ecuyer, mais ma foy, si je n'eusse pas eu l'esprit de me rendre More, j'aurois à l'heure qu'il est dans le gisier une broche qui n'a seulement que trois pointes ; car le Seigneur En-chanteur me vouloit faire rôtir ce soir pour regaler ses amis. Que dis-tu San-cho, s'écria le Chevalier ? tu te serois rendu More ? comment miserable ? tu

aurois fait une pareille action? Ah ah,
Monfieur, repartit Sancho, il valoit
mieux me laiffer rôtir, n'eft ce pas?
oh mardy oui, je me fuis fait More,
& je me ferois plûtôt fait Hermite,
s'il l'eut falu, & à la barbe du Sacri-
ftain du Tobófo encore. Quand on eft
une fois dans le Cimetiere, on ne
fçauroit plus être ni Chrêtien ni More.
Mais taifons-nous, Seigneur D. Quichotte, fi nous pouvons nous tirer
d'ici, Dieu m'entend bien. Don Quichotte aprit avec tant de chagrin ce
que lui dit fon Ecuyer qu'il n'en fut
pas moins affligé que de fon enchantement même : mais il paffa bientoft
de la douleur à la joye, car l'Auteur
changeant tout à coup de vifage, dit
au Chevalier d'un air riant. Oh ça,
Seigneur Don Quichotte, il eft tems
de vous détromper. Sçachez que je ne
fuis point l'Enchanteur Frifton vôtre
ennemi comme vous vous l'imaginez.
Je fuis au contraire, le fage Alquife,
vôtre grand ami, & je n'ay fait tout
ce que vous avez veu que pour éprouver vôtre fermeté & la confiance que
vous avez en moy. Je fuis content de
vous. Embraffons-nous, je vous prie,
& affurez-vous que vous n'implorerez

jamais vainement mon fecours. En difant cela l'Auteur fit retirer les Valets
qui tenoient Don Quichotte ; & le
Chevalier alors fe voyant libre , &
ne doutant point que l'Auteur ne fût
effectivement le fage Alquife fe leva
pour l'aller embraffer. Il embraffa auffi
tous les Comediens l'un aprés l'autre,
les regardant comme autant de Princes
protegés par le fage fon ami. Les Comediennes confiderant la ridicule figure
du Chevalier n'eurent pas peu de peine
à s'empêcher de lui rire au nez : mais
elles fe continrent, ce qui n'eft pas un
petit effort pour des Comediennes ; &
aprés lui avoir fait la reverence avec
toutes les marques du plus profond
refpect qu'elles purent affecter, l'une
d'entr'elles portant la parole pour les
autres lui dit : Grand Chevalier de la
Manche , bouffole de la galanterie ,
vous voyez ici plufieurs Princeffes qui
vous demandent voftre protection. Si
par hazard quelques marauds de geants
nous enlevent quelque jour , & pré-
tendent feulement nous tenir enchantées , comme fi nous eftions de bois ,
nous vous fupplions d'accourir à nôtre
aide , & de ne pas fouffrir que nous
paffions fi mal noftre jeuneffe. Belles

Infantes, répondit gracieufement D.
Quichotte, il n'eft pas befoin de me
faire cette priere, il fuffit que vous
foyez amies du fage Alquife pour n'a-
voir rien à craindre ; mais laiffant à
part fon grand pouvoir, quand toute la terre enfemble feroit conjurée
contre voftre beauté ; quand tous
les Magiciens qu'a vû naiftre l'Egyp-
te viendroient ici pour vous nuire,
je les défierois de vous ofter feulement
un poil de la tefte. Seigneur Don Quichotte, dit alors l'Auteur, ces Princeffes vous font fort obligées ; mais en
attendant que quelque Geant vous
fournisse une occafion d'employer pour
elles voftre valeur, ne fongez qu'à
vous repofer & vous réjouïr dans ce
Chafteau avec la grande Reine Zenobie, dont l'arrivée, j'en fuis feur, caufe une fecrette joye à quelques-uns
des Princes qui font ici. Si vous n'étiez
pas preffé de vous rendre à Madrid, je
vous prierois de refter quelques jours
avec nous ; mais je prens trop de part
à voftre gloire pour vouloir vous arrefter. Je fçay que vous n'avez point
de tems à perdre, & vous pourrez dés
demain continuer voftre voyage. Cependant allons tous nous mettre à ta-

ble, & quand nous aurons soupé, je
vous donneray le divertissement de
la Comedie ; car j'ay fait venir ici
une troupe de Comediens exprés pour
vous divertir. En achevant ces mots,
il prit le Chevalier par la main, & le
conduisit dans une salle, où ils trouverent un assez bon souper qui les attendoit. Don Quichotte estoit si content de se voir avec le sage Alquife son
ami, qu'il estoit aisé de s'en appercevoir ; & Sancho en avoit aussi une si
grande joye que ne pouvant la contenir en lui-même il dit à l'Auteur :
Par ma foy, Seigneur Esquife, je suis
bien aise de vous voir une fois en ma
vie face à face, car je ne vous ay jamais vû qu'en songe ; & franchement
quand Monseigneur Don Quichotte
me disoit dans nos Chevaleries tant de
merveilles de vous, Monsieur saint
Thomas sçait bien ce que j'en pensois :
Mais, Seigneur Esquife, poursuivit-il,
puisque tout est possible à la Magie,
je vous prie de me retourner Chrêtien, parce que je viens de faire réflexion que je ne suis point bon du tout
à estre More. Hé par quelle raison,
Sancho, lui demanda l'Auteur ? Par la
raison, répondit l'Ecuyer, que j'aime

plus que ma vie le lard & le vin, qui
sont deux choses chez les Mores plus
défenduës que le péché. Cela n'est pas
facile, reprit l'Auteur; mais j'en vien-
dray à bout, pourvû que vous soyez
trois jours & trois nuits sans boire ni
manger. Je suis seur qu'en accomplis-
sant cette legere penitence vous rede-
viendrez Chrestien, sans qu'il paroisse
que vous ayez jamais esté More. Cette
penitence, repliqua Sancho, seroit
fort bonne pour Monseigneur Don
Quichotte, qui ne se soucie point du
boire & du manger. Pour moy ce n'est
pas de mesme, & quand je suis, je ne
dis pas trois jours, mais seulement
trois heures sans manger, j'entends mes
boyaux qui chantent un Requiem.
Comment ferons-nous donc, dit l'Auteur, pour vous démorifer ? Comment, repartit Sancho ? Hé, pardy,
n'y a-t-il qu'un remede dans la Me-
decine ? Ordonnez-moy, par exemple,
de ne dormir que sur un costé, ou de
ne boire que de la main gauche, & je
vous donne ma parole que je suivray
vos commandemens selon Dieu & ma
conscience. Cependant les Comediens,
Don Quichotte, Barbe, & les Ecoliers
se rangerent autour de la table; mais
avant

avant que de s'y asseoir, un des Ecoliers se mit à dire le Benedicité tout
haut. L'Auteur s'estant apperçû que
durant la priere Sancho, qui estoit debout derriere eux, n'avoit point osté
son bonnet, dit à la compagnie : Messieurs, voyez ce que c'est que d'estre
More. Pendant que nous avions tous
nos chapeaux à la main, l'irreligieux
Sancho avoit son bonnet sur la teste.
Il est vray, Messieurs, s'écria l'Ecuyer,
& je n'en fais pas la petite bouche. Je
n'oste mon bonnet, & ne dis mon Benedicité que quand il faut que je mange ; mais quand les autres vont manger, il m'est avis que ce ne sont pas
mes affaires. Chacun pour soy, & Dieu
pour le tout. Les Comediens se prirent
à rire, & voulurent que Sancho, tout
More qu'il estoit, se mît à table avec
eux ; & comme on eut soin de le bien
servir, il fit le plus grand agrément du
repas.

Les Acteurs & les Actrices ayant
mangé & bû comme à l'envi l'un de
l'autre, se preparerent à répeter dans
la salle la Comedie qu'ils devoient re-
presenter à Alcala le lendemain. Ils
allumerent quelques chandelles qui
estoient dans de petits chandeliers de

bois, & en firent fur le plancher une ligne horifontale qui marquoit la feparation du theatre & du parterre. Don Quichotte, Barbe, Sancho, les Ecoliers, & quelques perfonnes de l'hôtellerie fe difpoferent à prefter toute leur attention aux Acteurs, qui commencerent bientôt. Un Prince de Cordouë fe montra le premier fur la fcene, accompagné d'un Confident, auquel il dit: Ouï, mon cher Henrique, c'en eft fait, l'Amant qu'on dédaigne devient un mortel ennemi; je veux me venger de la Reine de Leon. Le Roy fon époux, dont tu fçais que je conduis l'efprit, eft déja prévenu contre elle, & fe prépare à la faire mourir. Le Prince de Cordouë voulut continuer; mais voyant venir la Reine, il fe retira. Cette Princeffe s'avança toute feule avec un mouchoir à la main, & aprés avoir effuyé fes yeux qui paroiffoient baignés de larmes, & avoir fait quelques pas fans parler, elle dit: Perfide Prince de Cordouë, qui n'ayant pû corrompre ma vertu par ton amour, veux la noircir par tes artifices, peuxtu fans remords accufer l'innocence? Helas! ce n'eft point la mort qui m'épouvante, c'eft la peur de mourir defhonorée. Grand Dieu ! qui voyez le fonds de mon ame, n'aurez-vous point pitié de ma douleur ? Et fouffrirez-vous que la calomnie triomphe de la vertu ? Comme l'Actrice entroit fort bien dans la paffion, elle toucha fi vivement le Chevalier de la Manche, & le mit dans une fi grande furie, qu'il fe leva brufquement, & tirant fon épée : Le Prince de Cordouë, s'écria-t-il, eft un traiftre, un fcelerat, un calomniateur ; & comme-tel je le défie tout-à-l'heure en combat fingulier. Avec le feul fil de ma redoutable épée je lui auray bientôt fait confeffer que la Reine de Leon n'eft guere moins chafte que la Princeffe Zenobie même. Tous les Comediens ne s'eftoient pas attendus à ce tranfport, & ils s'abandonnerent à toute l'envie de rire qu'il leur caufa. Mais comme le Chevalier continuoit toûjours à défier le Prince de Cordouë, le Comedien qui faifoit ce perfonnage, mit l'épée à la main & fe pofta devant lui en difant : Seigneur Don Quichotte, il ne faut point tant faire de bruit pour fi peu de chofe, & puifque vous voulez prendre le fait & caufe de la Reine, dont vous ne connoiffez pas auffi-bien que moy la chaf-

teté, je veux bien me battre contre
vous, non ici, mais dans la grande place de Madrid en presence du Roy &
de toute sa Cour. En disant cela le Comedien appercevant audessus de la porte de la salle une croupiere de Mulet
qui y estoit attachée, il la détacha, &
la présentant à Don Quichotte : Tenez, Seigneur Chevalier, continua-
t-il, comme je n'ay présentement ni
gand ni gantelet à vous donner pour
gage, voilà une de mes jarretieres qui
peut suppléer à ce défaut : & souvenez-
vous que nostre combat se fera d'aujourd'hui en vingt jours. Toute la
troupe se mit à rire sur nouveaux frais
de l'action du Comedien. Ce que Don
Quichotte trouva si mauvais qu'il leur
dit : En verité, Messieurs, je m'étonne
que des Princes sages & courageux
rient de voir un traistre accepter mon
défy ; vous devriez plutôt pleurer avec
la Reine qui a un si grand sujet d'estre
affligée, mais qui doit enfin se consoler, puisqu'elle a eu le bonheur de me
rencontrer. En achevant ces paroles, il
se tourna du costé de son Ecuyer, &
lui tendant la croupiere : Tien, Sancho, lui dit-il, conserve bien ce gage.
Par ma foy, s'écria Sancho, la crou-

piere n'eft pas mauvaife, non. Je vais
l'attacher au baft de mon afne, où elle
demeurera, s'il plaift à Dieu, jufqu'à
ce que nous ayons trouvé celui à qui
elle appartient. L'ignorant, dit Don
Quichotte, qui appelle cela une croupiere ! Hé que diable eft-ce donc, répondit Sancho, fi ce n'eft pas une croupiere de Mulet ? C'eft la jarretiere du
Prince de Cordouë, repliqua le Chevalier. Vous me feriez renier l'Antechrift, repartit l'Ecuyer. Ne diroit-on
pas que je n'ay jamais vû de croupiere?
Allez, Monfieur, il m'en a plus paffé
par les mains qu'il n'y a d'étoiles dans
les Limbes. Tien, animal, reprit Don
Quichotte, regarde s'il y a jamais eu
de plus riches jarretieres. Confidere
bien ces franges d'or, & voy comme
au bout de chacune pend un rubi, une
émeraude ou un diamant d'un prix in-
eftimable. Il faut donc que je fois yvre,
dit Sancho ; car je veux mourir fi je
vois ces franges d'or que vous dites;
mais feulement de petites fifcelles qui
font nouées par le bout. Enfin il fe peut
faire que ce foit une jarretiere dans
l'autre monde, car le diable eft un co-
quin ; mais pour dans celui-ci, Meffieurs, je foûtiens que c'eft une crou-

piere. Ami Sancho, dit alors l'Auteur,
vous mocquez-vous d'appeller cela
une croupiere? C'eft, je vous affeure,
une jarretiere trés-précieufe. *Oh fi
vous vous en meflez vous, Seigneur
Efquife, repartit l'Ecuyer, je n'ay plus
rien à dire. Car le blanc devient noir
avec vous autres Meffieurs les Enchanteurs, & fi vous vous l'eftes mis
en tefte, il faudra pardy bien que ce
foit une jarretiere, quoiqu'elle fente
la croupiere comme baume.

Durant cette plaifante conteftation
qui reffembloit affez à celle de l'armet
de membrin, un Muletier eftant entré dans la falle, & ayant apperçû la
croupiere entre les mains de Sancho,
lui dit : Coufin, prenez la peine de remettre ma croupiere où elle eftoit, je
ne l'ay point achetée pour vous divertir. Meffieurs, s'écria auffi-tôt Sancho, entendez-vous bien ce que dit ce
bon homme ? Ce n'eft pas moy qui le
lui ay fait dire au moins. C'eft donc
une croupiere ? Ah, pardy, je m'en
réjouïs. Vous voyez par-là que les Enchanteurs & les Chevaliers errans ne
font pas de fi grands docteurs qu'ils
s'imaginent. En difant cela il rendit la
croupiere au Muletier : mais Don Qui-

chotte n'eſtant pas d'humeur à s'en dé-
ſaiſir alla au Muletier, & la lui oſtant
bruſquement : Pitaud, lui dit-il, c'eſt
bien pour vous qu'une ſi magnifique
jarretiere eſt faite ! mais le Muletier
qui n'entendoit pas raillerie, & qui
eſtoit beaucoup plus fort que Don Quichotte, le ſaiſit par le bras, & le pouſſant rudement au milieu de l'eſtomach,
il le jetta à la renverſe ; enſuite il lui
ſauta ſur le ventre, & lui arracha bientôt des mains la croupiere. L'Ecuyer
voyant tomber ſon Maiſtre courut à
ſon ſecours, & donna au Muletier
deux furieux coups de poing, dont
l'un porta ſur la nuque du col, & l'autre ſur l'oreille droite. Le Muletier en
fut quelque tems étourdi, mais il s'en
vengea bientôt ; car il appliqua ſur le
viſage de l'Ecuyer trois ou quatre coups
de croupiere d'une grande roideur ; a-
prés quoy il ſortit de la ſalle, parce
que les Comedins & les Ecoliers le me-
naçoient de ſe mettre de la partie, s'il
ne ſe retiroit. Sancho le vouloit ſuivre,
& diſoit aux Ecoliers qui l'en empê-
choient : Meſſieurs, retenez-moy, je
vous prie, car ſi je cours aprés ce diſ-
courtois Muletier, je le tuëray lui &
toute ſa race juſqu'à la vingtiéme ge-

neration. Non, Sancho, lui dit Don
Quichotte, laisse aller ce miserable qui
prend la fûite devant nous. Il est indigne de nostre ressentiment. Les Chevaliers ne doivent point faire un mauvais usage de leur valeur, & doivent
mépriser plutôt que venger une injure,
quand ils l'ont reçûë d'une personne
sans caractere, d'un homme de la lie du
du peuple. Vous avez raison, Seigneur
Don Quichotte, dit l'Auteur, vous
prenez le bon parti dans cette affaire.
Il faut que les Grands ayent de la moderation & de la retenuë, afin qu'ils
ne fassent pas aux petits tout le mal
qu'ils leur peuvent faire. Hé bien,
s'écria Sancho, que Dieu conduise
donc le Muletier avec les deux ho-
rions que je lui ay sanglés par les oreilles. Comme la nuit estoit déja avan-
cée, l'Auteur mena Don Quichotte
dans une chambre où il l'enferma à
double tour. Ensuite il rejoignit les
Comediens qui firent leur répetition.
Aprés cela ils allerent tous se reposer.

CHA-

# CHAPITRE XXXII.

*De la vive & sincere douleur qu'eut*
*Sancho de ne pas voir les choses*
*en Chevalier errant.*

L E lendemain les Comediens se leverent dés qu'il fut jour. Ils comp-
terent avec l'Hôste, lui payerent toute
la dépense qui avoit esté faite, & partirent ensuite tous ensemble pour Alcala. Une heure aprés leur départ Don
Quichotte s'estant réveillé appella son
Ecuyer, qui monta à sa voix, & ouvrit la porte de sa chambre, que l'Auteur de la troupe avoit fermée. Sancho, lui dit le Chevalier, appren-moy
des nouvelles de la Reine Zenobie.
As-tu pris soin de lui faire donner un
appartement digne d'elle ? Ma foy,
Monsieur, répondit l'Ecuyer, j'avois
hier au soir la teste si remplie de nôtre bataille, que je ne me suis non
plus souvenu de la Princesse que si elle
n'eût pas esté Reine ; mais au bout du
compte elle n'a pas couché dehors :
deux Comediens l'ont emmenée avec
eux dans leur chambre, où elle est

*Tome I.*        M m

allée sans façon ; à telles enseignes
qu'ils ont mangé un pasté & vuidé un
gros bouc de vin. Cela ne peut estre,
s'écria Don Quichotte ! la chasteté de
la Reine m'est connuë, & il n'y a
nulle apparence à ce que tu dis. Il faut
que tu ayes rêvé toutes ces choses cette nuit. Non, Monsieur, repartit Sancho, je n'ay asseurément point rêvé le
pasté : Il estoit en chair & en os, & je
viens d'en voir dans la cuisine quelques restes sur une assiette. C'est une
chose étrange, reprit Don Quichotte,
que depuis que tu suis la Chevalerie
errante, & que tu frequentes les Princes & les Empereurs, tu sois encore
aussi grossier que tu l'estois quand je
t'ay tiré du neant ! Ne t'accoûtume-
ras-tu point à voir les choses comme il les faut voir ? Confondras-tu
toûjours les objets & les idées ? Rien ne
te paroîtra-t-il jamais sous sa propre
forme ? En verité il n'y a pas moyen
de te souffrir plus long-tems ! Je suis
las de t'instruire sans fruit tant de fois,
& je vais te renvoyer dans ton village comme une beste indocile. Ces paroles & le ton dont elles furent pro-
noncées, frapperent si vivement le
pauvre Sancho, qu'il demeura pour le

coup perſuadé qu'il avoit tort : mais il
ne comprenoit pas comment il eſtoit
poſſible qu'il ne ſe corrigeât point.
Monſeigneur Don Quichotte, répondit-il en pleurant , j'ay la meilleure
volonté du monde ; mais quoy que je
faſſe pour voir les choſes en Chevalier
errant, je n'y ſçaurois parvenir. Les
deux Ecoliers en ce moment entrerent dans la chambre , & trouvant
Don Quichotte fort émeu , & ſon
Ecuyer tout en pleurs , ils en voulurent
ſavoir la cauſe. Meſſieurs, leur dit nôtre Chevalier , ne ſuis-je pas bien à
plaindre d'avoir pour Ecuyer ce ruſtre,
ce butor qui voit toutes choſes de
travers ; à qui les caſques paroiſſent
des baſſins de Barbiers , les Paladins
des Païſans , & les Infantes des Servantes de cabaret. Je ſuis aſſeuré que
s'il voyoit arriver ici tout-à-l'heure la
Princeſſe Lindabrides dans l'équipage
où elle eſtoit lorſque le Chevalier du
Soleil la rencontra pour la premiere
fois ; ce beneſt ne manqueroit pas de
prendre pour une charrette le pom-
peux char de triomphe qui portoit
cette Infante , & pour des bœufs les
douze Licornes blanches qui le tiroient
ſi legerement ! Seigneur Don Qui-

chotte, dit alors le Bachelier, ce pauvre Ecuyer, doit vous infpirer plus de
pitié que de colere. Songez qu'il vous
eft affectionné & fidéle, & vous devez efperer qu'avec le tems fes yeux
pourront fe deffiller. Laiffez-moy un
peu lui parler pendant que vous vous
habillerez. En difant cela il fe tourna
vers l'Ecuyer, & lui dit : Ami Sancho,
vous avez le meilleur de tous les Maî-
tres, mais vous ne favez pas le ména-
ger. Il ne vous demande rien qui ne
foit raifonnable, & neanmoins il n'a
pû encore vous forcer à lui obeïr. S'il
exigeoit de vous des chofes impoffi-
bles, s'il vouloit vous obliger à prendre la Lune avec les dents, à lui trouver une femme ou un ouvrage d'efprit fans défaut, je vous excuferois,
& je ferois le premier à le condam-
ner : mais de vous demander fimple-
ment que vous voyiez les objets tels
qu'ils font, des Licornes blanches
comme des Licornes blanches, & non
comme des bœufs : En verité, mon
enfant, c'eft une grande obftination à
vous de vous montrer fi rebelle ! Monfieur le Bachelier, répondit Sancho,
je conviens de tout ce que vous dites ;
mais je n'y fçaurois que faire, & je

m'en veux du mal à moy-même. Je
me donne des coups de poing & des
nazardes dans les dents. Je vais quelquefois juſqu'à m'arracher des poils
de mes ſourcils & de mes paupie-
res ; tout cela eſt du bien perdu ; &
je croy, Dieu me pardonne, que quand
je m'arracherois les deux yeux, je n'en
verrois pas mieux pour cela. Je voy
toûjours autrement que Monſeigneur
Don Quichotte. Il faut aſſeurément
que les malins Enchanteurs m'ayent
enſorcelé la vûë. Je n'en voudrois pas
jurer, dit le Bachelier ; ces ſcelerats
ont fait ce tour-là à d'autres perſonnes de ma connoiſſance. Ah les mauvaiſes gens ! s'écria Sancho , en re-
commençant à pleurer. Helas ! comment gouverneray-je mon iſle avec
cette maudite berluë ? Tous mes domeſtiques me ſembleront des animaux. Je prendray mes Pages pour
des Singes , mes Servantes pour des
Pies , mon Intendant pour un Renard,
mon Maiſtre-d'hôtel pour un Cochon,
& mes Conſeillers pour des Aſnes ; &
qui pis eſt , je prendray le bien d'autrui pour le mien : & puïs aprés cela
Monſieur le Gouverneur ira chez tous
les diables , ou ſera chaſſé de ſon Gou-

M m iij

vernement à coups de pierres. Ne vous affligez point tant, mon ami, dit le Bachelier, je veux vous ôter cette taye magique que vous avez à l'œil. Ah! Monſieur le Bachelier, répondit Sancho, ſi vous avez ce ſecret, ne me le plaignez pas, je vous prie. Je vous l'apprendray, repliqua le Bachelier, n'en ſoyez point en peine. Hé! à quoy tient-il, repartit l'Ecuyer, que vous ne me l'appreniez tout-à-l'heure? Beſogne faite ne vaut-elle pas mieux que celle qui eſt encore à faire? Ah! reprit le Bachelier en riant de l'impatience de Sancho, cette affaire ne veut pas être menée ſi bruſquement. C'eſt une ceremonie toute myſterieuſe, & qui demande bien des préparations. Qu'il vous ſuffiſe à preſent de ſavoir que la recepte en eſt ſeure, & que vous en ferez l'épreuve avant noſtre ſeparation. Je voudrois déja y eſtre, repliqua Sancho; car j'ay du cœur, & j'enrage de ne pas voir auſſi-bien que les autres: mais en attendant, Monſieur le Bachelier, expliquez-moy une choſe qui m'embaraſſe. Je ſçay bien que je ſuis enchanté; mais d'où vient que mon enchantement ne s'étend pas ſur tout ce que je voy, & ſur tout ce que

je fais ? Car je m'apperçois bien que je
ne me trompe pas toûjours. Je vous
voy, par exemple, ici tous trois tels
que vous eftes, & je ne vous prens pas
pour des bourriques. D'ailleurs, quand
je compte de l'argent, pourvû que la
fomme ne paffe pas vingt fols, je défie
le meilleur Theologien de mieux remuer le poulce, & de compter plus
jufte que moy. Frere Sancho, répondit le Bachelier, je vais vous rendre
raifon de cette difference qui dépend
entierement du caprice des Enchanteurs. Ils peuvent donner aux objets
toutes fortes de formes. Ils peuvent
metamorphofer tout le genre humain ;
changer les Procureurs en Sangfuës,
les Avocats en Syrenes, les Confeil-
lers en Marmottes, les gens de Cour
en chiens couchans, & les femmes
raifonnables en Phœnix. Mais ils ne-
gligent ordinairement ces minuties,
pour ne s'attacher qu'à ce qui regarde
la Chevalerie errante, qu'ils s'effor-
cent d'abolir de tout leur pouvoir. C'eft
pourquoy l'enchanteur Frifton, qui ne
fonge qu'à vous nuire, fe plaift à vous
déguifer les chofes pour vous donner
le change à tous momens ; & il fe flatte
que vous refterez cent cinquante ans

M m iiij

dans voſtre aveuglement. Hé ! comment ſavez-vous, lui dit l'Ecuyer tout
ſurpris, que je dois demeurer enchanté durant tout ce tems-là ? Je vais vous
le dire, répondit le Bachelier : Lorſque
j'eſtois en Flandres, car tel que vous
me voyez, j'ay eſté ſix ans dans le ſervice, il y vint un fameux Juif du fond
de la Chaldée & des Arabies. C'eſtoit
le plus habile homme de la terre en
fait de magie : la nature eſtoit pour
lui ſans voile, & l'avenir lui eſtoit auſſi
preſent que tout ce qui s'eſt paſſé avant
la naiſſance du monde. J'eus le bonheur de le tirer des mains d'un parti
ennemi qui l'avoit fait priſonnier : par
reconnoiſſance il m'honora d'une amitié trés-étroite, & d'une confiance
toute particuliere. Nous fûmes inſe-
parables pendant les deux années qu'il
fut en Flandres. Il m'accompagna dans
toutes nos marches : il eſtoit toûjours
à mes coſtés dans les combats & aux
ſieges où je me ſuis trouvé. Jugez de
quelle utilité me fut ſa compagnie. Il
me fit ſortir heureuſement de mille perils, & me garentit par ſon art de qua-
tre-vingts-trois coups de mouſquet,
dont j'aurois reçû quinze dans la teſte,
cinq dans les poulmons, neuf dans le

foye; dix-fept dans la ratte, trente dans le nérf optique, & le refte dans le gros boyau. Il m'apprit une infinité de chofes curieufes, & entr'autres le fecret de vivre quatre fois plus long-tems que Neftor fans fentir les incommodités de la vieilleffe ; & ce fecret eft fi infaillible que ce rare perfonnage, dans l'inftant que nous nous quittâmes, eftoit âgé de treize cens foixante fix ans fept mois quatorze heures feize minutes ; & il avoit encore tout le teint d'une jeune fille, & toute la force du geant Mandraque qui fut tué par le vaillant Sacridor. Vous vous trompez, Monfieur le Bachelier, interrompit alors Don Quichotte ; le Roy Sacridor ne combattit point le geant Mandraque. Ce fut Roficlair qui lui ofta la vie. Il eft vray que les Chevaliers qui accompagnoient le geant, ayant voulu venger fa mort, & s'étant jettés tous enfemble fur Roficlair, fon ami Sacridor fe mefla parmi eux, & en tua fix. Seigneur Don Quichotte, repliqua le Bachelier, vous devez me pardonner ce quiproquo : Car outre qu'il y a trés-long-tems que je n'ay lû l'hiftoire du Chevalier du Soleil, je vous prie de vous fouvenir que j'eus

l'honneur de vous dire hier que je n'ay
point de memoire. Mais pour revenir
à mon Juif, & finir en deux mots, il
m'apprit tous les secrets des Charla-
tans ; & enfin , ami Sancho, en me
disant que l'enchanteur Friston vous
avoit fasciné la vûë pour cent cinquante ans , il m'enseigna le secret de vous
desenchanter. De toutes les sciences
du Juif , dit Sancho , voilà celle que
j'aime le plus. Je ne me soucie pas trop
de vivre plusieurs siecles. Pourvû seulement que je puisse aller jusqu'à l'âge
de six vingts ans, je n'en demande pas
davantage. Aprés cela, ma foy, vogue
la galere: quand on a bien succé la ce-
rize, on ne doit point avoir de regret
au noyau.

Cependant le Chevalier de la Manche extazié de ce qu'il venoit d'entendre, dit à l'Ecolier en le regardant a-
vec admiration : En verité , Seigneur
Bachelier, je suis charmé des merveilles que vous venez de raconter. Et
c'est grand dommage que vous ne
soyez pas Chevalier errant : Car enfin
avec la valeur que vous avez fait paroistre en Flandres , & cette haute
science que vous possedez, je ne doute
pas que vous ne fissiez bientôt de

grands progrés dans l'Ordre. Incomparable Don Quichotte , répondit le
Bachelier , j'ay toûjours regardé la
Chevalerie errante comme la premiere & la plus noble de toutes les pro-
feſſions ; & je vous avouë que je l'em-
braſſerois avec ardeur , ſi je n'avois pas
certaines mauvaiſes habitudes dont je
ne puis me corriger, & que je tiens
fort contraires à ce ſaint exercice. Fai-
tes-les moy connoiſtre, reprit le Chevalier , & je vous diray mieux que
perſonne ſi elles doivent vous empêcher de vous faire Chevalier errant.
Hé bien , Seigneur Don Quichotte ,
dit le Bachelier , pour vous confeſſer
ici toutes mes foibleſſes , je vous diray premierement que je ne ſuis pas,
à beaucoup prés , auſſi chaſte qu'Amadis de Gaule. Je ſerois homme à devenir amoureux de toutes les pucelles
que je rencontrerois en mon chemin,
& je n'en deſenchanterois pas une ſeule ſans lui faire payer la façon de ſon
deſenchantement. La chaſteté , repliqua Don Quichotte , eſt ſans doute
une grande vertu : mais elle n'eſt pas
abſolument neceſſaire à un Chevalier
errant ; & ſi Amadis de Gaule a eſté ,
comme moy , un miroir de chaſteté,

Don Galaor son frere, & le preux Don
Rogel de Grece ne se font pas toûjours
fait un scrupule de recevoir des faveurs, quand ils ont trouvé des Dames
disposées à leur en accorder : mais ils
n'ont pas pour cela laissé de se rendre
fameux dans l'Ordre de la Chevalerie
errante. J'en demeure d'accord, reprit le Bachelier, aussi n'est-ce pas le
défaut de chasteté qui m'arreste le plus.
C'est mon moindre défaut que celui-
là : & je vous diray confidemment qu'-
avec cette inclination libidineuse, j'en
ay d'autres encore plus mauvaises ; je
suis paresseux, yvrogne, gourmand . . .
Oh fy, Monsieur le Bachelier, interrompit Don Quichotte, voilà de vilains défauts. O Ciel ! pourquoy faut-
il que les plus grands vices se trouvent
toûjours dans les plus grands hommes?
Ces défauts répugnent trop à nos regles, pour que vous puissiez entrer
dans nostre sacré corps ; mais faites
vos efforts pour vous en corriger, &
si vous en venez à bout, je vous promets de vous armer moy-même Chevalier, & de vous servir de parain dans
le premier combat que vous entre-
prendrez. Le Bachelier remercia Don
Quichotte d'une si grande faveur, a-

prés quoy le Chevalier se trouvant habillé, & ayant pris ses armes, ils descendirent tous quatre dans la cour de
l'hostellerie.

## CHAPITRE XXXIII.

*De la ceremonie que fit le Bachelier*
*pour desenchanter Sancho, &*
*quel en fut le succés.*

L'Hoste & la Reine Barbe s'entre-
tenoient ensemble dans la cuisine,
lorsqu'ils virent paroistre nôtre Chevalier. Ils sortirent & allerent audevant
de lui. L'hôte, qui étoit un homme de
bonne humeur, lui fit la réverence en
lui disant d'un air riant : Comment se
porte aujourd'hui le Seigneur Don
Quichotte, la fleur & la perle de la
Manche, la marguerite des Chevaliers? Don Quichotte ayant répondu
à ce compliment salua la Reine, &
demanda ensuite où estoit le sage Alquife pour aller prendre congé de lui.
Mais l'hoste lui dit là-dessus: Seigneur
Chevalier, le sage Alquife n'est plus
dans ce Chasteau. Il est parti ce matin
pour Constantinople où des affaires

de la derniere importance l'ont obligé
de ſe tranſporter. Mais en partant il
m'a chargé de vous bien régaler pendant que vous ſerez ici. Ce qu'il n'a-
voit pas beſoin de me recommander ;
car j'aime les Chevaliers errans d'inclination, & il n'en paſſe pas un ſeul par
ce Chaſteau que je ne lui faſſe tâter
du meilleur. Don Quichotte qui ſavoit que les Enchanteurs paroiſſent &
diſparoiſſent à leur gré, ne fut pas ſurpris de cette nouvelle, & il répondit à
l'hoſte : Seigneur Chaſtelain, je vous
remercie de voſtre bonne volonté ;
mais je ſuis preſſé de me rendre à Madrid, & je ne puis reſter plus long-
tems avec vous. Cela eſtant ainſi, repliqua l'hoſte, je ne m'oppoſeray point
à voſtre départ, & vous pouvez partir
quand il vous plaira. Pour nous, dit le
Bachelier, nous allons toûjours prendre les devants. Ah ! Monſieur le Bachelier, s'écria Sancho, ſi vous nous
quittez, adieu le ſecret ! Non non,
mon ami, répondit le Bachelier, nous
nous reverrons à Alcala. Parbleu,
Monſieur le Bachelier, dit ſon cama-
rade, vous devriez bien dés à preſent
deſenchanter ce pauvre diable de Sancho. Le Seigneur Don Quichotte &

moy nous vous en prions. Si cela fe
peut tout-à-l'heure, dit le Chevalier,
Monfieur le Bachelier me fera plaifir
de ne pas remettre cette ceremonie à
une autre fois. Je me rends à vos
prieres, Meffieurs, répondit le Bachelier, & puifque le Seigneur Don Quichotte le fouhaitte, je confens que
nous faffions tout préfentement l'é-
preuve de mon fecret. Le Seigneur
Chaftelain n'a qu'à nous conduire dans
l'endroit du Chafteau le plus obfcur,
parceque les efprits n'aiment pas le
grand jour. Ils ne fe communiquent
aux hommes que dans des lieux fombres. Mais que la Reine Zenobie ne
vienne point avec nous, s'il lui plaift;
car nous verrons des chofes qu'il n'eft
pas bon qu'une Princeffe voye. L'hôte, qui ne manquoit pas d'efprit, connut à peu prés le deffein du Bachelier,
& n'eftant pas homme à negliger une
partie de plaifir, il alluma une chandelle, & mena Don Quichotte, Sancho, & les Ecoliers dans une cave dont
l'obfcurité eftoit telle que la pouvoient
defirer les efprits les plus ennemis du
jour. Dés qu'ils y furent tous defcen-
dus, l'hofte pofa la chandelle fur une
petite table à moitié pourrie qui fe

rencontra là par hazard, & fortit avec
le Bachelier pour aller trouver deux
jeunes Muletiers qui étoient dans l'é-
curie, & dont ils crurent avoir befoin.
Aprés qu'ils eurent concerté enfemble
le rôle que chacun devoit joüer, l'hôte retourna dans la cave, où bientôt
on vit arriver le Bachelier avec un
grand manteau noir fur fes épaules, &
fur fa tefte quatre bonnets de carton
faits en pain de fucre, longs d'une demie aulne, & qui tous quatre fembloient n'en compofer qu'un. D'abord
il fit à Sancho une réverence plus profonde qu'un Novice qui faluë le General de fon Ordre. Il falua auffi Don
Quichotte & les autres, & enfuite
tous les tonneaux de la cave. Aprés
quoy fe tournant vers le Chevalier,
Le Seigneur Don Quichotte, dit-il, eft
fans doute étonné de me voir faluer
ces tonneaux; mais qu'il fache que fur
ces tonneaux font invifiblement plufieurs Enchanteurs qui font venus pour
eftre témoins de noftre operation magique. En achevant ces paroles il ofta
un de fes bonnets de carton, & le mit
fur la tefte de l'Ecuyer; il en fit autant
aux deux autres fpectateurs, & puis il
ordonna à Sancho de fe dépoüiller juf-

qu'à

qu'à la chemife. L'Ecuyer ne tira pas
un bon augure de ce prélude. Il fe fentoit malgré lui tout émeu, & fuoit à
groffes gouttes. Il eftoit bien aife, a la
verité, de penfer qu'il feroit bientôt
defenchanté ; mais jugeant par les difcours du Bachelier que fes yeux pourroient bien eftre frappés de quelque
vilaine vifion, il commençoit autant
à craindre la ceremonie qu'il l'avoit
auparavant defirée. Neanmoins il ne
laiffa pas de fe deshabiller à tout hazard, & quand cela fut fait, le Bachelier dit à l'hofte : Seigneur Chaftelain,
allez querir, je vous prie, trois grands
verres de cryftal, fi vous en avez, &
les rempliffez de bon vin blanc. Oui-
da j'en ay, répondit l'hofte, & qui
ont efté faits exprés pour cette ceremonie. Effectivement il en alla chercher trois tous des plus grands qu'il
remplit jufqu'aux bords du meilleur
vin de fa cave, pour faire plus d'honneur à l'operation. Le Bachelier les
prit l'un aprés l'autre avec des geftes
myfterieux, & les difpofa fur la table
en forme de triangle. Enfuite il pro-
nonça tout haut ces mots : Par *B lfe-
gor*, par *Leviatan*, par *Belzebut*, par
*Afmodée*. Il les fit répeter plufieurs fois

à l'Ecuyer, en le faifant tourner autour de la table. Aprés cela il lui fit boire les trois rafades, & alors il lui dit : Courage, mon ami, j'ay bonne opinion de noftre affaire. Je vois que vous avez le cœur à la befogne. Ecoutez, Monfieur le Bachelier, répondit Sancho, je ne m'y épargne pas au moins. Je fais tout ce que je puis; c'eft au Seigneur à faire le refte. Comment, reprit le Bachelier, vous vous eftes vraiment fort bien acquitté de tout jufqu'ici, à la réferve d'un mot que vous n'avez pas bien prononcé. Oh pardy, repartit l'Ecuyer, voilà une belle bagatelle qu'un mot ! je voudrois bien favoir fi tous les Chanoines difent leurs Matines fans broncher. Oh que nenny ! toutes les fois qu'ils mettent en double les feuillets de leur Bréviaire, ils ne le vont pas dire à Rome, & ils ne laiffent pas pour cela de trouver leur dîner preft. Mais pourtant de peur de reffembler à celui qui faute d'un point perdit fon afne; pour le mot que j'ay manqué vous n'avez qu'à m'ordonner encore une rafade, & l'un peut-eftre fuppleéra bien à l'autre. Cela ne fe fait pas ainfi, reprit le Bachelier, mais par bonheur

ce n'est point par malice que vous a-
vez eftropié ce mot, & puifque vôtre
intention a efté bonne, il n'y a rien
de gafté. Hé non vraiment, dit Sancho, je vous affeure que le vin a fait
des merveilles. Je commence à voir
déja en Chevalier errant, car il me
femble que je vois ici mille chandelles. Oh que vous n'y eftes pas, repliqua le Bachelier. La ceremonie n'eft
point achevée, & le meilleur eft encore à faire. Ou plutôt tout ce que
nous avons fait n'eft rien en comparaifon du refte. Comme il y a deux Enchanteurs qui vous font contraires,
l'enchanteur Frifton, & un certain enchanteur More dont vous me parlâtes
hier au foir, je vais faire un cercle,
& par la vertu d'une conjuration qui
eft au-deffus de leur pouvoir, je les
forceray à m'envoyer ici de leur part
chacun un demon pour vous defenchanter. Mais Sancho, mon cher ami,
pourfuivit-il, aprés avoir fait avec de
la craye un grand cercle fur la terre,
j'ay un avis à vous donner. Les Demons ne manqueront pas de faire tous
leurs efforts pour vous obliger à fortir
de ce cercle, au milieu duquel vous
ferez en feureté, parce qu'il ne leur

eſt pas permis d'y entrer ; mais il faudra que vous vous y teniez ferme, malgré tout ce qu'ils vous pourront faire : Car ſi par malheur vous en ſortiez, ils vous avaleroient comme une huiſtre. Si au contraire vous demeurez toûjours dans le cercle, ils jetteront à vos pieds une feüille de parchemin vierge, en quoy conſiſte le charme, & s'enfuiront en hurlant de rage & de confuſion. Prenez donc garde que la crainte ne vous en faſſe ſortir. La crainte, interrompit Don Quichotte, qu'a-t-il à craindre en ma preſence ? Va Sancho, continua-t-il, ſonge que je ſuis avec toy, je ne t'en dis pas davantage. C'eſt aſſez, Monſeigneur, répondit l'Ecuyer, je ſçay bien que là-deſſus vôtre parole vaut le jeu. Je n'ay Dieu merci point de peur en voſtre compagnie. Tout ce qu'il y a, c'eſt que le corps me tremble un peu par-cy par là. Mais qu'on me donne ſeulement encore un verre de vin, & je vous promets qu'aprés cela je me tiendray dans le cercle auſſi ferme & auſſi droit qu'un y grec. Trés-volontiers, brave Sancho, lui dit l'hoſte en lui donnant un grand coup à boire : Allons, mon cher ami, de la vigueur.

L'Ecuyer ayant pris cette doze de courage entra hardiment dans le cercle. Hoça, Sancho, lui dit le Bachelier, venons préfentement à la conjuration : mais fouvenez-vous qu'il faut garder le filence jufqu'à ce que les Demons ayent jetté le parchemin à vos pieds. Car je vous avertis que fi vous dites un feul mot avant ce tems-là, les efprits difparoiftront auffi-tôt, & vous ne pourrez plus eftre defenchanté. La machine ne manquera point par-là, repartit Sancho, vous n'avez qu'à commencer le branfle. Alors le Bachelier fe laiffa tomber fur fes genoux, & demeura prés d'un quart d'heure le vifage contre terre. Enfuite il fe leva brufquement, & comme un homme agité d'un tranfport frenetique, tantôt il étendoit les bras, & tantôt roulant les yeux & fe démenant d'une étrange façon, il fe donnoit des coups de poing dans l'eftomach. Enfin élevant fa voix & parlant avec une vivacité d'action furprenante, il commença fa conjuration dans ces termes :

Belfegor, Afmodée, affreux demons qui obeïffez à l'enchanteur Frifton, & à l'enchanteur More, foyez attentifs à ma voix, je vous conjure.

*Par Jupiter & par Junon !*
*Par Mercure & par Apollon !*
*Par les Turbots du grand Neptune !*
*Par les deux mulets de la Lune !*
*Par la Balance & le Lion !*
*Par le venin du Scorpion !*
*Par la fleche du Sagittaire !*
*Par la plume d'un Commissaire !*
*Par la musette du Dieu Pan !*
*Par les besicles de Priam !*
*Par le rapt de la belle Helene !*
*Par la bourrique de Silene !*
*Par le grand nombre des Docteurs !*
*Par le petit des bons Auteurs !*
*Per Spiriti è Spiritini !*
*Diavoli è Diavolini !*
*Folletti è Follettaci !*

Esprits cruels & malfaisans, qui pour servir la haine des Enchanteurs ennemis du Chevalier de la Manche avez infecté par vos sortileges la vûë de son bon Ecuyer Sancho Pança, je veux que vous veniez ici tout-à-l'heure, & que vous jettiéz dans ce cercle le parchemin qui forme le charme, venez donc, je vous le commande.

*Par Proserpine & par Pluton !*
*Par la barbe du vieux Caron !*

*Par les flambeaux des trois Furies!*
*Par la rage des plaidoyeries!*
*Par tous les efprits de travers!*
*Par le beau bichon des Enfers!*
*Par les Sybilles, les oracles!*
*Par Mahomet & fes miracles!*
*Par les pucelles de vingt ans!*
*Qui font fi rares en ce tems!*
*Per Spiriti è Spiritini!*
*Diavoli è Diavolini!*
*Folletti è Follettaci!*

Le Bachelier s'eftant arrefté tout court en cet endroit, on entendit du bruit à la porte de la cave, & l'on vit auffi-tôt entrer les deux diables conjurés. Ils avoient le corps enveloppé de mauvais rideaux de lit rouges, & noué en plufieurs endroits avec des cordes, & ils s'eftoient mis au cou chacun une chaîne de tournebroche. Leurs bonnets avoient deux cornes, & leurs vifages eftoient fi bien barbóüillés de fuye, qu'on ne leur voyoit que le blanc des yeux. Outre cela ils avoient chacun un foüet à la main droite, & à la gauche une fourche de fer. Mais ce qui fervit le plus à tromper Don Quichotte , & à effrayer fon Ecuyer, c'eft que les demons avoient

dans la bouche de la méche d'Alle-
magne allumée, & qu'ils avoient enveloppée dans de la fillasse de maniere
qu'en soufflant ils sembloient vomir
du feu. Ils s'approcherent du cercle,
& se mirent à faire mille épouvanta-
bles grimaces à Sancho, qui pour ne
les pas voir ferma les yeux, tremblant
de tous ses membres, & recomman-
dant son ame à Dieu. Cependant le
Bachelier poursuivit ainsi sa conjuration.

Esprits infernaux, qui voyez l'intrepidité de Sancho, jettez donc prom-
tement à ses pieds vostre funeste parchemin. Je vous l'ordonne.

*Par le busc de la jeune Hebé !*
*Par le sot amour de Thisbé !*
*Par la lyre du grand Orphée !*
*Par les brûlantes eaux d'Alphée !*
*Par les andoüilles de Comus !*
*Par les tours de lit de Venus !*
*Par Didon, & par sa sœur Anne !*
*Par la ficelle d'Ariamne !*
*Par le fatal palladium !*
*Par la brûlure d'Ilium !*
*Per Spiriti è Spiritini !*
*Diavoli è Diavolini !*
*Folletti è Follettaci !*

Les

Les Démons, quoique conjurés par
des choses si fortes, ne se pressoient
nullement de jetter le parchemin dans
le cercle ; & voyant que Sancho avoit
toûjours les yeux fermés, ils commencerent à lui cingler les fesses avec leurs
foüets de Muletier : mais bien qu'ils
ne fissent que s'égayer , comme ils
estoient naturellement rudes joüeurs ,
& que Sancho estoit en chemise, les
coups ne laissoient pas de se faire sentir. Il grinçoit les dents , serroit les
épaules, & sautoit de tems en tems
en se donnant du talon contre les
fesses. Neanmoins il souffroit tout cela
sans sortir du cercle, & sans rien dire.
Les diables qui vouloient absolument
qu'il parlât , mais qui pourtant vouloient lui faire plus de peur que de
mal, quittèrent leurs foüets, & se mirent à le harceler avec leurs fourches,
desorte que le pauvre Ecuyer perdit
enfin patience , & s'écria de toute sa
force en pleurant : Ah mon bon Seigneur Don Quichotte ! ayez pitié de
moy, je vous prie ; & me délivrez de
ces maudits Satans. Le Chevalier ne
fut pas sourd à ces cris : Attendez, Démons , dit-il d'une voix terrible , vous
allez voir si Don Quichotte craint vos

fourches de fer. En difant ces paroles, il mit l'épée à la main ; mais il fe trouva tout-à-coup environné de tenebres fi épaiffes qu'il ne vit plus rien ; car dés que Sancho eut ouvert la bouche, les Muletiers, c'eft à-dire les diables, l Hofte & les Ecoliers, qui s'eftoient bien attendus à ce dénouëment, éteignirent la lumiere, & gagnerent la porte au plus vifte.

Don Quichotte ne laiffa pas de continuer à menacer les Démons, quoique l'obfcurité trompât fon reffentiment, & rendît fa valeur inutile. Pour Sancho, il étoit fi effrayé qu'il croyoit encore fentir les fourches, Monfeigneur Don Quichotte, dit-il à fon Maitre, ne vous éloignez pas de moy, s'il vous plaift ; car les diables n'ont peuteftre foufflé la chandelle que pour me mieux régaler. Approchez-vous, que je vous fente à mes côtés. Noftre Chevalier voulut aller à lui pour le raffeurer ; & comme ils étendoient tous deux les bras pour fe rencontrer, l'Ecuyer venant à toucher la main feche & veluë de fon Maiftre, s'écria : Je fuis mort, je viens de toucher la griffe de Lucifer. Non, mon fils ; c'eft moy, dit D. Quichotte, Revien de ta frayeur.

Helas, répondit l'Ecuyer, la peur me trouble l'esprit. Les Démons ne sont plus ici, reprit le Chevalier ; mais ce qui m'étonne, c'est qu'il me semble que nous sommes demeurés tous deux seuls dans cet abysme ! Que peuvent estre devenus les Ecoliers & le Seigneur Chastelain ? Je ne les entends point parler ! En disant cela, ils se mirent l'un & l'autre à les appeller ; mais personne ne leur répondant : Par ma foy, dit Sancho, il faut que les diables les ayent emportés tous trois. Pour Monsieur le Bachelier, franchement il n'y auroit pas grand mal à cela ; & il le merite bien, pour avoir fait cette maudite conjuration, dont je me souviendray tant qu'il me restera de la peau au derriere. C'est ce que je ne croy pas, repliqua Don Quichotte ; le Bachelier a trop de pouvoir sur les Démons, pour qu'ils puissent lui nuire. Oh mardy, repartit Sancho, qu'il ne s'y fie pas ! Les chiens quelquefois mordent leurs maistres. Mais, Monsieur, attendez que je prenne entre mes bras mes chausses & mon pourpoint que je sens sous mes pieds, & puis nous tâcherons de nous tirer d'ici ; car par ma foy, je ne ressemble pas aux esprits ;

les lieux noirs ne me plaisent point du tout : & il m'est avis que je suis dans l'autre monde. Il remit ses chausses ; & pendant qu'ils cherchoient à tastons la porte, l'Hoste & les Ecoliers revinrent dans la cave avec chacun une chandelle. Ah ah, Messieurs, vous voilà, leur dit l'Ecuyer ! Hé qu'avez-vous fait des diables ? Comment, Sancho, répondit le Bachelier ! savez-vous bien que vous avez joüé à nous perdre tous en appellant le Seigneur Don Quichotte à vostre secours. Les démons, & principalement ceux-ci, n'aiment pas qu'on employe contr'eux les voyes de fait. Ils rompent aussi-tôt leur gourmette, & nulle conjuration alors n'a la force de les retenir. Celui qui les conjure n'est pas même en seureté : car ce sont des gens doubles, & sur qui il n'y a pas plus de fond à faire que sur ces marauds de galeriens que vous délivrâtes l'année passée. C'est pourquoy nous nous sommes promtement retirés. Ils ne sont pourtant pas aussi furieux que vous les faites, dit Don Quichotte ; quoiqu'ils fussent armés de fourches, & qu'ils vomissent plus de feux que l'Endriague que vainquit Amadis de Gaule, ou que le dé-

móniaque Faunus, qui fut tué par le
Chevalier du Soleil, ils n'ont pas ofé
attendre mes coups. Je le croy bien,
repliqua le Bachelier ; ce font de fins
diables, qui ne fe battent que quand
ils font les plus forts. Tout ce qui me
fâche, pourfuivit-il en fe tournant
vers l'Ecuyer, c'eft de n'avoir pas fait
l'operation plus heureufement. C'eft
vôtre faute, Seigneur Sancho ; vous
deviez prendre encore un peu de patience : mais fi vous voulez eftre plus
ferme, & ne point parler du tout,
nous allons recommencer la ceremonie. Nenny nenny, Monfieur le Bachelier, répondit Sancho, j'aime mieux
eftre enchanté jufqu'au jour du jugement, que de voir une feconde fois
ces chiens enragés. Hé pourquoy diable auffi, interrompit Don Quichotte,
n'as-tu pas gardé le filence jufqu'au
bout? Tu en ferois quitte à l'heure
qu'il eft. Hé ouï vrayement, répondit
Sancho, j'en ferois quitte ; car je ferois
préfentement flambé. Ventre de moy,
il n'y avoit donc qu'à me laiffer affom-
mer fans fouffler, n'eft-ce pas? Ah, pardy, vous avez bien trouvé voftre fot !
fi je ne vous avois pas appellé à mon
fecours, ils m'alloient enfoncer dans

le bas ventre leurs fourches d'enfer,
car je sentois déja les fourchons qui
me froloient les coftes. Au bout du
compte, quand je ne verrois pas les
chofes de Chevalerie, comme ils les
faut voir, ce n'eft pas un fi grand malheur. Que m'importe à moy que Madame Zenobie foit belle ou laide? J'ay
une femme, Dieu mercy, & cela fuffit pour un païfan. Je ne me trompe
point fur le boire & fur le manger:
C'eft le principal. Oh mon pauvre Sancho, dit le Bachelier, ne chantez pas
victoire avant le combat. Les Enchanteurs peuvent vous ofter auffi la facul-
té de boire & de manger. Je fuis même furpris qu'ils ne l'ayent pas déja
fait ; & il faut affeurément que l'enchanteur Frifton vous garde cela pour
la bonne bouche. Car c'eft fa maniere
ordinaire d'enchanter. Ah le belître,
s'écria Sancho, que tous les démons
le puiffent emporter auparavant. Mais
cela n'arrivera peut-eftre pas, Monfieur le Bachelier ; la pluye ne vient
pas toutes les fois qu'on la craint.

Aprés quelques autres pareils difcours, ils fortirent tous de la cave, &
allerent joindre dans la Cour la Reine
Zenobie, qui s'empreffa fort à leur de-

mander quel avoit esté le succés de l'é-
preuve, comme si elle l'eût ignoré.
Belle Princesse, lui dit Don Quichotte,
il n'a pas tenu à Monsieur le Bachelier
que son secret n'ait reüssi : mais mon
Ecuyer en a lui-même empêché l'effet par son impatience : Et je prévoy
que j'en auray encore bien à souffrir.
Non non, Monsieur, interrompit Sancho, nous n'aurons plus de disputes
ensemble dans nos Chevaleries ; car
j'y ay regardé. Je croiray desormais
ce que vous me direz, comme s'il étoit
dans l'Almanach. Dés que vous me direz : Sancho, c'est ceci ; je diray aussi-
tôt, c'est cela. Et de cette façon j'at-
traperay bien les Enchanteurs. Oh par
la gerny qu'ils y viennent ! Quand ils
me feront voir un moulin, je diray
d'abord : Crac, voilà un geant ; &
ainsi du reste. Ah Sancho, mon ami,
s'écria Don Quichotte, si tu fais ce
que tu dis, si tu peux gagner cela sur
toy, je ne t'en demande pas davantage.
En soumettant avec docilité la foi-
blesse de ton esprit & de ta vûë à la lumiere pure & à la saine raison de ton
Maistre, tu trouves par là le secret de
mortifier à ton tour les Enchanteurs
en rendant leur malice inutile. Sancho

s'estant engagé par serment à ne plus voir que par les yeux de son Maistre, ce temperament rajusta les choses, & consola tout le monde du mauvais succés de l'operation magique. Ils se livrerent tous à la joye. Ils mangerent un morceau, & prirent un doigt de vin. Aprés quoy Don Quichotte, Barbe, Sancho & les Ecoliers remercierent le Seigneur Châtelain de sa bonne chere, & sortirent tous du Chasteau des Lutins. L'hoste ne leur demanda rien pour leur dépense. Il est vray, car il faut dire tout, que les Comediens lui avoient payé le souper; mais n'importe, un autre à sa place ne se feroit pas pour cela fait un scrupule de compter avec Don Quichotte & les Ecoliers. Pour lui, il prit en payement la ceremonie de la cave, & fit les choses aussi genereusement qu'aucun Chastelain dont il soit fait mention dans les livres de Chevalerie.

# CHAPITRE XXXIV.

*Que l'Arabe Alifolan ne donne pas*
*pour le meilleur du livre.*

LOrfqu'ils furent prés d'Alcala, les
Ecoliers ne voulant point entrer
dans la Ville avec Don Quichotte,
dont ils jugerent avec affez de fonde-
ment que la figure exciteroit les huées
du peuple, s'arrefterent comme pour
fe repofer, & le laifferent paffer outre
aprés avoir pris congé de lui & de fa
compagnie. Barbe fe voyant fur le point
d'entrer dans les fauxbourgs , dit au
Chevalier : Seigneur Don Quichotte,
vous m'avez acheté une mule & des
habits , & vous m'avez amenée avec
vous jufqu'ici comme voftre propre
fœur. Je vous en remercie trés-humblement ; mais fi vous n'avez rien autre chofe à m'ordonner, je vais refter,
s'il vous plaît, dans cette Ville, qui
eft le lieu de ma naiffance, & où je
voudrois vous rendre fervice encore
plus d'effet que de parole. Ah ma Princeffe, s'écria Don Quichotte tout furpris ! que dites-vous ? quelle étrange

résolution venez-vous de prendre? Hé
quoy, aprés avoir ensemble traversé
tant de deserts, vous voulez me quitter? Helas! si vous vous éloignez de
moy, qui vous défendra contre l'Enchanteur Panphus vostre ennemi? Où
pourrez-vous estre en seureté contre
ses surprises? Madame, croyez-moy,
allons à Madrid, où je prétens sou-
tenir publiquement vostre beauté.
Aprés cela vous ferez ce qu'il vous
plaira. Vous irez en Chipre, si vous
le souhaitez, ou bien vous demeurerez
à la Cour d'Espagne, où je ne doute
pas que le Roy ne vous fasse le même
traitement que fit le Soudan de Baby-
lone à l'Infante Hermiliane, & à la
belle Polixene maîtresses des deux jeunes Princes de Grece, Don Clarinée
d'Espagne, & Don Lucidaner de Thes-
salie. Sancho voyant que son Maistre
s'opposoit si fortement au dessein de
Barbe, se mit en colere, & dit : Par
la gerny, Seigneur Don Quichotte, je
ne sçay pas pourquoy vous voulez que
nous menions la Princesse avec nous!
Ne vaut-il pas mieux qu'elle reste dans
son païs, que de nous venir faire dé-
penser le reste de nostre argent sans
aucun profit. Ah mardy, voilà un

beau bijou pour fe faire conduire à la
Cour ! & encore fe fait-elle prier, ouï !
Ne la priez pas davantage. Nous irons
bien fans elle à Madrid ; & la mifericorde de Dieu ne nous manquera point
pour cela. Voyez un peu comme elle
fait l'entenduë, à caufe qu'on l'appelle
Madame la Reine par-ci, Madame la
Princeffe par-là ; quoiqu'elle ne foit
pourtant que ce qu'elle fçait bien qu'-
elle eft ; car je l'ay ouï dire aux Ecoliers. Qu'elle nous rende feulement ce
que nous ont coûté fes habits & fa mule,
& que nous n'en entendions plus parler. Double maraud, dit alors Don
Quichotte avec tranfport, feras-tu
toûjours le plus indifcret & le plus in-
folent de tous les Ecuyers ? t'imagine-
tu, belître, que j'auray la patience de
fouffrir toûjours tes impertinens difcours, & furtout quand ils offenfe-
ront la grande Reine Zenobie ? Miferable ! peu s'en faut que je ne te paffe
tout-à-l'heure ma lance au travers du
corps. En difant ces paroles, il voulut
s'approcher de Sancho pour le frapper ;
mais Barbe, qui n'eftoit pas méchante,
pour une femme, fe mit entr'eux, &
appaifa le Chevalier : voulant toutefois fe venger de Sancho, elle dit à

noftre Heros : Seigneur Don Quichotte, j'avois réfolu, à la verité, de refter
ici ; mais puifque voftre Seigneurie le
defire, je fuis prefte à vous fuivre jufqu'à Madrid , & par delà même , s'il le
faut , en dépit de ce vilain païfan. Païf-
fan , répondit Sancho ! il eft vray que
je fuis païfan devant le monde ; mais
devant Dieu la qualité ne fait rien.
Quand on eft Chrêtien, cela fuffit:& j'aime mieux êtreun païfan que d'aller boire & manger la nuit avec des Comediens. Barbe rougit à ces paroles, & repliqua de cette forte à l'Ecuyer:Sancho,
Sancho , prenez bien garde de faire un
mauvais jugement. Tous ceux qui boi-
vent& mangent enfemble ne font point
amis pour cela ; & quand on entend
chanter le cocq, il ne faut pas toûjours
croire qu'il eft jour. Si j'ay efté dans
la chambre des Comediens , ce n'a
pas efté pour faire du mal à perfonne ;
mais vous eftes un malicieux. Vous me
nommez malicieux, repartit l'Ecuyer ;
par ma foy, vous n'oferiez le dire devant moy ; car par la mardy, voyez-
vous, nous ne fommes pas fi bêtes que
nous ne fachions bien qu'il y a plus de
jours que de femaines. Belle Princeffe,
dit alors Don Quichotte à la Balafrée,

ne faites, je vous prie, nulle attention
à ce que vous dira cet animal. Laiſſons-
le là pour ce qu'il eſt, & ne ſongeons
qu'à l'endroit où nous devons aller deſ-
cendre. Seigneur Don Quichotte, répondit Barbe, mon avis eſt que nous
nous arreſtions dans le fauxbourg juſqu'à demain. Le Chevalier, qui n'a-
voit pas d'autre volonté que celle de la
Reine, y conſentit; & ils deſcendirent
à la premiere enſeigne de cabaret qu'ils
trouverent dans le fauxbourg.

Don Quichotte demanda deux chambres, une pour lui & pour ſon Ecuyer,
& la plus belle pour la Princeſſe. Et
pendant qu'une ſervante conduiſoit la
Reine & Don Quichotte dans une
chambre aſſez propre, Sancho mena
les beſtes dans l'écurie. Barbe ſe voyant
ſeule avec le Chevalier ne crut pas devoir perdre cette occaſion. Seigneur
Don Quichotte, lui dit-elle, diſpenſez-moy, je vous prie, d'aller à la
Cour; car je ſçay bien qu'on s'y moc-
quera de moy: ou ſi vous voulez abſolument que j'y aille, il faut donc,
s'il vous plaiſt, que vous me promet-
tiez de me donner cinquante ducats
pour rétablir ma boutique. Au bout du
compte, ce n'eſt pas trop; & je vous

défie de trouver une femme qui veüil-
le faire la Reine Zenobie à meilleur
marché. Grande Princeſſe, répondit
Don Quichotte, je ne prens pas garde
à des paroles qui vous ſont dictées par
l'enchanteur Panphus voſtre ennemi ;
mais ſi vous avez beſoin de cinquante
ducats, je vais vous les donner, & tout
à l'heure même, ſi vous le ſouhaitez.
Il n'y a qu'à dire à Sancho d'apporter
ici la malle. Non non, Seigneur Don
Quichotte, repartit Barbe, il ſuffira de
me les donner à Madrid : & je ſuis bien
aiſe que Sancho n'en ſache rien ; car
c'eſt un ladre qui nous feroit une vie
enragée, s'il le ſavoit. Effectivement,
dit Don Quichotte, il eſt inſupporta-
ble là-deſſus. Il me deſeſpere quelquefois par ſes traits d'avarice ; & quoiqu'il ſoit à la veille d'eſtre Gouverneur
d'une des meilleures iſles du royaume
de Chipre, il a peur encore de manquer de bien. A cela prés, c'eſt un
bon ſerviteur, & que je ſerois fâché
de perdre. Cette converſation fut interrompuë par Sancho qui revint de
l'écurie fort échauffé : Seigneur Don
Quichotte, s'écria-t-il en entrant, entendez-vous bien tous ces inſtrumens
de muſique ? Quels inſtrumens, ré-

pondit le Chevalier? Hé pardy, repliqua l'Ecuyer, vous n'avez qu'à mettre la teſte à la feneſtre, & vous allez
oüir une melodie de tous les diables.
Don Quichotte ayant ouvert une feneſtre qui regardoit la Ville, leurs
oreilles furent auſſi-tôt frappées du
ſon de quelques trompettes accompa-
gnées de hautbois, & de pluſieurs autres inſtrumens ; & ils entendirent des
cris comme d'une populace attentive
à quelque ſpectacle qui la ſurprend.
Ils remarquerent que les balcons & les
feneſtres de la Ville eſtoient remplis de
monde, & ils apperçurent de loin dans
une grande ruë qu'ils avoient en face, un char peint de diverſes couleurs,
& accompagné d'une infinité de gens
à pied & à cheval. Nous verrons dans
le premier Chapitre du ſecond Volume
ce que c'eſtoit que tout cela: Ce qu'en
penſa le Chevalier de la Manche, &
dans quel épouvantable peril le jetta
ſon grand cœur; car le ſage Aliſolan
a tant de choſes encore à raconter,
qu'il a jugé à propos de reprendre haleine en cet endroit.

*Fin du premier Tome.*

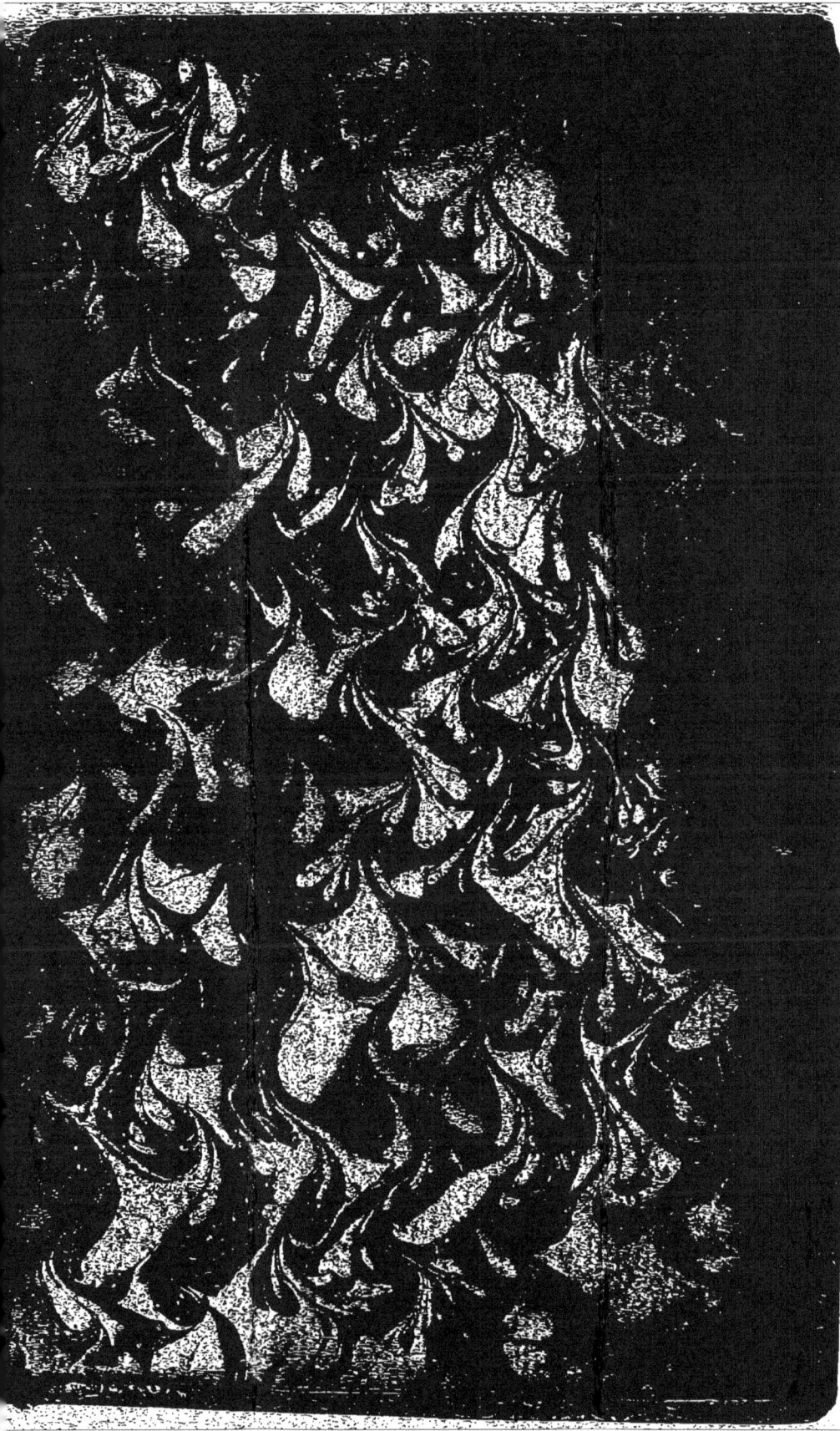

www.ingramcontent.com/pod-product-compliance
Lightning Source LLC
Chambersburg PA
CBHW061032030726
47504CB00002B/346